감
염

감염

outbreak

로빈 쿡 지음 홍영의 옮김

오늘

이 작품에 끝까지 애정을 보여주신 나의 어머니 오드리에게 바친다.

지구상에서 인간이 계속 지배계급으로
존재하는 데 있어 가장 큰 위협은 바이러스다.

_조슈아 레더버그

차례

프롤로그

아프리카 자이르, 1976년 9월 7일

새벽녘, 21세의 예일대학 생물학과 학생인 존 노다이크는 자이르공화국 붐바의 북쪽 어느 외딴 마을에서 눈을 떴다. 그는 이제 막 깨어나기 시작한 마을 사람들의 소리와 어우러진 열대림의 술렁거림을 들으며 땀에 흠뻑 젖은 침낭 속에서 몸을 뒤척였다.

등산용 나일론 텐트 망 너머로 밖을 내다보니 따사로운 미풍이 쇠똥 냄새와 밥 짓는 장작불 냄새를 눈에 스밀 듯 실어왔다. 머리 위로는 하늘을 뒤덮은 무성한 나무들 사이로 어지럽게 날아다니는 원숭이 떼가 언뜻 보였다. 어젯밤 잠을 제대로 이루지 못한 탓에, 일어나 앉으려하자 다리에 힘이 빠지며 몸이 휘청거렸다.

어제 저녁식사를 마치고 1시간 쯤 후부터 오한이 나고 열이 오르기 시작했는데 지금은 분명 그때보다 더 심했다. 단단히 주의를 한다고 말라리아 예방책으로 인산 클로로퀸(chloroquine phosphate : 말라리아 치료제의 하나)을 복용하긴 했지만 결국 걸린 것 같은 느낌이 들었다. 습지대인 정글 바닥의 늪 여기저기에서 우글거리는 모기떼를 피할 길이 없다는 게 문제였다.

휘청거리는 걸음으로 마을로 들어가서 가까운 진료소가 어디쯤 있는지 묻자 순회를 나온 한 신부가 얌부쿠에 있는 벨기에인 자선병원을 가르쳐주었다. 그곳은 동쪽으로 2, 3킬로미터 떨어져 있는 작은 마을이었다. 병에 걸렸다는 생각에 불안해진 존은 재빨리 캠프를 철수해 텐트와 침낭을 배낭에 쑤셔 넣고 얌부쿠를 향해 떠났다.

존은 절멸 위기에 놓인 마운틴고릴라[자이르, 우간다 등의 산지에 서식하는 고릴라의 한 이종(異種)] 등 아프리카의 야생동물들을 카메라에 담기 위해 이번 반 학기 동안 휴학을 하고 있었다. 최초로 암흑대륙의 문호를 탐사했던 유명한 19세기 탐험가들의 발자취를 더듬어 가는 것이 존의 어릴 적 꿈이었다.

얌부쿠는 그가 방금 떠나온 마을과 다를 바 없는 작은 마을이었고 자선병원도 별로 믿을 만한 곳이 못 되었다. 병원이라야 돌을 아무렇게나 쌓아올려 만든 허술한 건물들로, 하나같이 당장 수리하지 않으면 곧 쓰러져 버릴 것만 같았다. 게다가 지붕은 원주민의 오두막들처럼 골함석이나 짚으로 덮여 있어서 전기가 들어온다는 것을 암시할 만한 물건은 어디에도 보이지 않았다.

존은 프랑스어밖에 할 줄 모르는 전통적인 복장의 수녀에게 접수를 마치고 나서 갖가지 질병으로 쇠약해진 원주민들이 차례를 기다리고 있는 방으로 들어갔다. 다른 환자들을 보니 지금 자신이 걸려 있는 병보다 더 심한 병을 옮을지도 모르겠다는 생각이 들었다.

마침내 그는 정신없이 일에 쫓기는 벨기에인 의사에게 간신히 진찰을 받을 수 있었다. 의사는 다행히도 서툴게나마 몇 마디 영어를 할 줄 아는 사람이었다.

진찰은 수박 겉핥기식으로 끝났고, 진단은 존이 생각했던 대로 말라리아 기미가 좀 있다는 것이었다. 의사는 클로로퀸 주사 한 대를 처방하고 내일까지 별 차도가 없으면 다시 한 번 오라고 말했다.

진찰이 끝나자 존은 진료실로 가서 주사를 맞기 위해 차례를 기다려야 했다. 존이 이 병원에선 주사기도 제대로 소독하지 않은 채 쓴다는 것을 안 것은 바로 그때였다. 간호사는 일회용 주사바늘 대신 3개의 주사기를 교대로 사용하고 있었다.

소독액에 잠깐 담그는 것만으로는 결코 주사바늘이 제대로 멸균될리 없다는 것을 존은 잘 알고 있었다. 게다가 간호사는 소독액에 손가락을 푹 담갔다가 건져내는 것이었다.

존의 차례가 되었을 때, 그는 무슨 말이든 한마디 해주고 싶었지만 자신의 프랑스어 실력으로는 뜻대로 말할 수도 없을 뿐더러 아무튼 그에겐 주사가 반드시 필요했기 때문에 순순히 주사를 맞았다.

그 후 2, 3일간은 기분이 좋아졌으므로 존은 그때 잠자코 있기를 잘했다고 생각했다. 그리고 그대로 얌부쿠에 머무르며 부드자(Budza)의 원주민 사진을 찍으면서 지냈다. 그들은 사냥을 매우 좋아했고, 금발의 외국인에게 자기들의 실력을 과시하고 싶어 했다.

사흘째 되는 날, 존이 헨리 스탠리의 발자취를 따라 자이르 강을 거슬러 올라가는 여행을 다시 시작하려고 했을 때 그의 병세가 갑자기 악화되었다. 먼저 두통이 시작되었고 이어서 오한, 발열, 구토, 그리고 갑작스런 설사가 뒤따랐다. 증세가 가라앉기를 바라면서 존은 텐트 속에 들어가 깨끗한 시트와 복도 끝에 욕실이 있는 병원을 꿈꾸면서 밤새도록 떨었다.

어둠 속에서 수차례 토하고 난 아침, 그는 완전히 기진맥진하여 탈수 상태에 빠졌다. 간신히 짐을 챙겨 휘청휘청 병원으로 가서 구내에 들어서자마자 그는 붉은 피를 토해내며 병원 바닥에 쓰러져 정신을 잃었다.

1시간 후 존은 병실에서 의식을 되찾았다. 방에는 존 외에도 내성이 생겨서 더 이상 약으로는 치료가 불가능한 환자 2명이 함께 있었다.

전에 존을 담당했던 의사는 존의 심각한 용태에 깜짝 놀랐다. 그는 존에게서 또 다른 묘한 증상이 나타나고 있음을 발견했다. 그것은 가슴에 생긴 괴상한 발진과 안구 표면의 작은 출혈 반점이었다.

의사는 여전히 말라리아라는 자신의 진단을 고수했지만 아무래도 석연치 않은 점이 있었다. 말라리아의 전형적인 경과와는 다른 양상을 보이고 있었기 때문이었다. 혹시 이 청년이 장티푸스일지도 모른다는 생각에 그는 만약을 위해 클로람페니콜(chloramphenicol : 항생물질의 일종)을 투약하기로 했다.

1976년 9월 16일 ; 붐바 지역을 담당하는 지역 보건소장인 닥터 루가사는 사무실의 열린 창 너머로 아침 햇살에 반짝이는 광대한 자이르 강 물결을 바라보고 있었다. 그는 자이르라는 이름보다는 콩고라는 왠지 모르게 신비롭고 자극적인 옛 이름을 훨씬 좋아했다.

다시 하던 일로 주의를 돌린 그는 얌부쿠 자선병원에서 막 보내온 편지를 또 한 번 읽었다. 그 편지는 존 노다이크라는 한 미국인 남자와 에볼라 강 근처의 농장에 돈벌이를 나온 농부의 사망 보고서였다.

병원 의사의 말로는 이 두 사람의 사망은 원인불명의 감염에 의한 것으로, 다른 사람들에게 급속도로 퍼져가고 있다고 했다. 다시 말해 사망한 미국인과 한 병실에 있던 환자 2명, 농부를 시중들던 농장주인 가족 4명, 병원의 외래 환자 10명이 같은 병으로 심각한 증상을 나타내고 있다는 것이었다.

닥터 루가사는 이런 경우 취할 수 있는 방법이 두 가지뿐임을 알고 있었다. 하나는 아무 조치도 취하지 않는 것으로, 이것은 사실상 가장 현명한 방법임에 틀림없었다. 그런 머나먼 정글에서 어떤 무서운 전염병이 발생했는지는 오직 신만이 알 수 있는 일 아닌가!

또 다른 선택은 귀찮은 공식 서류를 작성하여 이 사건을 수도인 킨샤사에 보고하는 것이었다. 그곳에는 그와 같은 공무원으로서 그보다 직급이 높은 상관이 있지만, 틀림없이 그 역시 아무런 조치도 취하지 않는 게 최선책이라고 생각할 것이다. 물론 서류 작성 쪽을 택한다면 자신이 직접 얌부쿠를 방문해야만 한다는 것을 닥터 루가사는 잘 알고 있었다. 이 무더위 속에, 더군다나 눅눅하고 구질구질한 곳에 가야 한다니 생각만 해도 끔찍했다.

약간의 가책을 느끼면서 닥터 루가사는 그 편지를 쓰레기통에 던져 넣었다.

1976년 9월 23일; 1주일 후 닥터 루가사는 낡은 DC-3기가 붐바 공항에 착륙하는 것을 바라보면서 초조하게 몸의 중심을 한쪽 다리에서 다른 쪽 다리로 옮겼다.

처음 내린 사람은 킨샤사에서 온 닥터 루가사의 상관인 닥터 부샤르였다. 전날 닥터 루가사는 닥터 부샤르에게 전화를 걸어 얌부쿠 자선병원에서 발생한 원인 불명의 전염병이 인근 주민들뿐만 아니라 병원 직원들에게까지 급속히 퍼지고 있다고 보고했다. 다만 자신이 1주일 전에 받은 편지에 관해서는 아무 말도 하지 않았다.

두 사람은 활주로 위에서 인사를 나눈 뒤 닥터 루가사의 승용차인 도요타 코롤라에 올라탔다. 닥터 부샤르는 얌부쿠에서 그 후 새로운 소식이 없었는지 물었다. 닥터 루가사는 그날 아침에 받은 전보 내용에 아직까지도 마음이 동요되어 있었다. 그는 헛기침을 한 번 하고 나서 입을 열었다. 병원 직원 17명 중 11명이 마을 주민 114명과 함께 사망했으며 병원을 운영할 만한 건강한 직원이 없어서 병원도 폐쇄되었다는 이야기였다.

닥터 부샤르는 붐바 지구 전체를 검역 격리시키기로 결정하고 곧 킨샤사에 전화를 걸어 필요한 조치를 취했다. 그런 다음 별로 내켜하지 않는 닥터 루가사에게 내일 아침 얌부쿠에 가서 상황을 파악할 수 있도록 차량을 준비시키라고 명령했다.

1976년 9월 24일; 이튿날 두 의사가 인기척이 없는 얌부쿠 자선병원의 구내로 차를 몰고 들어섰을 때 그들을 맞아준 것은 섬뜩한 정적뿐이었다. 텅 빈 현관의 난간으로 쥐가 기어 다니고 있었고, 지독한 악취가 코를 찔렀다. 두 사람은 무명 손수건으로 코를 틀어막으며 마지못해 랜드로버 승용차에서 내려 제일 가까이에 있는 건물 안쪽을 조심스레 들여다보았다. 안에는 사체 2구가 놓여 있었는데 모두 찌는 듯한 더위에 썩어가고 있었다.

세 번째 건물을 들여다보았을 때 그들은 비로소 아직 살아 있는 사람을 발견할 수 있었다. 고열로 인해 의식이 혼미해진 간호사였다. 두 의사는 인기척이 없는 수술실로 들어가 뒤늦게나마 감염 예방을 위해 상갑과 흰 가운과 마스크를 썼다. 여전히 불안하긴 했지만 그들은 병든 간호사에게 응급조치를 취한 뒤 그 밖에 다른 직원은 없는지 찾아보았다. 30명 남짓한 사망자들 가운데 겨우 4명의 환자만이 아직 간신히 숨을 쉬고 있었다.

닥터 부샤르는 감염성이 매우 높고 극히 치명적인 질병을 다루는 것이니, 고도의 격리기술이 필요하다고 거듭 지적했다.

1976년 9월 30일; 킨샤사로 공수된 벨기에인 간호사는 6일 동안의 극진한 치료에도 불구하고 새벽 3시에 사망했다. 분명한 진단은 내리지 못했지만 부검 후 그녀의 혈액, 간장, 비장, 뇌를 벨기에 앤트워프의 열대병 연구소와 미국 애틀랜타에 있는 CDC(질병관리센터), 그리고 영국 포턴 다운의 미생물 연구소로 각각 보냈다.

얌부쿠 지구에는 여전히 249명의 환자가 있었고, 그 치사율은 거의 90퍼센트에 달했다.

1976년 10월 13일; 얌부쿠의 바이러스는 3개의 국제적인 연구소에서 거의 동시에 검출되었다. 구조적으로 마르부르크(Marburg) 바이러스와 아주 비슷하다는 점이 주목되었는데, 그것은 1967년 우간다의 녹색 원숭이를 다루는 실험소의 연구원들 사이에 처음으로 유행했던 사망률 높은 병의 병원체로, 이번 바이러스는 분명 마르부르크보다도 훨씬 더 악성이었다. 이 새로운 바이러스는 붐바 북쪽을 흐르는 에볼라(Ebola) 강의 이름을 따서 에볼라 바이러스라고 명명되었다. 그리고 이것은 선페스트(bubonic plague) 이래 가장 치명적인 병원체로 간주되었다.

1976년 12월 3일; 붐바 지구의 격리가 해제되고 항공 수송도 재개되었다. 에볼라 바이러스는 원래의 잠복지로 돌아간 듯 완전 봉쇄되었지만 그 근원지는 완전히 수수께끼로 남았다.

전에 라사열(Lassa 熱) 바이러스의 출처를 밝혀내는 데 크게 공헌을 한 CDC의 닥터 시릴 두브체크를 비롯한 국제적인 전문가들로 구성된 조사단이 포유류, 조류, 곤충류 등 에볼라 바이러스의 기생 숙주를 찾아다녔지만 결국 실패로 끝났다. 도움이 될 만한 어떤 단서조차 찾아내지 못한 것이다.

    1월 14일 캘리포니아 주 로스앤젤레스; 루돌프 리히터, 그는 서독 출신의 저명한 안과의사로 키가 훤칠하고 다소 오만한 인상의 남자였다. 로스앤젤레스 리히터 클리닉의 공동 창설자인 그는 안경을 고쳐 쓰며 클리닉의 회의실 둥근 테이블에 놓인 몇 장의 광고 교정지를 점검하고 있었다. 그의 오른쪽에는 비즈니스 스쿨 출신의 파트너이자 동생인 윌리엄이 그와 마찬가지로 교정지를 주의 깊게 살펴보며 앉아 있었다.

    루돌프는 이 교정지들이 마음에 들었다. 그날 있었던 일 중 유일하게 흡족한 일이었다. 아무튼 샌디에이고 고속도로에서 접촉사고를 일으켜 새로 산 BMW가 흉하게 일그러지는 것으로 하루를 시작해서 병원의 모든 업무를 뒤집어 놓을 듯했던 긴급한 수술, 꺼림칙한 합병증까지 보이는 비참한 에이즈 환자가 망막을 들여다보는 그의 얼굴에 대고 기침을 해댄 일, 거기다가 안구 헤르페스(herpes : 포진. 바이러스 감염에 의해 피부 또는 점막 면에 크고 작은 수포가 생기는 증상의 총칭) 연구용으로 쓰이는 원숭이에게 물리는 뜻밖의 사고까지 일어났으니 이 무슨 해괴한 날인가!

    루돌프는 《로스앤젤레스 타임스》의 일요일 자에 게재할 예정인 광고지 하나를 집어 들었다. 완벽했다. 그가 윌리엄에게 눈을 찡긋해보이자 윌리엄은 광고업자에게 다음으로 넘어가라는 신호를 보냈다.

    다음에 소개된 것은 텔레비전 밤 뉴스 시간대에 방영할 30초짜리 CM으로, 말리브 해안에서 비키니 차림의 아가씨들이 핸섬한 젊은 남자들과 한가롭게 배구를 즐기고 있는 장면이었다. 그것은 루돌프에겐 값비싼 펩시콜라의 CM을 연상케 했지만, 어쨌든 매번 진료비를 지불하는 일반 병원과 다른, 이 리히터 클리닉 같은 회비 선납제 건강관리 시스템의 장점을 강조하고 있었다.

이 자리에는 루돌프와 윌리엄 외에도 내과 부장인 닥터 나바라를 포함해 많은 간부들이 함께 하고 있었다. 그들은 모두 이 클리닉의 임원들인 동시에 나름대로 병원 주식을 가지고 있었다.

윌리엄은 헛기침을 한 번 하고 나서 질문이 있는지 모두에게 물었다. 하지만 아무도 입을 열지 않았다.

광고업자가 돌아가자 모두 한결같이 입을 모아 이번 광고 계획을 칭찬했다. 그리고 뉴포트 해안지구의 점차 늘어나는 신청에 대비하기 위한 새로운 위성 클리닉 건설 건에 대해 얼마 동안 협의한 후 모임은 해산했다.

닥터 리히터는 자신의 사무실로 돌아가 광고 교정지를 기분 좋게 서류가방에 넣었다. 그의 사무실은 그룹 프랙티스(집단 개업) 의사로서 받는 비교적 낮은 급료에 비해 사치스러운 방이었지만, 그가 소유한 주식 지분에서 나오는 이익에 비하면 그의 급료 따위는 잡수입에 불과했다. 리히터 클리닉과 닥터 루돌프 리히터는 둘 다 탄탄한 재정 상태를 유지하고 있었다.

닥터 리히터는 몇 군데 전화를 걸고 나서 수술 후 입원한 환자들을 회진하러 나섰다. 그들은 복잡한 기왕증(anamnesis : 과거에 앓았거나 현재 앓고 있는 병)을 가진 2명의 망막 박리(망막이 공막에서 벗겨져 시력장애를 일으킨 상태) 환자였는데, 두 사람 모두 경과는 순조로웠다.

사무실로 돌아가면서 그는 병원의 단 한 명뿐인 안과의 치고는 수술이 너무 적다는 생각이 들었다. 그것이 불만스럽긴 했지만 이 거리 전체의 안과의들에 비하면 그나마 있는 것도 다행이었다. 7년 전 동생이 클리닉 건설 계획을 제안했던 것이 고맙게만 느껴졌다.

흰 가운을 벗고 푸른색 블레이저 커트로 갈아입은 닥터 리히터는 서류가방을 들고 클리닉을 나섰다. 저녁 9시가 넘은 시각이어서 2층 건물의 주차장은 거의 비어 있었다. 낮에는 항상 꽉 차 있어서 윌리엄은 전부터 주차장을 확장할 필요가 있다고 계속 주장하고 있었다. 거기엔 주차공간이 넓어져서 좋은 것 이상으로 또 다른 이득 때문에라도 그렇게 해야 한다고 늘 주장했었다. 그러나 루돌프로서는 그런 문제들을 제대로 이해하지도 못했고, 또 알고 싶어 하지도 않았다.

클리닉의 재정 문제를 생각하느라 정신이 팔려 닥터 리히터는 주차장의 그늘진 곳에 숨어 그가 나오기만을 기다리고 있는 두 사람의 존재를 알아차리지 못했다. 그 사나이들이 보조를 맞춰 그를 뒤쫓아 올 때도 그는 전혀 느끼지 못했다. 그들은 검정색 비즈니스 복장을 하고 있었는데, 키가 큰 사나이는 한쪽 팔이 구부러진 채 고정되어 있는 것 같았다. 손에 든 서류가방은 고정된 팔꿈치 관절 때문에 마치 허공에 매달려 있는 것처럼 보였다.

닥터 리히터는 차에 가까이 다가갔을 때에야 비로소 자신의 등 뒤로 재빨리 다가오는 사나이들의 발소리를 알아차렸다. 불쾌한 느낌이 목구멍을 조이는 것 같았다. 그는 숨을 죽이고 불안한 눈길로 간신히 뒤를 돌아보았다. 곧장 자신을 향해 다가오고 있는 두 사나이의 모습이 보였다.

그들이 천장의 전등 바로 밑을 지나쳐 갈 때 닥터 리히터는 그 사나이들이 새 와이셔츠에 실크 넥타이를 맨 단정한 차림새임을 알았다. 그 점에 약간 안심이 되긴 했지만, 그는 재빨리 차 뒤쪽을 돌아 주머니에서 차 열쇠를 꺼내 문을 연 뒤 서류가방을 던져 넣자마자 운전석으로 미끄러져 들어갔다. 그러나 차 문을 닫으려는 순간, 손 하나가 그것을 가로막았다.

리히터가 마지못해 고개를 들자 그를 쫓아온 한 사나이가 무표정한 얼굴로 그를 내려다보았다. 닥터 리히터가 의아한 눈빛으로 상대를 바라보는 순간, 사나이의 얼굴에 희미한 미소가 번졌다.

리히터가 다시 한 번 문을 닫으려 했지만, 사나이는 밖에서 문을 단단히 붙잡고 있었다.

"지금 몇 시쯤 됐는지 가르쳐주시겠습니까, 선생님?"

사나이는 정중하게 물었다.

"그러지요."

사나이가 접근한 이유를 알고 나자 마음이 놓인 리히터는 그렇게 말하며 시계를 내려다보았다. 그러나 뭐라고 말할 틈도 없이 곧 거칠게 자동차 밖으로 끌려 나오는 자신을 깨달았다. 몸부림쳐 보았지만 아무 소용이 없었다. 그는 뺨을 얻어맞고 땅바닥에 내동댕이쳐졌다. 사내들의 손이 지갑을 찾아 거칠게 양복을 뒤지는 바람에 옷이 찢어지는 소리가 들렸다.

"비즈니스맨이로군."

사내들 중 하나가 비꼬듯 말하자 다른 하나가 소리쳤다.

"가방이나 빼앗아!"

닥터 리히터는 손목에서 시계가 풀려 나가는 것을 느꼈다.

눈 깜짝할 사이에 벌어진 일이었다. 발소리가 멀어졌고, 쾅 하는 자동차 문이 닫히는 소리에 이어 평탄한 콘크리트 위를 구르는 타이어의 마찰음이 들려왔다.

리히터는 목숨만이라도 건진 것을 다행으로 여기면서 잠시 그대로 누워 있었다. 간신히 안경을 찾아 끼었지만 한쪽 렌즈가 깨져 있었다.

외과의로서 가장 걱정스러운 것은 손이었으므로 그는 바닥에서 일어나기 전에 먼저 두 손을 살펴보고 몸을 일으켜 다른 곳을 살폈다. 흰 와이셔츠와 넥타이가 더러워졌고 블레이저의 단추 하나가 떨어져 나가 있었다. 단추가 있던 자리는 말발굽 모양으로 찢겨 있었으며 바지도 오른쪽 앞주머니가 무릎까지 길게 찢어져 있었다.

"맙소사, 정말 엄청나게 재수 없는 날이군!"

이렇게 노상강도를 당한 데 비하면 아침의 접촉사고쯤은 아무것도 아니었다고 생각하면서 그는 중얼거렸다.

잠시 망설이던 리히터는 열쇠를 빼어 다시 자기 사무실로 들어갔다. 인터폰으로 경비원을 불러놓고 그는 로스앤젤레스 경찰에 연락해야 할지, 말아야 할지 한참을 생각했다. 클리닉이 나쁜 평판을 얻게 될지도 모른다고 생각하니 경찰에서도 무슨 뾰족한 수를 낼 것 같지 않았다.

혼자 곰곰이 생각하는 동안 그는 아내에게 전화를 걸어 예정보다 약간 늦어질 것 같다고 말하고는 화장실로 가서 거울에 얼굴을 비춰보았다. 오른쪽 광대뼈 쪽에 생긴 찰과상 위에 주차장 모래가 약간 묻어 있었다. 그는 소독약으로 조심스럽게 상처를 닦아내면서 놈들이 얼마나 한 탕해 갔는지를 머릿속으로 계산해보았다.

지갑 속에는 100달러 정도의 현금이 들어 있었고 그 밖에 신용카드, 신분증명서, 캘리포니아 주 의사 면허증이 들어 있었다. 하지만 무엇보다도 아까운 것은 시계였다. 그것은 아내에게서 받은 선물이었다. 어쨌든 그것도 다시 사면 되려니 생각하고 있을 때, 바깥 문 쪽에서 노크 소리가 들렸다.

경비원은 이런 일은 지금까지 한 번도 일어난 적이 없고, 자기가 현장에 함께 있지 않았던 게 유감이라며 머리를 굽실거리면서 사과했다. 언제나처럼 30분 전에 순찰하면서 주차장 안을 들여다보았지만 아무런 낌새도 없었다는 것이다.

닥터 리히터는 그를 나무랄 생각은 없었다. 다만 적절한 조치가 강구되어 앞으로는 이런 일이 일어나지 않도록 주의해야 한다고 일렀다. 그리고 경찰을 부르지 않는 이유를 알아듣게 설명해주었다.

이튿날 아침, 닥터 리히터는 기분이 좋지 않았지만 그것을 전날 당한 쇼크와 충분치 못한 수면 탓으로 돌렸다. 그러나 오후 5시 반쯤에는 컨디션이 영 나빠지면서 의무 자료과의 비서로 있는 애인과의 데이트를 취소할까 고려할 정도로 몸이 불편해졌다.

결국 그녀의 아파트에 들르긴 했지만 집에서 좀 쉬고 싶다며 곧 그곳을 나왔다. 그러나 집에 와서 침대에 들어서도 쉬기는커녕 이리저리 뒤척이다가 한숨도 자지 못한 채 날이 밝았다.

이튿날 닥터 리히터는 심각한 증상을 나타냈다. 자리에서 일어서다가 비틀거리며 현기증을 일으켰다. 그는 원숭이에게 물렸던 일, 에이즈 환자가 얼굴에 대고 기침을 한 일 등을 생각하지 않으려고 애썼다. 에이즈는 그 정도의 접촉으로는 감염되지 않는다는 것을 잘 알기 때문이었다. 문제는 그 환자에게 우려되는 중복 감염(주된 감염 외에 병을 합병시키는 감염)이었다.

오후 3시 반 경에는 오한이 나고 편두통, 발작 같은 심한 두통이 시작됐다. 열이 나는 것 같아서 닥터 리히터는 오후의 나머지 예약 환자들을 돌려보내고 클리닉을 나왔다. 그때까지는 틀림없이 유행성 감기 증세로 보였다. 집에 도착하자 그의 아내는 창백해진 그의 얼굴과 벌게진 눈을 들여다보고 그를 침대에 눕게 했다.

저녁 8시, 두통이 점점 심해져 그는 페르코단을 마셨다. 9시에는 격렬한 복통과 설사가 일어났다. 그의 아내가 닥터 나바르에게 전화를 걸고 싶어 했지만 리히터는 아내에게 "지나치게 걱정하는 버릇 좀 고치라구." 하고 핀잔을 주며 수면제인 달마인을 먹고 잠이 들었다.

새벽 3시, 그는 욕실로 기어가 피를 토했다. 공포에 질린 그의 아내는 클리닉에 앰뷸런스를 요청한 뒤 줄곧 그의 곁을 지켰다. 그는 불평을 늘어놓을 힘조차 없었다. 그리고 자신이 지금까지 한 번도 경험해본 적 없는 중병에 걸려 있다는 사실을 깨달았다.

1월 20일
디너파티

마리사 블루멘탈은 왠지 모르게 가슴이 두근거렸다. 심경을 건드리는 어떤 불씨가 있어서 이렇게 안절부절못하고 있는지, 아니면 외부의 사소한 변화 때문에 오는 것인지 이유를 알 수 없었다. 아무튼 신경이 자꾸만 분산되었다. 무릎 위에 펼쳐놓은 책에서 시선을 돌려 창밖을 보니 어제 내린 눈으로 새하얗던 은빛 세계가 어느새 까만 잉크 빛으로 점점 바뀌고 있었다. 시계는 벌써 7시를 가리키고 있었다.

"큰일이다, 큰일!"

마리사는 어릴 적부터 습관처럼 쓰는 말을 중얼거리며 재빨리 자리에서 일어났다. 그 순간, 현기증을 느꼈다. 그녀는 애틀랜타 CDC의 도서관 한구석에서 비닐 덮개를 씌운 등 낮은 의자 위에 발을 뻗고 생각했던 것보다 꽤 오랫동안 앉아 있었다. 오늘 밤 데이트 약속이 있었으므로 준비를 하기 위해 6시 반까지는 집으로 돌아갈 예정이었다.

그녀는 두꺼운 필드(Field)의 바이러스학 교과서를 들고 팽팽해진

다리의 근육을 펴면서 서가 쪽으로 걸어갔다. 그녀는 오늘 아침에도 조깅을 하긴 했지만 어쩐지 몸이 불편한 것 같아서 평소 6킬로를 달리던 것을 3킬로만 달리고 말았다.

"그렇게 무거운 책을 꽂으려면 도움이 필요하지 않겠어?"

항상 어머니처럼 자상한 도서관 사서인 캠벨 부인이 회색 카디건의 단추를 채우며 놀리듯이 말했다. 도서관 안은 별로 따뜻하지 않았다.

캠벨 부인의 말은 물론 농담이긴 했지만 그 저변에는 어느 정도 진실이 내포되어 있었다. 그 바이러스학 교과서의 무게는 무려 5킬로로, 마리사의 체중인 50킬로의 10분의 1이나 되었다. 그녀의 키는 겨우 153센티에 불과했지만 다른 사람들이 물어보면 으레 하이힐을 신었을 때의 키인 160센티라고 대답하곤 했다. 그녀는 손에 든 책을 집어던지듯이 서가에 올려놓으며 말했다.

"정말 필요한 도움은 이 책 내용을 제 머릿속에 전부 넣어주는 거예요."

캠벨 부인은 그녀다운 온화한 미소를 지어보였다. 이곳 CDC의 모든 사람들이 다 그렇듯이 그녀 역시 상냥하고 붙임성 있는 여자였다.

이곳은 공식적으로는 1973년에 연방 정부의 산하기관이 되었지만 마리사에게는 오히려 대학 연구실 같은 느낌이 들었다. CDC의 구성원들은 모두 헌신적이고 책임감이 강했다. 물론 비서나 경비원들은 4시 반 정각에 퇴근했지만 연구 직원들은 늦게까지 사무실에 남아 일을 하거나 때로는 다음 날 아침까지 연장 근무를 하는 경우도 많았다. 모두들 자기 일에 신념을 가지고 있었다.

마리사는 도서관을 나왔다. 이곳의 도서관은 사실 지독하게 비좁은 편이어서 책과 잡지 등의 거의 반수가 건물 여러 곳에 아무렇게나 흩어져 있었다. 그 점에서 볼 때 이곳 CDC는 강력하게 정부의 규제를 받고 있는 보건기구인 만큼 예산 삭감의 분위기 속에서 어떻게든 자금을 필사적으로 구하지 않으면 안 될 처지에 놓여 있었다.

외관 역시 정부 산하의 한 출장소 같은 느낌을 주었다. 복도는 관공서다운 촌스러운 녹색으로 칠해져 있었고, 바닥에는 회색 비닐을 깔았지만 한복판이 닳을 대로 닳아 거의 구멍이 날 지경이었다. 엘리베이터 옆에는 여기저기서 볼 수 있는 미소 띤 로널드 레이건의 사진이 걸려 있고, 그 밑에는 어울리지 않게 이런 낙서가 쓰인 쪽지가 꽂혀 있었다.

'올해 예산이 불만스러우면 내년을 기대해보세요!'

마리사는 계단으로 한 층을 올라갔다. 도서관 바로 위층에 있는 그녀의 사무실은 전에 청소 도구를 놓아두던 창고였는지 창문 하나 없었다. 벽은 시멘트 블록에 페인트칠이 돼 있고 공간은 철제 책상, 서류 캐비닛, 전등과 회전의자만으로도 꽉 찰 만큼 비좁았다. 하지만 그나마 자기 방이 있는 것만으로도 그녀는 행복한 편이었다. 이 CDC에서 자기만의 방을 차지하기란 그야말로 하늘의 별 따기였기 때문이었다.

하지만 마리사는 이곳이 이토록 열악한 조건에도 불구하고 얼마나 훌륭한 업적을 이루어내고 있는지 잘 알고 있었다. 수년간 CDC는 국내뿐 아니라 외국에서도 훌륭한 의학적 성과를 거두어왔다. 특히 몇 년 전 중증 폐렴을 일으키는 재향군인 병의 수수께끼를 이 센터가 어떻게 해결했는지에 대해서는 그녀도 생생히 기억하고 있었다.

이 같은 예는 1942년 미국 남부에서 발생하기 시작한 말라리아 대책기관으로 이 센터가 발족한 이래 수없이 많았다. 1946년 전염병 센터로 개명하고 세균, 진균, 기생충, 바이러스, 리케차(세균보다 작고 바이러스보다 큰 미생물로 주로 곤충에 의해 매개되며 살아 있는 세포 내에서만 증식함)의 각 부문으로 분리되었다. 이듬해에는 본래 동물에 기생하는 병원체가 인간에게도 전염되어 일어나는 페스트, 광견병 등 동물 기생충(Zoonosis) 부서가 신설되었다. 그리고 1970년에 다시 개명되어 현재의 CDC가 된 것이다.

마리사는 정부에서 지급한 서류가방을 정리하면서 이 센터가 과거에 이룬 성과에 대해 생각해보았다. 그녀가 이곳에 오게 된 첫째 이유가 이 CDC의 찬란한 전통 때문이었다. 보스턴에서 소아과 레지던트 과정을 마친 그녀는 이곳 역학 정보기관에 응모하여 채용되었다. 2년 간의 수련으로 역학 정보원이 되기 위해서였다. 역학 정보원이란 말 하자면 의학상의 탐정 같은 것인데 크리스마스 직전이었던 3주 반 전에 그녀는 그 새로운 일을 하기 위한 초급 코스를 갓 마쳤다. 그것은 공공 보건행정, 생명통계학, 역학 등 어떤 특정 인구 집단에서 주민의 건강과 질병 상태를 연구·조사하는 방법을 배우는 것이었다.

감색 코트를 걸치던 마리사의 얼굴에 쓴웃음이 떠올랐다. 초급코스를 마친 것은 사실이지만, 수련기간 동안이나 지금이나 자신은 실제 긴급사태에 대처할 만한 대비가 전혀 돼 있지 않다는 것을 통감하고 있었다. 실제로 현장에 뛰어들 경우 배운 것만으로는 어림도 없을 것이 분명했다. 특수한 질병이 발생했을 때 그 원인을 밝혀내거나 상세한 설명을 할 수는 있었다. 그러나 감염 경로나 감염원 자체에 대한 대처방법은 실제로 주민들에게 퍼지고 있는 질병의 확산에 대한 대처방안과 확실히 차원이 달랐다. 그것은 만약의 문제가 아니라 곧 눈앞에 닥쳐올 문제였다.

서류가방을 집어 든 마리사는 전등을 끄고 엘리베이터를 향해 복도를 따라 걸어가기 시작했다. 그녀와 함께 초급 역학 코스를 수강한 다른 48명의 남녀는 모두 그녀와 마찬가지로 전공 교육을 마친 의사들이었다. 그중에는 미생물학자와 간호사가 몇 명 있었고 치과의사도 한 명 끼어 있었다. 마리사는 다른 사람들도 자기처럼 자신감 상실을 느끼고 있을까 궁금했다. 의학계 사람들은 일반적으로 이 점을 화제로 삼지 않았다. 그것은 의학의 이미지와는 어울리지 않기 때문이었다.

수련 기간을 마친 시점에서 부서의 선택은 어디든 가능했지만 그녀는 바이러스 학부의 특수 병원과에 배속되었다. 클래스에서 성적이 제일 좋았기 때문에 그녀의 희망이 그대로 받아들여진 것이다. 지금까지 바이러스학과는 별로 인연이 없었지만―이것이 마리사가 도서관에서 많은 시간을 보내는 이유였다―근래 에이즈의 유행으로 바이러스학이 연구대상으로서 각광받게 된 터라 이 학부에 배속을 희망한 것이다. 이전에는 세균학의 제2주자로 찬밥 신세를 면치 못했던 바이러스학이 지금은 눈부신 활동의 무대가 되어 있어 마리사는 특히 그 일원이 되고 싶었다.

마리사는 엘리베이터를 기다리고 있는 사람들과 인사를 나누었다. 대부분 그녀의 사무실 바로 옆에 붙어 있는 바이러스학부 사람들이라 낯익은 얼굴들이었다. 몇몇 모르는 사람들도 상냥하게 그녀에게 눈인사를 건넸다. 별로 적성에 맞는 일이 아니라는 생각에 다소 의기소침해 있긴 했지만, 동료들로부터 환영을 받고 있다는 느낌은 받을 수 있었다.

1층에서 내려 퇴근시간인 오후 5시면 반드시 사인을 해야 하는 출입자 명부에 기록을 마치고 나서 그녀는 곧장 주차장으로 향했다.

겨울이라고는 해도 지금까지 4년 동안 참고 살아온 보스턴의 겨울과는 비교도 되지 않았으므로 그녀는 코트의 단추도 채우지 않은 채 밖으로 나왔다. 그녀의 빨간색 혼다 스포츠카는 내팽개쳐진 듯 먼지투성이로 아침에 세워둔 자리에 그대로 있었다. 번호판은 아직 매사추세츠 주의 것이었지만 그것을 바꿀 시간이 없었다.

CDC에서 그녀가 세 들어 있는 집까지는 가까운 거리여서 차로 가면 금방이었다. 센터의 주변지역은 1940년대 초, 센터에 땅을 기증한 에모리 대학의 소유로 되어 있었으며, 그 대학 주변은 중하류 계층에서 부자에 이르기까지 여러 계층의 깨끗한 집들로 둘러싸여 있었다. 드루이드 힐 구역에서 마리사가 발견한 셋집은 오래된 주택가의 집들 중 하나로, 산아 제한 운동을 홍보하러 아프리카 말리로 이주해간 부부의 집이었다.

마리사는 피치트리 플레이스 쪽으로 차를 몰았다. 애틀랜타에는 어디고 피치트리란 이름이 붙어 있는 것 같다고 생각하며 그녀는 왼쪽 자기 집 앞을 지나쳐 갔다. 아담한 2층 목조 건물로, 정원을 제외하고는 손질이 꽤 잘 돼 있는 집이었다. 현관에 서 있는 2개의 이오니아식 원주 말고는 무슨 스타일이라고 할 만한 특징이 없었다. 창에는 장식 역할에 지나지 않는 쌍여닫이 덧문이 달려 있었는데 그 중앙에 하트 모양이 조각되어 있었다. 마리사는 부모님께 보내는 편지에 그것을 '멋지다'고 표현했었다.

그녀는 다음 모퉁이에서 좌회전을 한 뒤 다시 한 번 왼쪽으로 꺾었다. 그녀의 집터는 한 블록 전체에 세로로 길게 뻗어 있었기 때문에 차고로 들어가려면 뒤로 돌아서 진입을 해야만 했다. 집 앞쪽에도 원형 진입로가 있긴 하지만 거기서는 뒷길이나 차고로 들어갈 수 없었다. 분명히 전에는 앞쪽에서 곧장 뒤로 통하는 길이 있었을 텐데, 누가 그 사이에 테니스 코트를 만들어버리는 바람에 가로막힌 것이다. 지금 그 코트에는 풀이 무성해서 겨우 거기가 그 자리라는 것을 알 수 있을 정도였다.

마리사는 저녁에 다시 외출을 해야 했으므로 차를 차고에 넣지 않고 방향만 돌려놓았다. 뒷문 계단을 뛰어오를 때 코커 스패니얼이 반갑게 짖어대는 소리가 들려왔다. 소아과에서 근무할 때 동료에게서 선물로 받은 개였다.

그녀는 사실 개를 키울 생각은 전혀 없었다. 그러나 6개월 전, 그때까지 당연히 결혼할 것으로 생각했던 남자와의 길고 긴 로맨틱한 관계가 갑자기 종지부를 찍으면서 생각이 달라졌다. 매사추세츠 종합병원의 신경외과 레지던트였던 그녀의 파트너 로저 슐먼이 로스앤젤레스의 캘리포니아 대학 연구원직을 수락했다는 소식과 또 그곳에 혼자 가고 싶다는 그의 선언은 마리사를 매우 놀라게 했다. 두 사람은 로저가 연구생활을 계속하는 동안 어디든 함께 가기로 약속했었고, 그래서 그녀는 샌프란시스코와 휴스턴의 소아과에 지원까지 했었다. 그런데 로저는 떠나기 바로 전날까지 캘리포니아 대학에 대해서는 한마디도 꺼내지 않았다.

냉엄하고 위압적인 신경외과의 아버지와 3명의 오빠 밑에서 응석받이로 자란 마리사는 지금까지 자신감 같은 것을 가져본 적이 없었다. 로저와의 가슴 쓰린 이별이 있고 나서 그녀는 매일 아침 침대에서 몸을 잡아떼듯 억지로 일어나 병원에 나가곤 했다. 실연의 상처로 우울한 기분에 빠져 있을 때 친구 낸시가 강아지를 준 것이다.

마리사는 처음에는 내키지 않았지만, 목둘레에 커다란 리본을 묶고 '태피'라는 달콤한 이름을 가진 그 강아지를 본 순간, 마음이 움직였다. 그리고 낸시의 의도대로 자신의 상처 입은 마음을 다른 데로 돌리는 계기가 되었다. 이제 그녀는 개에게 온통 정신을 빼앗기다시피 해 있었고 집 안에 생명체, 즉 애정을 나눌 수 있는 존재를 얻게 된 것을 진심으로 즐거워하고 있었다.

CDC에 다니게 되면서 마리사의 유일한 걱정은 자기가 직장에 나가 있는 동안 태피를 어떻게 할까 하는 것이었다. 그것이 항상 마음에 걸렸는데 다행히 이웃의 저드슨 부부가 태피를 귀여워해서 그녀가 직장에 나가고 없는 동안 언제라도 맡아주겠노라고 했다. 아니, 그것은 오히려 강요에 가까운 것이어서 참으로 신의 가호라 할 수 있었다.

마리사는 문을 열고, 꼬리를 흔들며 달려 나오는 태피를 겨우 옆으로 밀치면서 경보장치를 껐다. 처음 집 주인이 이 장치에 대해 설명했을 때는 건성으로 들었는데, 지금은 그 장치를 가지고 있는 것이 다행스럽게 생각되었다. 교외는 시내보다 안전하다고는 하지만 특히 밤에는 보스턴에 살 때보다 고립감이 한결 더 크게 느껴졌다. 따라서 위급하다고 생각될 때 경보기를 작동시킬 수 있도록 위급 버튼을 코트 주머니에 넣고 다니는 것마저 굉장한 안심이 되었다. 만약 집 안에 뜻하지 않은 불빛이나 움직임이 보이면 차도에서도 경보장치를 작동할 수 있었다.

마리사가 우편물을 보고 있는 동안 태피는 앞뜰의 전나무 주위를 뛰어다니며 갇혀 있던 에너지를 발산시키고 있었다. 낮에는 물론 저드슨 씨 부부가 개를 풀어주었지만, 저녁때부터 마리사가 집에 돌아올 때까지는 부엌에 가두어 놓았으므로 생후 8개월 된 강아지에게는 너무 가혹한 일이었다.

마리사는 별로 내키지 않았지만 좋아서 날뛰는 태피를 그만 제지시켜야 했다. 벌써 7시가 지나고 있었고 8시까지는 저녁식사 약속 장소에 가야 했다.

랠프 햄스턴은 지금까지 그녀와 몇 번 만난 적 있는 꽤 성공한 안과의사였다. 그녀는 아직 로저와의 일을 완전히 극복하지 못한 상태였지만 그럭저럭 랠프의 세련된 사교술을 즐기고 있었다. 사실 그는 식사나 연극, 콘서트에 그녀를 데려가는 것으로 만족했고 침대로 유혹

하거나 하는 일은 없었다. 오늘밤 처음으로 집에 초대받았지만 그것도 둘만의 데이트가 아니라 많은 사람들이 모이는 파티라고 그는 사전에 분명히 말했다.

랠프는 두 사람의 관계를 자연스럽게 키워나가는 것으로 만족하는 것 같았다. 마리사는 그 이유가 22년이라는 나이차—그녀는 31세, 랠프는 53세였다—에 있는 것이 아닌가 생각했지만, 그래도 그것은 그녀에게 퍽 다행스러운 일이었다.

애틀랜타에서 그녀가 사귀는 또 다른 데이트 상대는 그녀보다 4세 연하의 남자였다. 이름은 태드 셔클리로 그녀가 배치된 부서에서 같이 근무하는 미생물학자인데, 그녀가 이 CDC에 온 첫 번째 주에 우연히 식당에서 마주친 순간부터 그는 그녀에게 완전히 반해 있었다. 그는 랠프 햄스턴과는 대조적인 사람이었다. 사교적인 편이 못 되어 고작해야 그녀에게 영화 구경을 가자고 제의하는 정도였다. 두 사람은 지금까지 6번쯤 데이트를 했지만 다행히 그 역시 랠프처럼 육체적으로 강요하는 일은 없었다.

급히 샤워를 끝낸 마리사는 거의 기계적으로 화장을 하기 시작했다. 시간에 쫓기면서 어떤 옷을 입을까 생각하며 재빨리 옷장 속을 훑어보았다. 그녀는 패션광은 아니지만, 자신을 아름답게 꾸미는 것이 싫지는 않았다. 결국 그녀는 실크 스커트와 크리스마스 때 산 스웨터를 입기로 마음먹었다. 스웨터는 무릎 중간까지 내려왔는데 그녀는 그것이 자신의 키를 그나마 커보이게 한다고 생각했다.

마지막으로 검정색 하이힐을 신고 그녀는 전신거울에 자신의 모습을 비춰보았다. 그녀는 키를 제외한 자신의 용모에 꽤 만족하고 있었다. 이목구비는 작지만 섬세했는데, 몇 년 전 그녀가 아버지에게 자신이 예쁘냐고 물었을 때 "말할 수 없이 예뻐."라는 대답을 듣기도 했다.

짙은 갈색 눈에 눈썹 또한 짙었으며 숱이 많은 머리는 고급 셰리주 빛이었다. 그녀는 16세 때부터 어깨까지 내려오는 머리카락을 한 묶음으로 뒤로 젖혀 거북이 껍질 머리핀으로 고정시키는 헤어스타일을 고집하고 있었다.

랠프의 집까지는 차로 불과 5분 거리였지만 그의 집 쪽으로 다가갈수록 눈에 띄게 주위 경관이 달라졌다. 집들은 대체로 큼직큼직했고, 하나같이 손질이 잘된 잔디밭 안쪽으로 깊숙이 자리 잡고 있었다. 랠프의 집은 꽤 넓은 부지에 세워져 있어서 진입로가 도로에서부터 우아하게 커브를 그리며 이어져 있었다. 그 가장자리에는 아젤리아와 철쭉을 심어놓아서 봄에는 정말 볼만하다고 랠프가 말했었다.

집은 전면 오른쪽 모퉁이에 팔각형 탑이 치솟아 있는 빅토리아풍의 3층 건물이었다. 화려하고 복잡한 무늬로 테두리를 두른 포치(건물 입구에 지붕을 갖추어 차를 대도록 한 곳)가 그 탑이 있는 곳에서부터 왼쪽 모퉁이까지 집의 전면에 쭉 뻗어 있었다. 쌍바라지 앞문 위쪽과 현관 지붕 위로는 원형의 발코니가 걸려 있었고, 그 위에 다시 원추형 지붕이 얹혀 있어서 탑 꼭대기와 짝을 이루고 있었다.

그곳은 창마다 불빛이 환하게 비쳐 나오고 있어서 그 자체만으로도 축제 분위기를 연출하고 있었다. 마리사는 랠프가 가르쳐준 대로 차를 왼쪽으로 돌렸다. 약간 늦었다고 생각했는데 다른 차들은 보이지 않았다.

집 앞을 지나며 그녀는 화재시 대피용 비상계단을 올려다보았다. 어느 날 저녁 랠프가 무선 호출기를 깜박 잊고 나와서 집 앞에 잠깐 차를 세웠을 때 그녀는 처음 그것을 발견했다. 그의 말에 의하면, 전에 살던 집 주인이 3층에 하인방을 만들었는데 시의 건축과에서 나와서 의무적으로 비상계단을 만들게 했다는 것이다. 그 검은 철 계단이 하얀색 나무 벽을 등지고 있는 모습은 그로테스크해보이기까지 했다.

마리사는 차고 앞에 차를 세웠다. 그곳의 요란한 무늬와 장식은 고급주택과 다를 바 없었다. 건물의 다른 쪽에 앞에서는 보이지 않던 뒷문이 있어서 노크해보았지만 안에서는 들리지 않는 모양이었다. 창문으로 들여다보니 부엌에서 분주하게 일하는 사람들의 모습이 보였다. 마리사는 현관으로 돌아가 초인종을 눌렀다. 랠프가 곧 문을 열고 나와 그녀를 껴안으며 맞아주었다.

"일찍 와 줘서 고맙소."

랠프가 그녀의 코트를 받아들며 말했다.

"일찍이라고요? 전 너무 늦었을까 봐 걱정했는데요."

"아니, 전혀. 손님들은 8시 반까지는 오지 않을 거요."

그는 현관 옷걸이에 코트를 걸었다.

마리사는 랠프가 턱시도 차림이라는 것을 알고 깜짝 놀랐다. 그가 핸섬해 보이는 건 좋았지만 어쨌든 뜻밖이었다.

"모임에 어울리는 옷을 입고 올걸 그랬군요. 정식 파티라고 미리 귀띔해주시지 그러셨어요."

"당신은 언제나 예뻐요. 난 그저 턱시도를 한번 입어본 것뿐이에요. 자, 집을 구경시켜줄 테니 이리 와 봐요."

랠프의 강인하면서도 인자해 보이는 얼굴, 거의 반백에 가까운 머리를 보며 마리사는 아무리 봐도 전형적인 의사라는 생각을 떨칠 수 없었다.

랠프가 앞장서서 마리사를 응접실로 안내했다. 장식은 상당히 화려했지만 왠지 썰렁한 느낌이 들었다. 검정색 유니폼을 입은 가정부가 오르되브르(서양식 식사에서 수프가 나오기 전에 나오는 가벼운 요리 또는 술안주로 먹는 간단한 요리)를 날라 왔다.

"여기서 시작할 거요. 마실 건 거실 바에 내놓도록 했소."

랠프가 말했다.

두 사람은 거실로 갔다. 왼쪽에 바가 있었는데, 빨간 조끼를 입은 젊은 남자가 부지런히 술잔을 닦고 있었다. 거실의 아치형 문 맞은편에는 격식을 갖춘 식당이 있었다. 마리사는 그곳에 적어도 15~16명의 손님을 위한 테이블이 준비되어 있음을 알 수 있었다.

그녀는 랠프를 따라 식당을 빠져나와 건물의 중심부로 들어섰다. 그곳에는 가족용 휴게실과 널따란 현대식 부엌이 있었고 3~4명의 고용인들이 한창 저녁식사를 준비하느라 분주히 움직이고 있었다.

모든 것이 궤도에 올라 있음을 확인한 랠프는 마리사를 다시 응접실로 데려가 오늘 밤 그녀가 안주인 역할을 해주었으면 해서 빨리 와달라고 부탁했노라고 말했다. 지금까지 겨우 5~6번 데이트를 했을 뿐이므로 그녀는 약간 놀랐지만 결국 그의 부탁을 받아들이기로 했다.

그때 초인종이 울렸다. 첫 손님이 온 모양이었다.

딱하게도 마리사는 사람들의 이름을 기억하는 데 서툴렀지만 닥터 헤이워드 부부만은 기막히게 멋진 백발 때문에 기억에 남았다. 그리고 닥터 잭슨 부부를 기억할 수 있었던 것은 부인이 골프공만한 다이아몬드를 과시하고 있었기 때문이었다. 그 밖에 나중에 이름이 기억난 사람은 닥터 샌드버그 부부뿐이었는데 이들은 내외가 모두 정신과 의사였다.

잠깐 얘기를 주고받는 동안 마리사는 그들의 모피나 보석에 압도되고 말았다. 이들이 결코 시내 한 모퉁이의 평범한 개업의가 아니라는 것은 의심의 여지가 없었다.

대부분의 손님들이 각각 마실 것을 손에 들고 거실에 서 있을 때 또다시 초인종이 울렸다. 랠프가 안 보였으므로 마리사가 대신 나가 문을 열어주었는데, 놀랍게도 닥터 시릴 두브체크였다. 그는 바이러스학부 특수병원과에서 근무하는 그녀의 상사였다.

"아~ 닥터 블루멘탈!"

두브체크는 마리사의 앞을 지나치며 기분 좋은 어조로 인사를 건넸다. 마리사는 몹시 당황했다. CDC에서 누가 오리라고는 꿈에도 생각지 못했기 때문이었다. 두브체크가 코트를 벗어 가정부에게 건네주자 이태리제의 짙은 감색 슈트가 드러났다. 그는 지적인 검정색 눈과 올리브색 피부를 가진 대단히 매력적인 남자로, 그 용모는 날카로우면서도 귀족적이었다. 이마 뒤로 넘긴 머리칼을 손으로 쓸어 올리며 그가 미소를 지어보였다.

"마리사도 초대를 받았군요."

마리사는 희미한 미소로 답하고 거실 쪽으로 고개를 까딱해보였다.

"바는 저쪽에 있습니다."

"랠프는 어디 있나요?"

두브체크가 고개를 끄덕이며 그쪽으로 걸음을 옮기는데 또 한 번 초인종이 울렸다. 문을 연 마리사는 이번에는 숨이 멎을 듯이 기겁을 했다. 그녀 앞에 서 있는 사람은 태드 셔클리가 아닌가!

"마리사!"

태드가 매우 놀란 얼굴로 소리쳤다.

마리사는 이내 마음을 가다듬고 태드를 맞아들였다. 그리고 그의 코트를 받아들면서 물었다.

"햄스턴과는 어떻게 아는 사이죠?"

"그저 몇 번 회합에서 만났을 뿐이에요. 초대장을 받고 나도 깜짝 놀랐어요."

태드가 히쭉 웃었다.

"나 같은 월급쟁이가 공짜로 밥을 얻어먹을 수 있는 기회를 거절할 수 있겠어요?"

"두브체크도 올 거라는 걸 당신은 알고 있었어요?"

마리사의 말은 흡사 비난조였다.

태드는 고개를 저었다.

"하지만 그가 오든 말든 무슨 상관이죠?"

그는 식당을 들여다보고 나서 중앙계단으로 눈을 돌렸다.

"대단한 집이군요!"

마리사는 자기도 모르게 얼굴에 웃음이 번졌다. 모랫빛 금발에 생기발랄한 태드의 얼굴은 박사라고 하기엔 아무리 봐도 너무 어린아이 같았다. 그는 코르덴 재킷에 니트 넥타이를 매고 쥐색 플란넬 바지를 입고 있었는데, 바지는 닳을 대로 닳아 청바지라고 해도 곧이들을 정도였다.

"그런데 마리사는 햄스턴을 어떻게 알죠?"

"그냥 좀 아는 사이예요."

마리사는 태드에게 거실로 들어가서 뭘 좀 마시라고 손짓하며 애매하게 대답했다.

손님들이 모두 도착하자 마리사는 이제 문에서 떠나 있어도 괜찮으려니 생각하며 바에 가서 백도포주 잔을 집어 들었다. 손님들이 모두 식당으로 몰려가기 전에 그녀는 닥터 샌드버그와 닥터 잭슨의 틈에 끼여 이야기를 나누었다.

"애틀랜타에 잘 오셨습니다, 블루멘탈 양."

닥터 샌드버그가 말했다.

"감사합니다."

마리사는 되도록 잭슨 부인의 커다란 반지에 신경 쓰지 않으려고 애쓰며 대답했다.

"센터에는 어떻게 오게 되었습니까?"

닥터 잭슨이 물었다. 저음이지만 맑은 목소리였다. 외모만 찰턴 헤스턴을 닮은 게 아니라, 마치 실제로 〈벤허〉를 연기하고 있는 듯한 목소리였다.

그의 짙은 푸른색 눈을 보면서 그녀는 이 진지한 질문에 어떻게 대답할까 망설였다. 전에 사귀던 애인이 로스앤젤레스로 가버리는 바람에 기분 전환이 필요했다는 따위의 얘기는 결코 하고 싶지 않았다. 그런 이유로 CDC에 온 사람은 아무도 없을 것이다.

"저는 전부터 공중 보건에 흥미를 갖고 있었어요. 언제나 의학 탐정 같은 이야기에 매력을 느끼고 있었거든요."

그것은 악의 없는 거짓말이었다.

그녀는 살짝 미소를 지었다. 적어도 이것만은 진짜였다.

"아이들의 콧물감기나 귓속의 고름을 들여다보는 게 지긋지긋했는지도 모르죠."

"소아과에서 공부했다……?"

닥터 샌드버그가 중얼거렸다. 그것은 질문이라기보다는 오히려 혼잣말에 가까웠다.

"보스턴의 소아과 병원에 있었습니다."

마리사는 정신과 의사와 얘기할 때는 항상 다소 긴장이 되곤 했다. 그들이 그녀 자신의 동기를 자기보다 더 잘 분석해낼 것 같은 생각에 사로잡히기 때문이었다. 그녀가 의학을 지망한 이유 중 하나는 아버지를 두고 오빠들과 대항할 수 있다는 점에 있었다.

"임상의학은 어땠습니까? 개업을 생각해본 적 있나요?"

닥터 잭슨이 물었다.

"네."

"어떻게요?"

닥터 잭슨은 차츰 더 불안해하고 있는 마리사의 심경을 알아채지 못하고 질문을 계속했다.

"혼자서? 그룹으로? 아니면 클리닉에서?"

"식사 준비가 다 됐습니다!"

랠프가 떠들썩한 대화의 소음에 질세라 큰 소리로 외쳤다.

닥터 잭슨과 닥터 샌드버그가 각각 자기 부인을 찾느라 고개를 돌리자 마리사는 겨우 안도의 숨을 내쉬었다. 잠깐 동안이었지만 마치 심문을 당하는 기분이었다.

식당에 들어서니 랠프가 테이블 한쪽 끝에 앉아 반대쪽 끝에 마리사의 자리를 마련해두고 있었다. 그녀의 바로 오른쪽 옆은 닥터 잭슨의 자리였는데, 다행히도 그는 임상의학에 관한 방금 전의 질문을 잊고 있는 듯했다. 왼쪽 자리에는 백발의 헤이워드가 앉아 있었다.

식사가 진행됨에 따라 마리사는 오늘밤 파티가 애틀랜타의 내로라하는 의사들의 모임이라는 것을 차츰 알게 되었다. 단순한 의사들이 아니라 모두 애틀랜타 의료계의 거물급들이었다. 그들 중에서 예외는 시릴 두브체크와 태드, 그리고 그녀뿐이었다.

고급 포도주를 몇 잔 비우자 마리사는 어느 때보다도 말이 많아졌다. 그녀는 버지니아에서 보낸 자신의 어린 시절 추억담에 모두들 귀기울이고 있다는 사실을 문득 깨닫고는 매우 당황했다. 그녀는 얼른 입을 다물고 그저 얌전히 생글생글 웃고만 있기로 했다.

화제가 미국 의학계의 비참한 실태라든지, 회비 선납제 건강관리시스템을 운영하는 병원이 늘어나 개업의 경영을 압박하고 있다는 등의 이야기로 전환되자 마리사는 그제야 마음이 조금 놓였다. 마리사는 그들이 걸치고 있는 값비싼 모피와 보석 등으로 봐서는 아무리 병원 경영이 어렵다 하더라도 이들은 별로 영향 받지 않을 것 같았다.

"센터는 어떻습니까? 예산 감축은 없나요?"

닥터 헤이워드가 맞은편에 앉은 시릴에게 물었다.

시릴은 냉소적인 웃음을 웃어보였다. 그는 웃을 때 항상 볼에 깊은 주름이 생겼다.

"매년 우리는 정부의 행정 관리 예산국이나 의회의 예산 심의 소위원회와 맞붙어 싸워야 합니다. 올해는 예산 삭감으로 500명이나 감원됐습니다."

닥터 잭슨이 헛기침을 했다.

"만약 지금 당장 1917년과 1918년에 발생했던 인플루엔자가 또 한 번 크게 유행해서 댁의 센터가 그 일을 맡게 된다면, 그 사태에 대처할 만한 인력 동원은 가능합니까?"

시릴은 어깨를 한 번 으쓱해 보이고는 대답했다.

"그것은 바이러스의 변이 여하에 달렸지요. 만약 그 바이러스가 표면 항원을 변화시키지 않는 거라면 그것을 조직 배양으로 쉽게 번식시켜 곧 백신을 만들 수가 있죠. 다만 얼마나 걸릴지 모르겠지만 말입니다. 태드, 자네는 어떻게 생각하나?"

"글쎄, 한 달쯤 걸릴까요? 잘될 경우엔 말이죠. 엄밀하게 질병의 확산이나 치료에 변화를 줄 정도로 특이성을 갖게 하려면 상당한 시간이 걸립니다."

"그 말씀을 들으니 몇 년 전에 유행했던 돼지 인플루엔자 소동이 생각나는군요."

닥터 헤이워드가 끼어들었다.

"그건 센터의 과오가 아니었습니다."

시릴이 변명하듯이 말했다.

"그건 분명 포트 딕스에서 발견한 균이었죠. 왜 그게 번지지 않았는지는 도무지 알 수가 없지만 말입니다."

바로 그때 마리사는 자신의 어깨에 손이 와 닿는 것을 느꼈다. 돌아보니 검정색 유니폼의 고용인 한 명이 서 있었다.

"닥터 블루멘탈이십니까?"

그녀가 낮은 소리로 물었다.

"그런데요."

"전화가 와 있습니다."

테이블 너머로 랠프 쪽을 보니, 그는 잭슨 부인과 대화에 열중해 있었다. 마리사는 잠깐 실례하겠다는 말을 남기고 고용인을 따라 부엌으로 갔다. 인턴시절에 처음으로 야간 호출을 받았을 때처럼 불안감이 밀려들었다. CDC 말고는 전화가 걸려올 만한 곳이 없었다. 그녀는 오늘 저녁 당직이어서 규칙대로 랠프의 집 전화번호를 남겨놓고 왔었다.

"닥터 블루멘탈이신가요?"

마리사가 수화기를 들자 CDC의 교환수가 물었다.

전화는 이내 당직 연구원에게 연결되었다.

"축하합니다."

상대방은 즐거운 듯이 말했다.

"방금 전염병 발생으로 긴급 요청이 들어왔습니다. 캘리포니아 주 역학(질병의 집단현상을 연구하는 의학의 한 분야) 담당자로부터 연락이 왔어요. 로스앤젤레스에서 발생한 골치 아픈 문제를 해결하는 데 센터의 도움이 필요하다고요. 리히터 클리닉이라는 곳에 병인을 알 수 없는 환자가 생겼다는군요. 그래서 우리는 상의한 끝에 당신을 그곳으로 보내기로 했습니다. 새벽 1시 10분발 델타 항공편을 예약해놓

앉어요. 트로픽 모텔이란 곳에 숙소를 미리 잡아뒀고요. 근사한 곳인 모양입니다. 아무튼 조심해서 다녀오세요."

수화기를 내려놓고 마리사는 잠시 전화기에 손을 얹은 채 숨을 죽이고 서 있었다. 마음의 준비가 전혀 되어 있지 않았다. 뜻밖의 재난을 당한 딱한 캘리포니아 주 사람들은 역학계의 대가가 오기를 바라는 마음으로 CDC에 도움을 요청했을 텐데, 하필이면 겨우 153센티 키의 이 마리사 블루멘탈이 가다니! 그녀는 사람들에게 작별인사를 하기 위해 식당 쪽으로 걸어갔다.

1월 21일
바이러스성 출혈열

마리사가 공항의 수화물 창구에서 가방을 찾아 렌터카가 오기를 기다렸다가 그것을 타고(처음에 빌린 차는 아예 움직이지도 않았다) 겨우 트로픽 모텔에 도착했을 때는 어느새 하늘이 밝아오고 있었다.

모텔 프런트에서 접수를 마치고 나니 이곳에 머물러 있을 로저가 생각났다. 하지만 결국 그에게 전화를 걸지 않았다. 그것은 비행기 안에서 그녀가 몇 번이고 다짐한 일이었다.

모텔은 지독하리만큼 불결했지만 어차피 이곳에서 오래 머무를 것도 아니었으므로 그것은 아무래도 상관없었다. 그녀는 세수를 하고 나서 머리를 빗어 클립으로 고정시켰다. 방에서 딱히 할 일도 없고 해서 그녀는 렌터카를 타고 리히터 클리닉으로 향했다. 핸들을 잡은 그녀의 손에서 땀이 축축하게 배어 나왔다.

클리닉은 교통이 편한 대로변에 접해 있었다. 이른 아침이어서인지 주차되어 있는 차도 얼마 없었다. 마리사는 주차장으로 들어가서 주차 티켓을 뽑은 뒤 입구 가까운 곳에 차를 세웠다. 주차장은 물론 외래과 병동이라고 짐작되는 7층 건물까지 전체적으로 현대적인 인상을 주었다.

마리사는 차에서 내려 허리를 한번 쭉 편 다음 서류가방을 집어 들었다. 가방 안에는 역학 초급 코스 시간에 메모한 강의록—그것이 어떤 도움을 줄 것 같은 예감이 들었다—과 편지지, 연필, 바이러스성 질병 진단에 관한 소형 책자, 그리고 립스틱, 껌 등이 들어 있었다.

안으로 들어서자 익숙한 병원 특유의 소독약 냄새가 났다. 왠지 그것이 그녀의 기분을 차분히 가라앉혀 주어서 그 순간 다시 집으로 돌아온 듯한 느낌이 들었다.

안내소에는 아무도 보이지 않았다. 그녀가 걸레로 바닥을 훔치고 있는 청소부에게 병실이 어디 있느냐고 묻자 그는 바닥에 그려진 빨간 선을 가리켰다. 그 선을 따라가 보니 응급실이 나왔다. 대합실에 환자 2, 3명, 홀 중앙에 놓인 테이블에 간호사 2명이 앉아 있을 뿐 그곳은 한산한 편이었다. 마리사는 응급실 당직의사를 만나 자신을 소개했다.

"아, 잘 오셨습니다! 와 주셔서 정말 기쁩니다! 닥터 나바르가 내내 학수고대하고 계셨어요. 그분을 모셔오죠."

당직의사가 감격스러운 얼굴로 말했다.

마리사가 잠시 종이클립으로 손장난을 치다가 고개를 드니 두 간호사가 자신을 주시하고 있었다. 그녀가 미소를 지어보이자 그녀들도 미소로 답했다.

"커피 드릴까요?"

키가 큰 간호사가 물었다.

"네, 고마워요."

마리사가 대답했다. 가뜩이나 불안감을 떨칠 수 없는 데다 애틀랜타에서 비행기를 타고 오는 동안 겨우 2시간가량 꾸벅꾸벅 졸았을 뿐이어서 아직 그 여독이 남아 있었다.

뜨거운 커피를 마시자 《뉴요커》지에 게재되었던 버튼 루시의 의학 추리 소설이 머릿속에 떠올랐다. 문득 그녀는 현대 역학의 시조인 존 스노가 해결한 것 같은 사례를 맡게 된다면 얼마나 좋을까 하는 생각 이 들었다. 존 스노는 런던에서 콜레라가 유행했을 때 특정 송수 펌프 에 원인이 있다는 것을 밝혀내고 더 이상의 확산을 진압할 수 있었다. 스노가 남긴 업적의 핵심은 질병의 원인이 세균에 있다는 설이 아직 인정되기도 전에 그것을 완수했다는 데 있었다. 그처럼 원인이 확실 한 경우라면 좋을 텐데…….

당직실 문이 열리고 검은 머리의 핸섬한 남자가 들어왔다. 그는 응 급실의 환한 불빛에 눈이 부신지 눈을 깜박이며 곧장 마리사 쪽으로 걸어왔다. 그의 입가에는 커다란 웃음이 번져 있었다.

"닥터 블루멘탈, 만나서 반갑습니다. 우리가 당신을 얼마나 기다렸 는지 아마 상상도 못하실 겁니다."

악수를 나누고 나서 닥터 나바르는 마리사를 내려다보았다. 그는 그녀의 자그마한 체구와 어려 보이는 외모에 순간 놀란 듯했지만, 정 중하게 "비행기는 어땠습니까?"라든가 "혹시 시장하시진 않으세 요?" 등의 질문을 했다.

"곧바로 일을 시작하는 게 좋을 것 같군요."

마리사가 말했다.

닥터 나바르도 흔쾌히 찬성했다. 그리고 마리사를 회의실로 안내하 며 자신을 내과부장이라고 소개했다. 이 말은 그녀의 자신감을 더욱 흔들어 놓았다. 그는 전염병에 관한 한 그녀보다 훨씬 더 잘 알고 있음 이 틀림없었기 때문이었다.

둥근 회의탁자를 가리키며 마리사에게 자리를 권한 닥터 나바르는 수화기를 들고 전화를 걸었다. 그리고 전화가 연결되기를 기다리는 동안 그는 주(州) 역학 담당관인 닥터 스펜서 콕스가 마리사가 도착하는 즉시 얘기를 나누고 싶어 한다고 간단히 말했다.

'산 너머 산이군.'

마리사는 애써 웃음을 지어보였다.

닥터 콕스도 닥터 나바르와 마찬가지로 마리사가 온 것을 구세주라도 만난 양 기뻐했다. 전화로 들은 그의 말에 의하면, 지금 샌프란시스코 지역에 에이즈와 관계있는 것으로 보이는 B형 바이러스 간염이 유행하고 있어서 꼼짝 못하고 묶여 있는 중이라는 것이었다.

"닥터 나바르에게 들으셨겠지만……, 리히터 클리닉에는 현재 7명의 환자가 발생했습니다."

"아직 못 들었어요."

마리사가 대답했다.

"아마 얘기하려던 참이었을 겁니다. 그런데 이곳엔 B형 간염환자가 500명이나 발생했어요. 그러니 제가 그곳으로 당장 달려가지 못하는 이유를 이해해주시리라 생각합니다."

"물론이죠."

"정말 다행이군요."

닥터 콕스가 말했다.

"그런데 선생은 센터에서 얼마나 근무하셨나요?"

"별로 오래 있지는 않았습니다."

잠깐 동안 대화가 끊어졌다.

"어쨌든, 계속해서 상황을 알려주십시오."

마리사가 수화기를 닥터 나바르에게 돌려주자 그는 전화를 끊었다.

"그럼 지금까지의 상황을 설명해드리죠."

그는 의사다운 단조로운 말투로 그렇게 말하면서 7.6×12.7센티 크기의 카드 몇 장을 주머니에서 꺼냈다.

"아직 진단을 명확히 내릴 수 없는 환자가 7명 있습니다. 그들 모두가 심각한 중증으로 쇠약해진 상태이고, 각 기관이 치명상을 입었다는 게 특징입니다. 최초의 입원환자는 이 클리닉의 설립자 중 한 분인 리히터 박사입니다. 그 다음 환자는 의무 자료과에 근무하는 여직원이었습니다."

닥터 나바르는 카드를 테이블 위에 늘어놓기 시작했다. 그 한 장 한 장에 환자가 한 사람씩 기재되어 있었다. 그는 그 증례를 잘 알아볼 수 있도록 차례대로 카드를 나열했다.

마리사는 닥터 나바르가 안을 들여다보지 못하도록 조심스럽게 서류가방을 열어 메모지와 연필을 꺼냈다. 그리고 최근에 배운 강의내용을 떠올리며 정보를 알기 쉽게 몇 개로 분류하는 것이 좋겠다고 생각했다.

우선은 질병에 관한 정보들이었다. 이 질병이 정말 지금까지 나타난 적이 없는 아주 새로운 것일까? 과연 어떤 문제가 있는 것일까?

극히 단순한 수식으로 풀 수 있는, 틀림없이 초보적인 통계학상의 문제일 것이다. 그녀는 자신이 비록 진단은 내리지 못하더라도 최소한 병의 특징은 잡아내야 한다고 생각했다.

다음 단계는 환자들에게 어떤 공통점이 있는지를 알아보기 위해 나이, 성별, 건강상태, 식사습관, 취미 등 주요 데이터를 확인하는 것이었다. 그리고 그 다음에는 환자 한 사람, 한 사람이 최초로 증상을 나타냈던 시간과 장소, 그리고 환경을 알 필요가 있었다.

그 다음엔 질병 감염의 문제인데, 그 원인을 더듬어 올라가다 보면 전염병의 매개체를 알게 될 것이다. 그리고 마지막으로는 병원체의 보균 동물 혹은 서식처를 알아내는 것이었다. 그러나 이것은 말로는 쉬워도 두브체크 같은 노련한 사람 역시 쩔쩔매는 일이라는 것을 그녀는 잘 알고 있었다.

땀에 젖은 손바닥을 스커트에 문질러 닦으면서 마리사는 다시 한번 연필을 들어 하얀 메모지를 채워갔다.

"그런데.. 확진은 내리지 못했어도 뭔가 짚이는 건 있지 않겠어요?"

"여러 가지를 생각할 수 있습니다."

닥터 나바르가 말했다.

"인플루엔자?"

너무 단순한 지적인 것 같다는 생각을 하면서 마리사가 물었다.

"그런 것 같지는 않습니다. 환자에게 호흡기 증상이 있긴 하지만 그렇게 심하진 않아요. 게다가 혈청검사 결과 7명 전부가 인플루엔자 바이러스에 음성반응을 나타냈습니다. 확실한 건 모르겠지만 적어도 인플루엔자는 아닌 것 같습니다."

"다른 것은요?"

"검사 결과 모두 음성반응을 나타냈습니다. 혈액검사, 소변검사, 타액검사, 대변검사, 뇌척수액 검사까지 전부요. 말라리아가 아닌가 싶어서 실제로 그 치료까지 해봤지만 혈액 도말(분류하여 검사함)에서 병원충이 나오지 않았습니다. 또 장티푸스도 배양해본 결과 음성이었지만 테트라시클린이나 클로람페니콜의 치료도 해봤어요. 항 말라리아제도 전혀 효력이 없고, 우리가 어떤 조치를 취해도 환자의 용태는 계속 악화될 뿐입니다."

"그래도 뭔가 감별 진단이 있을 것 같은데요."

"물론입니다. 우리는 전염병 전문가와 철저히 상담해봤어요. 렙토스피라증일 가능성도 다소 있지만 바이러스 질환일 거라는 것이 전원

일치된 의견이었습니다."

닥터 나바르는 색인카드를 뒤적이더니 그중 한 장을 집어 들었다.

"아, 여기 감별진단에 대한 현재까지의 기록이 있군요. 렙토스피라증, 이건 아까 말씀드렸죠. 그리고 황열병, 뎅기열, 전염성 단핵증, 또 그 밖에 엔테로바이러스, 아르보바이러스, 아데노바이러스, 아르보바이러스, 아데노바이러스 등의 감염증까지 빠뜨리지 않고 생각해봤습니다. 그러다 보니 우리는 두말할 필요 없이 치료뿐 아니라 진단 분야에도 손을 대게 되었죠."

"닥터 리히터는 입원한 지 얼마나 되었나요?"

"오늘로 5일째입니다. 우리가 시도한 것들을 염두에 두고 환자를 봐주셨으면 합니다."

마리사가 미처 대답하기도 전에 닥터 나바르가 자리에서 일어나 앞장 서서 걸었으므로 그녀는 그의 뒤를 종종걸음으로 따라가야만 했다. 두 사람은 자동문을 지나 입원 병동으로 들어섰다. 마리사는 신경이 매우 예민해져 있었지만 호텔에 뒤지지 않는 그곳의 호화로운 카펫에는 감탄하지 않을 수 없었다.

닥터 나바르를 따라 엘리베이터에 올라탄 그녀는 한 마취의를 소개받았다. 상대방의 인사에 응하긴 했지만 실상 그녀의 생각은 다른 데에 있었다.

지금 환자를 본다면 감염의 위험성에 노출될 것이고, 만약 잘못되면 모든 게 끝장이었다. 이런 기분은 애틀랜타에서 초급 코스를 받는 동안에는 전혀 느끼지 못했는데 갑자기 매우 심각한 문제로 생각되었다. 그러나 지금 무엇을 할 수 있단 말인가?

두 사람은 5층의 간호사실로 들어갔다. 닥터 나바르가 마리사에게 야간 당직 간호사를 소개했다. 그녀들은 마침 근무 교대 준비를 하고 있는 중이었다.

"환자 7명이 모두 이 5층에 있습니다."

닥터 나바르가 말했다.

"제일 경험 많은 간호사들이 이곳을 담당하고 있거든요. 상태가 위독한 환자 두 명만 복도 맞은편에 있는 집중치료실 작은 방에 따로따로 격리돼 있고, 나머지 환자들은 모두 일반병실에 있습니다. 진료카드는 여기 있습니다."

그는 카운터 한구석에 쌓여 있는 서류더미를 가볍게 건드렸다.

"닥터 리히터를 먼저 보고 싶으시겠죠?"

닥터 나바르는 리히터의 진료 카드를 마리사에게 건네주었다.

그녀는 먼저 맥박, 호흡, 혈압, 체온 등 소위 '생존 징후(vital signs)' 난을 살펴보았다. 발병 후 5일째부터 환자의 혈압은 떨어지고 체온은 상승하고 있었다. 이것은 좋은 징조가 아니었다. 그녀는 서둘러 진료카드의 기재사항을 훑어나갔다. 나중에 다시 한 번 정밀하게 살펴볼 필요는 있었지만, 대충 훑어보고도 그녀는 자신도 이만큼 훌륭히 해내지는 못할 거라는 생각이 들 정도로 검사는 완벽했다.

검사실의 업무는 철저했다. 그녀는 자기가 여기서 권위자라도 되는 듯한 표정으로 서서 대체 무엇을 하고 있는 걸까 하고 다시금 생각하지 않을 수 없었다.

진료카드의 앞부분으로 돌아가 '현재 증상' 난을 읽어 내려가다가 마리사는 갑자기 정신이 번쩍 들었다. 발병하기 몇 주일 전 닥터 리히터는 케냐의 나이로비에서 개최한 안과학회에 참가한 적이 있었다.

호기심에 끌려 그녀는 계속 읽어나갔다. 발병 1주일 전 그는 샌디에이고에서 열린 안검 외과학회에 참가했었다. 또 입원하기 이틀 전에는 '서코피테세우스 에티옵스'란 것에 물린 적이 있었다. 이건 대체 뭘까, 고개를 갸웃하며 그녀는 그 부분을 닥터 나바르에게 가리켜보였다.

"원숭이의 일종이죠."

닥터 나바르가 말했다.

"닥터 리히터는 안구 헤르페스 연구용으로 그놈을 몇 마리 키우고 있었어요."

마리사는 고개를 끄덕였다. 그리고 다시 한 번 검사 결과를 들여다보던 그녀는 환자의 백혈구 수가 감소된 동시에 혈침(적혈구 침강 속도)치가 떨어지고 혈소판 수가 감소되었음을 확인했다. 그 밖에 간장과 신장의 기능도 저하되었고 심전도도 약간의 이상을 나타내고 있었다. 이 환자는 악성질환에 걸려 있음이 분명했다.

마리사는 진료카드를 카운터 위에 올려놓았다.

"됐습니까?"

닥터 나바르가 물었다.

마리사는 고개를 끄덕였지만 환자를 진찰하는 것은 되도록 나중으로 미루고 싶었다. 그녀는 지금까지 다른 사람들이 미처 발견하지 못한 중대한 의학적 사실을 자신이 발견함으로써 이 수수께끼를 풀겠다는, 그런 터무니없는 환상 같은 것은 품고 있지 않았다. 이 시점에서 환자를 본다 하더라도 그것은 단순한 '연기'일 뿐 아니라 어쩌면 유감스럽게도 큰 위험을 범하게 될지 모른다. 그러나 그녀는 마지못해 닥터 나바르의 뒤를 따라갔다.

두 사람은 최첨단 전자 장비가 갖춰진 집중 치료실로 들어갔다. 환자들은 뒤얽힌 전선과 플라스틱 관을 몸에 휘감은 채 꼼짝 않고 누워 있었다. 소독용 알코올 냄새가 진동하고 인공호흡기와 심박 감시 장치의 기계음으로 요란한 그곳은 항상 고도의 간호 능력이 요구되는 장소였다.

"닥터 리히터는 이 옆방에 격리돼 있습니다."

닥터 나바르는 닫힌 출입문 앞에 서서 말했다. 문 왼쪽에 난 커다란 창을 통해 마리사는 내부의 환자를 들여다볼 수 있었다. 환자는 다른 병실 환자들과 마찬가지로 정맥주사용 수액병들 아래 길게 누워 있었다. 그 뒤의 모니터에는 심전도를 측정하는 파상 곡선이 끊임없이 스크린 위에서 반짝이고 있었다.

"마스크와 가운을 착용하시는 게 좋을 겁니다. 당연한 일이지만 우리는 모든 환자들에게 철저한 격리조치를 취하고 있죠."

닥터 나바르가 말했다.

"잘 하셨어요."

그녀는 자신이 그러한 예방 조치를 너무 다행스러워하는 인상을 주지 않으려고 덤덤하게 대답했다. 하지만 사실 그녀는 가능하다면 잠수복이라도 입고 싶은 심정이었다. 그녀는 가운을 입고 모자와 마스크, 덧신, 그리고 고무로 된 장갑까지 착용했다. 닥터 나바르도 똑같이 착용했다.

환자를 내려다보는 순간, 마리사는 자기도 모르게 호흡을 멈췄다. 환자는 극단적으로 표현해 '죽어가고' 있었다. 얼굴은 창백했고 눈은 움푹 팼으며 피부는 주름투성이였다. 오른쪽 광대뼈 부근에는 상처가 나 있고 바싹 말라 갈라진 입술 사이로 피가 엉겨 붙은 앞니가 드러나 보였다.

마리사는 무엇을 어떻게 해야 할지 도무지 알 수가 없어서 한동안 환자를 물끄러미 내려다보고만 있었다. 그러나 바로 등 뒤에서 닥터 나바르가 자신의 일거수일투족을 지켜보고 있었으므로 그녀는 무슨 말이든 해야만 했다.

"기분은 어떠세요?"

마리사가 물었다. 그러나 말을 입에서 내뱉는 순간, 너무나 어리석게도 지극히 당연한 질문을 했다는 걸 깨달았다. 그러나 그때 리히터가 눈을 몇 번 깜박거리더니 번쩍 떴다. 눈의 흰자위에 출혈반이 몇 개 나타나 있었다.

"좋지 않아요."

리히터가 쉰 목소리로 속삭이듯 말했다.

"한 달 전 아프리카에 가셨던 게 사실인가요?"

그녀가 물었다. 하지만 상대방의 대답을 듣기 위해서는 그의 가슴 위로 덮치듯이 몸을 기울여야 했다.

"6주 전이었소."

리히터가 대답했다.

"혹시 거기서 어떤 동물을 만지셨나요?"

"아뇨."

리히터는 잠시 사이를 두었다가 간신히 대답했다.

"보기는 많이 봤지만 만진 적은 없소."

"혹시 환사를 진찰하시진 않으셨나요?"

"아뇨."

리히터는 고개를 저었다. 더 얘기할 기력도 없는 것 같았다. 마리사는 몸을 일으켜서 환자의 눈 아래 상처를 가리키며 닥터 나바르에게 물었다.

"이건 무슨 상처죠?"

닥터 나바르는 고개를 끄덕였다.

"발병하기 이틀 전에 노상강도를 만났답니다. 넘어지면서 땅바닥에 얼굴을 긁혀 난 상처인 모양이에요."

"저런······."

마리사는 닥터 리히터의 거듭된 불운에 주춤하며 몸을 떨었으나 이윽고 말을 이었다.

"우선은 이 정도 진찰로도 충분할 것 같군요."

집중치료실을 나온 마리사와 닥터 나바르는 보호 가운을 벗고 5층의 간호사실로 돌아왔다. 마리사는 쫓기듯이 세면대로 달려가 몇 번이나 거듭해서 손을 씻었다.

"닥터 리히터를 물었다는 그 원숭이는 어떻게 했죠?"

그녀가 물었다.

"격리시켜 놓았습니다. 가능한 모든 방법을 써서 그놈으로부터 병원체를 배양해봤지만 현재로서는 아주 건강한 상태입니다."

그들은 생각할 수 있는 모든 수단을 다 취하고 있는 것 같았다. 마리사는 닥터 리히터의 진료카드를 집어 들고 결막 출혈반이 기록돼 있는지를 보았다. 그것은 이미 기록되어 있었다.

마리사는 숨을 한 번 크게 들이쉬고 나서, 기대에 찬 눈초리로 그녀를 바라보고 있는 닥터 나바르에게 고개를 돌렸다.

"어쨌든······."

그녀는 막연히 입을 열었다.

"이 진료카드들을 잘 검토해봐야겠어요."

그때 문득 '바이러스성 출혈열'이란 항목에 대해 읽은 기억이 났다. 그것은 대부분 아프리카에서 건너온 것으로 매우 드문 질병이지만 사망률은 매우 높았다. 지금까지 이 클리닉 의사들이 가정해온 질병의 목록에 하나를 더 첨가해야겠다고 생각하며 그녀는 그 가능성에 대해 물어보았다.

"바이러스성 출혈열도 이미 제안된 바 있습니다. 그래서 급히 센터에 연락한 것입니다."

닥터 나바르가 대답했다.

마리사는 '말굽소리를 들으면 얼룩말이 아닌 말을 생각하라'는 의학계의 금언을 떠올리며 '얼룩말 진단'은 이 정도로 해두자고 마음먹었다.

그때 응급실에서 닥터 나바르를 찾는 호출이 와서 그녀는 마음이 한결 가벼워졌다.

"대단히 죄송하지만 이만 실례해야겠군요. 제가 뭐 더 도와드릴 일이 있겠습니까?"

"글쎄요, 환자들의 격리를 더욱 엄중히 하는 것이 좋을 것 같군요. 당분간은 환자들을 일반 병동으로 옮기지 말고 최소한 질병의 감염경로가 확인될 때까지 격리병동에서 철저한 격리 간호를 해야 한다고 생각해요."

닥터 나바르가 마리사를 물끄러미 쳐다보았다. 그녀는 잠시 동안 이 사람이 대체 뭘 생각하는 걸까 의아스러웠다. 이윽고 그가 입을 열었다.

"지당하신 말씀입니다."

마리사는 7개의 진료카드를 들고 간호사실 뒤에 딸린 작은 방으로 들어갔다. 하나하나 들춰본 결과, 그녀는 닥터 리히터 외에 같은 병에 걸린 것으로 보이는 환자는 4명의 여자와 2명의 남자라는 사실을 알았다. 이 환자들은 그와 직접적인 접촉이 있었거나 아니면 같은 감염원으로부터 전염된 것이 틀림없었다.

마리사는 이번 현장근무가 그녀로서는 첫 체험인 만큼 가능한 한 많은 정보를 알아내어 애틀랜타로 보고하는 것이 최상의 방법이라고 자신을 타일렀다. 닥터 리히터의 진료카드를 다시 점검하면서 그녀는 간호사가 쓴 기록도 빠짐없이 읽었다. 그리고 중요하다고 생각되는 정보들을 노트에 낱낱이 기록했다. 물론 이 환자가 처음에 토혈 증상을 보인 것도 빠뜨리지 않았다.

이건 분명 인플루엔자와는 달랐다. 진료카드를 점검하는 동안 그녀의 머리에서 떠나지 않는 것은 닥터 리히터가 6주 전 아프리카에 갔었다는 사실이었다. 징후로 보아선 말라리아 같지는 않았다. 하지만 잠복기가 1개월이라는 것은 이미 가능성이 배제된 말라리아가 아니고는 설명할 수가 없었다. 이 점이야말로 중요한 실마리가 될 수 있을 것 같았다. 같은 바이러스 질환인 에이즈의 잠복기가 길긴 하지만 에이즈는 급성 전염병은 아니었다. 급성 전염병의 잠복기는 대개 1주일 이내이며 2, 3일 정도 차이가 있을 뿐이었다.

마리사는 환자들의 나이, 성별, 생활습관, 직업, 생활환경 등이 기록된 진료카드를 빠짐없이 읽어보고 환자 한 사람 한 사람에 대해 각기 노트 한 페이지씩을 할애하여 기록해두었다. 그녀는 또 그들이 매우 다양한 종류의 사람들이라는 것을 알게 되었다. 닥터 리히터 외에 이 클리닉 의무 자료과에 근무하는 여비서 1명, 주부 2명, 배관공, 보험 외판원, 부동산 업자들이었다. 이렇게 다양한 사람들이 한자리에 모일 기회는 거의 없으므로, 그들은 동일 감염원을 접촉한 것이 틀림없었다.

진료카드를 읽고 나니 마리사는 이 병의 임상 증상을 더 자세히 알 수 있었다. 환자들은 심한 두통, 근육통, 고열 등을 수반하여 갑자기 발병했으며 그 후에는 한결같이 복통, 설사, 구토, 인후통, 기침, 흉부 통증 등 여러 가지 증상을 보이고 있었다. 마리사는 마치 자신이 이 질병에 직접 감염되기라도 한 듯이 등골이 오싹했다.

마리사는 카드를 들여다보다 말고 눈을 비볐다. 수면 부족으로 눈이 뻑뻑하게 느껴졌다. 좋든 싫든 이제 다른 환자를 보러갈 시간이었다. 각각의 환자들이 발병 직전 수일 동안 나타낸 행태의 양상을 그녀는 알아야 했다.

그녀는 우선 집중치료실 닥터 리히터의 옆방에 격리되어 있는 여비서부터 시작해서 마지막 입원환자까지 세밀히 진찰해보기로 했다. 진찰하기 전에 그녀는 보호의를 신중하게 착용했다. 환자들은 모두 심각한 상태였으며 아무도 이야기를 나누고 싶어 하지 않았다. 그러나 마리사는 작성한 리스트대로 그들이 다른 환자 누군가와 접촉한 적이 있는지에 대해서 집중적으로 질문해나갔다. 대답은 한결같이 '아니오'였지만, 한 가지 특이한 사실은 모두가 닥터 리히터를 알고 있었으며 또 리히터 클리닉의 건강관리시스템 회원이라는 것이었다.

이렇게 분명한 사실을 지금까지 아무도 알아차리지 못했다는 것은 놀라운 일이었다. 닥터 리히터는 여비서와 접촉했을 가능성이 있고, 그렇다면 혹시 그 자신이 병을 퍼뜨린 주범인지도 모른다. 그녀는 병실 직원에게 그들의 외래 진료카드를 전부 보여 달라고 부탁했다.

기다리는 동안 닥터 나바르에게서 전화가 걸려왔다.

"환자가 또 한 명 발생한 모양입니다. 이 클리닉의 검사 기사인데, 지금 응급실에 있습니다. 와 보시겠습니까?"

"격리시켰나요?"

"가능한 모든 조치를 취하고 있습니다. 5층 격리 병동에 병실을 마련해놓았어요. 준비되는 대로 환자를 그리로 옮길 생각입니다."

"빠를수록 좋겠어요. 급하지 않은 검사들은 잠시 미뤘으면 해요."

"저도 그렇게 생각합니다. 이 환자 좀 봐주시겠습니까?"

"지금 내려갈게요."

마리사가 말했다.

응급실로 가는 동안 그녀는 바야흐로 전염병이 창궐할 위기에 직면했다는 생각을 떨쳐버릴 수 없었다. 환자가 검사 기사라면 두 가지 가능성이 있었다. 하나는 이 남자가 다른 환자와 같은 경로, 다시 말해서 리히터 클리닉 내에 존재하는 무서운 바이러스 활동성 병원체에 감염되었다는 것이고, 또 하나는—마리사는 후자에 더 무게를 두었는데—현재 입원해 있는 환자들의 검체를 취급하는 도중 병원체와 접촉했을 가능성이었다.

새 환자는 정신과의 한 병실에 격리되어 있었다. 문 앞에는 '출입금지' 라고 써 있었다. 마리사는 검사 기사의 진료카드를 살펴보았다. 그는 앨런 모이어스라는 24세의 남자로, 체온이 39도 6부나 되었다.

마리사는 보호용 가운에 마스크와 모자와 덧신을 착용하고 작은 병실로 들어갔다.

"기분이 많이 안 좋으세요?"

그녀가 물었다.

"트럭에 치인 기분이에요. 작년 인플루엔자에 걸렸을 때도 이렇게 괴롭진 않았는데……."

앨런이 대답했다.

"처음에 증상이 어땠나요?"

"머리가 몹시 아팠어요."

앨런은 그렇게 말하면서 관자놀이 부근을 손가락으로 눌렀다.

"바로 여기가 아파요. 정말 지독합니다. 무슨 약 좀 주실 수 없나요?"

"오한은요?"

"두통이 시작되면서부터 몸이 계속 떨립니다."

"지난주쯤 검사실에서 무슨 특별한 일은 없었나요?"

"어떤……."

앨런이 눈을 감고 말을 이었다.

"사실은 지난번 레이커스 게임에 내기를 걸어 돈을 땄어요."

"그것 말고 다른 일에 대해 듣고 싶은데요. 혹시 동물에게 물린 적은 없나요?"

"아니, 없습니다. 저는 동물 같은 건 만지지 않거든요. 대체 제가 무슨 병에 걸린 겁니까?"

"닥터 리히터는요? 그분을 아세요?"

"그야 물론이죠. 이 클리닉에서 닥터 리히터를 모르는 사람이 어딨어요? 아, 생각났어요. 채혈용 주사기 바늘에 찔린 적이 있습니다. 지금까지 그런 일은 한 번도 없었는데."

"혹시 그 주사기로 채혈한 환자의 이름을 기억하세요?"

"아니, 그저 제가 기억하는 건 그 친구가 에이즈 환자는 아니었다는 것뿐이에요. 꺼림칙해서 그 환자의 진단기록을 찾아봤거든요."

"뭐라고 쓰여 있던가요?"

"아무것도 없었어요. 만약 에이즈라면 에이즈라고 기록하거든요. 그러니 전 에이즈는 아니죠, 그렇죠?"

"네, 그래요. 당신은 에이즈는 아녜요."

"아, 천만다행이네요. 아깐 정말 가슴이 철렁 내려앉았어요."

그녀가 닥터 나바르를 찾아갔을 때 그는 마침 앰뷸런스에 막 실려온 심장 발작 환자 때문에 눈코 뜰 새 없었다. 마리사는 간호사에게 닥터 나바르가 묻기든 5층에서 기다리고 있다는 말을 전해달라고 부탁했다. 그리고 엘리베이터 쪽으로 걸어가면서 애틀랜타에 있는 두브체크에게 전화를 걸어 뭐라고 전할까 생각을 정리해보았다.

"잠깐 실례합니다."

마리사는 누군가가 자신의 팔을 가볍게 건드리는 것을 느끼고 돌아

섰다. 텁수룩한 턱수염에 금테 안경을 낀 땅딸막한 남자가 서 있었다.

"센터에서 오신 닥터 블루멘탈이시죠?"

자신의 이름을 대는 바람에 당황한 마리사는 그저 고개만 끄덕였다. 남자는 엘리베이터 입구를 가로막으며 말을 이었다.

"전 《로스앤젤레스 타임스》의 클러렌스 한스라고 합니다. 제 아내가 이 병원 집중 치료실에서 심야 근무를 담당하고 있지요. 아내 말로는 당신이 닥터 리히터를 진찰하러 왔다던데… 어떻습니까, 환자는?"

"지금으로선 아무것도 모릅니다."

마리사가 대답했다.

"상태는 심각합니까?"

"그건 부인한테 물으시지요. 저와 같은 대답일 테니까요."

"아내 말로는 그분은 죽어가고 있고, 그 밖에 같은 병으로 보이는 환자가 6명이나 더 있는데 그중엔 의무 자료과의 여비서도 있다던데요. 제 생각엔 어쩐지 병이 전염되고 있는 것 같아요."

"전염이란 말이 적합한지는 모르겠군요. 오늘 또 한 명의 환자가 발생하긴 했지만……. 그렇긴 해도 이틀 사이에 한 명뿐이니까요. 이 환자가 마지막이기를 바라지만, 그건 아무도 모르는 일이에요."

"무서운 이야기로군요."

기자가 말했다.

"그래요. 자, 전 이렇게 한가롭게 얘기하고 있을 시간이 없답니다."

계속 들러붙는 한스를 겨우 따돌리고 마리사는 다음 엘리베이터를 탔다. 그리고 5층 간호사실에 딸린 작은 방으로 들어가 닥터 두브체크에게 전화를 걸었다. 그 시각 애틀랜타는 새벽 2시 45분이었지만 두브체크는 즉시 전화를 받았다.

"마리사, 첫 출장 임무는 어떻소?"

"좀 부담스럽게 느껴져요."

마리사가 대답했다. 이어서 7명의 환자들을 진찰했으며 리히터 클리닉의 의료진들이 이미 알아낸 것 외에는 아무것도 새로 발견할 수 없었다는 말을 되도록 짧게 요약해서 들려주었다.

"그런 것에 얽매여선 안돼요."

두브체크가 말했다.

"역학자는 같은 데이터를 보더라도 임상의와 전혀 다른 견해를 갖게 마련이라는 것을 명심해요. 따라서 하나의 데이터가 다른 의미를 가져다줄 수도 있어. 임상의는 환자 한 사람 한 사람을 개별적으로 보지만 당신은 그걸 전체적으로 봐야 하는 거요. 증상을 얘기해봐요."

마리사는 때때로 자신이 메모해둔 것을 들여다보면서 임상 증상을 설명했다. 마리사는 두브체크가 2명의 환자는 토혈을, 또 한 명은 혈변을, 3명은 눈의 결막 출혈을 보였다는 점에 특히 관심을 기울이는 것을 알아차렸다. 닥터 리히터가 안과학회에 참석하기 위해 아프리카에 갔었다고 말했을 때, 두브체크는 이윽고 탄성을 질렀다.

"맙소사! 당신이 지금 무슨 병에 대해서 얘기하고 있는지 아시오?"

"아니, 잘 모르겠는데요."

바보 같은 말을 해서 웃음거리가 되기보다는 모르는 체하는 것이 낫다—이것은 의대생들 사이에 내려오는 황금 처세술이었다.

"바이러스성 출혈열이오. 그리고 아프리카에서 들어왔다면 라사열일 거요. 마르부르크(서부 아프리카산 사바나 원숭이가 매개하는 바이러스 전염병의 일종)나 에볼라가 아니라면 말이오. 이거 큰일이군!"

"하지만 닥터 리히터가 그곳에 간 건 6주 전인걸요."

"젠장! 이런 폭발적인 병의 잠복기는 길어야 2주 정도인데……. 검역을 위해서도 20일쯤이면 충분하다고 생각한단 말이오."

두브체크는 거의 화가 난 듯이 말했다.

"그 의사는 발병 이틀 전에 원숭이한테 물렸답니다."

"그건 잠복기치고는 너무 짧아요. 적어도 5일 내지 6일은 걸리니까. 그 원숭이는 지금 어디 있소?"

"격리시켜 놓았습니다."

"좋아. 그놈한테 손대지 말고 그대로 두라고 하시오. 죽기라도 하는 날엔 큰일이니까. 그놈에게 바이러스 테스트를 해봐야겠소. 만약 그 원숭이가 병에 걸려 있다면 마르부르크 바이러스를 생각해야 할 거요. 아무튼 이 병은 바이러스성 출혈열인 게 분명한 것 같으니 그 밖에 다른 것이 발견될 때까지는 그렇게 생각하고 대처해나가는 것이 좋겠소. 언젠가는 이런 일이 일어나지 않을까 걱정하던 참이었는데……. 이런 병엔 백신도, 치료제도 없거든."

"사망률은 어느 정도죠?"

"아주 높아요, 그런데 닥터 리히터의 피부에 혹시 발진이 있는지 확인해보았소?"

마리사는 잘 기억나지 않았다.

"조사해보겠습니다."

"우선 당신이 해야 할 일은 바이러스 배양을 위해 7명의 환자들로부터 채혈, 채뇨를 실시하고 인두의 표본을 채취해서 우리 센터로 급송하는 거요. 델타 항공의 소화물편을 이용하는 게 제일 빠를 거요. 아무쪼록 최대한 조심하시오. 그리고 가능하면 원숭이에게서도 당신이 직접 채혈해서 같이 보내주시오. 검체를 부치기 전에 반드시 드라이 아이스에 넣는 것 잊지 말고."

"방금 전에 같은 증세를 보이는 또 한 명의 환자를 진찰하고 왔어요. 이곳 클리닉의 검사 기사라는군요."

"그렇다면 그 사람 것도 함께 보내시오. 점점 심상찮은 느낌이 드는 군. 환자 전부를 엄중히 격리하고 완벽한 밀폐 간호체제를 취하도록 촉구해주시오. 그리고 내가 그곳에 도착할 때까지는 어떤 검사도 일체 하지 말라고 담당의에게 말해두시오."

"알겠습니다. 선생님이 직접 오실 건가요?"

"물론 내가 갈 거요. 이건 나라 전체의 비상사태가 될지도 모르는 일이니까. 하지만 비커스 이동 검사실을 준비하는 데 시간이 좀 걸릴 것 같소. 아무튼 감염 방지를 위해 통행 차단을 개시하고, 아프리카 안과학회 주최 측에 연락해서 그때 참가했던 사람들 중에서 발병한 사람이 더 있는지 확인해주시오. 그리고 또 한 가지, 신문에는 아무 말도 하지 말도록 해요. 에이즈에 대해서 그토록 떠들어 대는 마당에 또 바이러스성 불치병의 위협이니 뭐니 하면 세상이 잠자코 있지 않을 테니까 말이오. 아마 틀림없이 전국적으로 비상사태를 맞게 될 거요. 그리고 마리사, 환자를 진찰할 때는 아무쪼록 예방을 위해 완전 무장을 하시오. 만일 보안경이 준비되지 않았으면 병리학부에서 구할 수 있을 거요. 되도록 빨리 가겠소."

전화를 끊고 나자 마리사는 갑자기 불안해졌다. 이미 자신의 몸에 바이러스가 침투해온 건 아닐까 하는 생각이 들었다. 게다가 《로스앤젤레스 타임스》의 클러렌스라는 기자에게 이미 얘기해버린 것도 후회스러웠다. 아무튼 지난 일은 지난 일이다. 두브체크가 와 준다니 다행이었다. 로스앤젤레스에 도착한 순간부터 그녀로서는 감당하기 어려운, 모르는 것 투성이였다. 그녀는 그것이 너무 부담스러웠다.

닥터 나바르를 호출해놓고 그녀는 한 간호사의 도움을 받아 채혈도구들을 준비했다. 항응혈제를 넣은 주사기, 비닐봉투, 봉투의 바깥쪽을 멸균할 하이포아염소산(hypochlorites acid : 산화 표백제, 살균제로 쓰임) 소다, 그리고 소변 용기와 인두 표본 채취용 면봉도 필요했다. 또 세균 검사실에 전화해서 바이러스를 수송하기 위한 용기와 겉포장용 상자, 드라이아이스 등을 부탁했다.

그때 닥터 나바르에게서 전화가 왔다. 그녀는 두브체크가 지시한 대로 그가 특수한 설비를 가지고 도착할 때까지 완전 밀폐 간호체제를 마련할 것과 일체의 검사를 중지할 것, 그리고 감염 예방을 위해 조직적으로 통행을 차단할 것 등을 의논하는 게 좋겠다고 말했다. 닥터 나바르는 그녀의 말에 동의했으나 바이러스성 출혈열인 것 같다는 두브체크의 의견을 전해 듣고 몹시 충격을 받은 것 같았다.

두브체크의 충고대로 마리사는 병리학부에서 보안경을 가져다 끼었다. 눈을 통해 감염될 수도 있다는 생각은 한 번도 해본 적이 없지만 안구 표면의 점막은 확실히 코의 점막과 마찬가지로 바이러스가 침입하기에 안성맞춤의 장소였다. 모자, 보안경, 마스크, 가운, 장갑, 덧신으로 완전 무장을 한 그녀는 검체를 채취하기 위해 닥터 리히터의 작은 방으로 들어갔다.

시작하기 전에 먼저 그녀는 환자의 피부 발진을 살펴보았다. 팔에는 아무것도 없었지만 오른쪽 허벅지 부분에 25센트 동전 크기만 한 기묘한 홍반이 있음을 확인했다. 또 환자복을 들춰보니 온몸에 미세하지만 분명한 반점이 나타나 있었다. 두브체크가 이것을 예상하고 있었다는 데에 감탄하지 않을 수 없었다.

우선 채혈을 한 뒤 그녀는 도뇨관에 연결된 주머니에서 소변을 채취해 용기에 넣었다. 각각의 용기를 꼼꼼하게 봉하고 나서 용기 바깥쪽을 하이포아염소산 소다로 씻은 뒤 다른 주머니에 넣었다. 그녀는 그 주머니도 멸균한 후에 방을 나섰다.

닥터 리히터의 방에 입고 들어갔던 모자, 마스크, 가운, 장갑, 덧신을 모두 벗고 새로운 보호의를 착용한 마리사는 다음 환자인 의무 자료실의 여비서, 헬렌 타운센드의 병실로 갔다. 거기서도 닥터 리히터에게 했던 똑같은 방법으로 검체를 채취하고 피부의 발진을 살폈다. 헬렌의 몸에도 미세한 반점은 있었지만 대퇴부나 어디서든 둥근 홍반은 발견할 수 없었다.

그녀를 비롯한 다른 환자들은, 증상은 리히터보다 다소 덜한 것 같았지만 역시 마리사가 검체를 채취하러 갔을 때 그녀의 질문에 답할 만한 상태는 아니었다. 단지 앨런 모이어스만이 푸념할 기력이라도 보이고 있었다. 그는 먼저 마리사가 자신의 병명을 가르쳐주지 않으면 채혈을 허락하지 않겠다고 고집을 부렸다. 마리사가 이 병에 대해 전혀 모르기 때문에 혈액을 검사해볼 필요가 있다고 타이르자 그제야 겨우 채혈에 응했다.

원숭이한테서는 채혈을 할 엄두도 내지 못했다. 그날 동물 담당 직원은 외출 중이었고, 그녀 혼자서 동물을 다룰 마음은 추호도 없었기 때문이었다. 그 원숭이는 아주 건강해보였지만 결코 온순하진 않아서 철창 사이로 마리사에게 오물을 집어던지기도 했다.

용기의 뚜껑들을 하나하나 단단히 돌려 닫고 드라이아이스에서 나오는 탄산가스가 검체에 침투하지 않는지 확인한 후 마리사는 그것을 공항으로 직접 운반해서 애틀랜타로 보냈다. 다행히 편리한 논스톱편을 이용할 수 있었다.

리히터 클리닉으로 돌아온 마리사는 건물을 빙 돌아 병원 내의 작은 도서실로 들어갔다. 그곳에는 바이러스성 질환을 내용으로 하는 대표적인 텍스트가 서너 권 있었다. 마리사는 라사열, 마르부르크, 에볼라 등 바이러스 항목을 단숨에 읽어 나갔다. 그제야 두브체크가 전화로 그렇게 흥분한 이유를 알 것 같았다. 그것들은 인간에게 가장 치명적인 바이러스들이었다.

마리사는 5층으로 돌아와 8명의 환자 전원이 특별히 마련된 병동에 격리되었음을 확인했다. 또 부탁했던 환자들의 외래 진료카드도 준비되어 있었다. 다시 한 번 닥터 나바르의 호출을 부탁하고 나서 마리사는 자리를 잡고 앉아 진료카드를 읽어나갔다.

첫 번째 진료카드는 부동산 업자인 헤럴드 스티븐의 것이었다. 진료카드 뒤쪽을 펼친 마리사는 그가 입원하기 전 마지막으로 병원에 온 것은 닥터 리히터에게 검진을 받기 위해서였다는 것을 곧 알게 되었다. 헤럴드 스티븐은 개방우각녹내장에 걸려 정기적으로 닥터 리히터에게 진료를 받고 있던 중이었다. 마지막 진찰은 1월 15일, 그러니까 입원하기 나흘 전이었다.

차츰 확신이 선 마리사는 환자 각각의 진료카드에서 마지막 외래 진료일을 살펴보았다. 생각한 대로였다. 어느 환자든 1월 15일이나 16일에 닥터 리히터에게 진찰을 받은 것을 알 수 있었다. 의무 자료과의 여비서 헬렌 타운센드와 검사실 기사 앨런을 제외한 전원이 그러했다. 타운센드가 마지막으로 외래 진료를 받은 것은 산부인과에서의 방광염 진찰로 기록되어 있었다. 앨런은 지난해 병원 주최로 열린 농구 리그전에서 부상당한 발목을 정형외과에서 치료받은 것이 최근 기록이었다. 비서와 검사실 기사 외에는 모두가 닥터 리히터로부터 감염되었다는 의혹이 짙어졌다. 그가 증상을 보이기 전에 5명의 환자를 진찰했다는 사실은 매우 중요한 의미를 지니고 있었다.

마리사는 검사실 기사야 바이러스에 감염된 바늘에 실수로 찔려 발병되었다 치더라도 헬렌 타운센드는 직접 병과 결부될 만한 것이 무엇인지 알 수가 없었다. 그녀는 리히터가 발병한 지 불과 48시간 후에 발병했기 때문에 그녀가 그 주의 어느 날 닥터 리히터와 만났다고밖에 추측할 수 없었다. 혹시 리히터가 그 주초쯤 의무 자료과에 오랫동안 머물러 있었던 것은 아닐까?

마리사의 상념은 닥터 나바르가 병원 회의실로 와 주십사 전화를 걸어왔다고 전하는 병동 사무원에 의해 깨지고 말았다.

마리사가 그날 처음 일을 시작했던 방으로 다시 돌아가 보니 오늘 하루 동안 상당히 많은 일을 했다는 생각이 머리를 스쳤다. 닥터 나바르가 문을 닫고 방에 있는 다른 사람을 그녀에게 소개해주는데 피로가 뼛속까지 스며드는 느낌이 들었다. 상대는 닥터 리히터의 동생인 윌리엄 리히터였다.

"여기까지 와 주신 데 대해 직접 뵙고 인사를 드리고 싶었습니다."

윌리엄이 말했다. 그는 가는 세로줄 무늬 양복을 단정히 차려입고 있었지만, 그 초췌한 얼굴은 간밤에 잠을 이루지 못했음을 역력히 드러내고 있었다.

"당신이 말씀하신 잠정적인 진단에 대해 닥터 나바르에게서 들었습니다. 그 질병의 감염을 막으려는 여러분의 노력에 우리는 힘닿는 한 모든 지원을 아끼지 않겠다고 약속드립니다. 그러나 동시에 우리는 이 상황이 우리 클리닉에 미치게 될 악영향을 걱정하지 않을 수 없습니다. 아무쪼록 이 사실을 세상에 알리지 않는 것이 최선의 방법임을 인정해주셨으면 합니다."

수많은 인명이 위험에 처해 있는데 영리에만 급급해하다니……. 마리사는 약간 화가 났다. 그러나 두브체크도 본질적으로는 같은 말을 하지 않았는가.

"병원 측 걱정은 잘 알고 있습니다."

마리사는 문득 자신이 이미 신문기자에게 얘기해버렸다는 것을 생각하고는 기분이 찜찜해졌다.

"하지만 이제부터 이 클리닉에 통행을 차단하는 격리조치를 취하지 않으면 안 됩니다."

그러고는 이어서 1차 접촉자와 2차 접촉자를 구분해야 한다고 말해주었다. 그리고 1차 접촉자는 최근 8명의 환자들 가운데 한 사람과 이야기를 나누거나 접촉이 있었던 사람이고, 2차 접촉자는 1차 접촉자와 접촉한 적이 있는 모든 사람이라고 마리사는 덧붙여 설명했다.

"맙소사, 그렇게 따지면 우리는 수천 명을 상대해야만 해요."

닥터 나바르가 말했다.

"저도 그것이 걱정이에요."

마리사가 말했다.

"이 클리닉에서 동원할 수 있는 모든 인원이 필요합니다. 보건당국의 지원도 받아야 하고요."

"인원은 확보할 수 있습니다."

윌리엄 리히터가 말했다.

"하지만 이 일을 어디까지나 '우리 클리닉의 일'로 한정시키고 싶으니 확실한 진단이 나올 때까지 기다리는 게 낫지 않겠습니까?"

"기다리고 있으면 그만큼 늦어집니다. 그리고 만약 필요 없게 되면 통행 차단이야 언제라도 해제할 수 있으니까요."

"그렇다면 신문기자들에게 감출 도리가 없겠군요."

윌리엄이 말했다.

"솔직히 말하면 전 언론매체가 접촉자 전원을 찾아내는 데 적극적으로 도움을 줄 수 있을 거라고 생각합니다. 1차 접촉자는 1주일 정도 외부와의 접촉을 피해 격리시켜야 합니다. 그리고 하루에 두 번 체온을 재고, 만약 열이 38도 이상일 경우엔 반드시 병원에 와야 합니다. 2차 접촉자는 그대로 생업에 종사해도 괜찮지만 하루에 한 번씩은 체온을 재봐야 합니다."

마리사는 일어나 허리를 쭉 펴며 말을 이었다.

"닥터 두브체크가 오시면 뭔가 또 다른 제안을 하시겠지만, 지금 제가 말씀드린 것은 센터의 표준 작업 과정입니다. 그 실행은 리히터 클리닉에 맡기겠습니다. 제 임무는 바이러스의 근원을 찾아내는 것이니까요."

아연해 있는 두 남자를 남겨두고 마리사는 회의실을 나와 외래병동으로 갔다. 안내소에서 닥터 리히터의 진찰실이 어디 있는지를 묻고, 2층이라는 대답에 그녀는 곧장 층계로 올라갔다.

진찰실 문이 닫혀 있었지만 잠겨 있지는 않았다. 마리사는 노크를 하고 안으로 들어갔다. 닥터 리히터의 접수계 직원이 책상 앞에 앉아 있다가 뜻밖에 손님이 온 데 당황하여 담배를 비벼 끄고 재떨이를 책상 서랍에 넣었다.

"무슨 일이십니까?"

미스 캐버너라는 명찰을 가슴에 단 그녀가 물었다. 은백색 머리를 단정히 파마한 50세가량의 그녀는 돋보기안경을 코끝에 걸치고 있었다. 마리사는 자기소개를 한 뒤 덧붙였다.

"닥터 리히터가 어떻게 병에 감염되었는지를 알아내는 것은 매우 중요한 일이에요. 그러기 위해서는 발병 전 1, 2주 동안의 선생의 스케줄을 다시 한 번 더듬어봐야만 합니다. 이 일에 협조해주시겠어요? 저는 선생의 부인에게도 같은 부탁을 할 작정이에요."

"아마 도와드릴 수 있을 거예요."

미스 캐버너가 대답했다.

"특히 기억에 남을 만한 이상한 일은 없었나요?"

"구체적으로 어떤……?"

미스 캐버너가 멍한 표정으로 물었다.

"가령 원숭이에게 물렸다거나 주차장에서 강도를 만났다거나 그런 일 말이에요."

마리사의 목소리가 다소 날카로워졌다.

"그런 일이 있었어요."

"그건 이미 알고 있습니다. 그밖에 뭐 특이한 일은 없었나요?"

"지금 당장은 생각나지 않네요. …아, 잠깐만. 자동차 추돌사고가 있었어요."

"좋아요. 좀 더 생각해보세요. 아, 그리고 당신이 선생의 아프리카 학회 참석 준비를 도와드렸나요?"

"네."

"샌디에이고 학회 때도?"

"네, 그랬어요."

"그 학회를 주최한 단체의 전화번호를 알고 싶은데요. 그걸 좀 찾아 봐주시면 고맙겠어요. 또 닥터 리히터가 발병하기 전 2주 동안 진찰한 모든 환자의 명단도 보여주셨으면 해요. 마지막으로 한 가지만 더 묻 겠어요. 헬렌 타운센드를 아세요?"

미스 캐버너는 코에서 안경을 내려 쇠사슬에 늘어뜨리고는 불만스 러운 듯이 한숨을 내쉬었다.

"헬렌 타운센드도 닥터 리히터와 같은 병인가요?"

"그런 것 같아요."

미스 캐버너의 얼굴을 물끄러미 바라보면서 마리사가 대답했다. 이 접수계 직원은 헬렌 타운센드에 대해 뭔가 알고 있는 것 같았다. 그러 나 그녀는 망설이는 듯 그저 타이프라이터의 키만 만지작거렸다.

"헬렌 타운센드가 닥터 리히터의 환자였나요?"

미스 캐버너는 고개를 들고 말했다.

"아뇨, 그녀는 선생님의 애인이었어요. 제가 선생님께 그 여자를 주의하라고 말씀드렸는데……. 보세요, 그녀한테서 병을 얻고 말았잖아요. 내 말을 귀담아 들으셨더라면 좋았을 텐데."

"선생이 발병 직전에 그녀를 만났나요?"

"네, 바로 전날 만났을 거예요."

마리사는 그 여자를 물끄러미 바라보았다. 헬렌 타운센드가 닥터 리히터에게 병을 옮긴 게 아니었다. 오히려 그 반대였다. 그러나 마리사는 아무 말도 하지 않았다. 모든 게 꼭 들어맞고 있었다. 이것으로 환자 전부가 닥터 리히터와 결부되어 있음이 확인되었다. 이것은 역학적으로 대단히 중요한 의미를 주었다. 즉 닥터 리히터가 최초의 환자이며 오직 그만이 정체불명의 바이러스 보균자와 접촉했다는 뜻이 된다. 이제 그의 스케줄을 빠짐없이 재구성하는 것이 한층 더 중요한 일이 되었다.

마리사는 미스 캐버너에게 닥터 리히터의 지난 2주 동안의 스케줄을 대강이라도 적어달라고 부탁했다. 그리고 필요하다면 언제든지 병원 교환수를 통해 자신을 호출해달라고 덧붙였다.

"한 가지 물어봐도 될까요?"

미스 캐버너가 입을 열었다.

"네, 그러세요."

마리사는 문에 손을 댄 채 대답했다.

"저도 병에 걸릴 가능성이 있나요?"

마리사는 그녀를 걱정시키고 싶지 않아서 자신의 생각을 일단 보류하고 있었지만, 그러나 거짓말을 할 수는 없었다. 아무튼 이 여자는 1차 접촉자로 간주해야 할 사람이었다.

"그럴 수도 있어요. 다음 주까지 활동을 최대한 줄이고 하루에 두 번씩 체온을 재도록 하세요. 하지만 제 생각엔 지금까지 아무 증상도 없는 것으로 봐서 괜찮을 것 같군요."

마리사는 병원으로 돌아가면서 병에 대한 불안감과 계속 쌓여가는 피로를 떨쳐버리려고 애썼다. 할 일은 아직도 산더미처럼 쌓여 있었다. 우선 외래 진료카드를 세밀히 살펴봐야 했다. 왜 닥터 리히터의 환자들 가운데 어떤 사람은 병에 걸리고, 어떤 사람은 걸리지 않았을까? 그 이유를 찾는 것이 급선무였다. 또 닥터 리히터의 부인에게도 전화를 걸어야 했다. 그녀는 그의 부인과 비서에게 도움을 받아 닥터 리히터의 발병 전 2주 동안의 완전한 일지를 재구성할 수 있기를 간절히 바랐다.

5층으로 돌아온 마리사는 닥터 나바르를 만났다. 그는 마리사만큼이나 피곤해보였다.

"닥터 리히터의 상태가 악화되고 있습니다. 신체 곳곳에서 출혈이 시작되었어요. 주사 맞은 자리, 잇몸, 위장 등에서요. 심부전(신체가 필요로 하는 혈액을 심장이 충분히 내보낼 수 없는 상태)이 오고 혈압도 떨어져서 인터페론을 사용해보았지만 전혀 효과가 없습니다. 이젠 어떻게 해야 좋을지 정말 모르겠어요."

"헬렌 타운센드는요?"

"그녀도 좋지 않습니다. 역시 출혈이 시작됐어요."

닥터 나바르는 의자에 털썩 주저앉았다.

마리사는 잠시 주저하다가 이윽고 전화기에 손을 뻗었다. 그녀는 두브체크가 제발 출발했기를 바라면서 다시 한 번 애틀랜타로 전화를 걸었다. 유감스럽게도 그는 아직 출발 전이었다. 그가 곧바로 전화를 받은 것이다.

"상황이 아주 심각해지고 있어요."

마리사가 보고했다.

"두 명의 환자에게서 심각한 출혈 증상이 나타났습니다. 임상적으로는 점점 바이러스성 출혈열과 비슷해지고 있지만 이 환자들에게 뭘 어떻게 해야 좋을지 아무도 모르는 상태입니다."

"사실 해줄 수 있는 방법은 거의 없소."

두브체크가 말했다.

"역(逆)요법으로 헤파린(항 혈액 응고제. 혈관 내 혈소판 응집으로 혈소판이 감소하는 것을 막는 데 쓰임)을 쓸 수는 있소. 그 밖에 대증요법(질병의 원인에 대한 요법이 아니라 표면에 나타난 여러 가지 증상에 따라 적절히 처치하여 환자의 고통을 없애는 요법) 정도가 전부요. 특정한 진단이 내려지면 과면역 혈청(인공적인 면역 접종으로 특이항체를 강화한 사람의 혈청)을 사용할 수도 있을 거요. 그 단서로 당신이 보내준 검체들을 지금 태드가 검출하는 중이오."

"언제쯤 오실 거죠?"

"곧 가게 될 거요. 비커스 이동 검사실의 짐을 전부 꾸려났으니까."

마리사는 퍼뜩 눈을 떴다.

다행히 간호사실 뒤쪽 작은 방에는 아무도 들어오지 않은 것 같았다. 시계를 보니 밤 10시 15분, 겨우 5분이나 10분 정도 깜박 잠이 들었던 모양이었다.

몸을 일으키는데 현기증이 일었다. 머리도 아프고 목이 뜨끔뜨끔했다. 그녀는 자신의 증상이 피로 탓이기를, 바이러스성 출혈열의 시초가 아니기를 바랐다.

정신없이 바쁜 밤이었다. 또 다른 4명의 환자가 응급실에 실려 왔다. 모두 심한 두통과 구토 증상을 보이고 있었다. 한 사람은 이미 출혈을 일으키기 시작했다. 환자는 모두 먼젓번 환자들의 가족들로, 이렇게 된 이상 보다 철저한 통행 차단의 필요성이 한층 더 확실해졌다. 바이러스는 이미 제3의 접촉자들을 양산하고 있었다. 마리사는 그들에게서도 바이러스 검체들을 채취해 야간 항공편으로 애틀랜타에 급송했다.

마리사는 체력의 한계를 느끼고 모텔로 돌아가기로 마음먹었다. 막 나서려는데 5층 담당 간호사들이 와서 닥터 리히터의 부인이 그녀를 만나고 싶어 한다는 말을 전했다. 거절하려니 미안한 생각이 들어서 마리사는 그녀를 만나러 손님용 휴게실로 내려갔다.

안나 리히터라고 하는, 차림새가 세련된 30대 후반의 매력적인 그녀는 남편의 지난 2주 동안의 스케줄을 상세히 적어주었다. 그녀는 몹시 놀라고 있었지만, 그것은 남편에 대한 걱정 때문만이 아니라 어린 두 자식에게 미칠 영향을 걱정해서이기도 했다. 마리사는 좀 더 자세히 듣고 싶었지만 강요하지는 않았다. 리히터 부인은 다음 날 좀 더 완벽한 일정표를 만들어 주겠다고 약속했다. 마리사는 리히터 부인을 그녀의 BMW까지 전송하고 자신은 트로픽 모텔로 가서 곧장 침대에 쓰러졌다.

1월 22일

고백

이튿날 아침, 리히터 클리닉에 도착한 마리사는 현관 앞에 장사진을 이룬 수많은 텔레비전 방송국 중계차들을 발견하고 깜짝 놀랐다. 중계차들은 모두 송신용 안테나를 하늘 높이 뻗어 올리고 있었다. 주차장을 빠져나와 안으로 들어가려는데 경찰이 그녀를 제지해서 CDC의 신분증명서를 제시해야 했다.

"통행 차단 지시가 내려져서요."

경찰이 설명하면서, 텔레비전 중계차가 많이 모여 있는 병원 현관을 통과하여 외래 병동 쪽으로 가라고 말해주었다.

마리사는 자신이 자리를 비운 6시간 남짓한 사이에 무슨 일이 일어난 걸까 궁금해 하며 경찰의 지시대로 했다. 통로 바닥에는 텔레비전용 전선들이 구불구불 얽혀 회의실 쪽으로 뻗어 있고, 중앙 복도에는 사람들이 부산스럽게 움직이고 있어서 그녀는 놀라지 않을 수 없었다. 닥터 나바르를 발견한 마리사는 대체 어떻게 된 영문인지를 물었다.

"센터에서 온 당신의 동료들이 기자회견을 자청했어요."

그가 설명했다. 안색이 말이 아니었고 수염도 깎지 않은 것으로 봐서 밤을 꼬박 새운 모양이었다. 그는 겨드랑이에 끼고 있던 신문을 들어 마리사에게 보여주었다. '새로운 에이즈 발생!'이라는 헤드라인 아래 마리사가 클러렌스 한스와 이야기를 나누고 있는 사진이 실려 있었다.

"닥터 두브체크는 앞으로 이 같은 오해가 계속되는 걸 그대로 방치해서는 안 된다고 생각한 모양입니다."

닥터 나바르가 말했다.

마리사는 신음하듯이 중얼거렸다.

"내가 이곳에 온 첫날 그 기자가 찾아왔었어요. 난 그에게 아무 말도 하지 않았는데……."

"그런 건 아무래도 상관없습니다."

닥터 나바르가 그녀의 어깨를 가볍게 다독이면서 말했다.

"간밤에 닥터 리히터가 운명하셨습니다. 그 밖에 새로운 환자가 4명이나 더 발생해서 더 이상 매스컴에 비밀로 할 수가 없게 되었죠."

"닥터 두브체크는 언제 오셨죠?"

회의실로 들어오는 카메라맨들에게 방해되지 않도록 길을 비켜주면서 마리사가 물었다.

"자정 조금 지나서요."

"그런데 왜 경찰들까지……."

병원 현관 옆에 있는 또 한 명의 경찰관을 흘끗 보며 그녀가 물었다.

"닥터 리히터의 사망 소식이 전해지면서 환자들이 잇따라 퇴원하기 시작했습니다. 그래서 결국 주 보건국장이 이 건물 전체에 통행차단을 명하게 된 거죠."

마리사는 닥터 나바르에게 잠깐 실례하겠다고 말하고는 회의실 밖에 모여 있는 신문기자들과 텔레비전 기자들 사이를 빠져나갔다. 두브체크가 도착해서 일을 맡아준 것은 반가운 일이지만 왜 자기에게 연락하지 않았을까 의아해졌다. 그녀가 회의실로 들어갔을 때 마침 두브체크는 기자회견을 시작하려는 참이었다.

그는 능숙하게 행동하고 있었다. 온화하고 진지한 그의 태도에 방안은 당장에 조용해졌다. 그는 자신과 CDC에서 파견된 다른 의무관들을 소개했다. 역학부장 닥터 마크 브릴랜드, 바이러스학 부장 닥터 피어스 아보트, 전염병 대책본부장 닥터 클라크레인, 그리고 전염병 센터 소장인 닥터 폴 에켄스타인이 있었다.

두브체크는 이 사건이 결코 사람들이 상상하는 '새로운 에이즈' 따위가 아니며, 또한 그다지 심각한 문제도 아니라고 해명했다. 그리고 바이러스성으로 보이는 몇몇 원인불명의 환자들을 조사하기 위해 캘리포니아 주 역학담당관이 CDC에 도움을 요청했다고 말했다.

마리사는 정신없이 속기해나가는 신문기자들을 보면서 그들이 결코 두브체크의 미적지근한 평가를 그대로 받아들이지는 않을 거라고 생각했다. 정체불명의 새로운, 더군다나 치명적인 바이러스성 질환의 발생은 얼마나 자극적인 뉴스인가!

두브체크는 이어서 현재 16명의 환자가 발생했을 뿐이며 차츰 진정될 것이라고 말했다. 그리고 닥터 레인을 가리키면서, 그가 통행 차단을 감시하고 있으며 경험상 이런 질병은 병원을 완전히 격리상태에 둠으로써 제압이 가능하다고 덧붙였다.

이때 클러렌스 한스가 벌떡 일어나 질문했다.

"닥터 리히터가 아프리카 학회에 갔다가 바이러스를 묻혀온 겁니까?"

"그건 알 수 없습니다. 가능성은 있지만 좀 희박한 편입니다. 닥터 리히터가 아프리카에서 돌아온 지는 한 달이 넘었는데, 그렇다면 잠복기가 너무 길어요. 이런 질병의 잠복기는 보통 1주일 정도니까요."

두브체크가 대답했다.

그때 다른 기자가 일어났다.

"에이즈의 잠복기는 5년 이상인데, 어떻게 이 경우엔 1개월 이내라고 단정할 수 있습니까?"

"바로 말씀하시는 대로입니다."

두브체크는 차츰 당황하는 것 같았다.

"이번 문제는 에이즈 바이러스와는 전혀 다른 것입니다. 언론은 이 점을 충분히 이해하고, 사람들에게 정확히 전달해주어야만 합니다."

"그 새로운 바이러스는 정체가 밝혀졌습니까?"

또 다른 기자가 질문했다.

"아니, 아직입니다. 하지만 그것이 결코 어려운 일은 아닐 겁니다. 다시 한 번 말씀드리지만 이것은 에이즈와 전혀 다른 바이러스여서 앞으로 1주일 후엔 배양할 수 있을 겁니다."

"어떻게 선생님은 그것이 에이즈 바이러스와 다르다고 단언하십니까?"

같은 기자가 집요하게 물고 늘어졌다.

두브체크는 상대방 남자를 흘끗 노려보았다. 마리사는 그가 초조해하고 있음을 알아챘다. 그러나 그는 온화하게 대답했다.

"임상적으로 전혀 다른 증후군은 각각 전혀 다른 병원체에 의해 일어나는 것이니까요. 자, 오늘은 이 정도로 끝냅시다. 앞으로 계속해서 상황을 알려드리지요. 이렇게 이른 시간에 모여 주셔서 감사합니다."

회의실 안은 여전히 하나라도 대답을 더 들으려는 기자들로 북새통을 이루었다. 그러나 두브체크는 아랑곳하지 않고 다른 의사들과 함께 출구로 향했다. 마리사는 군중을 헤집고 빠져 나가려고 했지만 쉽지 않았다. 회의실 밖에서는 제복 차림의 경찰들이 병원 본관 건물로 따라 들어가려는 기자들을 제지하고 있었다. 신분증명서를 제시한 후에야 마리사는 겨우 통행 허락을 받고 병원으로 들어가 엘리베이터 앞에 서 있는 두브체크를 따라잡았다.

"오~ 마리사!"

두브체크는 까만 눈을 반짝이며 그녀를 반기고는 아주 부드러운 목소리로 사람들에게 마리사를 소개했다.

"이렇게 여러분이 와주시리라고는 생각지 못했어요."

엘리베이터에 올라타면서 마리사가 말했다.

"다른 도리가 없었어요."

닥터 레인이 대답했다. 닥터 아보트도 고개를 끄덕였다.

"시릴이 기자회견에서 그렇게 말하긴 했지만, 이번 전염병은 보통 심각한 게 아닙니다. 이런 문명사회에 아프리카의 바이러스성 출혈열이 발생할 수 있다는 것은, 이 질병이 처음 지구상에서 발견된 이래 항상 염려하고 있던 바입니다."

"이것이 아프리카의 바이러스성 출혈열일 경우에 그렇다는 거죠."

에켄스타인이 덧붙였다.

"난 더 이상 의심할 여지가 없다고 생각해요."

닥터 브릴랜드가 말했다.

"결국 그 원숭이가 원흉이겠죠."

"전 원숭이에게선 검체를 채취하지 못했어요."

마리사가 급히 그의 말에 끼어들었다.

"아, 상관없어요."

두브체크가 말했다.

"우리는 어젯밤 그놈을 죽여 표본들을 센터로 보냈소. 간장이나 비장의 절편(생물체 조직의 일부를 얇게 자른 것)조직들이 혈액보다 훨씬 나을 거요."

그들은 5층에서 엘리베이터를 내렸다. 그곳에선 CDC에서 온 2명의 기사들이 비커스 이동 검사실 안으로 부품을 넣느라 바삐 움직이고 있었다.

"《로스앤젤레스 타임스》의 기사 건은 죄송하게 됐습니다."

두브체크와 단둘이 남게 되자 마리사가 말했다.

"그 기자는 제가 처음 병원에 들어서자마자 접근해왔어요."

"이제 됐소. 앞으로는 그런 일이 없도록 해요."

두브체크가 말했다. 그는 미소 지으며 눈을 찡긋해보였다. 마리사는 그 윙크와 미소가 무엇을 의미하는지 전혀 감을 잡을 수 없었다.

"왜 도착하자마자 제게 바로 연락하지 않으셨어요?"

"당신이 파김치가 되어 있을 거라고 생각했기 때문이오. 그리고 꼭 연락할 필요도 없었소. 우리는 밤새 이동 검사실을 준비하고 원숭이를 부검한 뒤에야 겨우 숨을 돌렸지. 그리고 나선 환풍기를 달고 격리 구역을 개선했소. 아무튼 마리사에게는 칭찬의 말을 하지 않을 수 없군. 이 소동을 막는 데 훌륭한 역할을 해줬으니 말이오. 나는 당분간은 행정 쪽에 신경을 써야 할 것 같소."

두브체크가 잠시 쉬었다가 말을 이었다.

"하지만 당신이 지금까지 알아낸 사실에 대해 좀 더 자세히 듣고 싶은데……. 오늘밤 함께 저녁식사를 하지 않겠소? 우리가 묵고 있는 호텔에 당신의 방을 마련해뒀소. 트로픽 모텔보다는 나을 거요."

"트로픽도 괜찮은걸요."

마리사가 말했다. 뭐라고 설명하기 어려운 묘한 직감이 들었다.

마리사는 간호사실 뒤쪽 작은 방으로 돌아가 기록을 정리하기 시작했다. 먼저 닥터 리히터가 참석했던 두 학회의 주최 측에 전화를 걸어 다른 참가자들 중에 바이러스성 질환에 걸린 사람이 있는지 물었다. 그런 다음, 꼭 이런 시점에 전화를 건다는 것은 너무 혹독한 처사라고 자신의 운명을 저주하면서 닥터 리히터의 집에 전화를 걸었다. 그리고 어젯밤 부인과 약속한 대로 남편의 행적을 적은 기록을 받으러 가도 되느냐고 물었다.

전화를 받은 리히터의 이웃은 그녀의 요청에 매우 놀란 듯했지만 리히터의 미망인에게 확인을 해보고 나서 마리사에게 한 30분쯤 있다가 와달라고 말해주었다.

그녀는 정원이 아름다운 닥터 리히터의 집 앞에서 차를 세우고 머뭇거리다가 벨을 눌렀다. 아까 전화를 받은 이웃 여자가 나와서 불쾌하다는 듯이 마리사를 거실로 안내했다. 안나 리히터는 2, 3분 후에 모습을 나타냈는데, 하룻밤 사이에 10년은 더 늙어보였다. 얼굴은 창백했고, 어젯밤 단정하게 말아 올렸던 아름다운 머리카락은 얼굴 위에 엉망으로 헝클어져 있었다.

그녀는 이웃집 여자의 부축을 받아 의자에 옮겨 앉았다. 그리고 손에 든 종이뭉치 같은 것을 불안스럽게 말았다 폈다 하고 있었는데, 마리사는 그것이 자신이 부탁했던 지난 2, 3주간의 남편의 행적을 기록한 종이임을 알아보았다. 리히터 부인의 불안한 심정을 알아차린 마리사는 그녀에게 무슨 말을 해야 좋을지 몰라 머뭇거렸다. 그러자 안나가 그녀에게 종이를 건네주며 입을 열었다.

"어젯밤에는 한숨도 자지 못했어요. 하지만 꼭 이것 때문만은 아니었죠. 이것이 다른 불쌍한 가족들에게 도움이 되었으면 좋겠군요."

그녀의 눈에서 눈물이 흘러나왔다.

"남편은 정말 좋은 사람…… 좋은 아버지였답니다. 아이들이 너무 불쌍해요."

헬렌 타운센드와의 관계에 대해 알고 있었지만, 마리사는 닥터 리히터가 어쩌면 훌륭한 남편이었을지도 모른다는 생각이 들었다. 안나의 슬픔은 진심에서 우러나온 것이라고 생각하며 마리사는 실례가 되지 않도록 가능한 한 빨리 리히터의 집을 나왔다.

차를 출발시키기 전에 서류를 읽어보니 정말 자세히 기록이 되어 있었다. 미스 캐버너의 이야기와 리히터 부인이 건네준 행적 기록표를 토대로 살펴보면 닥터 리히터의 최근 동태를 누구보다도 상세히 알 수 있을 것 같았다.

병원으로 돌아온 그녀는 한 달 동안에 걸친 닥터 리히터의 행동을 하루에 지면 한 장씩을 할애하여 기록해갔다. 새로 발견한 한 가지 특이한 사실은 원인불명의 망막 질환에 걸린 메타고라는 에이즈 환자에 대해 닥터 리히터가 미스 캐버너에게 푸념한 것이었다. 마리사는 이것을 좀 더 조사해볼 필요가 있다고 생각했다.

오후에 마리사의 작은 방에 전화벨이 울렸다. 수화기를 들자 놀랍게도 태드 셔클리의 목소리가 들려왔다. 어찌나 또렷하게 들리는지, 그 순간 그가 로스앤젤레스에 와 있는 게 아닌가 착각할 정도였다.

그녀의 질문에 태드가 말했다.

"아뇨, 아직 애틀랜타에 있어요. 그나저나 두브체크와 할 얘기가 있어서 걸었는데, 병동의 교환수는 당신이 그의 거처를 알 거라고 하더군요."

"센터에 없다면 호텔로 돌아갔는지 모르죠. 어제 밤을 꼬박 새운 모양이에요."

"그럼 호텔로 전화를 걸어보죠. 만약 그 전에 그를 만나면 말 좀 전해주지 않겠어요?"

"네, 그러죠."

"좋은 소식은 아니에요."

마리사는 몸을 일으켜 수화기를 귀에 바짝 붙였다.

"개인적인 일인가요?"

"아뇨."

태드가 피식 웃었다.

"당신이 맡고 있는 바이러스 건이에요. 당신이 보내준 검체들은 훌륭했어요. 특히 닥터 리히터의 것 말이에요. 그의 혈액은 바이러스로 꽉 차 있더군요. 1밀리미터 당 10억 마리 이상 들어 있었어요. 난 그것을 원심 분리한 다음 고정시켜서 전자현미경으로 들여다보는 일을 맡았죠."

"그 정체를 알아냈단 말이죠?"

"물론."

태드는 흥분해서 말했다.

"이런 형태를 띠고 있는 바이러스는 두 종류뿐이에요. 간접 형광항체법(형광색소로 표시한 항체를 항원에 반응시켜 이것을 한외[限外] 현미경으로 관찰한 결과 항원·항체의 소재를 확인하는 방법)으로 테스트해 본 결과 에볼라라는 게 밝혀졌어요. 닥터 리히터는 에볼라 출혈열에 걸린 게 분명해요."

"걸린 게 아니라 걸렸던 거죠."

마리사는 태드의 무신경함에 약간 화가 나서 대꾸했다.

"그 사람이 죽었나요?"

"어젯밤에요."

"놀랄 일도 아니죠. 이 병의 사망률은 90퍼센트 이상이니까."

"맙소사! 그럼 지금까지 알려진 것 중에서 가장 치명적인 바이러스잖아요."

"공수병(광견병) 바이러스를 첫째로 드는 사람도 있지만 난 에볼라가 가장 무서운 질병이라고 생각해요. 문제는 지금까지 경험이 없어서 이 질병에 대해 아무것도 모른다는 거예요. 아프리카에서 두세 번 발생했다는 것 말고는 그 정체를 전혀 알 수 없죠. 이 질병이 어떻게 로스앤젤레스에서 발생했는지 그걸 해명하는 게 당신의 임무예요."

"닥터 리히터는 발병 직전에 아프리카산 원숭이에게 물린 적이 있어요. 닥터 브릴랜드는 원숭이가 원흉일 거라고 하더군요."

"틀림없이 그럴 거예요."

태드가 동의했다.

"1967년에 출혈열이 발생했을 때도 원숭이가 그 원인이었으니까요. 그 바이러스는 최초의 발생지인 독일의 마을 이름을 따서 마르부르크라고 불리는데 에볼라와 아주 비슷하죠."

"아무튼 곧 알게 되겠죠. 그건 당신의 임무예요. 원숭이의 간장과 비장을 그쪽으로 수송했으니 즉시 검사해서 알려주세요."

"기꺼이 그러죠. 난 앞으로 에볼라 바이러스에 도전해서 얼마나 간단히 배양할 수 있는지 시험해볼 생각이에요. 그 바이러스의 정체를 확인하고 싶어요. 두브체크나 다른 사람들에게도 그것이 에볼라라는 사실을 전해줘요. 아마 그 말을 들으면 모두들 엄청나게 조심할 거예요. 곧 다시 소식을 보낼 테니 아무쪼록 조심하세요."

마리사는 작은 방을 나와 복도를 가로질러 임시로 CDC 직원들을 위해 마련된 방을 들여다보았지만 그곳엔 아무도 없었다. 옆방 검사

기사들에게 모두들 어디 갔느냐고 묻자, 몇몇 의사는 또 2명이 사망해서 병리실로 갔고, 또 몇몇은 새로운 환자가 발생해서 응급실로 갔다고 전했다. 그리고 닥터 두브체크는 호텔로 돌아갔다고 말했다. 마리사는 기사들에게 지금 그들이 취급하고 있는 질병이 에볼라 바이러스라는 사실을 알리고, 다른 사람들에게도 이 끔찍한 소식을 전해달라고 부탁했다. 그런 다음 다시 방으로 돌아가 서류를 정리하기 시작했다.

베벌리 힐튼은 두브체크의 밀대로 초라한 트로픽 모텔보다 확실히 더 나았고, 게다가 리히터 클리닉에서도 가까웠다. 그러나 벨 보이를 따라 8층 자신의 방으로 터덜터덜 걸어가면서 마리사는 이런 사치스러운 호텔이 이 상황에 무슨 필요가 있을까 생각했다.

그녀가 방문 앞에서 기다리고 있는 동안 벨 보이가 방안의 불을 전부 켰다. 그녀는 벨 보이에게 1달러를 주고 돌려보냈다.

트로픽 모텔에 있는 동안 짐을 풀지 않았기 때문에 숙소를 옮기는 일은 간단했다. 그러나 두브체크가 고집하지 않았으면 굳이 옮기지 않았을 것이다. 그녀는 태드와 통화하고 나서 몇 시간 후에 두브체크의 전화를 받았었다. 혹시 그의 수면을 방해할까 봐 그녀 쪽에서 먼저 전화를 걸지 않았었다. 전화를 받자 곧 그녀는 에볼라 출혈열의 발발이라는 태드의 말을 전했지만 그는 마치 그것을 예상하고 있었다는 듯 그 소식을 담담하게 받아들였다. 그 후 호텔로 오는 길을 가르쳐주었고, 수속은 이미 마쳐놓았으니 805호실 열쇠를 받아오기만 하면 된다고 말했다. 그리고 7시 반에 식사할 예정인데 괜찮다면 마리사의 방에서 불과 서너 방 떨어져 있는 자기 방에서 함께 식사를 하자고 말했다. 그리고 식사는 방으로 가져오게 했으니 식사를 마치고 나서 마리사의 노트를 검토해보자고 덧붙였다.

방으로 들어가 침대를 보는 순간 피로가 엄습해 와서 마리사는 그대로 눕고 싶었다. 그러나 시간은 벌써 7시를 지나고 있었다. 그녀는 슈트케이스에서 화장 가방을 꺼내들고 욕실로 가서 세수를 한 뒤 머리를 빗어 올리고 급히 화장을 마쳤다. 그리고는 서류가방에서 닥터 리히터의 발병 직전 행적을 적은 종이쪽지를 꺼내들고 두브체크의 방으로 건너가 노크했다.

문을 연 그는 미소 지으며 안으로 들어오라는 눈짓을 보냈다. 마침 그는 태드와 통화중인 모양이었다. 마리사는 앉아서 그들의 통화 내용에 귀를 기울였다. 아마도 원숭이의 검체가 도착해서 그것을 테스트하는 중이라는 것 같았다.

"전자 현미경으로도 바이러스를 발견하지 못했단 말인가?"

두브체크가 물었다.

태드가 여러 가지 검사 결과를 상세하게 보고하는 동안 두브체크는 침묵을 지키고 있었다. 시계를 보니 애틀랜타는 11시쯤 되었을 시간이었다. 태드는 잔업을 하고 있는 모양이었다.

그녀는 가만히 두브체크를 바라보았다. 그는 어딘가 자신의 마음을 뒤흔드는 강한 힘을 지니고 있었다. 랠프의 디너파티에 그가 나타났을 때 얼마나 당황했던가를 떠올리며, 지금 다시 기묘하게 그에게 끌리고 있는 자신을 깨달았다. 가끔씩 그가 얼굴을 들고 그 까만 눈을 반짝이며 그녀를 쳐다볼 때마다 그녀는 그 시선에 빨려 들어가는 것 같았다. 넥타이를 풀어헤친 목 아랫부분에는 V자 형으로 햇볕에 그은 살이 드러나 보였다.

그는 수화기를 내려놓고 마리사에게 다가와 그녀를 지그시 내려다보았다.

"오늘 환자들을 둘러보았소. 오늘따라 당신이 유난히 예쁘군. 당신의 보이프렌드 태드도 그렇게 생각하겠지? 그는 당신이 위험에 처하지나 않을까 걱정이 대단하더군."

"이 병에 감염될 위험은 누구에게나 있어요."

화제가 빗나가는 것을 막연히 불안해하면서 그녀가 말했다.

두브체크는 히죽 웃었다.

"하지만 태드는 다른 사람들을 당신만큼 걱정하지는 않을 거요."

화제를 일 쪽으로 돌리려고 마리사는 원숭이의 간장과 비장의 절편 조직에 대해서 물었다.

"아직까지는 아무것도 나오지 않았소."

두브체크가 손을 저으며 말했다.

"하지만 그건 전자현미경으로 들여다본 결과이고, 태드가 바이러스 배양을 시작했으니 1주일 후에는 알게 될 거요."

"그동안 우리는 원숭이 외에 다른 걸 찾아보는 게 좋을 것 같군요."

"나도 그렇게 생각하고 있소."

그는 어쩐지 들뜬 기색으로 두 손으로 눈을 비비며 마리사의 맞은편 의자에 걸터앉았다.

마리사는 자신이 작성한 노트를 건네주며 말했다.

"이걸 보시면 흥미로우실 거예요."

마리사가 말하는 동안 두브체크는 그것을 받아들고 천천히 훑어 내려갔다.

그녀는 자신이 로스앤젤레스에 도착하면서부터의 일들을 날짜별로 차근차근 설명하면서 닥터 리히터가 에볼라 바이러스의 첫 번째 감염 환자로 다른 환자들에게 옮겼다는 것, 그리고 그와 헬렌 타운센드와의 관계, 닥터 리히터가 2건의 학회에 참석했다는 것 등을 자신 있게 말해주었다. 그리고 학회를 주최했던 단체가 참석자 전원의 명단과

각 개인의 주소, 전화번호 등을 알려주었다는 것도 덧붙였다.

그녀가 한참을 이야기하는 동안, 두브체크는 잠자코 듣고 있었지만 마음은 엉뚱한 곳을 헤매고 있는 듯했다. 보고 내용에 귀 기울이기보다는 오히려 그녀의 얼굴에 마음을 빼앗기고 있었다. 마리사는 그의 반응이 신통치 않자 자신이 무슨 실수를 저질렀나 하고 말끝을 흐리다가 이윽고 입을 다물어버렸다. 두브체크는 한숨을 한 번 내쉬더니 미소를 지으며 불쑥 한 마디 내뱉었다.

"훌륭해요. 첫 출장업무치고는 믿을 수 없을 정도군."

그때 노크 소리가 들려오자 그는 몸을 일으켰다.

"다행히 식사가 온 모양이오, 배가 몹시 고팠는데."

두브체크가 주문한 요리는 평범한 것으로, 고기도 야채도 미지근했다. 왜 식당에 내려가서 먹지 않을까 하고 그녀는 의아해 했다. 업무에 관한 이야기를 하기 위해서인 줄 알았는데 식사하는 동안의 대화는 랠프의 디너파티에 관한 것, 그와는 어떻게 알게 되었는지, CDC에는 어떻게 오게 되었는지, 출장은 즐거웠는지 등등 잡다한 것들로 시종일관했다. 식사가 거의 끝날 무렵, 두브체크가 불쑥 말을 꺼냈다.

"당신한테 말해둘 것은 내가 혼자라는 거요."

"정말 안되셨네요."

왜 느닷없이 사생활을 끄집어내는 걸까 의아해 하면서 마리사는 진심으로 위로의 말을 했다.

"그저 당신한테 말해두고 싶었을 뿐이오."

그는 상대방의 마음을 읽은 듯이 말했다.

"내 아내는 2년 전 교통사고로 죽었소."

뭐라고 대답해야 좋을지 몰라 그녀는 그저 고개만 끄덕였다.

"마리사, 당신은 어떻소. 누구 교제하는 사람이라도 있소?"

마리사는 커피 잔의 손잡이만 만지작거리며 잠자코 있었다.

로저와의 파경에 대해 말하고 싶은 생각은 추호도 없었다.

"아니, 지금은 없어요."

그녀는 거우 그렇게 대답했다.

태드와 데이트하고 있다는 사실을 두브체크가 정말 모르는 걸까? 비밀로 하진 않았지만 그렇다고 눈에 띄게 유난을 떨지도 않았었다. 두 사람 모두 CDC의 동료들에게 자신들의 관계를 말한 적이 없었다.

마리사는 갑자기 어색해진 분위기에 숨이 막혔다. 공과 사를 혼동 해선 안 된다는 그녀의 방침이 순간 흔들리는 느낌이 들었다. 그러나 두브체크의 매력에 이끌리는 데는 어쩔 도리가 없었다. 어쩌면 그렇 기 때문에 이렇게 숨이 막히는지도 몰랐다. 그러나 지금 여기서 그와 특별한 관계를 맺고 싶은 생각은 전혀 없었다. 이 자리가 그렇게 되도 록 의도되어 있다 해도 말이다. 갑자기 그녀는 이 방을 뛰쳐나가 자기 일로 돌아가고 싶은 생각이 들었다.

두브체크가 의자를 뒤로 빼면서 몸을 일으켰다.

"병원으로 돌아갈 거라면 지금 일어나야겠소."

듣던 중 반가운 소리였다. 그녀는 자리에서 일어나 테이블에 놓아 두었던 서류들을 가지러 갔다. 그녀가 주섬주섬 서류들을 챙겨 들며 몸을 일으켰을 때, 두브체크가 뒤로 다가오는 것이 느껴졌다. 저항할 사이도 없이 그는 그녀의 양 어깨를 붙들어 몸을 돌려 세웠다. 그의 행 동에 너무도 놀란 나머지 그녀는 그 자리에 못 박힌 듯 멈춰 섰다. 눈 깜짝할 사이에 두 사람의 입술이 포개졌다. 이윽고 그녀가 몸을 빼자, 서류들이 바닥으로 떨어져 흩어졌다.

"미안하오. 이럴 생각은 아니었는데. 당신이 센터에 온 뒤로 난 언 제나 이런 충동 때문에 나 자신을 감당하기 어려웠소. 하늘에 맹세코,

지금껏 내가 함께 일하는 동료를 유혹하는 일은 한 번도 없었소. 아내가 죽은 뒤 진실로 여자에게 흥미를 갖게 된 것은 이번이 처음이오. 당신은 아내와 조금도 닮지 않았소. 제인은 키가 크고 금발이었지. 그러나 일에 열정적인 점은 똑같소. 아내는 음악가였는데, 연주를 만족스럽게 하고 나면 당신처럼 흥분된 표정을 보이곤 했지."

마리사는 잠자코 듣고 있었다. 두브체크가 진정 자신을 괴롭힐 생각이 아니었다는 것을 알면서도 속 좁은 촌색시처럼 부끄럽고 어색해서 이 순간을 어물어물 넘겨버릴 만한 어떤 말 한마디조차 할 수 없었다.

"마리사,"

그가 상냥하게 그녀를 불렀다.

"난 지금 애틀랜타로 돌아가는 즉시 당신과 단둘이 데이트를 하고 싶다는 말을 하고 있는 거요. 하지만 만약 당신이 랠프와 열애중이거나 내가 마음에 들지 않는다면……."

그는 말을 잇지 못했다.

마리사는 얼른 허리를 굽혀 서류들을 주워 모았다.

"병원에 돌아가려면 이제 가는 게 좋겠어요."

그녀는 차가운 어조로 그의 말을 잘랐다.

그는 굳어진 표정으로 그녀를 엘리베이터 앞까지 배웅했다. 렌터카에 앉아 마리사는 조용히 자신을 꾸짖었다. 그는 로저와 헤어진 후 자신이 처음 만난 가장 매력적인 남자가 아닌가. 도대체 왜 마음에도 없는 행동을 했단 말인가?

2월 27일
공포의 완전 밀폐실

5주 후, 공항에서 탄 택시가 피치트리 플레이스로 접어들었을 때 마리사는 애틀랜타로 돌아온 지금 또다시 예전처럼 두브체크와 좋은 관계를 유지할 수 있을까 하는 생각이 들었다. 베벌리 힐튼에서 그런 일이 있고 나서 며칠 후에 그는 먼저 돌아갔고, 그 전에 두 사람이 리히터 클리닉에서 우연히 마주쳤을 때도 그의 태도는 어쩐지 냉랭하고 겸연쩍었다.

자동차가 집 근처로 들어서자 길가의 집집마다 환하게 불이 켜진 창문들이 눈에 들어왔다. 그 안에서 단란하게 저녁시간을 보내고 있을 가족들을 생각하니 갑자기 쓸쓸한 생각이 마음속에 밀려들었다.

택시 기사에게 요금을 지불하고 집에 가서 경보 장치를 끈 다음, 마리사는 저드슨 씨 댁으로 달려가 태피와 5주 동안 밀린 우편물을 건네받았다. 강아지는 주인을 보고 기뻐 날뛰었고, 저드슨 씨 가족은 언제나처럼 상냥하게 그녀를 맞아주었다. 그들은 너무 오랫동안 강아지를 맡겨놓은 데 대해 마리사로 하여금 미안한 생각이 들게 하는 것이 아니라, 그저 태피와 헤어지는 것을 진심으로 섭섭해 했다.

집으로 돌아오자마자 그녀는 실내가 따뜻해지도록 히터를 틀었다. 강아지가 있는 것만으로도 분위기가 아주 달라졌다. 태피는 그녀 옆에 찰싹 달라붙어서 잠시도 떨어지려 하지 않았다.

저녁을 먹으려고 냉장고를 열어보니 음식이 모조리 상해 있었다. 그녀는 내일 깨끗이 치워야겠다고 생각하며 냉장고 문을 닫았다. 편지들을 훑어보면서 그녀는 피그 뉴턴(쿠키의 일종)과 코카콜라로 저녁을 때웠다. 오빠한테서 온 엽서와 부모님에게서 온 편지를 빼고는 거의가 제약회사의 광고들뿐이었다. 그때 전화벨이 울려 마리사는 깜짝 놀라 수화기를 집어 들었다. 애틀랜타로 돌아온 것을 환영하는 태드의 목소리를 듣고 마리사는 기분이 좋아졌다.

"한잔하러 가지 않겠어요? 내가 그리로 데리러 갈게요."

마리사는 여행으로 지쳐 있다고 말하려다가 지난번 로스앤젤레스에서 나눈 그와의 마지막 통화 내용을 퍼뜩 머릿속에 떠올렸다. 그는 지금까지 붙들고 있던 에이즈 프로젝트를 막 끝냈으며 지금은 그가 '마리사의 에볼라 바이러스'라고 명명한 그 바이러스에 파묻혀 있다고 말했었다. 갑자기 피로가 싹 가신 그녀는 검사가 어떻게 되어 가는지 물었다.

"잘 돼가요. 그놈들은 베로(Vero)98 조직 배양액 속에서 마치 도깨비불처럼 살아 있어요. 형태학적 검사도 다 끝나고 이제 단백 분석을 시작하려는 참이에요."

"당신이 하고 있는 일을 한번 봤으면 좋겠어요."

"관심을 가져주는 건 고맙지만, 유감스럽게도 내가 하는 일은 대부분 완전 밀폐실에서 이루어지거든요."

"그건 알고 있어요."

마리사가 말했다. 그렇게 위험한 바이러스는 글자 그대로 미생물을 완전히 밀폐시킬 수 있는 장소에서 취급하지 않으면 안 되겠지, 하고 마리사는 생각했다. 그녀가 아는 바로는 그런 설비가 갖추어진 곳은 전 세계에 네 곳뿐이었다. 하나는 이곳 CDC에, 하나는 영국에, 하나는 벨기에에, 그리고 또 하나는 소련에 있었다. 파리의 파스퇴르 연구소가 그런 설비를 가지고 있는지 어떤지는 정확히 알 수 없었다. 그리고 안전을 위해 그런 시설에 출입이 허용되는 사람은 제한되어 있었다. 현재 마리사는 거기에 끼어 있지 않았다. 그러나 마리사는 에볼라 바이러스의 위해력을 확인하기 위해 어떻게든 그가 하고 있는 일을 들여다보고 싶다고 말했다.

"당신은 허가를 받지 않았잖아요?"

태드는 마리사의 요구에 놀라면서 말했다.

"그건 알고 있어요. 하지만 지금 당신이 검사실에서 하고 있는 일을 내게 잠깐 보여주고 나서 한잔하러 간다면 뭐 그렇게 크게 잘못하는 것도 아니잖아요? 더구나 이렇게 늦은 시간에 함께 들어간들 누가 알겠어요?"

잠시 침묵이 흘렀다.

"하지만 그곳은 출입이 제한되어 있다고요."

태드가 애원하듯이 말했다.

마리사는 지금 자신이 하려는 일이 규칙위반임을 충분히 알고 있었다. 그러나 태드가 데려가 준다면 그리 위험하지는 않을 것 같았다.

"누가 알겠어요? 게다가 나는 팀의 일원이잖아요."

그녀가 못마땅한 듯 다시 말했다.

"그야 그렇지요."

그는 주저했다. 하지만 그녀를 검사실에 데려가기만 하면 그녀와 데이트를 할 수 있다는 것이 그로 하여금 결단에 쫓기게 하고 있었다. 그는 30분 뒤에 데리러 갈 테니 아무에게도 이 사실을 말해선 안 된다고 신신당부했고, 마리사는 쾌히 약속해주었다.

　"이거 아무래도 불안한데."

　CDC를 향해 차를 몰며 태드가 말했다.

　"마음을 편히 먹어요, 제발. 어차피 나도 EIS(역학정보기관) 특수 병원과에 채용된 일원이니까요."

　마리사는 일부러 신경이 날카로워진 듯한 어조로 말했다.

　"그렇지만 내일 정식으로 허가를 받는 게 어때요?"

　태드가 말했다.

　마리사가 태드에게 몸을 돌리며 노려보았다.

　"당신, 겁먹고 있군요?"

　사실, 두브체크가 내일 워싱턴에서 돌아오면 정식 허가를 요청할 수도 있었다. 그러나 그가 어떤 태도로 나올지가 의심스러웠다. 물론 자신이 잘못한 탓이긴 했지만 지난 2, 3주 동안 두브체크는 그녀에게 매우 냉대를 했다. 어째서 사과할 마음이 생기지 않는지, 또 함께 저녁식사를 하고 싶다고 말을 할 수 없는지 그녀 자신도 도무지 알 수가 없었다. 그러나 요즈음 두 사람간의 냉전, 특히 두브체크의 차가운 태도는 점점 심해지고 있었다.

　차를 주차시키고 나서 두 사람은 말없이 현관으로 들어섰다. 마리사는 남자들의 이기심이 얼마나 많은 문제들을 일으키는지를 생각하고 있었다. 두 사람은 경비원의 날카로운 시선을 받으며 출입자 명부에 이름을 기록하고, 직무상 CDC의 신분증을 내보였다. 마리사는 행

선지 난에 '사무실'이라고 기입했다.

그들은 엘리베이터를 기다렸다가 3층으로 올라갔다. 본관의 긴 복도를 끝까지 걸어간 그들은 본관과 바이러스과 병동을 잇는 좁다란 통로를 빠져나갔다. CDC의 건물들은 거의 각층마다 이렇게 철 난간이 쳐진 좁은 통로로 연결돼 있었다.

"완전 밀폐실은 경비가 아주 엄중해요."

바이러스과 병동의 문을 열며 태드가 말했다.

"인간에게 감염되는 모든 병원성 바이러스를 빠짐없이 저장하고 있으니까요."

"모두요?"

마리사가 깊이 감동한 듯이 물었다.

"거의 다 말예요."

태드는 자랑스럽게 말했다.

"에볼라는요?"

"에볼라는 유행할 때마다 그 표본을 수집하고 있어요. 마버그 바이러스도 있고 지금은 세상에서 완전히 자취를 감춰버린 천연두, 그 밖에 황열, 뎅기열, 에이즈도 있죠. 뭐든지 말해 봐요, 다 있으니까."

"어머나! 공포의 집합소군요."

마리사가 외쳤다.

"그렇게 말할 줄 알았어요."

"어떤 방법으로 저장돼 있죠?"

"액체 질소로 냉동시키죠."

"그것도 감염성이 있나요?"

"녹으면 그렇죠."

두 사람은 비좁고 어두운 방을 무수히 지나쳐 평범해 보이는 복도를 따라 걸어갔다. 마리사는 전에 두브체크의 사무실을 방문했을 때 그 근처를 지난 적이 있었다.

태드는 정육점에서나 본 듯한 사람 키만 한 냉장실 앞에서 걸음을 멈추었다.

"당신에겐 꽤 흥미 있는 일이겠죠?"

육중한 문을 당겨 열면서 그가 말했다. 안에는 불이 켜져 있었다.

마리사는 주춤주춤 문턱을 넘어 눅눅하고 차가운 공기 속으로 들어갔다. 태드가 그 뒤를 따랐다. 문이 슬그머니 닫히며 걸림쇠가 찰칵 하고 걸리자 마리사는 엄습해오는 공포에 몸을 떨었다.

냉장실 안에는 선반이 몇 단으로 늘어서 있었고 그 위에 유리병들이 수없이 얹혀 있었다.

"이건 뭐죠?"

마리사가 물었다.

"냉동 혈청이에요."

병을 하나 들어 올리며 태드가 대답했다. 거기에는 번호와 날짜가 적혀 있었다.

"전 세계 환자들에게서 수집한 바이러스 표본들인데, 병명을 알아낸 것도 있지만 아직 밝혀지지 않은 것도 있어요."

다시 복도로 나왔을 때 마리사는 안도의 숨을 내쉬었다.

냉장실에서 15미터쯤 더 가니 복도가 오른쪽으로 급하게 꺾어 있었다. 그 모퉁이를 돌아가자 두 사람 앞에 거대한 강철 문이 나타났다. 문의 손잡이 바로 위에는 마리사가 세든 집의 경보 장치 비슷한 버튼이 나란히 붙어 있고, 그 밑에 은행의 현금 자동 인출기, 신용카드 삽입구 같은 것이 길게 붙어 있었다. 태드는 가죽 끈에 꿰어 목에 걸고 있던 카드를 마리사에게 주어 그것을 삽입구에 넣게 했다.

"컴퓨터가 출입을 기록하고 있어요."

그러고 나서 태드는 버튼을 눌렀다. 그의 비밀번호는 43-23-39였다.

"바스트, 웨스트, 힙, 멋진 몸매예요."

그가 우스꽝스럽게 말했다.

"고마워요."

마리사는 웃으면서 대꾸하고 태드와 함께 안으로 들어갔다. 바이러스과 병동에 인기척이 없어서 태드도 마음이 좀 놓인 모양이었다. 잠시 후 찰칵 하고 걸림쇠가 풀리는 기계음이 들려왔다. 태드가 문을 열었다.

마리사는 흡사 딴 세상에 온 듯한 기분이 들었다. 칙칙한 빛깔의 지저분한 복도와 달리, 안에는 최근에 꾸민 듯한 색색의 파이프들과 신형 기구들, 그 밖에 초현대식 장비들이 줄줄이 자리 잡고 있었다. 조명은 어두웠으나 태드가 캐비닛 문을 열고 일렬로 늘어선 차단기 스위치를 차례로 올리자 먼저 두 사람이 서 있는 방에 불이 켜졌다. 그 방의 천장은 2층 높이로 온갖 종류의 설비가 가득했고, 페놀 소독액 냄새가 풍겨 의학부 해부실을 연상케 했다.

다음 스위치를 올리자 방 한가운데에 돌출해 있는 3미터 높이의 실린더 옆쪽으로 늘어선 포문(砲門) 같은 창에 불이 켜졌고, 그 실린더 끝으로 잠수함의 방수문 같은 타원형 문이 달려 있는 것이 보였다.

마지막 스위치를 올리자 커다란 전동기가 돌아가는 듯한 붕― 하는 소리가 났다. 마리사가 의아해 하자 태드가 말했다.

"압착 펌프예요."

그는 설명해주는 대신 그저 손을 휘둘러 보이며 말했다.

"이곳은 이 완전 밀폐실을 조작하는 중심부예요. 여기서 송풍기와 필터를 다 감시할 수 있죠. 감마선 발생기도 마찬가지고요. 전부 녹색 불이 켜 있죠? 모든 게 잘 돌아가고 있다는 뜻이에요. 적어도 우리가 바라는 대로 말이에요."

"바라는 대로라뇨? 어떻게요?"

마리사는 놀란 목소리로 물었지만, 히쭉 웃는 태드의 얼굴을 보고는 그것이 자신을 놀리려고 한 농담이었음을 알았다. 그러나 그때 갑자기 자신이 이곳에 오기를 100퍼센트 바랐던 건 아니었는지도 모른다는 사실을 깨달았다. 안전한 자기 집에 있을 때는 멋진 아이디어라고 생각했지만, 낯선 기계들에 둘러싸여 온갖 바이러스를 곁에 두고 있다고 생각하니 자신감이 없어졌다. 그러나 태드는 그녀가 마음을 바꿔먹을 여유를 주지 않고 기밀문을 열며 실린더 안으로 들어가라고 손짓해보였다. 마리사는 높이가 15센티나 되는 문지방을 딛고 지나면서 작은 키에도 불구하고 머리를 약간 숙여야 했다. 태드도 뒤따라 들어와 문을 닫고 볼트를 죄었다. 마리사는 갑작스런 기압의 변화에 귓속이 먹먹해지는 것을 느끼며 침을 꿀꺽 삼켰다. 극심한 공포가 그녀를 사로잡았다.

실린더 안에는 바깥에서 본 대로 포문 같은 창문들이 줄지어 늘어서 있었다. 양쪽 벽에는 작업대와 기다란 로커가 있고, 한쪽 끝에는 선반과 또 하나의 타원형 기밀문이 있었다.

"놀랄 것 없어요."

태드가 마리사에게 면으로 된 가운을 던져주며 말했다.

"여기서부턴 일상복을 입고 들어갈 수 없어요."

조금이라도 몸을 가릴 만한 장소가 없을까 잠시 망설이며 멍하니 둘러보던 마리사는 단념한 듯 블라우스 단추를 끄르기 시작했다. 태드가 보는 앞에서 속옷을 벗어야 한다는 것이 그녀로서는 매우 당혹스러웠지만, 그녀보다도 오히려 태드가 그것을 한층 강하게 의식하고 있는 듯했다. 마리사가 옷을 갈아입는 동안 줄곧 의식적으로 얼굴을 돌리고 있었던 것이다.

이윽고 두 사람은 두 번째 문을 통과했다.

"검사실에 가기까지 지나치는 방들은 모두 앞의 방보다 기압이 조금씩 낮춰져 있어요. 공기가 검사실 안으로 들어올 수는 있어도 절대로 나갈 수는 없게 하기 위해서죠."

두 번째 방도 첫 번째 방과 크기는 비슷했지만 창문이 없고 페놀 소독액 냄새가 더 강렬했다. 벽에는 푸른색 비닐 옷이 못에 걸려 있었다. 태드가 마리사에게 맞을 만한 것을 골라주었다.

등에 지는 배낭이나 무겁고 둥근 헬멧만 없을 뿐 그것은 우주복과 다름없었다. 전신을 감싸게 되어 있는 데다 장갑과 장화도 갖춰져 있었다. 머리를 덮는 부분의 앞면에는 투명한 비닐 마스크가 달려 있고, 아랫배에서부터 목 언저리까지 지퍼로 잠그게 되어 있었으며 등 쪽에는 공기 호스가 긴 꼬리처럼 돌출되어 있었다.

태드는 방의 벽면을 따라 가슴 높이로 달려 있는 녹색 파이프를 가리키며 검사실 전체에 이런 것이 비치되어 있다고 말했다. 그 파이프에서 직각으로 연회색 매니폴드(여러 갈래로 난 관)가 나와 있고, 거기에다 옷 밖으로 나와 있는 공기 호스를 어댑터로 연결하는 것이었다.

태드는 그 장치에 의해 옷 속으로 고압의 청결한 공기가 가득 들어오므로 방안의 공기를 마시지 않아도 된다고 설명해주었다. 그는 마리사에게 공기 호스를 연결하는 법과 떼는 법을 마음이 놓일 때까지 몇 번이나 연습시켰다.

"좋아요, 이제 옷을 입어 봐요."

태드는 먼저 커다란 옷 속에 어떻게 몸을 넣는지 시범을 보였다. 입는 방법이 꽤 까다로웠고 특히 두건처럼 접혀진 부분에 머리를 집어

넣는 일은 정말 어려웠다. 투명한 비닐 페이스 마스크를 통해 밖을 내다보자 시야가 금세 흐려졌다.

태드가 그녀에게 공기 호스를 연결시키라고 말했다. 마리사는 신선한 공기가 섬뜩하게 피부에 와 닿는 것을 곧바로 느낄 수 있었다. 페이스 마스크도 맑아졌다. 태드는 능숙한 동작으로 그녀의 지퍼를 올려주고 자신도 옷 속으로 들어갔다. 그런 다음 공기를 넣고 호스를 떼어 그것을 손에 쥔 채 검사실로 향하는 문 쪽으로 갔다.

문 오른쪽에는 배전반이 달려 있었다.

"검사실 내부의 전등이에요."

태드가 스위치를 올리며 말했다. 몸을 감싸고 있는 옷 때문에 태드의 목소리가 잘 들리지 않았다. 더욱이 옷 속으로 들어오는 요란한 공기 소리 때문에 더 알아듣기 어려웠다. 두 사람이 또 하나의 문을 지나자 태드가 그 문을 닫았다.

다음 방은 넓이가 앞의 두 방에 비해 절반밖에 되지 않았고, 벽과 배관은 모두 흰색으로 칠해져 있었으며, 바닥에는 플라스틱 격자 판이 깔려 있었다. 두 사람은 잠시 공기 호스를 연결해 공기를 주입하고 검사실로 들어가는 마지막 문을 통과했다. 마리사는 그가 하는 대로 공기 호스를 떼었다가 다시 그가 연결하는 곳에 똑같이 연결시키고는 태드의 귀를 바짝 따라갔다.

마리사의 눈앞에 장방형의 넓은 방이 나타났다. 그 방에는 머리 쪽에 위험 방지용 배기 후드가 달린 검사용 작업대가 한복판에 섬처럼 자리 잡고 있었다. 또 벽 쪽으로는 온갖 종류의 장벽들—원심분리기, 배양기, 여러 종류의 현미경, 컴퓨터 단말기, 그 밖에 그녀가 처음 보는 기계들—이 잔뜩 놓여 있었고, 왼쪽으로는 볼트로 죄어놓은 또 하나의 기밀문이 있었다.

태드는 한 대의 배양기 쪽으로 마리사를 데려가 유리문을 열었다. 안에서는 조직 배양 시험관들이 가득 꽂힌 시험관 꽂이가 천천히 회전하고 있었다. 태드는 그중 하나를 끄집어내어 마리사에게 건네주었다.

"자, 이게 바로 당신의 에볼라예요."

시험관 안에는 약간의 액체와 얇은 층, 즉 바이러스를 접종하여 생성된 세균의 층이 덮여 있었다. 그 세균의 세포 안에서 바이러스가 증식하고 있는 것이다. 내용물은 언뜻 보기에는 무해한 것처럼 보이지만, 그 안에는 애틀랜타는 물론 아마도 미국 전체 인구를 살해하고도 남을 만큼 감염력이 강한 바이러스가 들어 있다는 것을 마리사는 잘 알고 있었다. 생각만 해도 끔찍해서 마리사는 유리관을 꽉 움켜쥐고 몸을 떨었다.

시험관을 다시 받아든 태드는 현미경 쪽으로 다가가 표본을 깔고 초점을 맞춘 다음 마리사에게 들여다보라고 했다.

"세포질 안에 들어 있는 검은 덩어리를 봐요."

그가 말했다. 마리사가 들여다보니 투명한 비닐 마스크 너머로 태드가 지적한 봉입체(바이러스나 클라미디어의 감염에 의해 숙주 세포에 생기는 이상한 과립성 물질)와 불규칙한 모양의 세포핵이 보였다.

"이게 바로 감염되었다는 첫 징후예요. 이 배양액에 이제 막 접종했는데도 이 바이러스는 믿을 수 없을 만큼 강력한 번식력을 보이고 있어요."

마리사가 현미경에서 몸을 일으키자 태드는 시험관을 배양기에 집어넣고는, 자신이 사용하고 있는 복잡한 기구를 가리켜 보이며 여러 가지 실험에 관해 자세히 설명했다. 마리사는 그의 말에 정신을 집중할 수는 없었으나 그녀가 오늘 밤 검사실을 찾은 것은 태드의 연구 보고를 듣기 위해서가 아니라는 말은 하지 않았다.

마지막으로 태드는 동물 우리들이 천장에 닿을 듯이 높게 쌓여 있는, 미로 같은 동물 사육실 한가운데로 마리사를 데리고 갔다. 그곳에는 원숭이와 토끼, 기니피그(실험용으로 쓰이는 쥐과의 한 종. 모르모트로 알려짐), 보통 쥐, 실험용 생쥐들이 있었다. 수백 마리쯤 되는 쥐들이 불안한, 혹은 적의에 가득 찬 눈초리로 이쪽을 응시하고 있었다.

사육실 안쪽으로 들어간 태드는 스위스 얼음 생쥐라고 하는 생쥐들이 가득 담긴 용기를 끄집어내어 마리사에게 보여주려다가 갑자기 손을 멈추고 탄성을 질렀다.

"아, 이럴 수가! 겨우 오늘 오후에 접종했는데 태반이 벌써 죽어버렸어요."

그러고는 마리사에게 말했다.

"당신의 에볼라는 아주 치명적인 놈이군요. 1976년 자이르 주(株)의 것과 마찬가지로 정말 지독해요."

마리사는 내키진 않았지만 죽은 얼음 생쥐들을 들여다보며 물었다.

"각 바이러스 주(株)를 비교해볼 방법은 없나요?"

"그야 있죠."

죽은 얼음 생쥐들을 치우면서 태드가 말했다.

두 사람은 검사실로 돌아와 죽은 생쥐들을 담을 그릇을 찾았다. 그는 왔다 갔다 하면서 마리사의 질문에 대답하고 있었으므로 그와 마주했을 때 말고는 거의 말을 알아듣기가 어려웠다. 우주복 같은 보호의가 그의 목소리를 마치 〈스타워즈〉의 다스 베이더(영화 〈스타워즈〉에서 악당 역을 맡은 캐릭터)의 목소리처럼 울리게 했기 때문이다.

"이제부터 당신의 에볼라가 어떤 특성을 갖고 있는지를 살펴본다면 전에 나온 주(株)와 비교하는 것은 간단한 일이에요. 실제로 이 쥐를 가지고 실험을 시작하고는 있지만 확실한 걸 알기 위해서는 통계적으로 추출해낼 때까지 기다려봐야죠."

그는 얼음 생쥐를 해부접시 위에 올려놓고는 볼트로 단단히 조여진 문 앞에 멈춰 섰다.

"설마 이 안에까지 들어가고 싶진 않겠죠?"

그는 그녀가 대답하기도 전에 문을 연 뒤 생쥐의 시체를 가지고 안으로 들어가 버렸다. 문이 닫히면서 그의 공기 호스에서 뿌연 김이 피어올랐다. 마리사는 살짝 벌어진 틈새를 보고 살며시 따라 들어가려고 했지만 채 발을 내딛기도 전에 태드가 다시 나와 허둥지둥 문을 닫아버렸다.

"이제 당신 바이러스의 구조 단위 단백체와 RNA(리보핵산)를 이전의 에볼라 바이러스 주와 비교해볼 생각이에요."

"이제 됐어요. 마치 내가 바보가 된 기분이 드는군요. 그런 것들을 다 이해하려면 바이러스학 교과서를 통독해야겠어요. 오늘 밤엔 이것으로 마치고 약속대로 한잔하러 가요."

마리사가 웃으며 말했다.

"잘 생각했어요."

태드가 힘 있게 말했다.

그곳을 빠져 나오는 길에 또 한 번 놀랄 일이 벌어졌다. 벽이 새하얗게 칠해진 방으로 들어가는 순간 그들은 페놀 소독액을 뒤집어쓰고 말았다. 흠칫 놀란 마리사의 얼굴을 보고 태드가 싱긋 웃었다.

"이제 화장실 변기가 어떤 기분일지 알겠죠?"

두 사람이 각기 자기 옷으로 갈아입었을 때, 마리사는 그가 생쥐 시체를 가지고 들어갔던 방안에 무엇이 있는지를 물었다.

"그저 커다란 냉동고일 뿐이에요."

태드는 더 이상 질문하지 말라는 듯 손을 내저으며 대답했다.

그 후 나흘 동안 마리사는 다시 예전처럼 집과 CDC를 오가며 강아지와 함께 지내는 애틀랜타에서의 생활에 젖어들었다. 여행에서 돌아온 다음 날엔 냉장고 안의 상한 채소들을 끄집어내어 깨끗이 치우고 기한이 지난 청구서들을 결제하는 등 잡다한 일들을 해결했다.

직장에서는 바이러스성 출혈열, 특히 에볼라에 관한 공부에 전념했다. 그녀는 CDC의 도서실을 들락거리며 에볼라, 즉 1976년 자이르, 1976년 수단, 1977년 자이르, 1979년 수단 등 선행된 에볼라 바이러스 유행의 세세한 자료들을 모았다. 그 바이러스들은 매번 다른 지방으로 퍼지지 않고 얼마 못 가 소멸되곤 했다. 어떤 동물이 바이러스의 숙주인가를 밝혀내려는 노력으로 200마리가 넘는 짐승과 곤충들이 가능성 있는 숙주로서 연구대상이 되었다. 그러나 모두 다 음성이었다. 유일한 희망은 사육되고 있는 기니피그들 가운데 가끔씩 항체가 발견된 것뿐이었다.

마리사의 관심을 끈 것은 자이르에서 발생한 에볼라 열병의 유행기록이었다. 이 질병은 얌부크 자선 병원이라는 의료시설이 확산의 중심이 되어 있었다. 이 얌부크 병원과 리히터 클리닉, 그리고 얌부크와 로스앤젤레스 사이에 어떤 유사점이 있을까 하고 마리사는 생각해보았다. 그러나 어떤 유사점도 있을 것 같지 않았다.

마리사는 도서관 구석의 책상 앞에 앉아서 다시 한 번 필드의 바이러스학 교과서를 읽었다. 언젠가는 바이러스의 중앙 검사실에서 일해보고 싶다는 생각을 하며 조직배양에 관해서도 철저히 공부해두었다. 태드는 그녀가 바이러스학 최신 연구 기재에 익숙해질 수 있도록 비교적 해롭지 않은 바이러스를 내주기도 하면서 거들어주었다.

마리사가 시계를 내려다보니 2시가 좀 지나 있었다. 3시 15분에 닥터 두브체크와 만나기로 약속이 되어 있었다. 전날 그의 비서에게 에볼라 바이러스의 전염성에 대해 실험해보고 싶으니 완전 밀폐실을 쓰게 해달라고 정식으로 허가를 신청했었다. 마리사는 두브체크의 대답에 대해 그다지 낙관하고 있지는 않았다. 로스앤젤레스에서 돌아온 후로 그는 계속 마리사를 무시하는 태도를 보이고 있었다.

그녀는 읽고 있던 책에 갑자기 그림자가 드리우자 반사적으로 고개를 들었다.

"아, 아직 살아 있었군!"

귀에 익은 목소리였다.

"랠프!"

CDC 도서관이라는 뜻밖의 장소에서 그를 만난 것과 그의 목소리가 너무 큰 데 깜짝 놀란 마리사는 나지막이 속삭였다. 몇몇 사람이 의아한 표정으로 그들을 돌아보았다.

"살아 있다는 소문은 들었지만 직접 확인하고 싶어서 말이오."

캠벨 부인이 그를 노려보고 있는 것도 눈치 채지 못하고 랠프는 계속 큰소리로 지껄여댔다.

마리사는 제발 조용히 하라는 눈짓을 보내고는 이야기를 나눌 수 있는 복도로 그를 데리고 나갔다. 그녀를 만나 반가워하는 미소를 올려다보며 그녀는 깊은 애정이 끓어오르는 것을 느꼈다.

"만나게 되어 정말 기뻐요."

마리사가 그를 포옹하며 말했다. 애틀랜타로 돌아온 뒤 여태껏 그에게 알리지 않은 것이 좀 미안하게 생각되었다. 로스앤젤레스에 있는 동안엔 적어도 1주일에 한 번은 전화로 이야기를 나눴었는데…….

그녀의 기분을 알아차린 듯 랠프가 말했다.

"왜 전화 안했소? 두브체크의 말로는 나흘 전에 돌아왔다던데."

"오늘 밤에 전화하려고 했어요."

마리사는 랠프가 자신에 관한 소식을 하필 두브체크에게 이미 들었다는 데 당황하며 우물거렸다.

두 사람은 커피를 마시러 카페테리아로 내려갔다. 오후 2시경에는 손님이 거의 없었으므로 그들은 앞마당이 바라보이는 창가에 앉을 수 있었다. 랠프는 병원에서 자신의 진료소로 돌아가는 중인데, 밤이 되기 전에 그녀를 만나고 싶었다고 말했다.

"저녁이나 같이 하는 게 어떻겠소."

몸을 앞으로 숙여 마리사의 손을 잡으며 랠프가 말했다.

"로스앤젤레스에서의 성과에 대해 자세히 듣고 싶어서 견딜 수가 있어야지."

"스물한 명이나 죽었으니 결코 성과가 있었다고는 말할 수 없을 것 같네요. 더욱이 환자가 여러 명 더 불어났으니 우린 실패한 거예요. 바이러스가 어디서 나왔는지조차 알지 못했죠. 뭐든 숙주가 있었을 텐데도 말예요. 언젠가 그 재향군인 병이 에어컨을 통해 퍼졌다는 사실을 CDC가 밝혀내지 못했다면 그때 매스컴에서 뭐라고 떠들어댔을 것 같아요?"

"당신은 자신에게 너무 엄격한 것 같군."

랠프가 말했다.

"하지만 에볼라가 만약, 혹은 실제로 다시 활동을 시작한다면 우린 속수무책이에요. 불길한 생각이지만 나는 어쩐지 그런 일이 또다시 일어날 것만 같아요. 그 믿을 수 없을 만큼 치명적인 질병이 말이에요."

마리사는 에볼라의 위력을 생생히 기억하고 있었다.

"하지만 아프리카에서조차 에볼라의 숙주를 밝히지 못하지 않았소?"

랠프는 계속해서 마리사의 마음을 위로해주려고 애썼다.

마리사는 랠프가 여러 가지 사실을 알고 이렇게 말해주는 데 고마움을 느꼈다.

"매일 밤 텔레비전 저녁 뉴스에서 내보내는 의학교육 프로그램을 시청했지."

그는 마리사의 손을 꼭 쥐었다.

"어쨌든 당신의 로스앤젤레스 출장은 성공적이었소. 얼마든지 확산될 가능성이 있었던 그 질병을 당신이 보기 좋게 막아버렸거든."

마리사는 미소 지었다. 어떻게든 자신의 기분을 달래주려고 노력하는 랠프가 고마웠다.

"고마워요. 당신 말이 맞아요. 그 질병은 한없이 확산될 가능성이 있었고, 우리도 한때 그렇게 믿었을 정도니까요. 통행 차단이 효력을 발휘해서 정말 다행이었죠. 환자들 가운데 살아남은 사람은 겨우 2명뿐이었지만 그래도 90퍼센트라는 사망률에 비하면 다행이었다고 할 수밖에요. 리히터 클리닉의 희생이 컸어요. 에볼라 때문에 평판이 아주 나빠졌거든요. 에이즈 때문에 샌프란시스코의 공중목욕탕들이 망해버린 것과 마찬가지죠."

마리사는 스팀 테이블 위에 놓인 시계를 흘끗 보았다. 벌써 3시가 지나고 있었다.

"몇 분 후에 약속이 있어요."

마리사가 그에게 양해를 구했다.

"당신은 정말 좋은 사람이에요. 들러줘서 고마워요. 그리고 저녁식사 초대도요."

"그럼, 저녁에 만납시다."

랠프는 두 사람의 빈 컵이 놓인 쟁반을 들고 일어서며 말했다

마리사는 계단을 3개씩 건너뛰며 바이러스과 병동으로 서둘러 갔

다. 한낮이라 밤에 왔을 때만큼 무섭게 느껴지지 않았다. 두브체크의 방 쪽으로 돌아서며 마리사는 바로 복도 모퉁이에 완전 밀폐실로 통하는 문이 있겠구나 생각했다. 두브체크의 비서 앞에 섰을 때는 3시 17분이었다. 서둘러 온 것이 바보 같게 느껴졌다.

비서 맞은편 자리에 앉아 〈바이러스 학보〉지의 '이달의 바이러스' 난을 뒤적이던 마리사는 두브체크가 틀림없이 자기를 기다리게 할 셈이라는 것을 깨달았다. 시계를 보니 4시 20분 전이었다. 문 밖으로 전화통화를 하고 있는 두브체크의 목소리가 들려왔다. 비서의 책상에 놓인 전화에 붉은 램프가 깜박이는 것으로 보아 전화를 끊고 다시 거는 모양이었다. 이윽고 4시 5분 전이 되어서야 문이 열리고 두브체크가 마리사에게 방으로 들어오라는 손짓을 해보였다.

비좁은 방안에는 책상 위, 서류함, 마룻바닥 할 것 없이 복사된 서류들이 어지럽게 흩어져 있었다. 그는 와이셔츠 바람에 넥타이를 셔츠의 두 번째와 세 번째 단추 사이에 끼워 넣고 있었다. 마리사를 기다리게 한 데 대해서는 아무런 사과도, 해명도 없이 얼굴엔 엷은 웃음기마저 띠고 있어서 그것이 특히 그녀의 비위를 건드렸다.

"제 편지를 받아보셨을 줄 압니다."

애써 사무적인 어조로 마리사가 말했다.

"받았소."

"그런데요……?"

잠시 망설이던 마리사가 물었다.

"겨우 며칠간의 시험 경험만으로 완전 밀폐실에서 작업한다는 것은 무리요."

"그게 무슨 말씀이죠?"

"다시 말해서 당신이 경험을 충분히 쌓을 때까지 좀 덜 위험한 바이러스 연구를 계속 하는 게 낫겠단 말이오."

"대체 어느 정도라야 충분히 경험을 쌓은 것으로 인정되는지 모르겠군요."

마리사는 시릴의 말이 옳다는 것을 알면서도 만약 그와 데이트 중이라면 다른 대답이 나왔을지도 모른다는 생각이 들었다. 일전에 자신이 두브체크에게 보인 거부 반응을 철회할 용기가 스스로에게 없다는 것이 더욱 안타깝게 느껴졌다. 그는 분명 그녀가 기쁜 마음으로 저녁을 같이 하는 랠프보다도 훨씬 매력적이고 핸섬한 상대건만……

"당신이 충분한 경험을 쌓았는지 아닌지는 내가 알 수 있소."

두브체크는 마리사의 생각을 중단시키고 말했다.

"또 태드 셔클리도 알 수 있을 테고."

마리사는 이제 됐다 싶었다. 태드라면 틀림없이 인정해줄 것이다.

"그건 그렇고……."

두브체크는 책상을 빙 돌아 자리에 앉으며 말했다.

"당신에게 더 중요한 일이 있소. 방금 몇몇 사람과 통화를 했는데, 그중 미주리 주 역학 담당자의 말이, 세인트루이스에 에볼라로 여겨지는 중증 바이러스 환자가 한 명 발생했다는 거요. 지금 당장 당신이 가주면 좋겠소. 임상적인 상태를 파악한 뒤 태드에게 검체들을 채취해 보내고 보고해주시오. 항공편은 미리 예약해두었소."

그는 마리사에게 탑승권을 건네주었다. '델타 항공 1083편, 오후 5시 34분 출발, 오후 6시 5분 도착'이라고 쓰여 있었다.

마리사는 기가 막혔다. 러시아워의 혼잡을 생각한다면 시간이 너무 빠듯하지 않은가. 역학 정보원은 언제라도 짐을 꾸려 출발할 준비가 되어 있어야 한다는 건 알고 있었다. 그러나 그녀는 아무런 준비도 되어 있지 않은 데다 태피도 걱정스러웠다.

"혹시 필요할지 모르니 이동 검사실도 준비해두겠소. 부디 그런 것이 필요 없기를 바라지만."

그는 작별인사를 할 셈으로 손을 내밀었으나 마리사는 앞으로 불과 4시간 내에 또다시 그 치명적인 에볼라 바이러스와 맞닥뜨려야 한다는 생각이 머릿속에 가득 차 자신의 행동을 알아차리지 못한 채 방을 나왔다.

그녀는 현기증을 느꼈다. 완전 밀폐실 사용허가를 받으러 갔는데, 세인트루이스로 당장 날아가라는 명령이라니! 손목시계를 내려다보며 그녀는 급히 달리기 시작했다. 시간이 너무 촉박했다.

3월 3일
감염 사태

비행기가 활주로를 달리기 시작했을 때, 마리사의 뇌리에 스친 것은 랜프와의 데이트 약속이었다. 아차 싶었지만 비행기는 그가 집에 돌아오기 전에 도착할 테니 그때 연락하면 될 것 같았다.

지금 그녀의 유일한 위안은 로스앤젤레스에 갈 때보다 일을 대하는 마음이 훨씬 편해졌다는 것이었다. 최소한 자신에게 무엇이 요구되고 있는지를 조금은 알게 되었기 때문이다. 그러나 개인적으로는 만약 그것이 정말 에볼라라면 이미 그 바이러스의 위력을 너무도 잘 알고 있는 터라 자신에게 전염될 가능성을 생각하면 정말 두려웠다.

지금껏 누구에게도 털어놓은 적은 없었지만, 처음 에볼라가 발생한 이후로 그녀는 줄곧 그 바이러스에 감염될까 봐 걱정해왔다. 의심스러운 징후 없이 하루를 보낼 때마다 그녀는 안도의 숨을 내쉬곤 했다. 그렇다고 공포가 깨끗이 사라진 것은 아니었다.

또 한 가지 마리사의 마음을 어지럽히는 것은 새로운 에볼라 환자가 그토록 빨리 발생했다는 것이었다. 만약 이것이 정말 에볼라라면 어떻게 세인트루이스까지 확산된 것일까? 로스앤젤레스와는 상관없는 것일까, 아니면 전에 장티푸스균으로 수많은 사람들을 죽음으로 몰아간 악명 높은 '티푸스 메리' 사건처럼 고의로 빚어진 '에볼라 메리'인가, 의문점은 산더미처럼 쌓였지만 그 어느 것도 마리사에게는 결코 유쾌한 일이 못되었다.

"저녁식사 하시겠어요?"

마리사의 일련의 상념을 중단시키듯 스튜어디스가 말을 걸었다.

"네, 부탁해요."

마리사는 자신의 테이블로 시선을 떨어뜨린 채 대답했다. 배가 고프든 안 고프든 지금 먹어두는 것이 좋을 것 같았다. 세인트루이스에 닿으면 식사할 시간이 없을 거라는 것을 그녀는 잘 알고 있었다.

세인트루이스 공항에서 그레이트 세인트루이스 사회보건 계획병원까지 타고 간 택시에서 내렸을 때, 마리사는 현관 앞 차도까지 뻗어 있는 콘크리트 차양에 고마움을 느꼈다. 장대 같은 비가 억수로 내리고 있었기 때문이었다. 머리 위에 차양이 있었지만 마리사는 회전문으로 달려 들어가며 들이치는 비바람을 피하기 위해 코트 깃을 세워야 했다. 호텔에 들를 시간이 없었으므로 그녀는 슈트케이스에 서류가방까지 들고 있었다.

병원은 비가 내리는 어두운 밤인데도 상당히 그럴 듯해보였다. 초현대적인 스타일로 인조 대리석 벽의 정면에는 세인트루이스의 명물 '서부로 가는 문'의 복제품이 3층 높이로 세워져 있었다. 병원 내부는 대부분 블론드 빛 오크재로 장식되었고 바닥에는 선홍색 카펫이 깔려 있었다.

발랄한 사무원이 관리부의 위치를 묻는 마리사에게 자동문 앞쪽을 가리켜 보였다.

"닥터 블루멘탈!"

자그마한 체구의 동양계 남자가 앉아 있다가 몸을 일으키며 소리쳤다. 그가 그녀의 슈트케이스를 받아들며 손을 덥석 잡고 너무도 세차게 흔드는 바람에 마리사는 엉겁결에 뒷걸음질 쳤다.

"저는 닥터 해럴드 타보소입니다."

그가 자신을 소개했다.

"전 이곳 내과부장이고, 이 사람은 닥터 피터 오스틴으로 미주리 주 역학 담당자죠. 우린 당신이 오시길 학수고대하고 있었습니다."

마리사는 닥터 오스틴과도 악수를 나누었다. 좀 마른 체격에 키가 크고 붉은 얼굴을 한 사나이였다.

"이렇게 빨리 와 주셔서 정말 고맙습니다. 뭐 요기할 만한 것 좀 드릴까요?"

닥터 타보소가 묻자 마리사는 고개를 저으며 대답했다.

"비행기 안에서 먹었어요. 그보다 곧 일을 시작하고 싶은데요."

"아, 물론이죠."

닥터 타보소는 좀 당황한 표정을 지었다. 잠시 그가 입을 다문 사이에 닥터 오스틴이 말했다.

"우린 로스앤젤레스 사태에 대해 들어 잘 알고 있습니다. 그런데 그 일이 이곳에서 똑같이 벌어질지도 모른다고 생각하면 걱정을 안할 수가 없어요. 아시다시피 오늘 아침 의심스러운 증상을 보이는 환자가 한 명 입원했는데, 우리가 여기 오는 동안 두 명이 더 들어왔습니다."

마리사는 입술을 지그시 깨물었다. 에볼라 바이러스인 것 같다는 보고가 어쩌면 공연한 오보일지도 모른다는 기대감으로 왔는데, 또다시 2명의 의심스러운 증상의 환자가 발생했다면 낙관할 수 없는 일이었다. 그녀는 닥터 타보소가 권하는 의자에 앉으며 말했다.

"지금까지 알아낸 사실들에 대해 듣고 싶은데요."

"그게…… 잘 알 수가 없습니다."

닥터 오스틴이 말했다.

"시간적 여유가 거의 없었으니까요. 처음 환자가 입원한 시간이 새벽 4시였는데 타보소 선생이 발견하고는 곧바로 경보를 울렸어요. 그야말로 수훈감이죠. 다른 사람들에게 감염되는 것을 최대한 막기 위해 환자는 즉시 격리시켰고요."

마리사는 닥터 타보소의 얼굴을 흘끗 보았다. 그는 칭찬을 받고 싶은 듯 멋쩍게 웃어 보였다.

"다행이군요. 검사는 해봤나요?"

"물론입니다."

"그게 어쩌면 문제가 되겠군요."

"알고 있습니다. 하지만 환자가 입원하자마자 미처 병명이 밝혀지기도 전에 지시가 내려진 거라서요. 전 의무 당국에서 정보를 받은 즉시 센터에 전화를 걸었죠."

오스틴이 말했다.

"로스앤젤레스에서의 발병과 무슨 관련된 점이라도 발견했나요? 환자들 가운데 그곳에 갔다 온 사람이 있다든가……."

"아뇨. 그럴 가능성을 생각해서 더듬어봤지만 아무것도 발견하지 못했습니다."

오스틴이 말하자 마리사가 주춤주춤 일어서며 말했다.

"그럼 환자를 보도록 하죠. 보호의는 완벽하게 준비되어 있겠죠?"

"물론입니다."

닥터 타보소가 대답했다.

세 사람은 함께 방을 나와 로비를 가로질러 엘리베이터 쪽으로 걸어갔다. 엘리베이터에 올라타며 마리사가 물었다.

"혹시 환자들 중에서 최근에 아프리카에 갔다 온 사람은 없나요?"

두 의사는 얼굴을 마주보았다.

"그런 일은 없었던 걸로 아는데요."

닥터 타보소가 대답했다.

마리사도 애당초 긍정적인 대답을 기대했던 것은 아니었다. 그래서는 얘기가 너무 단순해진다. 그녀는 층을 가리키는 숫자를 올려다보았다. 엘리베이터는 8층에서 멎었다.

복도를 따라 걸으면서 마리사는 병실이 모두 비어 있는 것을 알아차렸다. 눈여겨보니 비품도 제대로 갖춰져 있지 않은 데다 복도의 벽도 초벌칠만 돼 있을 뿐, 제대로 페인트칠이 안 돼 있었다.

닥터 타보소가 마리사의 표정을 읽고 말했다.

"미안합니다. 아까 말씀드렸어야 했는데……. 이 병원은 지을 당시 필요 이상으로 많은 침대를 넣을 수 있도록 설계되어서 8층은 아직 비어 있는 상태죠. 그래서 이번 응급사태에 이곳을 쓰기로 했어요. 격리 병실로는 안성맞춤이잖습니까?"

세 사람은 간호사실로 갔다. 그곳에는 선반을 제외한 거의 모든 것이 갖춰진 듯했다. 마리사는 첫 번째 환자의 진료카드를 집어 들고 책상 앞에 앉아 금속제 표지를 들추었다. 환자의 이름은 자브리스키였다. 증상 난에는 고열, 저혈압이라고 적혀 있고 다음 페이지에는 환자의 기왕증이 열거되어 있었다. 그것을 훑어보다가 마리사는 환자의 정확한 이름을 발견했다. 닥터 칼 M. 자브리스키, 마리사는 이상한 생각이 들어서 닥터 타보소에게 물었다.

"이 환자는 의사인가요?"

"유감스럽게도 그렇습니다. 이 병원 안과의사죠."

닥터 타보소가 대답했다.

마리사는 이번에는 닥터 오스틴에게 물었다.

"로스앤젤레스에서도 첫 환자가 의사였다는 걸 아세요? 그 사람도 안과의사였죠."

"우연의 일치군요. 물론 알고 있습니다."

오스틴이 눈살을 찌푸리며 대답했다.

"자브리스키가 혹시 원숭이를 사용해서 연구하고 있진 않았나요?"

"제가 알기로는 그런 일은 없었습니다. 적어도 이 병원에서는."

닥터 타보소가 대답했다.

"로스앤젤레스에서는 닥터 리히터 외에 다른 의사는 아무도 감염 되지 않았던 걸로 기억하는데요."

닥터 오스틴이 말했다.

"그래요. 첫 번째 환자만 의사였죠. 검사 기사 3명에 간호사가 한 명 있었지만 의사는 없었어요."

마리사가 말했다. 그녀는 다시 진료카드에 주의를 돌려 서둘러 읽어갔다. 환자의 증상 기록은 리히터 클리닉에서의 닥터 리히터의 증상에 관한 기록만큼 완벽하지 못했고, 최근의 여행이라든가 동물과의 접촉 여부도 기재되어 있지 않았다. 그러나 검사 작업은 철저해서 아직 정확한 검사 결과는 나오지 않았지만 간장과 신장의 기능 장애가 심각함을 나타내고 있었다. 여기까지는 모든 점에서 에볼라 출혈열과 정확히 일치했다.

진료카드를 다 훑어보고 나서 마리사는 바이러스 검체의 채취와 포장에 필요한 기구들을 준비했다.

모든 준비가 완료되자 그녀는 간호사와 함께 복도를 따라 격리 병실로 가서 모자와 마스크, 장갑, 보안경, 덧신 등 보호의를 꼼꼼하게 착용했다.

자브리스키의 병실에는 그들과 똑같은 보호의 차림의 여자가 2명 있었다. 한 명은 간호사였고 또 한 명은 의사였다.

"환자는 어떤가요?"

병상 쪽으로 다가가며 마리사가 물었다. 그것은 물으나마나한 일로, 환자의 상태는 한눈에도 분명히 알 수 있었다. 우선 눈에 띄는 것은 신체 전체에 나타난 발진, 출혈 징후, 그리고 환자의 콧구멍에 줄줄이 꽂혀 있는, 선혈로 가득 찬 위 삽입관이었다.

닥터 자브리스키는 의식은 있으나 너무 혼미해서 질문에 답할 수 있는 상태는 아닌 듯했다.

담당의사와의 짧은 대화를 통해 마리사는 상황을 확실히 파악할 수 있었다. 환자의 용태는 시시각각 악화일로를 치닫고 있었으며, 특히 한 시간 전부터는 혈압이 점점 떨어지고 있어서 더욱 좋지 않았다.

이것만으로도 충분했다. 임상적으로는 닥터 리히터의 경우와 놀랄 만큼 비슷했다. 그 밖에 뭔가 입증할 만한 것이 있다면 몰라도 지금까지의 상태로 봐서는 닥터 자브리스키도, 그 다음에 입원한 두 환자도 에볼라 출혈열로 볼 수밖에 없었다.

간호사의 도움을 받아 마리사는 비강 도말, 혈액과 요 채취를 끝내고는 로스앤젤레스에서와 마찬가지로 이중 비닐봉지에 넣어서 하이포아염소산 소다로 소독했다. 그러고 나서 보호의를 벗고 손을 씻은 다음 두브체크에게 전화를 걸기 위해 간호사실로 갔다.

요점만 간단하게 보고하는 지극히 간단한 통화였다. 마리사는 에볼라가 또다시 발생한 것 같다고 말했다.

"격리 상태는 어떻소?"

"그 점은 잘돼 있어요."

"가능한 한 빨리 가겠소. 아마 오늘밤 안으로 도착할 거요. 검사 작업은 일체 중지시키고 철저히 소독하도록 지시하시오. 그리고 로스앤젤레스에서와 마찬가지로 통행 차단을 실시하도록!"

마리사에게 대답할 틈도 주지 않고 두브체크는 서둘러 전화를 끊어버렸다. 그녀는 한숨을 내쉬면서 수화기를 내려놓았다. 동업자로서 이 얼마나 기묘한 관계인가!

"자, 이제 일을 시작하죠."

마리사는 닥터 타보소와 닥터 오스틴에게 말했다.

그들은 즉시 통행 차단을 실시하는 한편 검사실 소독을 지시하고, 검체들은 애틀랜타의 CDC로 야간 수송 편을 이용해 보내기로 했다.

그들이 각자 맡은 일을 하러 떠나자 마리사는 나머지 두 환자의 진료카드를 가져다달라고 부탁했다. 패트라는 이름의 간호사가 진료카드를 마리사에게 건네주며 말했다.

"닥터 타보소에게서 들으셨는지 모르겠지만, 닥터 자브리스키의 부인이 아래층에 와 계세요."

"그분도 환자인가요?"

마리사가 놀라서 물었다.

"아니에요. 부인은 그냥 병원에 남아 있겠다고 고집하고 계세요. 이곳에 올라와서 남편 곁에 있고 싶어 하시지만 닥터 타보소가 아래층 로비에서 기다리시게 했어요."

마리사는 2개의 새로운 진료카드를 내려놓고, 다음에는 뭘 할까 망설이다가 어쨌든 자브리스키 부인을 만나보기로 했다. 이 의사의 최근 동향에 대해 상세한 것을 알아야 했기 때문이었다. 또 소독상태를 살

퍼보고 검사실에도 가지 않으면 안 되었다.

마리사는 패트에게 길을 물어 엘리베이터를 타고 2층으로 내려갔다. 도중에 엘리베이터에 올라탄 사람들의 얼굴을 쳐다보며 그녀는 이 병원에 에볼라가 발생했다는 소문이 퍼지면 이 사람들은 과연 어떤 반응을 보일까 하고 생각했다. 엘리베이터가 2층에 멈춰 문이 열리고 내린 사람은 마리사 뿐이었다.

마리사는 이 병원 검사실 주임 겸 병리학자로 있는 닥터 아서 랜드가 8시가 넘은 늦은 시간까지 자기 방에 남아 있는 것을 보고 깜짝 놀랐다. 그는 거만해보이는 초로의 사나이로, 격자무늬 조끼의 한쪽 주머니에 금시곗줄을 늘어뜨리고 있었다. CDC에서 파견되어 왔다는 마리사의 말을 듣고도 그는 별로 감명 받은 것 같지 않았다. 게다가 그는 마리사가 임상적 견해로서 이 병원에 에볼라가 발생한 것 같다고 말해도 안색조차 변하지 않았다.

"지금 감별 진단 중이라고 알고 있는데요."

"저희 센터는 이 환자에게 더 이상의 검사를 시행하지 말도록 요청했습니다."

'이 남자는 보통내기가 아니겠는걸.' 하고 생각하며 마리사는 그를 노려보았다.

"오늘 밤 안으로 임시 격리 검사실을 만들 거예요."

"닥터 타보소에게 그렇게 일러두면 되는 거요?"

닥터 랜드가 물었다.

"이미 얘기했습니다. 그리고 이곳 검사실을 소독해야 한다는 저희 센터 측 견해도 전했고요. 로스앤젤레스에서 에볼라가 발생했을 때 검사실에서 환자가 3명이나 나왔죠. 괜찮다면 저도 거들겠습니다."

"소독은 우리 손으로도 충분합니다."

닥터 랜드는 '내가 어린애로 보이시오?' 하는 듯한 얼굴로 말했다.

"제가 필요할 땐 언제든지 불러주세요."

마리사는 휙 몸을 돌려 방을 나왔다. 어쨌든 할 말을 다 한 셈이었다. 1층으로 내려온 마리사는 예배실이 딸린 쾌적한 라운지로 들어갔다. 자브리스키 부인을 알아볼 수 있을까 걱정했으나 방안에는 그녀 한 사람밖에 없었다.

"자브리스키 부인이세요?"

마리사는 살며시 다가가 말을 걸었다. 고개를 든 반백의 여인은 40대 후반이나 50대 초반쯤으로 보였고, 울고 있었는지 눈언저리가 불그스레했다.

"전 닥터 블루멘탈이라고 합니다."

마리사는 낮은 목소리로 자신을 소개했다.

"실례가 되겠지만 좀 여쭤보고 싶은 게 있는데요. 칼이 죽었나요?"

여자의 눈이 겁먹은 듯 흐려졌다.

"아뇨."

"하지만 곧 죽겠죠?"

"자브리스키 부인,"

부인의 직감이 정확하다는 것을 아는 마리사는, 미묘한 얘기는 되도록 피하기로 마음먹으며 그녀 곁에 앉았다.

"저는 그분의 주치의는 아니에요. 그저 그분이 어떤 병에 어떻게 걸렸는지, 그걸 알아내는 데 협조하러 이곳에 온 거죠. 그분이 최근 여행을 하고 돌아오신 적이 있나요?"

처음엔 최근 3주 동안이라고 말하려다가 닥터 리히터의 아프리카 여행을 떠올리고 그녀는 다시 물었다.

"지난 두 달 동안 말이에요."

"네, 남편은 지난 달 샌디에이고 학회에 참석했었죠. 그리고 일주일 전에는 보스턴에 갔었고요."

자브리스키 부인이 가느다란 목소리로 대답했다.

"샌디에이고라고요? 샌디에이고 안검외과학회에 참석하셨나요?"

마리사는 몸을 벌떡 일으켰다.

"맞을 거예요. 하지만 확실한 건 칼의 비서인 주디스에게 물어보세요."

마리사의 마음은 동요되고 있었다. 자브리스키가 닥터 리히터와 같은 학회에 참석했다!

이것은 또 하나의 우연의 일치일까? 그런데 문제의 학회는 6주 전에 있었고, 그 기간은 닥터 리히터의 아프리카 여행에서 발병까지의 기간과 일치했다. 마리사는 이 점이 마음에 걸렸다.

"샌디에이고에 가셨을 때 어느 호텔에 묵었는지 아세요? 혹시 코로나드 호텔 아니었나요?"

"바로 그 호텔이었어요."

재향군인병이 집단 발생했을 때는 필라델피아의 뭐라던가 하는 호텔이 주 무대였지, 하고 생각하다가 마리사는 닥터 자브리스키의 보스턴 여행에 대해서 물었다. 그러나 부인은 남편이 왜 그곳에 갔는지는 알지 못했다. 대신 남편의 비서인 주디스의 전화번호를 가르쳐주며 그녀가 자세한 것을 알고 있을 거라고 거듭 말했다.

마리사는 전화번호를 건네받고 다시 부인에게 남편이 혹시 최근 원숭이에게 물렸거나 혹은 가까이 한 적이 있었는지 물었다.

"아뇨, 없었어요."

그녀가 아는 한 그런 일은 한 번도 없었다.

마리사는 폐를 끼친 데 사과하고 고마움을 표시하며 일어섰다. 그리고 곧장 달려가 비서인 주디스에게 전화를 걸었다.

비서가 뭐라고 말하기 전에 마리사는 먼저 자신을 소개하고 늦은 시간에 전화를 건 이유를 설명했다. 주디스는 자브리스키 부인의 말을 뒷받침해주었다. 즉 닥터 자브리스키는 샌디에이고에서 코로나드 호텔에 묵었다는 것, 최근 동물에게 물린 적은 없다는 것, 그리고 자기가 아는 한 원숭이 따위에 접근한 적은 한 번도 없었다고 말했다.

그가 닥터 리히터와 아는 사이였느냐는 마리사의 질문에 그녀는 편지에도, 전화번호부 명단에도 그런 이름은 없다고 말했다. 또 최근 그가 보스턴에 간 것은 곧 열릴 매사추세츠 안과·이과 클리닉 동창회 준비를 돕기 위해서였다며 마리사에게 그의 동창생 이름과 전화번호를 가르쳐주었다.

그것을 받아 적는 동안 마리사는 닥터 자브리스키가 어쩌면 자신도 모르는 사이에 보스턴 지역에 바이러스를 퍼뜨렸을지도 모른다는 생각이 퍼뜩 들었다. 그녀는 그 가능성에 대해 나중에 두브체크와 이야기를 나눠보기로 했다.

수화기를 내려놓다가 마리사는 문득 공항에서 랠프에게 전화를 걸지 않은 것이 생각났다. 그는 졸린 목소리로 전화를 받았다. 마리사는 이 시간에 잠을 깨운 것과 애틀랜타를 떠나기 전에 미리 연락하지 못한 것에 대해 사과했다.

이제까지의 사정을 설명하자 랠프는 2, 3일 간격으로 전화를 걸어 이곳 상황을 알려주겠다고 약속하면 용서해주겠노라고 말했다. 마리사는 그러겠다고 약속했다.

격리 병동으로 돌아온 마리사는 진료카드 조사 작업을 다시 시작했다. 나중에 입원한 환자는 캐롤 몽고메리와 닥터 브라이언 세스타로 두 사람 다 고열, 머리가 쪼개는 듯한 두통, 격심한 복통을 호소하고 있었다. 증상으로만 보면 특수한 병이라고 할 수 없었지만 그 격심함은 충분히 경계할 만했다. 두 사람의 진료카드에도 여행이나 동물과의 접촉에 대해서는 기록되어 있지 않았다.

마리사는 보호의로 몸을 감싸고 바이러스 검체 채취 기구들을 갖춰 캐롤 몽고메리의 병실로 갔다. 환자는 마리사보다 한 살 많은 시내 모 대기업체의 전속 변호사였다. 그녀는 의식도 또렷하고 이야기도 할 수 있었지만 마리사는 한눈에 그녀가 중증 환자임을 알 수 있었다.

마리사가 그녀에게 최근에 여행을 다녀온 적이 있느냐고 묻자 대답은 '아니오'였다. 닥터 자브리스키를 아느냐는 질문에 캐롤은 그가 자신의 주치의였다고 말했다. 또 최근에 진찰을 받은 적이 있느냐고 묻자 "네, 나흘 전에요."라고 말했다.

마리사는 바이러스 검체들을 채집하고 나서 침울한 기분으로 병실을 나섰다. 마땅히 치료방법도 없는 병을 진단하고 싶지는 않았다. 이전의 유행을 보아온 터라 그것과 똑같은 질병의 발생 상황이라는 것을 알 수 있었고, 그 점만이 다소나마 위안을 주었다. 그러나 그것을 알고 나자 로스앤젤레스에서부터 머릿속에 맴돌던 의문점이 또다시 떠올랐다. 왜 똑같은 리히터의 환자들 중에서도 어떤 사람은 발병하고, 어떤 사람은 발병하지 않았을까?

새 보호의로 갈아입은 마리사는 닥터 브라이언 세스타를 찾아갔다. 그리고 같은 질문을 하고 같은 대답을 들었다. 다만 특이한 점은 닥터 자브리스키의 환자였느냐고 물었을 때였다.

"아뇨."

닥터 세스타는 복통 발작이 가라앉자 대답했다.

"나는 안과의에게 진찰을 받은 적이 없습니다."

"그와 함께 일한 적은 있나요?"

"가끔 그의 수술 때 마취를 맡아 했죠."

세스타의 얼굴이 또다시 고통으로 일그러졌다. 고통이 가라앉자 그가 다시 말을 이었다.

"그와는 일보다는 주로 테니스로 만났어요. 바로 나흘 전에도 같이 테니스를 쳤죠."

검체들을 채집하고 환자의 방에서 나온 마리사는 전보다 더 혼란스러워졌다. 질병 감염은 꽤 밀접한 관계, 특히 점막(소화관이나 생식기관 등의 내벽을 덮는 끈끈한 막)끼리의 접촉이 있을 때 가능하다. 그런데 테니스를 같이 쳤다는 이유로 감염되었다면 그녀로선 납득이 가지 않았다.

두 번째 검체들을 보내고 나서 마리사는 다시 한 번 닥터 자브리스키의 진료카드로 돌아가 그것을 꼼꼼히 읽고 닥터 리히터 때와 마찬가지로 행동일지 같은 것을 만들었다. 자브리스키 부인과 비서에게서 들은 얘기도 나중에 종합해볼 필요가 있을 것 같아 일지에 추가했다.

이런 작업은 로스앤젤레스 감염 사태 때는 바이러스 숙주를 밝혀내는 데 아무런 도움도 주지 못했다. 하지만 발병한 두 의사가 똑같이 샌디에이고 안과학회에 참석했다는 것 등을 종합해서 닥터 자브리스키에 대해 같은 추리를 해보면 뭔가 새로운 공통점을 발견할 수 있을 것 같았다.

두브체크, 브릴랜드, 레인이 도착한 것은 자정이 지나서였다. 그 무렵 닥터 자브리스키의 용태가 계속 악화되고 있었기 때문에 마리사는 그들을 보자 안도감이 들었다. 닥터 자브리스키의 담당의사는 환자의 탈수상태를 확인하기 위해 여느 때처럼 혈청검사를 하고 싶다고 했다. 환자의 치료가 선결문제인가, 병원의 방역조치가 중요한가, 이 두

가지 상반된 요구 사이에서 마리사는 아주 난처한 지경에 빠져 있었다. 결국 그의 병실 내에서라면 검사를 해도 좋다는 허락이 내려졌다.

CDC에서 파견된 의사들은 인사도 하는 둥 마는 둥 마리사를 거의 무시한 채 이동 격리 검사실을 세워 환자들의 격리를 더욱 철저히 하는 데에만 전념했다. 닥터 레인은 대형 환풍기를 가져왔고, 닥터 브릴랜드는 즉시 관리부로 가서 통행 차단 개선법을 협의했다.

마리사는 다시 진료카드를 검토하기 시작했다. 이제 병원이 제공해 준 정보를 완전히 파악할 수 있었다. 그래서 그녀는 자리에서 일어나 격리검사실 쪽으로 가보았다. 두브체크는 웃옷을 벗고 팔을 걷어붙인 채 CDC에서 함께 온 두 기사와 같이 일하고 있었다. 자동 화학 검출 장치에 뭔가 문제가 발생한 것 같았다.

"제가 거들 일은 없나요?"

마리사가 물었다.

"당장은 없을 것 같군."

두브체크는 고개도 들지 않고 그렇게 말하고는 곧 기사들 중 한 명과 감지용 전극을 바꾸는 문제에 대해 의논하기 시작했다.

"지금까지 제가 알아낸 사항들을 말씀드리고 싶은데요."

마리사는 닥터 자브리스키가 닥터 리히터와 같은 샌디에이고 학회에 참석했었다는 얘기를 하고 싶어 안달이 났다.

"좀 기다려 주시오."

두브체크가 차갑게 말했다.

"이 검사실을 가동시키는 게 전염병에 관한 얘기보다 더 중요한 일이니까 말이오."

간호사실로 돌아온 마리사는 화가 머리끝까지 치솟았다. 두브체크의 노골적인 빈정거림은 예상 밖이었고, 또 자신이 그런 말을 들어야 할 이유도 전혀 없었다.

만약 그가 마리사의 공헌을 과소평가할 생각이었다면 그는 뜻을 이루었다. 마리사는 책상 앞에 앉아서 이제부터 어떻게 하면 좋을까 생각했다. 그가 좀 한가할 때 10분쯤 시간을 내줄 때까지 무작정 기다릴 수도 있었다. 하지만 그녀는 이대로 나가서 좀 자두기로 하고, 서류들을 가방에 쑤셔 넣은 뒤 슈트케이스를 가지러 1층으로 내려갔다.

교환수는 정확히 7시에 마리사를 깨워주었다. 샤워를 하고 옷을 입으면서 마리사는 두브체크에 대한 자신의 노여움이 누그러져 있음을 깨달았다. 결국 그 사나이는 스트레스로 가득 차 있을 것이다. 만약 에볼라가 날뛰어 손을 쓸 수 없게 될 경우, 위태로워지는 것은 그녀가 아니라 그의 몫이었다.

다시 격리병동으로 돌아오니 CDC 기사 한 명이 그녀에게 두브체크는 아침 5시에 호텔로 돌아갔다고 말해주었다. 그러나 브릴랜드와 레인은 어디에 있는지 알 수가 없었다.

간호사실에서는 약간의 소동이 벌어지고 있었다. 간밤에 또 다른 5명의 환자가 에볼라 출혈열 증세를 보여 실려 들어온 모양이었다. 마리사가 진료카드를 모아 순번대로 추리는데, 닥터 자브리스키의 진료카드가 눈에 띄지 않아 일직 간호사에게 물었다.

"자브리스키 선생님은 새벽 4시가 좀 지나서 돌아가셨어요."

예상은 했지만 마리사는 충격을 받지 않을 수 없었다. 무의식중에 기적을 바라고 있었던 것이다. 그녀는 자리에 주저앉아 두 손으로 얼굴을 감쌌다. 그러나 이윽고 자신을 채찍질하고는 새 진료카드를 정리하기 시작했다. 정신없이 일에 몰두하면 그만큼 마음은 가벼워졌다. 문득 그녀는 목이 부은 것 같은 느낌이 들어 손으로 만져보니, 통중이 느껴졌다. 혹시 임파선이 부은 게 아닐까?

CDC의 전염병 대책본부장인 닥터 레인의 출현은 마리사로 하여금 불길한 생각에서 벗어나게 했다. 초췌한 얼굴에 눈언저리가 거무스름하고 턱수염이 더부룩한 것으로 보아 어제 밤샘을 한 게 틀림없었다. 약간 뚱뚱한 체격에 주름진 그의 얼굴이 친근하게 느껴져서 마리사는 미소를 지어보였다.

그는 항상 은퇴한 미식축구 선수를 연상케 했다. 의자에 털썩 주저앉은 그는 양쪽 관자놀이께를 손바닥으로 문질렀다.

"이번에도 로스앤젤레스 때만큼이나 심각해지겠는걸. 또 환자가 발생해서 입원하려는 중이고, 다른 한 명은 지금 응급실에 와 있다고."

그가 말했다.

"전 지금 새 진료카드들을 막 살피고 있던 참이었어요."

마리사는 문득 어젯밤 먼저 호텔로 돌아간 게 미안하게 느껴졌다.

닥터 레인이 말했다.

"한 가지 분명히 말할 수 있는 건, 새 환자들 모두가 병원 내에서 감염된 것 같다는 거야. 그게 제일 골치 아픈 문제지."

"모두 닥터 자브리스키의 환자였나요?"

"그렇다는군."

닥터 레인이 마리사 앞에 놓인 진료카드들을 가리키며 말했다.

"이 사람들은 모두 최근 자브리스키에게 진료를 받았어. 그가 그들을 진찰하는 과정에서 바이러스를 퍼뜨린 것 같아. 하지만 이번에 새로 발생한 환자들은 모두 닥터 세스타의 환자들이야. 지난 열흘 동안 닥터 세스타가 그들의 수술 마취를 담당했더군."

"그럼 닥터 세스타는 어떤가요? 그 사람도 닥터 자브리스키와 같은 경로로 감염되었을까요?"

닥터 레인이 고개를 가로저었다.

"아니, 그와 이런저런 이야기를 해봤는데, 그는 자브리스키의 테니스 파트너였어."

마리사는 고개를 끄덕였다.

"하지만 그 정도의 접촉으로도 감염이 되나요?"

"자브리스키가 발병하기 사흘 전쯤, 세스타가 시합 도중에 그의 수건을 빌려 쓴 모양이야. 그게 원인이 된 것 같아. 이 바이러스의 감염은 체액의 직접적인 접촉에 의해서도 가능한 모양이야. 닥터 자브리스키는 로스앤젤레스의 닥터 리히터의 경우처럼 첫 발병 환자인 동시에 감염원이 된 거지."

마리사는 자신이 어리석었음을 깨달았다. 똑같이 닥터 세스타와 이야기를 나눴으면서도 그녀는 결정적인 사실을 알 수 있었던 순간 바로 직전에 질문을 중단했던 것이다. 그런 실수를 거듭하지 않겠노라고 그녀는 다짐했다.

"처음에 에볼라가 어떤 경로로 병원에 들어오게 되었는지를 알 수만 있다면……."

닥터 레인은 혼잣말로 중얼거렸다.

그때 두브체크가 간호사실에 모습을 나타냈다. 지쳐 보이긴 했지만 여느 때와 마찬가지로 말쑥한 옷차림에 수염을 깨끗이 깎은 모습이었다. 마리사는 깜짝 놀랐다. 만약 그가 실제로 새벽 5시에 병원을 나섰다면 잠은커녕 샤워하고 옷 갈아입을 여유도 없었을 텐데…….

두브체크가 레인에게 뭐라고 말을 걸기 전에 마리사는 얼른 닥터 자브리스키가 닥터 리히터와 같이 샌디에이고 학회에 참석했으며 두 사람이 같은 호텔에 묵었다는 것을 얘기했다.

"그건 너무 오래전의 일이라 문제되지 않을 거요. 그 학회는 6주 전에 있었으니까."

두브체크가 단호하게 잘라 말했다.

"그렇지만 두 사람이 같이 있었던 기회는 그때밖에 없어요. 전 그 점을 조사해보는 게 좋을 것 같은데요."

마리사가 항의하듯 말했다.

"하고 싶은 대로 하시오. 하지만 그 전에 병리과에 가서 오늘 아침 닥터 자브리스키를 다룰 때 감염에 충분히 주의를 기울였는지 확인해 주시오. 그리고 바이러스를 채취해야 하니 간장, 심장, 뇌, 비장의 급 속 냉동 표본을 준비해달라고 전하시오."

"신장은요?"

닥터 레인이 끼어들었다.

"음, 신장도 필요하겠군."

두브체크가 말했다.

마리사는 마치 꼬마 사환이라도 된 듯한 기분으로 그 자리를 떠났 다. 자신이 다시 두브체크에게 인정받을 날이 올까 생각하다가 신뢰 를 잃게 된 결정적인 이유가 머릿속에 떠오르자 우울한 기분은 사라 지고 분노가 솟구쳤다.

병리실은 지금 제일 바쁜 시간이었으므로 마리사는 곧장 해부실로 갔다. 그곳에서 닥터 랜드를 만날 생각을 하니 거만하고 안하무인인 그의 태도가 떠올라 그와 얘기할 마음이 달아나 버렸다.

해부실에는 흰 타일과 반짝이는 스테인리스가 깔려 있었고, 방안 가 득한 포르말린 냄새가 마리사의 눈을 자극했다. 검사 기사 한 명이 자 브리스키의 사체 해부는 3호실에서 있을 예정이라고 그녀에게 말해 주었다.

"안에 들어가 보실 생각이라면 완전무장을 하세요. 아주 '더러운' 사체니까요."

에볼라 감염에 겁을 먹고 있던 터라 마리사는 기꺼이 그의 충고에 따랐다. 그녀가 해부실로 들어가자 마침 해부를 막 시작하려던 닥터 랜드가 부검대에서 눈을 들었다. 닥터 자브리스키의 사체는 크고 투명한 비닐 자루에 들어 있었는데, 상체는 푸르스름하고 하체는 자줏빛을 띠고 있었다.

"안녕하세요!"

마리사는 쾌활하게 말을 건넸다. 이런 상황에서는 밝은 인상을 주는 것이 오히려 나을 것 같다는 생각에서였다. 상대방은 아무런 반응도 보이지 않았으나 마리사는 병리학자에게 CDC의 요청을 전달하고 장기 검체를 제공하겠다는 동의를 얻었다. 그리고 나서 그녀는 그에게 보안경을 쓰라고 권했다.

"여기서나 로스앤젤레스에서나 몇몇 환자들이 눈의 점막을 통해 감염된 것으로 보이거든요."

닥터 랜드는 투덜거리며 잠시 나갔다가 플라스틱 보안경을 쓰고 돌아왔다. 그리고 말없이 마리사에게도 보안경을 하나 건네주었다. 마리사는 다시 덧붙여 말했다.

"또 하나, 센터에서는 이런 환자를 부검할 때 전기톱을 쓰지 말 것을 권하고 있어요. 공기 중에 안개 형태의 위험한 미립자를 뿌려놓기 쉬우니까요."

"전기톱 같은 걸 쓸 생각은 없소. 나도 이런 전염병 환자를 다뤄본 적이 있으니까."

닥터 랜드가 대답했다.

"또 선생님께는 필요 없는 얘긴지 모르지만, 손가락을 베지 않도록 조심하세요. 잘못해서 바이러스성 출혈열로 목숨을 잃은 병리 의사가 있거든요."

"나도 기억하고 있소. 라사열이었죠. 그 밖에 또 충고할 게 있소?"

"없어요."

마리사가 대답했다. 병리학자는 비닐 자루를 찢어 자브리스키의 사체를 꺼냈다. 마리사는 밖으로 나가야 할지, 말아야 할지 망설이다가 결국 발이 떨어지지 않아 그냥 자리에 있기로 했다.

닥터 랜드는 발밑 페달로 조작하는 머리 위 마이크를 통해 사체의 외견상 특징을 말하기 시작했다. 그의 목소리는 특유의 단조로움을 띠고 있어서 마리사로 하여금 의과대학 시절을 떠올리게 했다. 랜드가 사체의 머리 부분에 꿰맨 자국이 있다는 말을 했을 때 마리사는 깜짝 놀라 눈앞의 현실로 돌아왔다. 새로운 상처였는지 진료카드에는 전혀 기재되어 있지 않았다. 뿐만 아니라 오른쪽 팔꿈치의 상처도, 오른쪽 허벅지의 25센트짜리 동전 크기만 한 상처도 진료카드에는 적혀 있지 않았다.

"이 몇 군데 상처들은 죽기 전에 생긴 건가요, 나중에 생긴 건가요?"

"죽기 전이오."

닥터 랜드는 마리사의 참견에 화가 난 표정으로 대답했다.

"시간이 얼마나 경과된 거죠?"

마리사는 상대방의 기분 따위는 개의치 않고 몸을 앞으로 숙여 그 상처들을 응시했다.

"1주일 전쯤? 하루 이틀 정도 오차는 있겠지만 이 부분의 조직을 떼어 현미경으로 들여다보면 확실히 알 수 있겠지요. 하지만 환자의 상태로 보아선 이것들이 그리 중요하게 여겨지지 않는군요. 자, 괜찮다면 이제 일을 계속하고 싶소."

슬며시 뒤로 물러나며 마리사는 그 외상의 흔적들에 대해 생각해보았다. 어쩌면 닥터 자브리스키가 테니스를 치다가 넘어졌다든가 하는, 아주 단순한 일로 설명될 수도 있었다. 다만 마리사의 마음속에 풀리지 않는 의문점은 그런 찰과상과 열상이 진료카드에 전혀 기재되어 있지 않다는 점이었다. 그녀가 지금까지 배운 바로는 신체에 나타난 모든 소견을 빠짐없이 기록하게 되어 있는데……

닥터 랜드가 해부를 마치자 마리사는 장기의 검체가 다 모아진 것을 확인하고 곧 그 외상의 원인을 추적해보기로 했다.

병리과에서 마리사는 자브리스키의 비서인 주디스에게 전화를 걸었다. 그러나 20번쯤 벨이 울려도 아무도 전화를 받지 않았다. 마리사는 닥터 자브리스키의 부인을 번거롭게 하고 싶지는 않았다. 닥터 타보소를 찾아볼까도 생각해봤지만, 닥터 자브리스키의 진찰실이 가까이 있다는 데 생각이 미치자 직접 찾아가 보기로 했다. 그곳에서 마리사는 빈 사무실에 앉아 있는 주디스를 발견했다.

그녀는 20대 중반의 늘씬한 여자로, 뺨에 마스카라가 얼룩져 있는 것으로 보아 울고 있었던 게 분명했다. 그러나 그녀는 슬퍼하고 있다기보다는 겁에 질려 있었다.

"자브리스키 부인이 병에 걸리셨어요."

마리사가 자신을 소개하자마자 그녀가 불쑥 말했다.

"방금 전화로 이야기를 나눴어요. 아래 응급실에 와 계시는데 입원하셔야 한대요. 남편과 똑같은 병이라더군요. 오, 하느님! 저도 감염된 게 아닐까요? 대체 어떤 증상이죠?"

마리사는 조심스럽게 로스앤젤레스에서의 경우 의사의 비서들 중에는 아무도 그 병에 걸린 사람이 없었다고 그녀를 안심시켰다.

"저는 이 병원을 나갈 생각이에요."

주디스는 책상 서랍을 열고 스웨터를 꺼내어 상자에 담으며 말했다. 짐을 꾸리는 것 같았다.

"여길 나가고 싶어 하는 사람은 저뿐이 아니에요. 병원 직원들 몇 명을 만나봤는데 다 그만두겠대요."

"그 기분은 잘 알겠어요."

마리사가 말했다. 이제는 병원 전체를 통행 차단해야 할 것 같다는 생각이 들었다. 리히터 클리닉에서의 경우, 이론상으로는 정당하다 하더라도 그것은 악몽 같은 조치였다.

"한 가지 묻고 싶은 게 있어서 왔어요."

마리사가 말했다.

"그러세요."

주디스는 여전히 책상 서랍을 비우며 대답했다.

"닥터 자브리스키의 머리 부분에 찰과상과 찢긴 상처가 있더군요. 어디서 넘어진 게 아닌가 생각되는데, 그 점에 대해 혹시 아는 것 없나요?"

"그건 별일 아니었어요."

주디스는 손을 내저으며 대답했다.

"1주일 전쯤 노상강도를 당하셨죠. 부인의 생일 선물을 사러 쇼핑센터에 갔을 때였어요. 지갑이랑 금딱지 롤렉스시계를 빼앗겼는데, 그때 머리를 다치셨을 거예요."

상처에 대한 의문점은 이것으로 풀렸다. 자신의 소지품을 상자에 챙기고 있는 주디스를 잠시 선 채로 바라보고 있던 마리사는 이제 더 질문할 게 없는지 생각해보았다. 아무것도 떠오르지 않았다. 작별인사를 하고 나온 마리사는 다시 격리병동으로 향했다. 여러 가지 점에서 마리사도 주디스만큼이나 두려움을 느끼고 있었다.

격리병동에는 이전과 같은 정적은 없었다. 새로운 환자들을 맞아 지칠 대로 지친 간호사들이 정신없이 뛰어다니고 있었다. 마리사는 몇 개의 새로운 진료카드를 쓰고 있는 닥터 레인의 모습을 발견했다.

그녀가 다가가자 그가 호들갑스럽게 말했다.

"이 소란 중에, 어서 오시오. 또 5명이나 입원했소. 그 가운데 자브리스키 부인도 있어요."

"네, 저도 얘긴 들었어요."

그의 곁에 앉으며 마리사가 말했다. 두브체크도 닥터 레인처럼 그녀 자신을 친근하게 대해준다면 문제가 없을 텐데…….

"아까 태드 셔클리한테 전화가 왔는데 에볼라가 틀림없다고 하더군."

마리사는 등줄기가 서늘해졌다.

"통행 차단을 실시하기 위해 주 보건국장이 곧 올 거요."

닥터 레인이 말을 이었다.

"병원 직원들은 상당수가 이미 줄행랑을 쳤더군. 간호사, 검사 기사, 그리고 의사들까지도 몇 명……. 닥터 타보소가 줄곧 이 병동에서 분투중이지. 참, 지방신문 봤소?"

마리사는 고개를 저었다. "어쨌든 만약 감염될 가능성이 있다면 저도 이런 데 있고 싶지 않아요." 하고 그녀는 하마터면 입 밖에 내어 말할 뻔했다.

"머릿기사를 '전염병 다시 오다!'로 달았더군."

닥터 레인이 불쾌한 표정으로 말했다.

"매스컴이란 게 이렇게 무책임하다고. 두브체크는 아무도 언론에 입을 열지 말라고 하더군. 질문에 대한 답변은 전부 자기가 하겠다고 말이야."

환자용 엘리베이터 문이 열리는 소리에 그쪽을 바라보니 투명한 비닐 천으로 감싼 침대차 한 대가 나왔다. 그것이 지나칠 때 슬쩍 보니 환자는 자브리스키 부인이었다. 지방신문의 머릿기사는 정말 과장된 것일까 생각하며 마리사는 몸을 부르르 떨었다.

4월 10일
불길한 예감

마리사는 모처럼만에 디저트를 수북이 떠서 마음껏 먹었다. 애틀랜타에 돌아온 지 이틀째 되는 날 밤, 랠프가 단골 프랑스 음식점으로 마리사를 데려다 준 것이다.

5주 동안이나 잠도 제대로 못 자고 병원 카페테리아에서 허겁지겁 끼니를 때우곤 했기 때문에 이런 식사가 그녀에게는 매우 즐거운 일이었다. 애틀랜타를 떠난 뒤로 술도 거의 입에 대지 않아서인지 포도주에도 금방 취기가 올랐다. 너무 혼자만 지껄이고 있다는 것을 마리사 자신도 깨달았지만 랠프는 만족스러운 듯이 의자에 기대앉은 채 그녀의 이야기에 귀를 기울이고 있었다.

마리사는 문득 정신을 차리고 너무 일에 대해서만 떠들어서 미안하다고 사과했다.

"미안해할 필요 없어요. 밤새라도 들을 수 있어요. 나는 당신이 로스앤젤레스와 세인트루이스에서 올린 성과를 듣고 우쭐해 있던 참이오."

랠프가 힘주어 말했다.

"하지만 그곳에 있는 동안 이미 다 알려드린 얘기인걸요."

마리사는 그동안 계속되었던 랠프와의 전화 통화를 떠올렸다. 세인트루이스에 가 있는 동안 2, 3일에 한 번씩 랠프와 통화를 했던 것이다. 랠프와 이야기함으로써 자신의 가설을 털어놓는 계기가 되었음은 물론, 그녀는 자신을 무시하는 두브체크의 냉담한 태도에서 오는 좌절감으로부터 크게 벗어날 수 있었다. 이렇듯 두 가지 면에서 랠프는 따뜻한 이해로 그녀를 위로해주었다.

"병원 측 반응에 대해 더 듣고 싶군. 관리부처 사람들과 병원 직원들이 어떻게 그 소요를 가라앉힐 수 있었는지 말이오. 어쨌거나 37명이나 되는 사망자가 나왔으니……."

그의 말에 마리사는 세인트루이스 병원에서 벌어졌던 소동에 대해 들려주었다. 병원 직원들과 환자들 대부분이 강제적인 통행 차단에 크게 분노했고, 그것이 해제되었을 때 닥터 타보소는 병원 문을 닫게 될 거라고 서글프게 이야기했던 것이다.

"나도 혹시 감염되지 않았을까 걱정이에요. 머리가 띵하면 으레 '걸렸구나!' 하는 생각이 들어요. 바이러스가 어디서 들어왔는지 아직 잘은 모르지만 두브체크의 의견으로는 바이러스의 숙주가 어쩐지 의료인들과 관계있는 것 같다는군요. 그 말을 들으니 더 오싹해지더라고요."

마리사가 조심스럽게 웃으며 말했다.

"당신은 그걸 믿어요?"

"나도 걱정스럽긴 해요. 그리고 만약 그게 사실이라면 당신은 특히 더 위태로운 처지에 놓여 있다는 걸 알아야 해요. 최초의 환자는 모두 안과의사였으니까요."

랠프가 크게 웃었다.

"그런 소린 제발 하지 말아요. 나도 지금 전전긍긍하고 있답니다."

웨이터가 두 잔째 커피를 따라주었을 때 마리사는 의자 등받이에 깊숙이 몸을 묻었다. 맛은 기가 막혔지만 잠이 오지 않을까 봐 걱정되었다.

웨이터가 빈 접시를 들고 가자 마리사는 이야기를 계속했다.

"만약 두브체크의 의견이 옳다면, 어떤 이유에서인지 몰라도 두 안과의사가 똑같이 수수께끼의 숙주와 접촉한 것이 되죠. 지난 4주 동안 나는 그들의 공통 원인을 찾아내지 못해 고민했어요. 닥터 리히터는 원숭이와 접촉한 적이 있어요. 발병하기 1주일 전에 물렸거든요. 원숭이는 마르부르크라고 하는, 에볼라와 비슷한 바이러스와 관계가 있다더군요. 그런데 닥터 자브리스키의 경우에는 어떤 동물과도 전혀 관계가 없었어요."

"닥터 리히터가 아프리카에 간 적이 있다고 했죠? 난 그것이 결정적인 단서라고 생각하는데……. 어쨌든 아프리카라는 곳은 바이러스의 창궐지니까 말이오."

"맞아요. 하지만 시기적으로 전혀 들어맞지 않아요. 그분의 잠복기는 6주나 되는데, 다른 사람의 경우에는 평균 2일에서 5일 정도거든요. 또 두 번째 유행과의 관계를 생각해보면, 닥터 자브리스키는 아프리카엔 가지도 않았어요. 단 하나 공통점은 두 의사가 똑같이 샌디에이고 학회에 참석했다는 거죠. 그리고 그때부터 다시 닥터 자브리스키의 발병까지는 6주의 간격이 있어요. 이건 말도 안돼요."

마리사는 이제 두 손 들었다는 시늉을 하며 손을 저었다.

"그렇긴 해도 유행을 어느 정도까지는 막아냈다는 걸 기뻐해야 해요. 그 바이러스가 아프리카에 나타났을 때는 더 심했던 모양이니까."

"정말이에요. 1976년 자이르에서 유행했을 때는 미국인 대학생이 최초 환자였는데, 318명이 발병한 가운데 280명이 사망했죠."

"내 얘기가 그거요."

랠프는 숫자상의 비교로 마리사를 달래주었다. 그는 냅킨을 접어 테이블 위에 놓았다.

"우리 집에 잠깐 들러 식후 한 잔 어때요?"

마리사는 그와의 교제가 이처럼 즐거워진 데 스스로 놀라며 그의 얼굴을 바라보았다. 더욱 놀라운 것은 그와 전화로 이야기를 나누는 동안 정이 두터워졌다는 사실이었다.

"식후 한잔이라, 괜찮군요."

마리사는 생긋 웃으며 말했다.

레스토랑에서 나온 마리사는 랠프와 팔짱을 꼈다. 그의 차 앞에 다다르자 그가 차 문을 열어주었다. 이 남자는 여자를 다루는 데 익숙하다고 마리사는 생각했다.

랠프는 자신의 차를 무척 자랑스러워했다. 그가 아주 소중하게 계기와 핸들을 다루는 것을 보면 금방 알 수 있었다. 차는 새로 뽑은 메르세데스 벤츠였는데, 가죽 시트에 몸을 깊숙이 기대본 마리사는 그 호사스러움에 찬탄을 금치 못했다. 또 스타트나 아이들링 때 기분 나쁜 소리를 내는 이런 디젤 엔진 차를 왜 모두들 선호하는지 이해할 수 없었다.

"그야 경제적이기 때문이죠."

랠프가 말했다. 마리사는 차 안의 장비들을 둘러보고 값비싼 메르세데스를 경제적이라고 생각하는 사람이 있다는 데 놀랐다.

두 사람은 한동안 잠자코 있었다. 마리사는 이렇게 늦은 시각에 랠프의 집에 가는 것이 과연 옳은 행동인가 생각해보았다. 그러나 그녀는 랠프를 믿었고 한편으로는 둘 사이의 관계를 조금씩 진전시킬 수 있는 것이 기쁘기도 했다. 어두컴컴한 가운데 마리사는 그의 얼굴을 슬쩍 엿보았다. 윤곽이 뚜렷한 옆얼굴에 높은 코가 그녀의 아버지와 비슷했다.

작은 브랜디 잔을 들고 소파에 앉자 마리사는 자신을 감싸주는 듯한 그의 태도에 마음이 편안해져 두브체크에게는 감히 꺼내지도 못한 이야기를 하기 시작했다.

"그 두 명의 첫 발병 환자들에게 미심쩍은 점이 하나 있긴 했어요. 두 사람 다 발병 2, 3일 전에 노상강도를 만났다는 거예요."

마리사는 그렇게 말하고 나서 랠프의 대답을 기다렸다.

"그거 아주 흥미롭군요."

랠프가 눈을 찡긋하며 말했다.

"그럼 당신은 강도짓을 하며 질병을 퍼뜨리는 '에볼라 메리'라도 있다고 믿는 거요?"

마리사는 빙긋 웃었다.

"하긴 웃기는 얘기죠. 그래서 아무에게도 말하지 않았어요."

"그래도 모든 가능성을 생각해볼 필요는 있지요. 전에 의과대학에선 어떤 일이든 다 들어두라고 가르쳤잖소. 가령 환자의 어머니 쪽 할아버지, 할머니가 어떤 생활방식을 갖고 있었나 하는 것까지 말이오."

마리사는 짐짓 화제를 랠프가 가장 좋아하는 그의 일과 집 쪽으로 돌렸다. 시간이 지남에 따라 그녀는 그가 그녀에 대해서 어떤 움직임도 보이지 않는다는 것을 알아차렸다. 그녀는 그것이 자신의 어떤 문제점, 가령 자기가 에볼라를 뒤집어쓰고 왔기 때문인가 하는 생각이 들었다. 게다가 더욱 기분 나쁜 것은 그가 그녀에게 오늘밤 객실에서 자는 게 어떻겠느냐고 제안한 것이었다.

마리사는 순간 모욕을 느꼈다. 그것은 현관에 들어서자마자 강제로 치마를 끌어내린 것과 마찬가지로 모욕적이었다. 마리사는 고맙긴 하지만 객실에서 잘 생각은 없다며 거절했다. 그리고 집에 돌아가 강아지와 함께 자는 것이 차라리 낫겠다고 말했다. 그에게 모욕감을 주려고 한 말인데도 랠프는 그것을 전혀 눈치 채지 못한 채 이 집에 오래 머무르다 보니 1층을 어떻게 개조해야 좋을지 알겠다느니 하며 계속 떠들어댔다.

사실 마리사는 랠프가 어떤 육체적인 관계를 요구해올 경우 어떻게 대처해야 할지 갈피를 잡지 못하고 있었다. 좋은 친구이긴 하지만 아직 그에게 성적 매력은 느끼지 못하고 있었다. 그런 점에서는 두브체크의 용모가 훨씬 더 자극적이었다.

그를 생각하자 문득 떠오르는 것이 있었다.

"닥터 두브체크와는 어떻게 알게 되었죠?"

"그가 대학병원에서 안과 레지던트들을 대상으로 강연할 때 만났어요. 에볼라 같은 희귀한 바이러스나 에이즈 바이러스 같은 것이 눈물이나 전방수(눈알 안의 홍체와 각막 사이의 빈 곳에 고이는 물) 중에 고여 때때로 전방의 포도막염을 일으키거든요."

"그래요?"

마리사는 알겠다는 듯이 고개를 끄덕였지만 사실 포도막염 같은 건 금시초문이었다. 그리고 지금이 랠프가 자신을 차로 데려다줄 적당한 시간이라고 생각했다.

그로부터 2, 3일 사이에 마리사는 이전의 정상적인 생활로 완전히 돌아왔다. 그동안에도 전화가 걸려올 때마다 또 에볼라 재해가 발생해서 불려나가는 게 아닌가 해서 불안해하곤 했다. 그래서 지난번의 경험을 되살려서 옷장 안에 슈트케이스를 꾸려두고 출동명령이 떨어지기 무섭게 집을 뛰쳐나갈 수 있도록 단단히 준비하고 있었다.

업무적으로는 모든 일이 잘돼가고 있었다. 태드가 바이러스 검사 기술을 완벽하게 연마할 수 있도록 마리사를 도와주었고 에볼라 연구 계획서를 함께 작성해주었다. 에볼라의 숙주에 대해 적절한 가설을 세울 수 없었기 때문에 마리사는 그 대신 전염 확산의 양상을 열심히 연구했다.

로스앤젤레스와 세인트루이스에서 수집해온 방대한 자료들을 토대로 이 사람 저 사람에게 차례로 감염해간 양상을 실제로 도표로 그려보고, 동시에 1차 접촉자이면서도 발병하지 않은 사람에 대해 세세히 분석했다. 닥터 레인의 말대로 이 질병의 감염에는 인간과 인간의 밀접한 접촉이 필요조건으로 보였으며, 이 바이러스는 아마도 점막의 접촉에 의한 것으로 생각되었다. 에이즈와 달리 이 경우 성적 접촉에 의한 감염은 닥터 리히터와 애인인 그의 비서, 닥터 자브리스키와 그의 부인 사이로 한정되었다. 이 바이러스성 출혈열이 그저 타인의 수건을 함께 썼다거나 그 밖에 무심코 행한 접촉에 의해 확산되었음을 고려한다면, 에볼라는 에이즈 따위는 문제도 되지 않을 만큼 무서운 존재임이 틀림없었다.

지금 마리사가 하고 싶은 일은 모르모트를 써서 자신의 가설을 입증하는 것이었다. 물론 그러기 위해서는 완전 밀폐실을 사용해야 했지만, 그녀는 아직 그 허가를 받지 못하고 있었다.

어느 날 오후, 마리사가 세균을 숙주로 한 바이러스 배양법을 고안해보이자 태드는 훌륭하다고 탄성을 지르며 칭찬해주었다.

"이젠 두브체크도 당신의 부탁을 안 들어주고는 못 배기겠는데요."

"그럴 것 같진 않아요."

마리사는 호텔에서 있었던 일을 태드에게 대강이라도 얘기할까 하다가 그냥 묻어두기로 했다. 말한다 한들 무슨 수가 생기는 것도 아니고, 태드와 두브체크의 사이만 어색해질 것이 뻔하기 때문이었다.

마리사는 태드를 따라 그의 사무실로 갔다. 그곳에서 커피를 마시면서 마리사가 말했다.

"태드, 전에 함께 완전 밀폐실에 들어갔을 때 당신이 그곳엔 에볼라를 비롯한 온갖 종류의 바이러스들이 보관돼 있다고 했죠?"

"전염병이 발생할 때마다 우리는 그 재료를 냉동시켜 보관해두죠. 두 번이나 경험한 당신의 에볼라 바이러스 역시 모두 냉동해서 저장해두었어요."

마리사는 그가 '당신의 에볼라 바이러스'라고 표현하는 것을 어떻게 생각해야 좋을지 알 수가 없었다. 그러나 그 생각은 가슴속에 접어두기로 했다.

"그 에볼라를 이 센터 말고 달리 저장하는 곳이 또 있나요?"

태드는 잠시 생각에 잠겼다.

"나로선 잘 모르겠군요. 미국 내에서 말인가요?"

마리사가 고개를 끄덕였다.

"군부(軍部)가 어쩌면 포트 데트릭의 세균전 센터에 얼마를 보유하고 있는지도 모르죠. 그곳 책임자로 있는 사람이 전에 이 센터에 있었는데 바이러스성 출혈열에 꽤 흥미를 갖고 있었거든요."

"그곳에도 완전 밀폐실이 있나요?"

태드는 휘파람을 불었다.

"그럼요. 그들은 뭐든지 갖고 있어요."

"그런데 그 포트 데트릭의 책임자가 바이러스성 출혈열에 흥미를 갖고 있단 말이죠?"

"자이르에서 처음 에볼라가 발생했을 때 그것을 진압하기 위해 두브체크와 그 사람이 파견된 걸로 기억해요."

마리사는 커피를 마시며 그 우연의 일치에 흥미를 느꼈다. 그리고 지금까지 논리적인 가설로는 도저히 생각지도 못했던 불쾌한 예감이 가슴속에 씨를 뿌리기 시작했다.

"멈추세요, 아가씨."

제복 차림의 보초병이 투박한 남부 사투리로 말했다.

마리사는 포트 데트릭 기지의 정문 앞에서 차를 세웠다. 무지한 일반 대중들 사이에 에볼라를 확산시킨 장본인이 군부인지도 모른다는 생각에 며칠 동안 자문자답하던 그녀는 그것을 직접 탐지해보기로 결심하고 마침내 휴가를 얻었다. 두 노상강도 사건이 마리사를 끊임없이 괴롭히고 있었던 것이다.

기지가 있는 메릴랜드 주까지는 비행기 여행과 렌터카를 이용한 짧은 드라이브를 합쳐 전부 한 시간 반밖에 걸리지 않았다. 마리사는 에볼라와 같은 희귀한 바이러스에 대해 자세히 아는 누군가와 이야기를 나누고 싶다고 요청했었다. 상대인 울버트 대령은 마리사의 부탁에 응해주었다.

보초병은 마리사의 차로 돌아와 말했다.

"18동에서 기다리고 계십니다."

보초병은 블레이저에 달게 돼 있는 통행증을 마리사에게 건네주고 힘차게 거수경례를 해서 그녀를 놀라게 했다. 앞쪽에 있는 흑백 줄무늬 차단기가 올라가자 마리사는 기지 안으로 차를 몰았다.

18동은 지붕이 평평하고 창문 하나 없는 콘크리트 건물이었다. 마리사가 차에서 내리자 평복 차림의 한 중년 사내가 손을 흔들었다. 그가 케네스 울버트 대령이었다.

　그는 육군 장교라기보다는 대학교수처럼 보였다. 친절하고 유머감각도 있는 그는 마리사의 방문을 진심으로 반겨주었다. 그리고 이제까지 만난 역학 정보원들 중 가장 아름답고도 가장 체구가 자그마한 아가씨라고 말해주었다. 마리사는 칭찬과 자신의 약점을 동시에 듣게 된 셈이었다.

　건물은 엄폐호(掩蔽壕)와 비슷해서 입구가 리모컨으로 개폐하는 일련의 강철 문으로 되어 있었고, 어느 문에나 작은 TV 카메라가 설치되어 있었다. 그러나 연구실은 현대적인 다른 일반 병실과 마찬가지로, 흔히 볼 수 있는 커피포트가 분젠버너(석탄 가스를 태워 열을 얻는 가열 장치) 위에 얹혀 있었다. 단 하나 다른 점은 창문이 없다는 것이었다.

　대강 한 바퀴 돌아 시설 내부를 안내한 뒤, 울버트 대령은 완전 밀폐실의 유무에 대해서는 입을 다문 채 자판기 몇 대를 죽 늘어놓은 데 지나지 않은 간이식당으로 마리사를 안내했다. 그녀를 위해 도넛과 콜라를 주문한 대령은 그녀와 함께 작은 테이블에 자리를 잡고 앉았다. 그러고는 묻지도 않았는데 자신의 경력을 들려주기 시작했다.

　그의 말에 따르면 그는 1950년대 말에 역학 정보원으로서 CDC에서 일하기 시작했고, 미생물학에서부터 마지막으로는 바이러스학에까지 흥미를 갖게 되었다고 했다. 그리고 1970년대 모교에 돌아온 그는 정부 학자금으로 공부해서 학위를 받았다는 것이었다.

　"빨갛게 부은 아이들의 목구멍이나 귓구멍을 들여다보는 것보다야 훨씬 나았죠."

　대령이 말했다.

　"소아과에 계셨단 말인가요?"

　마리사는 탄성을 내질렀다.

그들이 함께 보스턴 소아과 병원에서 교육받았다는 사실을 알고 두 사람은 소리내어 웃었다. 울버트 대령은 또 자신이 어떻게 마지막으로 이 포트 데트릭에 오게 되었는지를 이야기해주었다. 그가 데트릭과 CDC 사이를 왔다 갔다 하는 동안 군이 거절 못할 제안을 해왔는데, 연구실 설비도 최상급인 데다 장학금 신세를 지지 않아도 되었으므로 무엇보다 그 점이 좋았다고 했다.

"이곳에 계시면서 연구의 궁극적인 목적이 전쟁 수행이라는 사실에 갈등을 느끼지 않으셨나요?"

마리사가 물었다.

"아뇨. 이곳에서 행하는 우리 임무의 4분의 3은 세균전의 공격에 대응해서 미국을 지키는 일이니 에볼라 같은 바이러스의 독성을 없애는 게 우리 노력의 태반입니다. 그걸 이해해주셨으면 합니다."

마리사는 고개를 끄덕였다. 이것은 그녀로서 지금까지 한 번도 생각해보지 않은 문제였다.

울버트 대령이 말을 이었다.

"그리고 난 완전한 자유를 보장받고 있어서 무슨 일이든 하고 싶은 대로 할 수 있죠."

"그럼 지금은 뭘 하고 계시나요?"

점점 흥허물이 없어진 마리사가 덤덤하게 물었다. 대령의 담청색 눈이 반짝였다.

"내 연구 결과들은 일련의 논문으로 출판되고 있는 터이니 당신에게 이런 얘기를 해도 군 기밀에 저촉되는 일은 없을 것으로 생각되는군요. 지난 3년 동안 내 관심은 인플루엔자 바이러스였습니다."

"에볼라가 아니고요?"

울버트 대령은 고개를 저었다.

"에볼라에 대한 연구는 몇 해 전의 일이죠."

"이곳에 혹시 에볼라를 주로 연구하시는 분이 계신가요?"

울버트는 좀 망설이다가 이윽고 이렇게 말했다.

"지난해에 출판한 〈전략연구〉지에 그 점에 관한 군 당국의 연구 논문이 실렸으니 말해도 상관없을 것 같군요. 대답은 '아니오'입니다. 소련인을 포함해서 어느 누구도 에볼라에 대해서는 연구하고 있지 않습니다. 그 바이러스에는 백신도 치료법도 없기 때문입니다. 일단 그것이 쓰이기만 하면 에볼라 출혈열은 적군뿐 아니라 아군에게도 요원처럼 퍼지고 만다는 것이 지금까지의 일반적인 견해입니다."

"하지만 실제로는 그렇지 않았죠."

"알고 있습니다."

울버트 대령이 한숨을 내쉬며 말했다.

"그동안 있었던 두 차례의 발생에 대해 아주 흥미 있게 주시했습니다. 우린 언젠가 그 바이러스에 대해 다시 한 번 재고해야 될 겁니다."

"아무쪼록 저 때문에 그러는 일이 없었으면 좋겠군요."

마리사는 에볼라 연구를 시작하도록 군을 부추기고 싶지 않았고, 동시에 군이 아직 에볼라에 손대지 않고 있다는 사실을 알고 안심했다.

"저는 대령님이 1976년 국제팀 일원으로 얌부크에 갔었다고 들었어요."

"그래서 나는 당신이 해온 일을 높이 평가하고 있답니다. 지금이니 말이지만, 아프리카에 갔을 때 얼마나 두려웠는지 몰라요."

마리사는 생긋 웃었다. 그녀는 이 사람이 좋아졌고 신뢰할 만한 사람이라는 생각이 들었다.

"대령님이 두려움을 솔직히 인정해주신 최초의 분이세요. 전 로스앤젤레스에 파견된 첫날부터 줄곧 두려움과 필사적으로 싸워왔거든요."

"에볼라는 틀림없이 기묘한 바이러스예요. 쉽사리 활성화되진 않을지 몰라도 전염력은 무섭고 강하죠. 즉 단 한 개의 바이러스로도 질병을 일으킬 수 있단 말입니다. 수십억 개가 아니면 발병되지 않고 또 통계적으로 사람에게 감염될 확률이 아주 적은 에이즈 같은 것과는 그런 점에서 아주 대조적이죠."

"숙주에 대해선 어떻게 생각하세요? 아프리카에서는 숙주가 발견되지 않았다는 게 공식적인 견해던데요. 거기에 대해서 혹시 다른 의견은 없으세요?"

"난 동물의 질병이 바로 숙주라고 생각해요. 언젠가는 아프리카 원숭이가 숙주임을 밝혀낼 수 있을 거예요. 때때로 인간에게도 감염되는 동물원성(動物原性)이랄까. 아무튼 척추동물의 질병인 거죠."

"그럼 최근 미국에서 유행한 에볼라에 대해선 현재의 CDC 공식 견해에 찬성하시는 건가요?"

"물론이죠. 그럼 뭐 다른 의견이라도 있으신가요?"

마리사는 어깨를 으쓱해보였다.

"이곳에도 에볼라가 보유돼 있나요?"

"아뇨, 하지만 어디서 구할 수 있는지는 압니다."

"그건 저도 알고 있어요."

마리사가 말했다. 하긴 정확히는 모르지만……. 태드가 완전 밀폐실에 그것을 보관해두었다고는 했지만 정확히 그 안의 어디인지 알지 못했다. 지난번에 몰래 들어갔을 때 물어본다는 것이 그만 깜박 잊어버리고 만 것이다.

4월 17일
하룻밤에 84명 발병

　전화벨이 몇 번이나 계속 울려댄 모양이었다. 마리사가 몸을 뒤척이다가 마침내 수화기를 들자마자 CDC 교환수는 단잠을 깨워 죄송하다고 사과했다. 가까스로 몸을 일으켜 세우던 마리사는 그 전화가 애리조나 주 피닉스에서 걸려온 것임을 전해 듣고는 곧 교환수에게 연결해달라고 했다.

　벨이 울리기를 기다리는 사이에 마리사는 가운을 입고 시계를 보았다. 새벽 4시, 피닉스는 새벽 2시일 것이다. 또 누군가가 에볼라로 보이는 환자라도 발견한 것일까? 가슴속에 문득 불안이 스쳐갔다.

　전화벨이 다시 울렸다.

　"닥터 블루멘탈입니다."

　마리사가 말했다.

　상대방의 목소리는 심상치 않았다. 그는 애리조나 주의 역학 담당자인 닥터 가이 위버라고 자신을 소개했다.

"이런 시간에 전화를 드려 죄송합니다. 다름이 아니라 피닉스의 메디카 병원에 중대한 사태가 발생했다는 전화 연락을 받아서요. 메디카 병원은 알고 계시죠?"

"잘 모르는데요."

"그 병원은 애리조나 주의 이 지역에서 회비 선납제 건강관리 시스템을 실시하고 있는 메디카 의료재단 산하 복지병원들 가운데 하나입니다. 그런데 그곳에 에볼라가 발생했다는 거예요."

"물론 환자는 격리시켰겠죠? 우린 그것을……."

"블루멘탈 선생님,"

닥터 위버가 마리사의 말을 가로막고 말했다.

"그게…… 환자가 한 사람이 아니라 84명이나 돼서요……."

"84명이라고요!"

마리사는 믿어지지 않는다는 듯 소리쳤다.

"의사 42명, 정간호사 13명, 보조 간호사 11명, 검사 기사 4명, 관리부원 6명, 주방 고용인 6명, 그리고 잡역부 2명입니다."

"한꺼번에 말인가요?"

"네, 전부 오늘 밤에 발병했어요."

역학 담당자의 대답이었다.

델타 항공은 대부분이 직행편이지만 이런 새벽에는 특별히 편리한 교통편을 기대하지 말아야겠다고 생각하며 마리사는 즉시 옷을 입고 CDC 당직자에게 전화를 걸었다. 그리고는 지금 당장 피닉스로 가야 하니 CDC에 닥터 두브체크가 나오거든 그렇게 전해달라고 당부했다.

저드슨 씨 집 문 앞에 태피와 자신에게 배달되는 우편물을 맡아달라는 부탁의 편지를 휘갈겨 써놓고 마리사는 급히 공항으로 차를 몰았다. 갑자기 84명이나 되는 환자들이 한꺼번에 쏟아져 나왔다는 것은 그녀에게는 실로 어마어마한 충격이었다. 그녀는 두브체크와 그의 팀이 오후까지 와주기만을 빌 뿐이었다.

도중에 두 번 착륙한 것 말고는 비행은 단조로웠고 물론 붐비지도 않았다. 피닉스에 도착하자 땅딸막한 사내가 그녀를 맞아주었다. 그는 메디카 병원의 부원장인 제스틴 가디너라고 자신을 소개했다.

"가방을 들어드리죠."

그러나 그는 손을 심하게 떠는 바람에 그만 가방을 떨어뜨리고 말았다. 허리를 굽혀 가방을 집어든 그는 속이 좀 편치 않아 그랬을 뿐이라며 사과했다.

"이해합니다. 그 뒤에 또 입원한 사람이 있었나요?"

"몇 명 더 있었습니다. 지금 병원은 완전 아수라장이에요."

중앙 홀을 걸어 나오며 닥터 가디너가 대답했다.

"환자들과 직원들은 도망치기 시작했어요. 결국 주 보건국장이 통행 차단을 명했습니다. 내가 이렇게 마중 나올 수 있었던 건 어제 휴가 중이었기 때문이죠."

또다시 감염에 대한 공포로 마리사는 입안이 바싹바싹 말라오는 것을 느꼈다. 이런 난리를 겪으니 차라리 소아과 쪽을 택하는 편이 훨씬 나았을 것 같은 생각마저 들었다.

이 병원 역시 멋진 현대식 건물이었으므로 에볼라는 이런 현대식 건물만 좋아하는 것 같다는 생각이 들었다. 너무 말끔해서 나쁜 세균 같은 것은 있을 것 같지도 않은 이 건물이 무서운 질병 감염의 활동무대라니, 도저히 믿어지지 않았다.

이른 아침인데도 병원 앞은 TV 중계차와 신문기자들로 빽빽했다. 그들 앞에 버티고 서서 그들을 제지하는 정복 경관들 중에는 수술용 마스크를 쓴 사람도 있었다. 희미하게 밝아오는 새벽 빛 속에서 그 광경은 초현실적인 분위기마저 자아내고 있었다.

닥터 가디너는 TV 중계차 뒤에 차를 세웠다.

"안으로 들어가 원장님을 찾으세요. 나는 밖에서 이 소동을 진압하라는 지시를 받았으니까요. 조심하십시오!"

마리사는 병원 입구로 가서 신분증을 꺼내어 경관에게 보였다. 그러나 그는 다시 상관에게 연락해 그녀를 들여보내도 되는지 물었다. 마리사가 CDC에서 왔다고 말하자 신문기자들이 그녀의 주위로 우르르 몰려들어 의견을 듣고 싶어 했다.

"전 아직 이곳 상황을 모릅니다!"

마리사는 몰려든 신문기자들에게 떠밀리다시피 하며 소리쳤다. 경관이 그들을 밀어내고 한쪽 바리케이드를 열어 그녀를 안으로 들어가게 해주었다.

불행히도 병원 안은 더 혼잡했다. 로비에 사람들이 가득 차서 마리사가 안으로 들어가자마자 비비대며 몰려드는 인파에 그녀는 또다시 시달려야 했다. 지난 몇 시간 동안 병원에 출입이 허가된 사람은 아마 그녀가 처음인 모양이었다.

마리사를 둘러싼 사람들은 대부분 파자마나 가운 차림의 환자들이었는데, 그들은 한꺼번에 질문을 퍼부으며 그녀에게 대답을 요구했다.

"부탁이오!"

마리사 오른쪽에서 누군가가 외쳤다.

"부탁이오, 길 좀 비켜주시오!"

땅딸막한 체구에 눈썹이 짙은 한 사내가 사람들을 헤치며 마리사 곁으로 다가왔다.

"닥터 블루멘탈이신가요?"

"네."

마리사가 마음을 놓으며 대답했다.

사나이는 마리사가 슈트케이스와 서류가방을 양손에 들고 있다는 사실을 무시한 채 그녀의 팔을 붙들고 다시 사람들을 헤치며 앞으로 나아갔다. 이윽고 로비를 가로질러 간 그는 방으로 들어가 안에서 문을 잠갔다. 그곳에는 길고 좁은 복도가 연결되어 있었다.

"이 난리를 겪게 해서 정말 면목 없습니다."

사나이가 말했다.

"전 이 병원 원장 로이드 데이비드입니다. 이 작은 소란으로 우리는 주체를 못하고 있답니다."

마리사는 닥터 데이비드를 따라 그의 사무실로 갔다. 두 사람이 옆문을 통해 사무실로 들어가니, 사다리꼴 등받이가 달린 커다란 의자들을 쌓아 가운데 출입문을 봉쇄해놓은 것이 눈에 띄었다. 그것을 본 마리사는 '작은 소란'이란 그의 표현이 볼멘소리로 들렸다.

"직원들이 당신의 얘기를 듣고 싶어 기다리고 있습니다."

닥터 데이비드가 마리사의 짐을 받아 책상 옆에 내려놓으며 말했다. 그러고는 몸을 숙여 짐을 내려놓는 것이 크게 힘겨운 일이라도 되는 양 깊이 숨을 몰아쉬었다.

"에볼라 감염으로 보이는 환자들은 어떻게들 하고 있나요?"

마리사가 물었다.

"그들은 잠시 기다리고 있는 수밖에…… 다른 도리가 없지요."

원장은 마리사에게 다시 복도로 나가자고 손짓했다.

"하지만 환자들을 즉시 격리시키지 않으면 안 돼요."

"모두 격리시켜놓았습니다. 닥터 위버가 알아서 할 거예요."

그는 마리사의 어깨를 가볍게 밀어 문 쪽으로 데려갔다.

"물론 앞으로 우린 당신이 지시하는 대로 따를 겁니다. 하지만 지금 당장은 폭동이 일어나기 전에 직원들과 얘기를 나눠주셔야겠어요."

"사태가 더 악화되지 말아야 할 텐데……."

마리사가 말했다. 환자들이 동요하는 것도 곤란하지만 병원 직원들마저 히스테리를 일으킨다면 문제가 심각해지는 것이다.

닥터 데이비드는 사무실 문을 닫고 다른 쪽 복도로 안내했다.

"모두들 통행 차단으로 병원에 갇혀 있는 걸 두려워하고 있습니다."

"센터에 전화를 걸고 난 뒤로 환자가 몇 명이나 더 발생했나요?"

"16명입니다. 그들 중에는 병원 직원은 더 이상 끼어 있지 않습니다. 새 환자들은 전부 메디카 시스템의 회원들이죠."

이 말은 이제 바이러스가 제2세대로 접어들어 최초에 감염된 의사들로부터 다른 사람들에게 퍼졌음을 의미했다. 앞서 있었던 두 번의 유행과 같은 형태였다. 마리사는 끔찍한 전염병 환자들과 한 병원에 함께 갇혀 있어야 한다는 데 스스로도 전율을 금치 못하는 판에, 자신이 과연 병원 직원들에게 얼마나 위안을 줄 수 있을까 의심스러웠다. 이렇게 많은 사람들이 감염되었으니 로스앤젤레스나 세인트루이스에서처럼 질병을 무사히 막아낼 수 있을지도 의문이었다. 에볼라가 일반 대중들에게 한없이 확산될지도 모른다는 생각은 그녀를 공포의 도가니로 몰아넣었다.

"최초 발생자들 중에 혹시 최근 노상강도를 당한 사람이 있나요?"

마리사는 긍정적인 대답을 바라는 동시에 부정적인 대답을 기대하면서 물었다. 머리가 어떻게 된 게 아니냐는 듯 닥터 데이비드가 미간을 모으고 마리사를 흘끗 쳐다보았다. 그 표정이 그녀의 질문에 대한 대답을 그대로 나타내고 있었다. 노상강도가 에볼라를 퍼뜨리고 다닌다고 생각하느냐던 랠프의 말이 떠올라 이 얘기는 일단 접어두기로 했다.

두 사람은 굳게 잠긴 문 앞에 멈춰 섰다. 데이비드는 열쇠를 꺼내어 문을 열고 마리사를 병원 강당의 연단으로 데리고 올라갔다. 그곳에는 150석 정도의 자리가 마련되어 있었는데 이미 초만원을 이루고 있었고 뒤쪽에도 많은 사람들이 서 있는 것이 눈에 띄었다. 10여 명이 각기 큰 소리로 떠들어대고 있다가 마리사가 주춤주춤 연단 앞으로 나가자 하나둘씩 입을 다물었다. 회중의 눈이 일제히 마리사에게 쏠렸다. 키가 크고 몹시 마른 체구의 한 남자가 연단 뒤쪽에 마련된 자리에서 몸을 일으켜 그녀의 손을 잡았다. 데이비드가 그를 닥터 가이 위버라고 소개했다. 마리사에게 전화를 건 바로 그 의사였다.

"블루멘탈 선생님."

닥터 위버는 그 깡마른 체구에 전혀 어울리지 않는 굵직한 목소리로 말했다.

"당신을 만나게 되어 우리 마음이 얼마나 놓이는지 당신은 상상도 못하실 겁니다."

마리사는 그들의 지나친 기대에 마치 자신이 사기꾼이라도 된 양 마음이 불편해졌다. 그러나 일은 갈수록 태산이었다. 위버는 마이크를 두드려 확인해보고 나서 마리사를 소개하기 시작했다.

그가 어찌나 찬사를 늘어놓는지 마리사는 점점 더 불안한 기분에 휩싸였다. 그의 말만 들으면 미치 그녀가 CDC 그 자체로서 CDC의 승리는 곧 그녀의 승리라는 식으로 들렸다. 이윽고 그는 긴 팔을 들어 마리사를 소개하며 그녀에게 마이크를 넘겨주었다.

좋은 분위기에서도 군중을 상대로 얘기하는 데에 서툰 마리사로서는 일이 이 지경에 이르자 그저 당혹스러울 뿐이었다. 그녀는 그들이 자기에게 무엇을 바라고 있는지, 또 무슨 말을 해주어야 할지 전혀 감을 잡을 수가 없었다. 그녀는 마이크를 내려 자신의 키에 맞추면서 생각할 시간을 벌었다.

군중 쪽을 훑어본 다음 그녀는 그들의 절반 이상이 수술용 마스크를 쓰고 있음을 알았다. 그리고 성별이나 용모나 피부색이나 연령층이 다양한 것으로 봐서 데이비드가 말한 '직원'이라는 단어 속에는 의사뿐만이 아니었음을 알 수 있었다. 그들은 하나같이 기대에 찬 표정으로 마리사를 쳐다보고 있었다. 마리사는 자신이 정말 이 병원이 처해 있는 상황을 감당해내고, 어떻게든 이들에게 힘이 돼줄 만한 자신감을 가지고 있다면 얼마나 좋을까 하고 생각했다.

"우리가 무엇보다도 먼저 해야 할 일은 진단을 확실히 하는 겁니다."

마리사는 이렇게 말문을 열었지만 목소리에는 힘이 없고 여느 때보다도 몇 옥타브나 높았다. 그러나 이야기를 이어가는 동안 그녀는 차츰 평상시의 목소리를 되찾을 수 있었다. 그녀는 차분한 어조로 자신을 소개하고 CDC에서의 실제 직무를 설명했다. 이어서 이 질병의 전염은 철저한 환자 격리, 완전 차단 간호 체제, 그리고 적절한 통행 차단 실시로 충분히 막을 수 있다고 청중들에게 힘주어 말했다. 그녀로서도 확신하는 바는 아니었다.

"우린 모두 감염되는 건가요?"

강당 뒤쪽에서 한 여자가 흥분한 목소리로 물었다. 그러자 청중들의 웅성거림이 물결처럼 퍼져 나갔다.

"전 지금까지 두 번이나 현장에 뛰어들어 환자들과 접촉했지만 감염되지 않았습니다."

마리사는 지금까지도 마음속에서 떨쳐버리지 못하고 있는 공포감에 대해서는 언급하지 않았다.

"우리는 사람들의 밀접한 신체적 접촉이 에볼라를 확산시키는 조건이라는 결론에 도달했습니다. 공기를 매개로 한 감염은 있을 수 없습니다."

청중들 가운데 몇 사람이 마스크를 벗는 것이 눈에 띄었다. 그녀가 닥터 위버 쪽을 흘끗 쳐다보자 그는 그녀를 격려하듯 엄지손가락을 세워보였다.

"우리가 꼭 병원 안에 갇혀 있을 필요가 있는 건가요?"

세 번째 줄에 앉은 남자가 물었다. 그는 긴 의사 가운을 입고 있었다.

"당분간은요."

마리사는 질문을 교묘히 받아 넘겼다.

"지난번 감염 발생 때 우리는 1차 접촉자와 2차 접촉자, 두 그룹으로 나눠서 통행 차단을 실시했습니다."

마리사는 계속해서 로스앤젤레스와 세인트루이스에서 행한 방법을 자세히 설명하고, 마지막으로 이미 감염된 사람과 직접 접촉하지 않는 한 통행 차단으로 격리된 사람들 중에는 발병한 사람이 한 명도 없었다고 덧붙였다.

그런 뒤 마리사는 에볼라 출혈열의 초기 증상과 임상 경과에 대한 몇몇 질문에 답해주었다. 청중들은 그것으로 호기심이 충족되었는지, 아니면 두려운 나머지 입을 다물어버린 것인지 알 수는 없었지만 아무튼 더 이상의 질문은 없었다.

데이비드가 직원들에게 이야기를 하기 위해 몸을 일으켰을 때 닥터 위버가 마리사를 강당 밖으로 데리고 나갔다. 좁은 복도로 나오자 마리사는 CDC에 보고하기 전에 첫 발병 환자들 중 한 명을 즉시 보고 싶다고 말했다. 닥터 위버도 그럴 생각이었으므로 손수 안내하겠노라며 나섰다.

병실로 가는 도중에 그는 병동에 2개의 층을 특별히 마련해서 다른 환자들은 모두 내보내고 환기장치도 떼어낸 뒤 그곳에 환자들을 전부 수용했다고 설명해주었다. 그는 그곳을 완전히 독립된 구역으로 믿고 있었다. 그는 또, 그 2개 층의 담당자들은 모두 병원 간부들로부터 특별 훈련을 받은 사람들이고, 임상 검사도 격리된 장소에 임시로 설치된 시설물에서만 행하며 환자가 한 번 사용한 것은 무엇이든 하이포아염소산 소다로 소독한 뒤 소각해버린다고 말했다.

검역 격리 상황에 대한 질문에는 외래 진료실을 큰 숙소 삼아 매트리스를 비롯한 물과 음식을 전부 외부에서 들여옴으로써 1, 2차 접촉자들과 구분해서 수용하고 있다고 대답했다. 또한 그는 자신이 이전에 ELS 공무원으로, CDC에 6년 동안 근무했었다는 사실을 이야기해주었다.

"왜 저를 전문가라고 소개하셨죠?"

마리사는 그의 과장된 찬사에 당혹했던 일을 상기하며 물었다. 체념에 가까운 격리 수단의 실행에 대해서는 그가 마리사 못지않게, 아니 그 이상으로 더 잘 알 텐데 말이다.

"효과를 노린 거죠. 병원 직원들에게는 일종의 신앙 같은 게 필요하거든요."

닥터 위버가 대답했다.

마리사는 괜히 오해를 사게 될까 봐 당혹한 채 불만을 털어놓았지만 닥터 위버의 노련함에는 감탄했다.

두 사람은 보호의를 입고 격리 병실이 마련된 층으로 올라갔다. 그리고 병실로 들어가기 전에 다시 보호의를 하나 더 껴입고 모자, 보안경, 마스크, 장갑, 그리고 덧신으로 무장했다.

닥터 위버가 맨 처음 마리사에게 보여준 환자는 이 병원 외과의사 중 한 사람으로 폼페이에서 온 인도인이었다. 그를 일별한 순간, 그녀는 감염에 대한 불안이 왈칵 치밀었다. 발병한 지 24시간밖에 지나지 않았다는데도 그는 이미 죽어가고 있었다. 증상도 로스앤젤레스와 세인트루이스에서 본 환자의 말기 증상과 똑같아서 고열과 혈압 저하, 그리고 전형적인 피부 발진과 점막에서의 출혈 등을 나타내고 있었다. 마리사는 그가 앞으로 24시간도 견디지 못하리라는 것을 짐작했다.

시간이 없었으므로 마리사는 즉시 바이러스 검체들을 채취했다. 닥터 위버가 그것을 잘 포장해서 야간비행 편으로 태드 셔클리에게 보낼 수 있도록 도와주었다.

환자의 진료카드를 잠깐 들여다본 마리사는 병력 기재가 너무 허술하다는 생각이 들었지만, 6시간 만에 84명이나 무더기로 입원한 판국이니 교과서식 기록을 바라는 건 아무래도 무리일 것 같았다. 외국여행이나 원숭이, 로스앤젤레스나 세인트루이스 감염 사태와의 관계 따위는 진료카드에 일체 언급되어 있지 않았다.

그곳을 나와 마리사는 우선 전화를 좀 쓰게 해달라고 요청한 뒤, 환자들을 문진하기 위해서는 되도록 많은 의사들의 지원이 필요하다고 말했다. 만약 대다수의 환자들이 그 인도인 의사만큼 심각한 상태라면 서둘러 시작해야만 했다.

마리사는 데이비드의 사무실에서 전화를 빌려 썼다. 애틀랜타는 벌써 11시가 넘은 시간이었으므로 두브체크와 통화할 수 있었다. 그는 몹시 화가 나 있었다.

"왜 긴급 요청을 받자마자 곧바로 내게 알리지 않았소? 출근해서야 당신이 그곳에 간 걸 알았잖소."

마리사는 아무런 대답도 하지 않았다. 사실 마리사는 에볼라 발생 기미를 알리는 전화가 걸려오면 즉시 자기에게 알려달라고 진작부터 CDC 교환수에게 부탁했었다. 두브체크도 같은 부탁을 해두었다면 알 수 있지 않았겠는가. 그러나 마리사는 지금 그런 일로 그와 맞서고 싶지 않았다.

"에볼라 같소?"

"그런 것 같아요."

마리사는 이어서 자신이 말할 폭탄 같은 발언에 그가 어떤 반응을 보일지 상상하면서 덧붙였다.

"두드러진 특징은 감염자 수예요. 이번 사태에서 발생한 환자 수가 지금까지 100명에 이르고 있습니다."

"적절히 격리해두었길 바라오."

두브체크는 단지 그렇게 말할 뿐이었다.

마리사는 맥이 빠지는 기분이 들었다. 틀림없이 두브체크가 경악을 금치 못할 것이라고 생각했는데……

"그렇게 많은 환자가 발생했다는데 놀랍지 않으세요?"

"에볼라는 아직 정체가 분명히 파악되지 않았으니 별로 놀랄 것도 없지. 오히려 확산을 막을 수 있느냐가 걱정이오. 격리상태는 어떻소."

"격리는 잘돼 있어요."

"좋아요. 센터가 운영하는 비커스 이동 검사실이 준비됐으니 우린 한 시간 내에 출발할 거요. 당신은 되도록 빨리 태드에게 보낼 검체들을 채취하도록 하시오."

마리사가 알았다고 대답했을 때 이미 전화는 끊어져 있었다. 두브체크가 곧바로 수화기를 내려놓은 것이다. 병원 전체에 통행 차단 조치가 내려져 병원에 일단 들어오면 나갈 수 없다고 말해줄 겨를조차 없었다.

"알아서 하라지!"

마리사는 테이블에서 몸을 일으키며 큰소리로 말했다.

사무실을 나와 보니 닥터 위버가 병력 조사를 거들어줄 10여 명의 지원자들을 모아놓고 있었다. 여자 5명에 남자 6명이었다. 그들이 나선 동기는, 어차피 병원 안에 갇혀 있느니 일하는 편이 낫겠다는 것이었다.

마리사는 의자에 앉아 최초로 발병한 84명에게서 가능한 한 상세한 병력을 알아내야 한다고 설명했다. 그리고 로스앤젤레스나 세인트루이스에서도 첫 발병 환자와 그 후 발병 환자들이 모두 어떤 연관성을 가지고 있었다는 것, 그러나 피닉스에서는 한꺼번에 이렇게 많은 환자가 발생한 것으로 봐서 음식이나 물을 매개로 한 감염으로 추측된다는 것 등을 설명했다.

"만약 물에 의해 감염된 거라면 더 많은 사람들이 발병했어야 하지 않을까요?"

한 여자가 질문했다.

"병원 전체의 급수관이 문제라면 그럴지도 모르죠. 하지만 어디 한 군데 급수대가 문제라면……."

마리사는 말꼬리를 흐렸다.

"사실 에볼라가 지금까지 물이나 음식에 의해 감염된 적은 없었어요. 이번 사태는 도무지 불가사의한 경우라 환자들 간의 어떤 공통점이라도 발견될까 해서 병력을 철저히 조사해보자는 거예요. 환자들의 근무시간이 다 같은 시간대였는지, 모두 병원 내 한 장소에 모여 있었는지, 같은 자동판매기에서 커피를 뽑아 마셨는지, 또 같은 짐승과 접촉한 적이 있는지 그런 것들을요."

마리사는 자리에서 일어나 칠판 쪽으로 걸어갔다. 그리고 환자 한 사람 한 사람에게 어떤 질문을 어떻게 해야 하는지 질문의 순서와 요령을 설명했다. 지원자들은 그에 대한 반론을 제기하는 등 열띤 토론을 벌이기 시작했다. 충분한 의견 교환이 있고 나서 마리사는 환자들 가운데 3개월 전쯤 샌디에이고 안검 외과학회에 참석한 사람이 있는지 알아보라고 덧붙였다.

마리사는 그들이 해산하기 전에 특히 격리 방식에 철저히 따라줄 것을 거듭 강조하고, 다시 한 번 그들에게 감사의 뜻을 표했다. 그리고는 채취해온 검체들을 확인하기 위해 발길을 옮겼다.

로스앤젤레스에서처럼 마리사는 격리 층에 있는 간호사실 뒤쪽의 작은 방을 사령부로 정했다. 지원 의사들은 환자들의 병력을 조사하여 마리사에게 넘겨주었고, 그녀는 그것을 일일이 조사하는 복잡하고 까다로운 작업에 착수하기 시작했다. 그러나 환자 전원이 이 메디카 병원의 직원들이라는, 이미 알고 있는 사실 외의 특별한 것은 기록에서 찾아볼 수 없었다.

오후에는 다시 14명의 환자가 입원해서 감염 확산은 바야흐로 절정에 이르렀고 마리사의 두려움은 극에 달했다. 새로운 환자들은 한 사람을 제외한 모두가 메디카 시스템의 회원들이었으며 하나같이 발병 전에 처음 발병한 42명의 의사들 중 한 명에게 진찰을 받은 적이 있었다. 그리고 나머지 한 사람은 검사 기사로, 미처 이 질병이 에볼라로 추정되기 전에 초기 환자들을 검사한 사람이었다.

병원의 야간 근무자들이 막 교체될 무렵, 마리사는 CDC 직원들이 도착했다는 연락을 받았다. 그제야 마음이 좀 놓인 그녀가 단숨에 달려가 보니 그들은 두브체크의 지시로 비커스 이동 검사실을 조립하는 중이었다.

"이 병원에 통행차단 조치가 내려졌다는 이야기를 왜 미리 해주지 않았소?"

마리사를 보자마자 두브체크가 닦달하듯이 말했다.

"선생님이 말씀드릴 틈을 주지 않으셨어요."

마리사는 그가 일방적으로 전화를 끊은 것에 대해서는 직접 언급하지 않고 대답했다. 그녀는 뭔가 두 사람의 관계를 개선해줄 만한 계기가 생겼으면 하고 바랐지만 상황은 좋아지기는커녕 더욱 나빠졌다.

"그 바람에 폴과 마크에게 못할 짓을 시켰잖소."

두브체크가 말했다.

"전염이 가라앉을 때까지 병원 밖으로 나갈 수 없다는 것을 알고 그들은 애틀랜타로 돌아갔소."

"닥터 레인은요?"

마리사는 찜찜한 기분을 느끼며 물었다.

"그는 벌써 닥터 위버와 병원 관리자들을 만나고 있소. 그러고 나서 주 보건국장이 우리 센터 요원들을 위해 통행을 완화시켜줄지 어떨지를 상의해보겠지."

"어쨌든 이 검사실이 완성될 때까지는 선생님과 상의할 수 없겠군요."

마리사가 말했다.

"당신 기억력이 꽤 좋은 편이군."

두브체크는 나무 상자 안에서 원심 분리기를 꺼내면서 말했다.

"이 일을 끝내고 닥터 레인을 만나 격리 상황을 파악한 뒤 당신의 보고를 듣기로 하겠소."

마리사는 자신의 방으로 돌아와 두브체크의 기를 꺾을 만한 통렬한 대답이 없을까 궁리해보았다. 그러나 그 어느 것도 결국 사태를 더욱 악화시킬 뿐이었다. 그녀가 아무 말 없이 그 자리를 떠난 것은 바로 그런 이유에서였다.

에볼라로 보이는 환자들과 접촉하는 직원들을 위해 따로 배정된 외래 진료실에서 마리사는 외부에서 차입된 식사를 마친 뒤 진료카드를 살펴보기 위해 방으로 돌아갔다. 이제 84명의 첫 발병환자들의 병력이 거의 다 입수된 상태였다.

문 앞에서 마리사는 뜻밖에도 두브체크가 자신의 노트를 훑어보고 있는 것을 발견했다. 그녀가 온 것을 알고 두브체크는 즉시 몸을 일으켰다.

"환자들의 병력을 입수하기 위해 병원의 정규 의사들을 동원시킨 것이 과연 옳은 행동이었는지 생각되는군."

마리사는 허를 찔린 셈이었다.

"환자의 수가 너무 많아서 단시간 내에 그들을 모두 만난다는 게 불가능한 일이었어요. 실제로 7명은 말도 못할 정도로 중증이었고 그 후 3명은 목숨을 잃었을 정도니까요."

"그렇다고 그것이 숙련된 역학자도 아닌 일반 의사들을 위험에 노출시킬 만한 이유가 되진 못하지 않소? 당신은 애리조나 주 보건국이 보유하고 있는 숙련된 직원들에게 도움을 요청했어야 했소. 만약 당신이 불러 모은 의사들 가운데 한 사람이라도 감염된다면 우리 센터가 책임을 져야 하지 않겠소?"

"하지만 그 사람들은……."

"그만두시오!"

두브체크가 마리사의 말을 막았다.

"난 입씨름이나 하러 여기 온 게 아니오. 그래, 지금까지 조사해서 뭘 밝혀냈소?"

마리사는 치밀어 오르는 감정을 억제하며 자신의 생각을 정리하기 시작했다. 아닌 게 아니라 그녀는 법적인 문제까지는 생각지 못하고 있었다. 그러나 그것은 대수롭지 않은 일일 수도 있었다. 통행차단으로 병원에 갇혀 있는 의사들은 이미 접촉자들로 간주되고 있었으니 말이다. 마리사는 테이블 앞에 앉아 노트에서 중요한 발견사항들이 요약된 페이지를 찾아 두브체크를 쳐다보지도 않은 채 억양 없는 단조로운 목소리로 읽어 내려가기 시작했다.

"첫 발병 환자들 중 한 사람은 안과의로서 역시 닥터 리히터나 닥터 자브리스키와 마찬가지로 샌디에이고의 학회에 참석했었습니다. 또 한 사람은 정형외과 의사로 두 달 전 동아프리카로 사냥여행을 다녀왔습니다. 그 밖에 원숭이를 연구용으로 사용한 사람이 둘 있는데 최근에 물린 적은 없습니다. 84명의 환자가 모두 6시간 내에 집단적으로 증상을 나타냈는데, 이것으로 보아 그들이 동시에 바이러스에 접촉되었음을 알 수 있습니다. 더욱이 초기 증상이 중증인 것으로 미루어 그들이 다량의 병원체에 노출된 것으로 보입니다. 모두가 이 메디카 병원에 근무하는 직원들이긴 하지만 일하는 장소는 각기 달라서 에어컨 장치가 원인은 아닌 듯합니다. 제가 보기엔 음식이나 물에 의해 감염된 것 같은데, 그 점에서 본다면 우리가 찾아볼 수 있는 단 하나의 공통점은 이 84명 모두가 한꺼번에 병원 카페테리아에서 식사를 했다는 점입니다. 실제로 그들 모두가 사흘 전에 거기서 점심을 먹었다는 데이터가 나와 있습니다."

마리사는 말을 마치고 누브체크를 올려다보았다. 그는 천장을 응시하고 있다가 마리사가 보고를 끝내자 입을 열었다.

"환자들 가운데 혹시 로스앤젤레스나 세인트루이스에서의 에볼라 감염 사태 때 그곳에 갔던 사람은 없소?"

"없습니다. 적어도 제가 조사한 바로는 전혀."

"태드에게 혈액 검체들은 보냈소?"

"네."

두브체크는 문 쪽으로 걸어가며 말했다.

"먼젓번 두 지역에서의 유행과 이번 사태와의 관계를 좀 더 철저히 조사해볼 필요가 있을 것 같소. 분명 어떤 관련이 있을 거요."

"카페테리아 쪽은요?"

"그건 당신 마음대로 하시오. 에볼라가 음식물을 매개로 확산된 적은 한번도 없으니 카페테리아와 어떤 관련이 있는지는 나도 모르겠소."

그는 문을 열며 말을 이었다.

"하지만 동시 발생이라는 점은 좀 이상하군. 내가 무슨 말을 하든 당신은 당신 직감대로 일을 처리하겠지. 다만 로스앤젤레스나 세인트루이스와의 관계는 철저히 조사해보도록 하시오."

마리사는 한동안 두브체크가 닫고 나간 문을 멍하니 바라보고 있었다. 이윽고 그녀는 조사 결과가 요약된 쪽지와 산더미처럼 쌓인 병력 서류들을 돌아보았다. 마음이 한없이 울적했다.

두브체크가 던지고 간 말이 마치 도전장이라도 되는 듯이 마리사는 당장 카페테리아로 가보기로 마음먹었다. 그곳은 안뜰을 사이에 둔 독립된 건물이었는데, 식당 홀로 통하는 쌍바라지 문이 닫혀 있었다. 오른쪽 문짝에 '주 보건국장의 명에 의해 폐쇄 중'이라는 쪽지가 붙어 있었지만 문을 밀어보니 뜻밖에도 쉽게 열렸다.

스테인리스와 플라스틱제로 설비된 실내는 먼지 하나 없이 청결했다. 정면에는 스팀 테이블이 있고 한쪽에는 잔뜩 쌓아 올린 쟁반더미가, 반대쪽 끝에는 금전 등록기가 놓여 있었다. 스팀 테이블 뒤에는 조그만 창이 달린 쌍바라지 문이 또 하나 있어서 부엌으로 통하고 있었다. 마리사가 그 안으로 들어갈까 말까 궁리하고 있는데, 마침 그 문이 열리더니 뚱뚱하기는 해도 매력적인 한 중년여자가 나타났다. 그녀는 마리사를 발견하고 오늘은 영업을 안 한다고 큰소리로 말했다. 마리사는 자신을 소개하고 나서 그녀에게 몇 가지 물어봐도 되느냐고 물었다.

"그러세요."

그 여자는 스칸디나비아 억양이 섞인 말투로 대답했다.

"제 이름은 아나 베른슨이에요. 이 카페테리아의 매니저죠."

마리사는 그녀를 따라 사무실로 들어갔다. 스케줄 표와 메뉴가 한쪽 벽에 붙어 있는, 창문이 없는 작은 방이었다.

마리사는 사흘 전의 점심 메뉴를 보여줄 수 있느냐고 정중하게 물었다. 미스 베른슨이 서류함에서 식단표를 찾아 마리사에게 건네주었다. 보통 카페테리아에서 흔히 볼 수 있는 메뉴로 주식이 세 가지, 수프가 두 가지, 그리고 자유롭게 선택할 수 있는 디저트가 고작이었다.

"그날 내놓은 요리는 이게 전부인가요?"

"특별 요리는 이게 다예요. 물론 이 밖에도 갖가지 샌드위치와 샐러드 그리고 음료수를 항상 내놓고 있죠."

미스 베른슨이 대답했다.

마리사가 그 메뉴를 한 장 얻을 수 있겠냐고 묻자 미스 베른슨이 그것을 복사하러 방을 나갔다. 마리사는 첫 발병환자들을 찾아가 사흘 전 점심 메뉴로 무엇을 먹었는지 한 사람 한 사람에게 물어보고, 또 이곳에서 식사를 했는데도 병에 걸리지 않은 사람들을 만나보기로 했다.

미스 베른슨이 복사본을 가지고 돌아왔다. 마리사가 그것을 집어넣으며 말했다.

"이 식당 종업원 중에서 병에 걸린 사람이 있죠?"

"네, 마리아 곤잘레스예요."

"여기서 무슨 일을 했나요?"

"스팀 테이블이나 샐러드 바를 맡고 있었죠."

"바로 그날 그 사람이 무슨 일을 했는지 아세요?"

미스 베른슨이 자리에서 일어나 커다란 스케줄 표가 붙어 있는 벽쪽으로 다가갔다.

"디저트와 샐러드를 담당했군요."

마리사는 이 카페테리아 직원들 모두에게 에볼라 항체를 테스트해봐야겠다고 생각했다. 랠프가 전에 '에볼라 메리' 얘기를 두고 농담을 했지만, 원산지인 아프리카에서 그런 전례가 없었다고 해서 여기서도 발생하지 않을 거라는 보장은 없었다.

"저희 카페테리아의 설비를 보시겠어요?"

미스 베른슨은 조금이라도 도움이 되기 위해 마음을 써주었다. 그러고 나서 30분 동안 마리사는 주방과 식당 홀을 포함한 카페테리아의 내부를 전부 돌아보았다. 주방에서는 이동식 냉각기와 식품 조리장, 그리고 거대한 가스레인지를 둘러보았고, 식당 홀에서는 스팀 테이블의 주위를 따라 걸으며 샐러드드레싱 용기 뚜껑을 열어보기도 하고, 식기통들도 들여다보았다.

모두 둘러보고 나자 미스 베른슨이 물었다.

"식품 저장실도 보시겠어요?"

마리사는 이제 에볼라 첫 발병 환자들에게 이 점심 메뉴들 가운데 무엇을 골라 먹었는지 묻고 싶은 마음에 조급해져 그녀의 제의를 거절했다.

마리사는 회전의자 등받이에 몸을 기대어 눈을 비볐다. 피닉스에 온 지 이틀째, 오전 11시였지만 지난 밤 그녀는 겨우 4시간 동안 눈을 붙였을 뿐이었다. 그녀는 산부인과 외래 진료실을 하나 빌려 쓰고 있었는데 끊임없이 사람들이 왔다 갔다 하는 소리에 그때마다 잠을 설치곤 했다.

그때 문 열리는 소리가 들려 뒤를 돌아보니 두브체크가 지방신문 한 면을 펼쳐들고 들어왔다. 'CDC, 미국 내에 숨겨진 병인(病因)을 예상하다' 라고 머릿기사가 실려 있었다. 마리사는 그의 표정으로 봐서 또 잔뜩 화가 나 있음을 알 수 있었다.

"언론기관에 함부로 떠들어대지 말라고 내가 말했잖소!"

"전 아무 말도 안했는데요."

두브체크는 신경질적으로 신문을 집어던졌다.

"여기 버젓이 적혀 있잖소? '닥터 블루멘탈에 의하면 미국 내에 에볼라의 숙주가 존재하는 것으로 보이며 피닉스에서의 전염은 오염된 음식이나 물에 의해 확산된 것으로 추정된다'고 말이오. 마리사, 당신은 꼭 말썽을 일으키는군."

마리사는 재빨리 신문을 집어 들고 기사를 읽었다. 자신의 이름이 실려 있는 것은 사실이었지만 그것은 간접적인 인용에 불과했다. 그 정보의 제공자는 빌 프리맨으로 환자들의 병력 수집을 거들어주던 의사들 중 한 사람이었다. 마리사는 그 사실을 두브체크에게 지적했다.

"당신이 직접 신문기자들에게 떠들어 댔든 그 이야기를 들은 자가 간접적으로 전했든 그런 건 아무래도 상관없소. 결과는 마찬가지니까. 사실과는 상관없이 우리 센터는 당신의 의견을 지지하는 꼴이 되고 말았소. 음식과 관계있다는 증거는 아무것도 없는데 우리가 가장 우려하고 있던 집단 히스테리만 일으켜 놓았군."

마리사는 입술을 지그시 깨물었다. 이 사내는 입만 열었다 하면 으레 그녀를 질책하는 말뿐이었다. 로스앤젤레스 호텔에서의 일만 잘 넘겼어도 이처럼 사사건건 트집을 잡진 않았을 텐데……. 결국 그가 바라는 것은 다른 사람에게 아무 말도 하지 말라는 것이다. 하지만 팀

워크를 위해선 반드시 의사소통이 필요하지 않은가!

화를 억누르며 마리사는 두브체크에게 서류를 건네주었다.

"이걸 좀 봐주세요."

"뭘 말이오?"

그는 신경질적으로 물었다.

"첫 발병 환자들에 대한 두 번째 조사결과예요. 최소한 질문에 답할 수 있는 사람들이죠. 한 가지 사실이 드러나고 있죠? 기억 못하는 사람을 제외한 모든 환자가 4일 전에 카페테리아에서 커스터드를 먹었어요. 또 같은 날, 역시 같은 카페테리아에서 식사를 했는데도 커스터드를 먹지 않은 21명은 병에 걸리지 않았어요."

두브체크는 카운터 위에 서류를 올려놓으며 말했다.

"어쨌든 당신에겐 큰 공부가 되었겠군. 하지만 당신은 중요한 걸 한 가지 잊고 있소. 에볼라가 음식에 의해 감염된 적이 없다는 사실을 말이오."

"그건 알고 있어요. 하지만 이번엔 환자가 한꺼번에 무더기로 발생하고, 격리에 의해 점차 소멸되었다는 사실은 무시할 수 없잖아요."

두브체크는 숨을 한번 깊이 들이마시고는 자못 선심이라도 쓰듯이 말했다.

"닥터 레인은 첫 발병환자들 중 한 명이 닥터 리히터나 닥터 자브리스키와 함께 샌디에이고 학회에 참석했다는 당신의 발견을 확인했소. 이 사실은 이미 우리 CDC 공식 견해의 기초가 돼 있지 않소? 즉 닥터 리히터가 에볼라의 원산지인 아프리카에서 바이러스를 묻혀 가지고 돌아와 이 메디카 병원의 그 불행한 안과의를 포함한 샌디에이고의 다른 의사들에게도 퍼뜨린 것이라고 말이오."

"하지만 그 견해에서는 이미 알려진 출혈열의 잠복기간이 무시되고 있어요."

"그게 문제라는 건 나도 알고 있소."

두브체크는 지친 듯이 그녀의 말을 인정했다.

"그러나 지금 이 시점에선 이것만이 우리의 공식 견해요. 당신이 식품 감염 가능성에 대해 조사해보든 말든 상관없지만, 제발 그 얘기를 떠벌리고 다니진 말아주시오. 당신은 공무원 자격으로 일하고 있다는 걸 잊지 말고 말이오. 당신 개인의 의견을 타인에게 함부로 떠들지 말아달라는 말이오. 특히 신문에는. 알겠소?"

마리사는 고개를 끄덕였다.

"그리고 당신이 해줘야 할 일이 몇 가지 있소."

두브체크가 말을 이었다.

"보건국 사무실로 연락해서 희생자들 가운데 사체 몇 구를 확보해달라고 부탁하시오. 장기 표본들을 냉동해서 애틀랜타에 보내고 싶으니까."

마리사는 다시 고개를 끄덕였다. 두브체크는 방을 나서려다 말고 잠깐 망설이다 뒤를 돌아보며 다소 부드러운 어조로 말했다.

"태드가 로스앤젤레스와 세인트루이스, 그리고 이 피닉스에서 유행한 에볼라를 각각 비교하고 있는데 아마 당신도 관심 있을 거요. 현재로선 모두 같은 것으로 보인다더군. 그 점 역시 이것이 서로 관련되어 있다는 것이 우리의 의견을 뒷받침하고 있소."

그는 만족스러운 표정을 슬쩍 보이고는 방을 나갔다.

마리사는 눈을 감고 이제부터 어떻게 해야 할까 생각했다. 유감스럽게도 문제의 그 점심 메뉴인 커스터드는 단 한 조각도 남아 있지 않았다. 그것만 있다면 일은 아주 간단해질 텐데.

마리사는 모든 식당 종업원들의 혈액을 검사해서 에볼라 항체를 조사해보고, 또 커스터드의 원료를 태드에게 보내어 바이러스에 오염되어 있는지 조사를 부탁하기로 했다. 그러나 커스터드가 의심스럽다 하더라도 원료에서 무엇을 알아낼 수 있을 것 같지는 않았다. 바이러스가 열에 매우 약한 것으로 미루어 커스터드가 식은 뒤에 침투한 것으로밖에 볼 수 없다. 그렇지만 어떻게 그런 일이 가능하단 말인가?

마리사는 서류 다발을 찬찬히 응시했다. 열쇠는 분명 그 안에 있을 것이다. 만약 그녀가 조금만 더 경험이 많다면 틀림없이 그것을 발견할 수 있었으리라.

5월 16일
공기 여과장치의 비밀

마침내 마리사는 거의 한 달이 지나서야 애틀랜타 CDC에 있는 자신의 작은 사무실로 돌아왔다. 피닉스에서의 에볼라 유행은 결국 종식되었으므로 그녀와 두브체크, 그리고 CDC의 다른 직원들도 병원에서 나올 수 있었다. 그러나 집단 발생을 일으킨 감염의 원인이나 재발을 방지할 만한 방법 등 그 어느 것 하나 궁극적인 해답을 밝혀내지 못했다.

에볼라의 위세가 한풀 꺾였을 무렵, 마리사는 하루 빨리 집으로 돌아가 CDC에서 일하고 싶다는 바람뿐이었다. 그러나 막상 돌아와 보니 별로 기쁘지도 않았다.

낙담과 분노의 눈물이 넘쳐흐르는 눈으로 마리사는 한 장의 휘갈겨 쓴 메모를 물끄러미 바라보았다. 그것은 '유감스럽지만 통보 드립니다…'라는 문장으로 시작되고 있었다. 두브체크는 완전 밀폐실에서 에볼라를 다루고 싶다는 그녀의 청원을 또다시 거절했다. 그녀가 그

173

토록 바이러스와 그 조직배양 실험 기술을 연마하는 데 심혈을 기울였음에도 불구하고 말이다. 이번에는 정말 실망스러웠다. 피닉스에서의 감염 사태가 디저트인 커스터드와 관계가 있다고 아직도 굳게 믿고 있는 그녀로서는 동물 실험을 통해 자신의 가설이 옳음을 필사적으로 입증해보이고 싶었다. 그렇게 해서 바이러스의 전염 경로가 밝혀지면 그 출처까지도 탐색이 가능할지 모른다고 생각했기 때문이다.

마리사는 잔뜩 쌓인 서류더미를 흘끗 쳐다봤다. 그것은 미국 내 세 지역에서 발생했던 에볼라에 관해 기록한 서류들로, 에볼라 바이러스가 전파된 경로를 보여주고 있었다. 그녀는 또 1976년에 있었던 두 번의 에볼라가 번져간 경로에 대해서도 완전하지는 않지만 거의 비슷하게 도표를 작성했다. 이 두 차례의 발생은 한 번은 자이르의 얌부크에서, 또 한 번은 수단의 누자라에서 발생한 것이었다. 그녀는 CDC에 보관된 기록들을 뒤져서 그 자료들을 발췌해두었다.

아프리카의 사례에서 특별히 그녀의 흥미를 끈 것은 바이러스의 숙주가 결국 발견되지 않았다는 점이었다. 라사 출혈열을 일으키는 바이러스가 특정한 쥐의 체내에 들어 있다는 발견도 에볼라의 숙주를 알아내는 데는 아무런 도움도 주지 못했다. 모기, 빈대, 원숭이, 생쥐, 쥐 등 모든 동물들이 가능성의 대상이었지만 결국 아무런 단서도 잡지 못했다. 미국에서와 마찬가지로 원산지인 아프리카에서조차 이것은 미스터리로 남았다.

마리사는 의기소침해져서 연필을 책상 위에 내던졌다. 두브체크의 편지가 아주 뜻밖은 아니었다. 그는 피닉스에서도 날이 갈수록 그녀를 멀리했으며 통행 차단이 해제되자마자 그녀를 애틀랜타로 돌려보냈을 정도였다. 그는 에볼라 닥터 리히터에 의해 아프리카에서 들어왔고 샌디에이고 안검외과학회에서 안과의사들 사이에 퍼졌다고 하는 자신의 주장은 결코 굽히지 않을 작정인 것 같았다. 또 잠복기가 너무 긴 것도 예외적으로 있을 수 있다고 믿는 것 같았다.

마리사는 충동적으로 몸을 일으켜 태드를 찾아 나섰다. 그는 완전 밀폐실 사용 허가 신청서 쓰는 것을 도와주었을 정도니 자신의 마음을 위로해줄 거라는 생각이 들었다.

마리사는 바이러스학 연구실에서 그를 간신히 끌어내 이른 점심식사를 함께 하기로 했다.

"한 번 더 해보죠."

그녀가 비운의 통보를 털어놓자 태드는 그렇게 말했다.

마리사는 빙그레 웃었다. 벌써 기분이 풀어졌다. 태드의 순진함은 변함이 없었다. 두 사람은 건물을 잇는 좁은 통로를 건너갔다. 일찍 점심을 먹을 때 유리한 점은 카페테리아에서 길게 줄을 서지 않아도 된다는 점이었다.

마리사의 고민을 가중시키려는 듯 하필 그날의 디저트 중 하나는 캐러멜 커스터드였다.

테이블에 앉아 쟁반의 요리를 들여다보며 마리사는 애리조나에서 자신이 보낸 커스터드의 원료를 조사해보았느냐고 태드에게 물었다.

"에볼라는 없었어요."

그는 짤막하게 대답했다.

마리사는 병원의 식품 공급입체가 범인이라면 일은 정말 간단해질 텐데 하고 생각했다. 그렇다면 바이러스가 병원들만을 무대로 해서 반복적으로 나타난다는 설명도 가능하건만⋯⋯.

"식당 종업원들의 혈액 검사 결과는 어때요?"

"역시 에볼라 항체는 없었어요."

태드가 말을 이었다.

"그런데 한 가지 경고해둘 게 있어요. 두브체크가 이 일을 알고 몹시 화가 나 있는 것 같던데 마리사, 두 사람 사이에 무슨 일이 있었어요? 피닉스에서 무슨 일이라도 있었나요?"

마리사는 태드에게 모두 털어놓고 싶은 심정에 사로잡혔지만, 역시 사태를 악화시킬 뿐이라는 생각이 들었다. 그래서 자기가 CDC의 공식 견해와 다른 의견을 부주의로 새나가게 해서 그렇다고만 말했다.

태드는 샌드위치를 한입 베어 물었다.

"미국에 에볼라의 숙주가 숨어 있다는 얘기요?"

마리사가 고개를 끄덕였다.

"나는 에볼라가 분명히 커스터드 안에 들어 있었다고 생각해요. 그리고 언제든 또다시 에볼라가 유행할 거라고 확신하고요."

태드는 어깨를 으쓱했다.

"그렇지만 내 연구 결과는 두브체크의 견해를 뒷받침하고 있는걸요. 세 번에 걸쳐 발생한 바이러스들을 모아 리보핵산(RNA)과 캡시드(바이러스 입자를 둘러싼 단백질)를 분리시켜 보았는데 놀랍게도 모두 같은 것이었어요. 결국 같은 주(株)의 바이러스가 원인이 되었다는, 바꿔 말하면 지금까지 발생한 일련의 유행이 동일한 감염원에 의한 것이라는 말이에요. 에볼라는 대개 어느 정도 이변을 일으키는 게 사실이죠. 겨우 850킬로미터 떨어져 있는 아프리카 얌부크와 누자라에서의 최초 발생 때에도 서로 약간씩 다른 바이러스가 원인이었거든요."

"그렇다면 잠복기간은 어떻게 설명할 수 있죠? 어디서고 새로 발생한 환자들의 잠복기간은 모두 고작 이틀 내지 사흘이었어요. 샌디에이고 학회에서 피닉스 감염 사태 발생까지는 무려 3개월이라는 기간이 있고요."

마리사가 항변했다.

"그건 알아요. 그 점이 분명 커다란 고민거리긴 하지만, 바이러스가 커스터드에, 더구나 그렇게 다량으로 어떻게 들어갈 수 있었는지를 밝혀내는 일은 더 어려운 문제라고요."

"그래서 당신에게 원료를 보냈잖아요."

"마리사, 에볼라는 섭씨 60도에서 파괴된다고요. 만약 그 원료 속에 에볼라가 들어 있었다 해도 열을 가하면 감염력은 없어져 버리죠."

"디저트를 날라다준 여종업원이 질병에 걸려 있었어요. 틀림없이 그녀가 커스터드를 오염시킨 거라고요."

"훌륭하군요."

태드가 푸른 눈을 굴리며 말했다.

"하지만 그녀가 암흑대륙인 아프리카에만 존재하는 바이러스에 어떻게 감염됐다는 거죠?"

"그걸 모르겠어요. 하지만 그녀가 샌디에이고 학회에 참석하지 않았다는 것만은 확실해요."

두 사람은 잠시 동안 긴장된 침묵 속에서 식사를 계속했다.

마리사가 갑자기 입을 열었다.

"디저트를 나르는 여종업원이 바이러스에 감염될 만한 장소는 단 한 곳밖에 없어요. 난 그걸 알아요."

"그게 어디죠?"

"바로 이 센터예요."

태드가 먹고 있던 샌드위치를 테이블 위에 올려놓고 눈을 동그랗게 떴다.

"농담 말아요. 그게 지금 뭘 암시하는지 알고 하는 소리예요?"

"단순히 암시하는 게 아니라 사실을 말하고 있는 거예요. 에볼라를 보관해둔 장소는 단 한 곳, 이곳 완전 밀폐실밖에 없다고요."

태드는 믿기지 않는다는 듯이 고개를 가로저었다.

"그런데 태드,"

마리사가 단호한 어조로 말했다.

"당신에게 한 가지 부탁할 게 있어요. 보건국에 가서 최근 1년간 완전 밀폐실에 드나든 사람의 명단을 뽑아주세요."

"그런 일은 하고 싶지 않은데요."

태드가 의자 등받이에 기대어 말했다.

"제발 부탁이에요. 명단 좀 뽑아준다고 해서 다른 사람에게 폐를 끼치는 건 아니잖아요. 당신은 얼마든지 구실을 찾을 수 있을 거예요."

"명단을 뽑는 게 문제가 아니에요. 그런 일은 전에도 한 적 있다고요. 난 다만 당신의 망상적인 이론에 부채질하고 싶지 않아요. 당신과 관리직 사람들, 특히 두브체크와의 사이도 더 나빠질 테고요."

"어처구니없네요. 명단을 건네주었다고 해서 당신이 나와 두브체크와의 사이에 휘말려들 이유는 없어요. 그 사람이 그걸 어떻게 알겠어요? 아무도 모를 거예요."

"그야 그렇죠."

태드가 마지못해 대답했다.

"당신이 그걸 아무에게도 보이지만 않는다면요."

"그럼 됐어요."

마리사는 마치 일이 결정된 것처럼 말했다.

"오늘 밤 명단을 가지러 당신 아파트로 갈게요. 그래도 되겠죠?"

"그러죠 뭐."

그녀는 태드에게 미소를 지어 보였다. 그는 그녀를 위해서라면 무엇이든 해줄 수 있는 좋은 친구였다. 이 사실을 깨달은 그녀는 풍성한 만족감을 느꼈다. 그것은 그에게 또 한 가지 부탁하고 싶은 일, 다시 말해서 완전 밀폐실에 한 번 더 데려가 주었으면 하는 바람이 있었기 때문이었다.

마리사는 급브레이크를 밟아 자신의 빨간색 혼다를 멈춘 뒤 차에서 내렸다. 길이 급경사를 이루고 있었으므로 만약을 위해 가장자리의 보도블록에 타이어를 바싹 대놓았다. 그녀는 지금까지 태드와 몇 번이나 데이트를 해봤지만 그의 아파트에 가본 적은 한 번도 없었다. 벌써 밤 9시가 되어가는 무렵이라 주위가 완전히 어두워져 있었으므로 현관 앞 계단을 올라간 그녀는 문 앞에서 벨을 찾는 데 애를 먹었다.

태드를 만나는 순간, 그녀는 자신이 갖고 싶어 하는 것을 그가 손에 넣었구나 생각했다. 그가 문을 열면서 싱긋 웃었기 때문이었다.

푹신한 소파에 기대앉은 마리사는 태드가 기르는 커다란 고양이가 바싹 다가오는 것을 바라보며 명단을 기다렸다.

태드는 만족스러운 미소를 띠며 컴퓨터 출력지를 꺼냈다.

"완전 밀폐실의 내부 검사를 하고 있다고 둘러댔죠. 그들은 신경도 쓰지 않던걸요."

첫 페이지를 펼친 마리사는 완전 밀폐실에 들어간 사람들의 이름, 입실 시간, 퇴실시간이 그때그때 정확하게 기록되어 있음을 알았다. 집게손가락으로 명단을 따라 내려가면서 몇 명의 이름을 외웠다. 가장 많이 드나든 사람은 태드였다.

"이 센터에서 가장 착실하게 일하는 사람은 나 하나뿐이라는 사실은 세상이 다 알고 있다고요."

태드가 웃으면서 말했다.

"이렇게 명단이 길 줄은 몰랐어요."

명단 출력지를 훌훌 넘기면서 마리사가 불평하듯 말했다.

"이 명단에 올라 있는 사람들은 모두 아직도 출입하고 있나요?"

태드는 마리사의 어깨에 몸을 기대며 출력지를 들여다보았다.

"첫 페이지로 돌아가 봐요."

태드가 이름 하나를 가리키면서 말했다.

"가스통 듀보아, 이 사람은 이제 오지 않아요. 세계보건기구에서 나온 사람인데 잠깐 들렀을 뿐이에요. 그리고 이 친구……."

해리 롱포드라는 이름을 가리키면서 태드가 말했다.

"이 친구는 하버드대 졸업생인데, 어떤 특정한 연구를 위해 잠시 드나들었을 뿐이에요."

페이지를 넘기다 보니 울버트 대령의 이름과 함께 헤버링이라는 이름이 눈에 띄었다. 이 남자는 9월까지는 정기적으로 꽤 드나들었는데 그 후로는 명단에서 이름이 사라져 있었다. 마리사는 그 사람에 대해 물었다.

"헤버링은 전에 여기서 근무했었는데 6개월 전에 다른 직장으로 옮겼어요. 아무튼 에이즈 소동으로 거액의 보조금이 지급돼서 바이러스학을 연구하는 사람들의 자리이동이 많아진 모양이에요."

"어디로 갔는데요?"

마리사는 페이지를 넘기면서 물었다.

태드가 어깨를 으쓱해보였다.

"그거야 모르죠. 포트 데트릭으로 가고 싶어하는 것 같았는데 울버트와 사이가 좋지 않았던 모양이에요. 헤버링은 머리는 좋았지만 사람들과 사이가 좋지 않은 편이었죠. 두브체크의 자리를 노리고 있다는 소문이 나돌았을 정도니까요. 정말 그렇게 되지 않아서 다행이에요. 만약 그랬으면 내 인생은 비참해졌을 거예요."

마리사는 명단을 넘기다가 1월까지 2주 간격으로 눈에 띄는 글로리아 프렌치라는 이름을 가리키면서 물었다.

"이 여자는 누구죠?"

"글로리아는 기생충 질환 전문가로 매개동물의 바이러스 질환을 연구하러 가끔 찾아오곤 하죠."

마리사는 명단을 둥글게 말아 쥐었다.

"만족했어요?"

"기대 이상은 아니에요. 아무튼 수고했어요. 고마워요. 그런데…… 부탁할 게 한 가지 더 있어요."

"아, 이제 그만! 나 좀 살려줘요."

"어머, 그렇게 어려운 부탁은 아니니 마음 놓으세요. 로스앤젤레스, 세인트루이스, 피닉스에서의 에볼라가 모두 같은 바이러스 주였다고 했죠? 어떻게 그런 결론을 내리게 되었는지 꼭 확인해보고 싶어요."

"그 데이터는 완전 밀폐실에 보관돼 있다고요."

태드가 가느다란 목소리로 대답했다.

"그런데요?"

"당신은 허가를 받지 못했잖아요."

태드는 그녀에게 그 사실을 다시 한 번 상기시켜주었지만, 그녀의 다음 말을 대강 짐작하고 있었다.

"그 안에서 연구할 수 있는 허가는 받지 못했죠. 하지만 그건 혼자서 들어가면 안 된다는 뜻이지, 당신과 함께라면 이야기는 달라요. 특히 아무도 없을 경우엔 말이에요. 요전에 날 들여보냈을 때도 나중에 아무 문제가 없었잖아요."

태드는 그녀의 부탁을 받아들이지 않을 수 없었다. 지난번에 아무런 귀찮은 일이 발생하지 않았으니 한 번 더 부탁을 들어준다고 해서 나쁜 것은 없을 것 같았다. 더구나 다른 직원을 그 안에 데리고 들어가

선 안 된다고 특별히 주의를 받은 것도 아니니 잘 몰라서 그랬다고 변명할 수도 있었다. 태드는 그녀에게 이용당하고 있다는 것을 뻔히 알면서도 마리사의 매력에는 도저히 어쩔 수가 없었다. 더구나 그는 자신의 일에 긍지를 가지고 있었고 그것을 항상 남에게 자랑해보이고 싶어 했다. 그녀라면 틀림없이 그의 업적에 감탄할 것이라고 태드는 확신했다.

"좋아요. 언제 가고 싶어요?"

"지금 어때요?"

태드는 손목시계를 내려다보았다.

"지금도 괜찮은 시간이군요."

"그런 다음 한잔하러 가죠. 내가 살게요."

마리사는 핸드백을 집어 들다가 문 옆 선반 위에 태드의 열쇠와 완전 밀폐실 출입카드가 올려 있는 것을 발견하고는 눈여겨보아두었다.

마리사의 차가 세워져 있는 곳까지 걸어가는 동안 태드는 최근 자신이 몰두해 있는 연구에 대해 자세히 이야기해주었다. 마리사는 듣고 있긴 했지만 반쯤은 건성으로 들어 넘겼다. 그녀의 관심은 다른 데 있었기 때문이었다.

전에 그랬듯이 두 사람은 CDC의 바깥 현관에서 명부에 사인을 하고 들어가 마치 마리사의 사무실로 가는 것처럼 가장하고 중앙 엘리베이터로 향했다. 마리사의 사무실이 있는 층에 도착한 그들은 계단으로 한 층을 내려가 건물을 잇는 좁은 통로를 지나서 바이러스과 병동으로 들어갔다.

마리사는 태드가 육중한 강철 문을 열기 전에 그의 비밀번호 43-23-39를 불러주었다.

태드는 감동이라도 한 듯이 그녀를 바라보았다.

"맙소사, 대단한 기억력이군요!"

"잊어버렸어요? 그건 내 몸 사이즈라고요."

태드는 코를 킁킁거리며 웃었다.

태드가 바깥쪽 조정구역에서 전등과 압착 펌프에 스위치를 넣자 마리사는 전에 들어왔을 때와 같은 불안감을 느꼈다. 마치 SF 영화의 한 장면같이 분명 어딘가 두려운 구석이 숨어 있는 방 같았다. 탈의실로 들어선 두 사람은 아무 말 없이 옷을 갈아입었다. 먼저 면으로 된 수술 가운을 입고 그 위에 헐렁한 비닐 옷을 걸쳤다. 그리고 마리사는 태드를 따라서 공기 호스를 매니폴드에 연결했다.

"당신도 이제 프로가 다 됐군요."

검사실 내부의 전등 스위치를 올리면서 태드가 말했다. 그리고 마리사에게 공기 호스를 빼고 옆방으로 들어가라는 시늉을 해보였다.

나갈 때 페놀 소독액을 뒤집어쓸 작은 방에서 태드가 오기를 기다리는 동안 마리사는 또다시 불쾌한 폐소 공포증을 맛보았다. 그런 기분을 간신히 억누르며 중앙에 있는 좀 더 넓은 방으로 들어가자 마음이 한결 편해졌다. 그동안 바이러스 실험을 해본 덕분에 여러 가지 기구들이 전보다 친근하게 느껴졌다. 조직 배양 인큐베이터며 크로마토그래피(흡착제를 이용해 혼합물을 분리시키는 방법) 장치까지 이제는 친숙했다.

가까운 매니폴드에 공기 호스를 연결하고 나서 태드는 그녀에게 오라고 손짓했다. 그리고 낯선 유리기구들이 너저분하게 놓여 있는 작업대 쪽으로 그녀를 데리고 가서 에볼라 바이러스에서 어떻게 리보핵산과 캡시드를 분리했는지를 설명하기 시작했다.

마리사는 그의 말을 건성으로 듣고 있었다. 그녀가 정말 알고 싶은 것은 에볼라가 어디에 보관되어 있는가였다. 그녀는 볼트로 단단히 고정시킨 기밀문 쪽을 흘끗 쳐다보았다. 아마도 그 안 어딘가에 있을 것 같았다. 마리사는 태드가 잠시 입을 다문 틈을 타서 그 보관 장소를 가르쳐주지 않겠느냐고 물었다.

그는 잠시 망설이다가 기밀문 쪽을 가리켰다.

"이쪽이에요."

"봐도 되죠?"

마리사가 물었다.

태드는 어깨를 으쓱해 보이며 따라오라고 손짓했다. 그리고 방 한쪽 구석으로 뒤뚱뒤뚱 걸어가서 조직 배양 인큐베이터 곁에 있는 장치 하나를 손으로 가리켰다.

"이 안에 있다고요?"

마리사는 놀랍고도 실망스러워서 태드에게 물었다. 자물쇠를 단단히 채워놓은 그럴듯한 용기를 상상하고 있었기 때문이었다.

"우리 고향 집에 있는 냉동고 같은데요."

"그래요. 액화 질소의 냉각액을 넣어둘 수 있도록 개조한 거예요."

태드는 그렇게 말하고 나서 액화 질소를 주입하는 호스를 가리켰다.

"온도를 영하 70도로 유지해서 말예요."

냉동고는 몸통 전체를 쇠사슬로 칭칭 감아 손잡이 쪽에서 다이얼 자물쇠로 단단히 잠그게 되어 있었다. 태드는 자물쇠를 들어 올리고 다이얼을 돌렸다.

"누군지 몰라도 이걸 생각해낸 사람은 유머 감각이 뛰어난 것 같아요. 암호가 6-6-6(불길한 숫자)이거든요."

"그렇다면 별로 안전할 것 같지 않군요."

태드가 어깨를 으쓱하며 말을 받았다.

"하지만 누가 이곳에 들어오겠어요? 청소부 아주머니요?"

"농담 아녜요."

"출입카드 없이는 이곳에 아무도 들어올 수 없다고요."

태드는 그렇게 말하면서 자물쇠를 열고 쇠사슬을 벗겨냈다. 마리사는 왠지 모르게 위축감을 느꼈다.

태드가 냉동고의 뚜껑을 열자 마리사는 뭔가 튀어나올 것만 같아 조심스럽게 안을 살펴보았다. 차갑게 피어오르는 성에 사이로 보이는 것은 금속 기구에 꽂혀 있는 수천 개의 작은 병들이었는데, 그것들은 각각 플라스틱 마개로 닫혀 있었다.

태드는 비닐 보호의로 감싼 자신의 손으로 냉동고 뚜껑 안쪽에 낀 성에를 걷어내고 바이러스를 종류별로 분류시킨 도표를 마리사에게 보여주었다. 그리고 에볼라를 찾느라 냉동고 안을 뒤적였는데, 그 광경은 마치 생선가게에서 냉동된 생선을 찾는 것 같았다.

"당신의 에볼라가 여기 있군요."

병을 골라낸 태드가 그렇게 말하면서 마리사 쪽으로 병을 던지는 시늉을 해보였다.

깜짝 놀란 마리사는 병을 잡으려고 자신도 모르게 팔을 뻗었다. 태드의 웃음소리가 옷에 뒤덮여 희미하게 메아리치듯 들려왔다. 마리사는 가슴이 오그라드는 듯한 불안감을 느꼈다.

태드가 그녀에게 병을 받으라고 말했지만 그녀는 고개를 가로저었다. 왠지 모르게 공포감에 휩싸였기 때문이었다.

"아무것도 아닌 것처럼 보이지만, 이 안에는 10억 마리의 바이러스가 들어 있다고요."

그는 냉동된 검체들을 가리키며 말했다.

"자, 이제 충분히 보았으니 닫아두는 게 좋겠어요."

그가 병을 제자리에 되돌려놓고 냉동고 문을 닫은 다음 원래대로 쇠사슬로 칭칭 감아 자물쇠를 채우는 동안 그녀는 한마디도 하지 않았다. 그 일이 끝나고 나서야 마리사는 방안을 빙 둘러보았다. 이곳은 낯선 장소이긴 하지만 놓여 있는 기구들은 비교적 친근해보였다.

"이곳에 일반검사실에는 없는 특별한 것이 있나요?"

"일반 검사실에서는 공기를 밀폐시키거나 감압 장치를 달진 않죠."

"아니, 실험기재들 중에서 말예요."

태드는 주위를 빙 둘러보다가 검사실 중앙의 작업대 바로 위에 설치된 후드를 발견했다.

"이건 제3형 HEPA 공기 여과장치라고 하죠. 당신이 말한 게 이런 건가요?"

"당연하죠. 이런 걸 만들려면 특별 주문을 해야 한다고요."

마리사는 태드가 서 있는 후드 바로 아래까지 걸어갔다. 그것은 스토브 위에 달린 거대한 송풍기처럼 보였다.

"이런 건 어디서 만드나요?"

"여길 보세요."

태드가 후드 옆에 붙어 있는 금속 라벨을 가리키며 말했다. 거기에는 '인디애나 주 사우스밴드 의학용구 제작소'라고 쓰여 있었다. 마리사는 최근 이것과 비슷한 후드를 주문한 사람이 있지 않을까 생각했다. 바보 같은 생각이라는 것을 알면서도 피닉스에서의 사건이 커스터드와 관련되어 있을 거라는 확신을 가진 뒤로 그녀는 그 감염들이 어떤 유형이든 고의적인 사건일지 모른다는 생각을 포기할 수 없었다. 만일 그렇지 않다면 적어도 누군가가 실험을 하다가 결정적인 실수를 했는지도 모른다.

"당신이 내 일에 흥미를 갖고 있는 줄 알았는데요."

태드가 불쑥 말했다.

"물론이죠. 다만 이곳 분위기에 약간 압도되었을 뿐이에요."

태드는 자신이 어디까지 말했는지를 묻고는 또다시 설명을 늘어놓기 시작했다. 마리사는 한 귀로 듣고 한 귀로 흘려들으며 의학용구 제작소의 이름과 주소를 머릿속에 새겨두었다.

"자, 소감이 어때요?"

태드는 마침내 이야기를 모두 끝내고 물었다.

"감동적이에요."

마리사가 대답했다.

"······그런데 목이 좀 칼칼하네요. 아까 말한 대로 한잔하러 가는 게 어때요?"

나가는 길에 태드는 자신의 비좁은 사무실로 그녀를 데려가 자신이 끝낸 최종 실험 결과가 정확히 들어맞았음을 말해주며 세 지역에서의 감염이 전부 같은 것이었다고 강조했다.

"미국에서의 바이러스 주와 아프리카의 것을 비교해봤어요?"

"그건 아직 안 해봤어요."

"그 양쪽의 그래프나 도표는 가지고 있어요?"

"물론이죠."

태드는 서류함으로 다가가 아래 서랍을 열었다. 그 안에는 마닐라지(목재 펄프에 마닐라 삼을 섞어 만든 종이)로 된 서류철이 잔뜩 들어 있어서 꺼내는 데 애를 먹었다.

"이쪽이 수단 것이고, 이쪽이 자이르 것이에요."

그것을 책상 위에 올려놓은 태드는 다시 자리에 앉았다.

마리사는 처음에 꺼낸 서류를 펼쳐보았다. 도표는 어느 것이나 비슷해보였지만 태드는 에볼라의 6개 단백질에는 중대한 차이점이 있다고 지적했다. 마리사는 다음 서류를 펼쳤다. 태드는 몸을 앞으로 숙여 자이르의 도표를 뽑아들고 그것을 완성된 지 얼마 되지 않은 미국 바이러스의 도표 옆에 나란히 놓았다.

"믿을 수가 없어!"

그는 다른 도표들을 몇 장 꺼내어 책상 위에 순서대로 나열했다.

"왜 그러죠?"

"내일 이것들을 모두 분광광도계[spectrophotometer, 분광기와 광전관(光電管) 등을 조합하여 빛스펙트럼의 세기 분포를 측정하는 장치]에 넣고 확인해봐야겠어요."

"뭘 확인한다는 거예요?"

"구조적으로 이 바이러스들은 거의 똑같단 말이에요."

"제발 쉬운 말로 설명해줘요. 무슨 말인지 모르겠어요."

"1976년 자이르에서의 바이러스 주와 미국에서 세 번에 걸쳐 발생한 바이러스 주가 아주 똑같다고요."

마리사와 태드는 한참 동안 서로 얼굴만 쳐다보고 있었다. 마침내 그녀가 입을 열었다.

"그렇다면 1976년 자이르에서 1987년 피닉스까지가 관련이 있는 감염이라는 거잖아요."

"그런 일은 실제로 있을 수가 없죠."

다시 도표를 들여다보며 태드가 말했다.

"하지만 방금 당신이 그렇게 말했잖아요."

"그랬죠. 하지만 이건 단순히 통계상의 결과일 뿐이에요."

그는 그 푸르스름한 눈으로 그녀를 돌아보며 고개를 가로저었다.

"놀랍다고밖에 말할 수 없군요."

두 사람은 본관으로 통하는 좁은 통로를 빠져나와 마리사의 사무실로 갔다.

태드가 잠시 기다리는 동안 마리사는 앉아서 짧은 편지를 썼다.

"누구한테 보내는 편지인지 몰라도 꽤 중요한 사람인가 보죠?"

"단지 잊어버리기 전에 해두고 싶은 것뿐이에요."

마리사는 그렇게 말하면서 편지를 봉투에 넣었다.

"자, 오래 걸리진 않았죠?"

그녀는 핸드백에서 우표를 찾아냈다. 수취인은 인디애나 주 사우스 밴드 의학용구 제작소였다.

"도대체 그곳에 뭐라고 써 보내는 거예요?"

태드가 물었다.

"제3형 HEPA 공기 여과장치에 대해 좀 알고 싶은 것이 있어서요."

"뭘요?"

태드가 멈춰 서서 걱정스러운 얼굴로 물었다. 그녀에게 충동적인 면이 있다는 것을 그는 익히 잘 알고 있었다. 아무래도 완전 밀폐실에 다시 데려간 것이 잘못이었나 보라고 그는 생각했다.

"자, 자!"

마리사가 웃으며 말했다.

"만일 두브체크가 계속해서 그 완전 밀폐실을 사용하지 못하게 한다면 내가 직접 방을 따로 하나 만드는 수밖에 없잖아요."

태드가 다시 뭐라고 말하려 했지만, 마리사는 그의 팔을 붙잡고 엘리베이터 쪽으로 끌고 갔다.

5월 17일
침입자

마리사는 마음속에 기대하는 것이 있어서 아침 일찍 일어났다. 말끔하게 갠 봄날 아침이어서 그녀는 태피와 함께 조깅을 하면서 맑은 공기를 마음껏 만끽했다. 태피도 좋은 날씨를 즐기기라도 하듯 마냥 마리사의 주위를 빙빙 돌며 뛰어다녔다.

마리사는 집에 돌아와 샤워를 하고 옷을 갈아입으면서 텔레비전을 조금 보고 8시 30분에 CDC로 향했다. 그녀는 사무실에 들어가자마자 서류 캐비닛 위에 가방을 올려놓고 책상 앞에 앉았다. 그녀는 통계적으로 미국의 에볼라와 1976년 자이르의 에볼라가 같을 수 있는 가능성에 대해 확인할 만한 정보를 꼭 얻고 싶었다. 그녀의 추측대로 맞다면, 이것은 계획적으로 짜인 일일지 모른다는 그녀의 의혹에 과학적인 뒷받침이 되어주는 것이다. 그러나 일은 잘 진척되지 않았다. 책상 위 녹색 깔판 위에 메모지가 놓여 있어서 들여다보니 닥터 두브체크의 방으로 급히 와달라는 짧은 메시지였다.

그녀는 바이러스 병동으로 건너갔다. 철책이 둘러쳐진 이 좁은 통로는 밤에 걸을 때는 안정감을 주었지만 지금 밝은 햇살 아래에서 보니 왠지 감옥 같은 생각이 들었다. 두브체크의 비서가 아직 출근 전이었으므로 마리사는 열려 있는 문에 노크를 하고 들어갔다.

두브체크는 책상 앞에 앉아 몸을 구부린 채 편지를 읽고 있다가 그녀를 올려다보며 문을 닫고 들어와 앉으라고 말했다. 마리사는 두브체크의 검은 눈이 자신의 일거일동을 유심히 바라보고 있음을 느끼며 그의 지시대로 따랐다.

방안에는 늘 그렇듯이 의학 논문 복사물들이 산더미같이 쌓여 있어서 더없이 복잡해보였다. 두브체크 자신은 언제나 옷을 말끔하게 차려 입었지만, 방 안의 이런 복잡함 역시 그의 생활양식이 되어버린 것 같았다.

"닥터 블루멘탈."

그가 목소리를 내려 깔고 입을 열었다.

"어제 저녁 당신이 완전 밀폐실에 들어갔다는 얘기를 들었소."

마리사는 아무 말도 하지 않았다. 두브체크는 지금 질문하고 있는 게 아니라 단지 사실을 말하고 있었다.

"정식 허가가 날 때까지 그곳에 출입할 수 없다고 내가 분명히 말해두었을 텐데, 명령을 그렇게 무시하다니 나는 지금 몹시 화가 나 있소. 허락도 없이 당신이 태드에게 메디카 병원의 식품 분석을 의뢰한 터라 더더욱 그렇소."

"저는 제 일에 최선을 다하고 있다고 생각합니다."

마리사가 말했다. 그녀의 불안감은 곧 분노로 바뀌었다. 로스앤젤레스에서 단호히 거절당한 일을 그는 아직도 잊지 않고 마음속 깊이 품고 있는 게 틀림없었다.

"난 당신의 그런 최선이 마땅치 않다는 거요."

두브체크가 날카로운 어조로 쏘아붙였다.

"모두들 에이즈 히스테리를 일으키고 있는 이 시점에 센터가 일반 대중에게 가져야 할 막중한 책임감을 당신은 충분히 인식하지 못하고 있는 것 같군."

"그건 잘못 알고 계신 겁니다."

마리사가 두브체크에게 대항하듯 대답했다.

"저는 일반 대중에 대한 책임감을 매우 진지하게 느끼고 있습니다. 따라서 에볼라의 위협을 과소평가하는 것이 오히려 무책임한 행동이라고 생각합니다. 에볼라의 유행이 이제 끝났다고 믿을 만한 과학적인 근거는 아무것도 없습니다. 또다시 발생하기 전에 꼭 그 원인을 찾아내야만 하고, 그러기 위해 저는 최선을 다하고 있는 겁니다."

"닥터 블루멘탈, 당신은 이곳 책임자가 아니란 말이오!"

"그건 잘 알고 있습니다, 두브체크 선생님. 만일 제가 책임자라면 닥터 리히터가 아프리카에서 에볼라를 묻혀 왔다는 공식적인 견해에는 찬성하지 않았을 겁니다. 여하튼 그것은 6주간이라는 말도 안 되는 잠복기간을 인정하는 거니까요. 그리고 닥터 리히터가 바이러스를 들여온 게 아니라면 단 하나 생각할 수 있는 출처는 이 센터밖에 없습니다."

"그런 무책임한 억측에는 도저히 참을 수가 없소!"

"선생님은 억측이라고 말씀하시지만 저는 어디까지나 사실을 말씀드리는 겁니다."

마리사는 벌떡 일어나면서 말을 이었다.

"포트 데트릭에도 에볼라는 보관되어 있지 않았습니다. 에볼라 바이러스를 보관하고 있는 곳은 이 센터밖에 없습니다. 자전거용 체인을 칭칭 감아 놓은 냉동고에 보관되어 있더군요. 세상에 널리 알려진 끔찍한 바이러스의 보관법치고는 너무 허술하다고 생각하지 않습니까? 그리고 그 완전 밀폐실의 경비를 생각하신다면 저 같은 별 볼일 없는 사람조차 들어갈 수 있었다는 사실을 잊지 마세요.”

그로부터 두세 시간 뒤, 대학병원에 도착한 마리사가 그곳 카페테리아의 위치를 물었을 때까지도 그녀의 몸은 여전히 부들부들 떨리고 있었다. 그녀는 지금까지 살아오는 동안 권력에 맞서 싸운 적이 한 번도 없었다. 또한 당장 방에서 나가라고 명령하던 두브체크의 얼굴을 생각하니 마음이 울적해졌다. 역학 정보기관에서의 생활도 이것으로 끝장이라고 생각하며 그녀는 마구 차를 몰았다. 이제부터 어떻게 해야 좋을지 그녀는 감을 잡을 수가 없었다. 문득 랠프를 생각해낸 그녀는 그의 충고라도 들을 생각으로 그에게 전화를 걸었다. 마침 수술을 끝내고 잠깐 쉬고 있는 그와 통화할 수 있었다. 그는 점심시간에 만나기로 쾌히 약속해주었다.

대학병원의 카페테리아는 흰색 타일이 깔린 바닥에 노란색 테이블이 줄지어 늘어서 있어서 산뜻한 느낌을 주었다. 마리사는 구석 테이블에서 손을 흔들고 있는 랠프를 발견했다.

만날 때마다 하던 버릇대로 랠프는 마리사가 가까이 다가오자 자리에서 일어나 그녀를 위해 의자를 당겨주었다. 눈물이 쏟아질 것 같았지만 마리사는 억지로 그에게 웃어보였다. 정중하고 우아한 그의 태도가 수술복과는 전혀 어울리지 않았다.

“바쁘실 텐데 시간을 내주셔서 고마워요.”

마리사가 말했다.

“천만에요. 당신을 위해서라면 얼마든지 시간을 낼 수 있어요. 도대체 무슨 일이 있었는지 말해봐요. 전화상으로는 몹시 당황해 있는 것 같던데……."

"우선 식사부터 하죠."

잠시 뜸을 들인 것이 다행이었다. 두 사람이 음식이 든 쟁반을 들고 자리로 돌아왔을 때는 마리사도 마음이 매우 안정되어 있었다.

"센터에서 안 좋은 일이 좀 있었어요."

그녀는 로스앤젤레스에서의 두브체크의 태도와 호텔에서의 일을 랠프에게 털어놓았다.

"그래서 여러 가지로 일이 어렵게 되었죠. 물론 내 탓도 있겠지만 전부 내 책임이라곤 생각하지 않아요. 어쨌든 문제는 남녀간의 트러블이었어요."

"그건 두브체크답지 않은 행동이군요."

랠프가 눈살을 찌푸리며 말했다.

"날 믿어주는 거죠?"

"당연하죠. 하지만 당신의 문제를 전부 그 불행한 사건 탓으로만 돌리는 건 좀 무리인 것 같군요. 당신은 센터가 정부기관이라는 사실을 잊어선 안 돼요. 남들이 그 사실을 무시한다 하더라도 말이에요."

랠프는 샌드위치를 베어 물고 잠시 뜸을 들였다가 말을 이었다.

"질문 하나 해도 될까요?"

"물론이에요."

"나는 당신의 친구이고 항상 당신에게 깊은 관심을 가지고 있다는 사실을 믿죠?"

마리사는 이 남자가 대체 무슨 이야기를 하려는 걸까 생각하면서 고개를 끄덕여 보였다.

"그럼 솔직히 말할게요. 난 전부터 센터 내에서 당신이 공적인 규칙을 따르지 않는다고 달갑지 않아하는 사람들이 있다는 말을 들었어요. 내 충고를 들을 거라고는 생각지 않지만 아무튼 말해두고 싶군요. 관료 조직 속에서는 적당한 시기가 올 때까지 자기 의견을 마음속에 간직해두어야만 해요. 노골적으로 말해서 당신은 잠자코 있으면서 많이 배우고 익혀야 한다는 거예요. 나도 한때 군대생활을 해봐서 그걸 잘 알죠."

"에볼라에 대한 내 견해에 대해 말하는 거죠?"

마리사가 항변하듯 물었다. 랠프의 말이 옳다는 것을 알면서도 그녀는 상처를 받았다. 그녀 스스로는 일을 잘해왔다고 생각하고 있었다.

"에볼라에 대한 당신의 견해는 문제 중 극히 일부분에 지나지 않아요. 단지 당신은 지금까지 팀의 한 사람으로서 행동해오지 않았다는 거죠."

"누가 그런 말을 하던가요?"

마리사가 도전적으로 물었다.

"그걸 말해준다 해도 아무런 해결책이 나오지 않아요."

"나는 잠자코 있을 수 없어요. 그리고 무엇보다도 에볼라에 대한 센터의 견해에 찬성할 수 없어요. 모순투성이인 데다 의문점에 대해서도 전혀 답해주질 않아요. 그 의문점 중 한 가지는 어젯밤 몰래 완전 밀폐실에 들어가 보고서야 풀렸지만 말예요."

"그게 뭔데요?"

"에볼라가 끊임없이 변한다는 건 알려진 사실이죠. 그런데 이 미국에서 발생한 세 차례의 에볼라는 모두 같은 것이었고, 더욱 놀라운 건 그것이 1976년 자이르에서 유행한 것과 똑같은 에볼라라는 사실이에요. 난 도저히 이 병이 자연적으로 발생한 거라고는 생각할 수 없어요."

"어쩌면 당신 말이 맞는지도 모르죠. 하지만 당신은 공직자의 입장에서 그에 따라 행동하지 않으면 안 돼요. 설사 에볼라가 또다시 유행한다 해도, 부디 그런 일이 없기를 바라지만, 센터는 그것을 억제할 수 있을 거요. 난 그걸 믿어요."

"과연 그럴지 매우 의문스럽군요. 피닉스에서 발표한 통계를 보면 실망할 거예요. 347명이 죽었고 살아난 사람은 거우 13명에 불과하다는 사실을 당신은 믿을 수 있겠어요?"

"그 통계는 나도 들어서 알고 있어요. 하지만 초기 발생환자가 84명이나 되었던 것에 비하면 당신네 스태프 진들은 대단한 일을 한 거라고요."

"만일 당신네 병원에서 에볼라가 발생했다면 당신은 아마 '대단한'이란 말은 할 수 없었겠죠?"

"그건 당신 말이 맞을 거요. 앞으로 언제 또다시 에볼라가 위세를 떨칠지 모른다고 생각하면 소름이 끼칠 정도니까. 그래서 난 더욱 센터의 공식적인 견해를 믿어요. 만약 그대로라면 두려움은 갖지 않아도 될 테니까 말이에요."

"아차!"

마리사가 갑자기 안색이 변하며 소리쳤다.

"내 일만 걱정하느라 태드에 대해서는 깜박 잊고 있었어요. 나를 그 방에 데려가준 사람이 태드라는 걸 두브체크가 틀림없이 알았을 텐데. 돌아가서 태드가 어떻게 되었는지 알아봐야겠어요."

"조건 하나만 들어주고 가요. 내일은 토요일이에요. 당신과 함께 저녁식사를 하고 싶군요."

"그래요. 그럼 내일 저녁을 기대하겠어요."

마리사는 몸을 숙여 랠프의 이마에 키스했다. 그는 정말 친절하다, 여기에 약간의 매력만 첨가된다면 훨씬 좋을 텐데 하고 그녀는 생각했다.

차를 몰아 CDC로 돌아오자 마리사의 마음은 두브체크에 대한 분노에서 해고당할지도 모른다는 불안감과 자신의 행동에 대한 자책으로 바뀌어 갔다. 실제로 그녀는 랠프가 말한 대로 팀의 한 사람으로서 행동하고 있지 않았다.

그녀는 바이러스와 병동 연구실에서 에이즈에 대한 새로운 연구 계획에 매달려 있는 태드를 발견했다. 에이즈는 역시 이 CDC의 최우선 과제였다. 마리사의 모습을 본 태드는 얼굴 앞으로 양팔을 들어 올려 수비하는 자세를 취해보였다.

"그렇게 혼났어요?"

마리사가 물었다.

"혼난 정도가 아니에요."

태드가 대답했다.

"미안해요. 그런데 그가 어떻게 알았을까요?"

"내게 묻더군요."

"그래서 말했어요?"

"그럼요. 난 거짓말을 못하거든요. 당신과 데이트를 하느냐고도 묻더군요."

"그래서 그렇다고 말했어요?"

마리사가 얼굴을 붉히며 물었다.

"말해서 안 될 것도 없잖아요? 그래야 닥터 두브체크도 최소한 내가 아무나 그 방에 데려가는 사람이 아니라는 걸 알 수 있을 테고요."

마리사는 깊이 한숨을 내쉬었다. 무슨 일이든 모든 사람에게 떳떳이 드러내는 것이 가장 편할지도 모른다. 그녀는 태드의 어깨에 손을 얹으며 말했다.

"당신을 복잡한 일에 끌어들여서 정말 미안해요. 오늘 저녁식사를 준비하는 것으로 보상이 될까요?"

태드의 얼굴이 환해졌다.

"그거 좋죠."

저녁 6시가 되자 태드가 마리사를 데리러 그녀의 사무실로 왔다. 그리고 각자 자기 차를 타고 슈퍼마켓으로 갔다. 저녁에 양고기 구이를 먹기로 하고, 태드가 정육점 주인이 고기를 토막내주는 것을 기다리는 동안 마리사는 감자와 채소를 샀다. 마리사가 차 트렁크에 채소를 싣자 태드는 도중에 잠깐 주류상에 들러 와인을 사 가지고 그녀의 집으로 뒤따라갈 테니 그동안 요리를 준비해달라고 말했다.

비가 오기 시작해서 작동시킨 와이퍼의 리드미컬한 소리를 듣고 있자니 그날 하루 동안 잃어버릴 뻔했던 희망이 또다시 솟아오르는 것 같았다. 그녀는 월요일에 맨 먼저 두브체크를 만나 사과해야겠다고 생각했다. 두 사람 다 성인이니 잘 해결할 수 있을 것이다.

그녀는 도중에 조그마한 빵집에 들러 파이 2개를 샀다. 집 뒤쪽까지 차를 몰고 들어간 마리사는 가능한 한 채소를 들고 걸어가지 않으려고 차를 후진해서 주차했다. 해가 완전히 지지 않았는데도 날은 어두컴컴했다. 태드보다 먼저 올 수 있어서 다행이라고 생각하며 마리사는 손을 더듬어 열쇠를 찾아 자물쇠에 꽂았다. 그리고 팔꿈치로 스위치를 눌러 불을 켠 다음 테이블 위에 커다란 갈색 봉투를 올려놓았다. 경보장치를 껐을 때, 그녀는 태피가 뛰어나오지 않는 것이 이상하게 생각되었다. 저드슨 부부가 데려갔나 보다 생각하면서 태피를 큰소리로 불렀다. 한 번 더 불러보았지만 집 안은 이상하리만치 조용했다. 짧은 복도를 지나 거실 쪽으로 가서 소파 가까운 곳의 스위치를 올렸다.

"태ー피!"

태피의 이름을 길게 불러보았다. 가끔 부주의로 태피를 2층 침실에 가두어 둔 일이 있었으므로 혹시나 해서 2층으로 마구 뛰어올라가다가 그녀는 문득 창문 아래 바닥에 태피가 묘하게도 머리를 비틀고 쓰러져 있는 것을 발견했다.

마리사는 필사적으로 태피에게 뛰어가 무릎을 꿇었다. 그러나 태피의 몸에 손을 대기도 전에 누군가가 뒤에서 그녀의 목을 움켜잡고 현기증이 날 정도로 힘껏 끌어당겼다. 그녀는 반사적으로 팔을 들어 상대방의 팔을 붙잡았지만 그것은 나무토막처럼 단단했다. 있는 힘을 다해 봐도 목덜미를 움켜잡은 남자의 손을 밀어낼 수는 없었다. 옷이 찢어지는 소리가 들렸다. 그녀는 뒤돌아서 침입자의 얼굴이라도 확인하려고 했지만 그것 역시 불가능했다.

경보 장치의 비상용 버튼이 윗옷 주머니에 들어 있었다. 그녀는 주머니에 손을 집어넣어 그것을 누르려고 필사적으로 더듬거렸다. 그러나 다 되었다고 생각하는 순간, 그녀는 머리를 한 방 얻어맞고 바닥에 쓰러졌다. 귀청이 찢어질 듯한 경보 소리가 울리고 어떻게든 일어나려고 할 때 침입자를 향해 외치는 태드의 목소리가 들려왔다. 비틀거리면서 뒤를 돌아보니 태드가 체격이 건장하고 키가 큰 남자와 싸우고 있는 모습이 보였다.

멈추지 않는 경보음에 귀를 틀어막으면서 그녀는 현관 쪽으로 뛰어가 문을 열어젖히고 저드슨의 집 쪽을 향해 큰소리로 도움을 요청했다. 잔디밭을 가로질러 경계로 심어진 관목을 빠져나가 저드슨네 집 쪽에 이르렀을 때 저드슨이 현관문을 열었다. 그녀는 경찰을 불러달라고 그에게 소리치고는 설명할 틈도 없이 그대로 뒤돌아서 집 쪽으로 뛰어갔다. 경보음은 도로에 줄지어 선 나무들을 진동시킬 만큼 크게 메아리치고 있었다.

그녀가 입구의 계단을 2개씩 뛰어올라가 거실로 들어가 보니 아무도 보이지 않았다. 겁에 질린 마리사는 놀라서 복도를 지나 부엌으로 가보았지만 뒷문만 살짝 열린 채 아무도 없었다. 그녀는 벽 쪽으로 손을 뻗어 경보장치를 껐다.

"태드!"

거실로 돌아와 1층 응접실을 들여다보며 소리쳐봤지만 그곳에도 태드는 없었다. 그때 저드슨이 몽둥이를 휘두르며 활짝 열린 현관으로 들어왔다. 두 사람은 함께 부엌을 빠져나가 뒷문으로 해서 밖으로 나가보았다.

"아내가 경찰에 전화를 걸고 있는 중입니다."

저드슨이 말했다.

"친구와 함께예요."

점점 더해가는 불안감에 허덕이며 마리사가 말했다.

"누가 이쪽으로 오고 있어요."

저드슨이 손가락을 들어 그쪽을 가리키며 말했다. 소나무 숲 사이로 한 사람이 다가오는 것이 보였다. 태드였다. 마리사는 안도의 숨을 내쉬고 달려가 그의 목에 팔을 감고는 어찌된 영문인지를 물었다.

"한심하게도 내가 얻어맞고 쓰러졌어요."

머리를 어루만지면서 그가 말했다.

"일어나 보니 그 녀석은 벌써 밖으로 나가 버렸더군요. 차를 대기시켜 두었던 모양이에요."

마리사는 태드를 부엌으로 데리고 가서 젖은 수건으로 이마를 닦아주었다. 다행히 상처는 살짝 긁힌 정도였다.

"그 녀석 팔이 마치 몽둥이 같더군요."

태드가 말했다.

"이 정도의 상처로 끝나서 정말 다행이에요. 뒤를 쫓아가거나 하는 것은 좋지 않아요. 총이라도 갖고 있으면 어떻게 될지 모르잖아요."

"영웅이 될 생각은 별로 없었어요. 그런데 그 녀석은 줄곧 서류가방을 끌어안고 있더군요."

"서류가방이라고요? 서류가방을 들고 다니는 도둑도 있나요?"

"그뿐 아니라 옷도 깔끔하게 입고 있었어요. 이 점은 꼭 말해둘 필요가 있을 것 같군요."

"상대방의 인상착의를 정확히 알아볼 수 있었어요?"

태드는 어깨를 으쓱해보였다.

"글쎄요. 눈 깜짝할 순간이어서……."

멀리서 이쪽을 향해 달려오는 경찰차의 사이렌 소리가 들려왔다. 저드슨이 손목시계를 들여다보면서 말했다.

"상당히 빨리 오는군."

"태피!"

그제야 강아지를 생각해낸 마리사가 외마디 비명을 지르며 거실로 뛰어가자 태드와 저드슨도 그녀의 뒤를 따라갔다.

태피는 옴짝달싹하지 않았다. 마리사가 몸을 숙여 조심스럽게 강아지를 안아 올렸지만 태피의 머리는 힘없이 축 늘어졌다. 목이 완전히 부러져 있었다.

그때까지 감정을 억누르고 있던 마리사가 갑자기 미친 듯이 울기 시작했다. 저드슨이 그녀를 달래면서 그녀로부터 강아지를 건네받았다. 태드는 그녀를 끌어안고 가능한 한 위로해주려고 애를 썼다.

경찰차가 번쩍이는 불빛과 함께 집 앞에 정차하자 제복차림의 경관 2명이 차에서 내렸다. 눈치 빠르고 유능해 보이는 그들은 곧 침입 경로를 발견했다. 거실 유리창이 깨져 있었던 것이다. 그래서 처음에 경보가 울리지 않았던 거라고 경관이 마리사에게 설명해주었다. 침입자는 유리창을 부수고 새시를 올린 다음 숨어들어온 것이다.

경관들은 민첩하게 사건의 정보를 수집해나갔다. 불행하게도 마리사와 태드는 침입자의 팔이 딱딱했다는 것 외에 별다른 인상착의를 기억해낼 수 없었다. 잃어버린 물건은 없느냐는 질문에 마리사는 아직 모르겠다고 대답했지만 태피에 대해 이야기할 때는 또다시 울기 시작했다.

병원에 가보겠냐는 경관의 제의에 그녀가 정중히 거절하자 그들은 언제라도 연락해달라는 말을 남기고 돌아갔다. 저드슨도 필요할 때 언제든 도움을 청하라며 태피의 사체에 대해서는 걱정하지 말도록 하고, 깨진 유리창도 내일 수리해주겠노라며 돌아갔다. 마리사와 태드는 갑자기 자기들 두 사람만 달랑 남겨진 것을 깨달았다. 둘은 부엌 테이블에 마주앉았다. 채소도 아직 봉투에 들어 있는 채였다.

"일이 이렇게 되어버려서 정말 미안해요."

마리사는 지끈거리는 머리를 어루만지면서 말했다.

"바보 같은 소리 말아요."

태드가 나무라듯이 말했다.

"둘이서 저녁이나 먹으러 갈까요?"

"음식점엔 가고 싶지 않아요. 그렇다고 이대로 있고 싶지도 않고……. 당신 집에 가서 식사를 준비하는 게 어떻겠어요?"

"그거 좋죠. 자, 가요!"

"그럼 옷 갈아입을 동안 잠깐만 기다려줘요."

마리사가 말했다.

5월 20일
연구팀에서 내쫓기다

　월요일 아침, 마리사는 아직까지도 두려움에 가득 차 있었다. 지난 주말에는 일이 전혀 손에 잡히지 않았다. 그중에서도 금요일은 그녀의 일생 중 최악의 날이었다. 두브체크와 충돌이 있었고 정체불명의 괴한에게 습격을 당해 태피를 잃었다. 습격을 당한 직후에는 마음에 받은 충격에서 가능한 한 벗어나려고 애썼다. 그러나 시간이 흐를수록 그 충격은 오히려 온몸에 사무쳐 왔다. 그녀는 태드를 위해 저녁을 준비해주고 그대로 그의 집에 머물렀다. 그날 밤은 태피를 죽인 침입자에 대한 분노와 눈물 속에서 뜬눈으로 보냈다.

　토요일에는 태드와 저드슨 부부가 그녀를 위로하고 힘을 북돋아주었음에도 불구하고 여전히 어찌할 바를 모르고 있었다. 토요일 저녁에는 예정대로 랠프를 만났다. 그는 잠시 휴가를 내는 것이 어떻겠느냐고 하면서 2, 3일간 카리브 해에 데려가 주겠다고까지 말했다. 그는 잠시 여행을 하고 돌아오면 CDC의 내부도 안정될 거라고 그녀를 설득했다. 그러나 마리사가 어떻게든 일을 계속하고 싶다고 강경하게 버텼으므로, 그렇다면 에볼라 외의 다른 일에 몰두해보는 것이 좋겠다고 권유했다. 마리사는 그 말에도 고개를 저었다.

"정 그렇다면 적어도 더 이상 풍파가 일어나지 않도록 해요."

랠프가 말했다.

두브체크는 천성은 좋은 사람인데 사랑하는 아내를 잃어버린 충격에서 겨우 헤어나려는 중이므로 마리사도 그에게 한 번 더 기회를 줘야 한다는 것이 그의 의견이었다. 적어도 그 점에 대해서는 그녀도 동의할 수 있었다.

두브체크와 또다시 충돌하는 것은 두려웠지만 여하튼 그와의 관계를 호전시키는 데 최선을 다하기로 마음먹고 마리사는 CDC로 갔다. 그녀가 자신의 사무실로 들어갔을 때, 그녀의 책상 위에는 또다시 메모용지가 그녀를 기다리고 있었다. 두브체크가 보냈을 거라고 생각했는데, 봉투를 들어보니 그것은 역학 정보기관의 소장이며 실질적으로 마리사의 상사인 닥터 카보나라에게서 온 편지였다. 자신도 모르게 가슴이 철렁 내려앉는 것을 느끼면서 봉투를 뜯어보니 곧장 자기 사무실로 와달라는 내용이 쓰여 있었다. 그다지 좋은 일은 아닐 성싶은 불길한 예감이 그녀의 뇌리를 스쳤다.

닥터 카보나라의 사무실은 2층에 있었다. 마리사는 어쩌면 해고당할지도 모른다는 불안감을 느끼면서 계단을 내려갔다. 그의 사무실은 넓고 쾌적했다. 한쪽 벽에는 커다란 세계지도가 붙어 있었고 그 위에 현재 역학 정보원들이 파견되어 있는 장소들이 빨간 핀으로 표시되어 있었다.

아버지 같은 느낌을 주는 닥터 카보나라는 희끗희끗한 머리를 흐트러뜨린 채 조용한 어투로 전화통화를 하는 중이었다. 그는 통화가 끝날 때까지 앉아 있으라고 마리사에게 손짓했다. 그리고 잠시 후 수화기를 내려놓고 그녀에게 따뜻한 미소를 지어보였다. 그 미소를 보는 순간 마리사는 마음이 약간 놓였다. 그녀를 해고시킬 듯한 기색은 조금도 보이지 않았다. 오히려 그는 괴한에게 습격을 당한 데다 강아지까지 잃어 얼마나 마음이 아프냐며 그녀를 위로해주었다. 그 말에 그녀는 깜짝 놀랐다. 태드와 랠프와 저드슨 씨 외에 그 일을 알고 있는 사람이 있을 거라고는 생각지도 못했기 때문이었다.

"당신에게 휴가를 줄 생각이에요. 그렇게 참혹한 일을 당한 뒤니 잠시 여행을 다녀오는 것도 좋지 않겠습니까?"

"그렇게까지 마음을 써주셔서 고맙습니다. 하지만 전 이대로 계속 일하고 싶습니다. 항상 에볼라가 마음에 걸리고 감염 사태는 아직 끝나지 않았다는 생각이 들어서요."

닥터 카보나라는 파이프를 꺼내어 마치 종교의식이라도 행하듯 천천히 불을 붙였다. 파이프에 불이 확실히 붙은 것을 확인하고 나서 그는 다시 입을 열었다.

"에볼라 문제에 있어 약간 곤란한 일이 발생해서 말입니다. 오늘 부로 당신을 바이러스과에서 세균과로 옮기기로 했습니다. 사무실은 그대로 써도 좋아요. 단 지금까지의 일은 일단 그만두고 새로운 일을 맡게 된 거죠. 이 새로운 부서에서도 지금까지와 마찬가지로 보람을 느낄 수 있을 거요."

그는 파이프를 힘 있게 빨아들이고 나서 훅 하고 잿빛 연기를 뿜었다. 마리사로서는 엄청난 충격이었다. 부서 이동이란 곧 해고나 마찬가지가 아닌가!

"당신에게 얼마든지 다른 이유를 댈 수도 있지만, 사실은 이 센터의 소장이신 닥터 모리슨이 직접 당신을 바이러스과에서 자리를 옮겨 에볼라에서 손을 떼게 하라고 지시하신 겁니다."

"그 말씀은 믿을 수가 없군요. 닥터 두브체크가 그랬겠죠!"

마리사가 단호하게 말했다.

"아니, 닥터 두브체크가 아니오. ……이러한 결정에 그도 별로 반대하지는 않았소만."

그는 강조하듯이 말했다.

마리사가 빈정거리듯 웃어보였다.

"마리사, 당신과 두브체크와의 사이에 개인적인 충돌이 있었다는 건 알고 있소. 하지만……."

"남녀 간의 트러블이었다고 말씀하시는 게 옳을 겁니다. 그분의 구애를 거절해서 자존심을 상하게 한 뒤로 그분은 계속해서 제게 고통을 주고 있죠."

마리사가 끼어들어 말했다.

"그런 이야기까지 듣게 되다니, 정말 유감스럽소."

닥터 카보나라가 온화한 어조로 설명했다.

"차라리 두 사람 모두를 위해 자초지종을 털어놓는 게 나을 것 같군요. 닥터 모리슨이 하원의원인 캘빈 마크햄의 전화를 받았답니다. 그는 연방보건사회부 예산 심의 소위원회의 원로 격이오. 당신도 알다시피 이 소위원회가 우리 센터의 예산을 좌지우지하고 있잖소. 당신을 에볼라 팀에서 빼라고 주장한 사람은 바로 그 하원의원이지 닥터 두브체크가 아닙니다."

마리사는 할 말을 잃었다. 미국의 하원의원이 이 CDC의 소장에게 직접 전화를 걸어서 그녀를 에볼라 연구 팀에서 빼라고 했다니, 도저히 믿을 수 없는 이야기였다.

"마크햄 의원이 특별히 제 이름을 거명한 겁니까?"

마리사가 간신히 기어들어가는 목소리로 물었다.

"그래요. 나로서도 믿을 수 없는 일이지만."

"그런데 왜죠?"

"아무런 설명도 없었어요. 게다가 이건 단순한 의뢰가 아니라 명령입니다. 정치적인 이유라 우리로서는 어쩔 도리가 없습니다. 당신이 그걸 이해해주리라 믿어요."

마리사는 고개를 좌우로 흔들었다.

"바로 그 점을 전 이해할 수 없군요. 하지만 다시 생각해보니 휴가를 주시겠다는 제의는 받아들여야 할 것 같습니다. 아무튼 제겐 시간이 필요하니까요."

"좋아요. 내가 곧 조치하겠소. 쉬고 나면 기분전환이 되어 또다시 일할 수 있을 겁니다. 당신의 업무 태도에 대해서는 전혀 불만이 없습니다. 실제로 우리는 지금까지 당신의 실적에 대해서 감탄하고 있을 정도니까요. 에볼라 발생에 대해서는 우리 모두 두려움을 갖고 있어요. 앞으로 당신은 장내 세균 팀의 중요한 일원이 될 겁니다. 그리고 그 부서와 닥터 헤리에트 샘도르라는 과장과도 잘 지낼 수 있으리라 믿어요."

마리사는 여러 가지 복잡한 생각들로 뒤얽힌 채 집으로 향했다. 그녀는 태피의 비참한 죽음을 잊기 위해 일에 몰두하고 싶었다. 그리고 해고당할지 모른다고는 생각했지만 휴가를 얻으리라고는 예상하지 못했다. 카리브해 여행을 제안한 랠프에게 그것이 진심이었는지를 물을까 하다가 그러기에는 여러 가지 적합하지 않은 일들이 있었으므로 그만두었다. 랠프는 친구로서는 좋았지만 그 선에서 한 걸음 더 내디딜 생각이 있는지에 대해서는 스스로 확신할 수 없었기 때문이다.

태피의 기뻐 날뛰는 마중이 없는 집 안은 쥐 죽은 듯 조용했다. 마리사는 침대로 들어가 이불을 뒤집어쓰고 싶은 생각에 강하게 사로잡혔지만, 그렇게 하면 떨쳐버리기로 마음먹었던 우울증에 지고 만다는 생각에 마음을 고쳐먹었다.

그녀는 자신이 에볼라 연구 팀에서 쫓겨나야만 하는 이유에 대해 닥터 카보나라가 늘어놓은 변명을 받아들일 수가 없었다. 의원의 권고가 이렇게 빨리 실행에 옮겨질 리는 없었다. 마크햄이 두브체크와 친한 사이인지 아닌지를 조사해보면 알 수 있는 일이었다. 보통 때라면 이쯤에서 물러서겠지만 이번에는 절대로 포기하지 않겠노라고, 마리사는 쭈글쭈글해진 베개를 바라보며 생각했다. 요전에 랠프와 헤어지고 난 뒤의 우울한 기억이 아직도 가슴속에 또렷하게 남아 있었다. 이쯤에서 포기하고 그때처럼 사태를 인정하는 대신 뭔가 하지 않으면 안 된다고 그녀는 스스로 다짐했다. 그러나 문제는 무엇을 하느냐였다.

세탁물을 정리할 생각으로 옷을 구분하고 있는데, 짐을 챙겨둔 슈트케이스가 눈에 띄었다. 그녀에게는 그것이 무슨 신의 계시와도 같이 느껴졌다. 그녀는 반사적으로 수화기를 집어 들고 델타항공에 전화를 걸어 워싱턴행 다음 편을 예약했다.

"출입구로 들어서면 바로 안내가 있을 겁니다."

의원들의 회관으로 쓰이는 건물 계단을 가리키며 이 고장 지리에 밝은 택시 운전사가 일러주었다.

마리사가 안으로 들어가 금속 탐지기를 통과하는 동안 제복 차림의 경비원이 그녀의 핸드백을 열어 내용물을 조사했다. 마크햄 의원의 사무실 위치를 묻자 그는 5층에 있다고 가르쳐주었다. 약간 복잡하게 얽힌 복도를 따라가면서—중앙 엘리베이터는 4층까지밖에 운행하지 않는 모양이었다—마리사는 이 건물이 전체적으로 지저분한 데 깜짝 놀랐다. 엘리베이터의 벽면은 낙서로 가득 차 있었다.

마크햄 의원의 방은 쉽게 찾을 수 있었다. 사무실 문이 약간 열려 있어서 그녀는 아무 말 없이 안으로 들어갔다. 갑자기 쳐들어가는 것이 유리할 거라고 생각했기 때문이다. 그러나 유감스럽게도 그는 자리에 없었다.

"의원님은 휴스턴에 가 계셔서 사흘 후 돌아오실 예정입니다. 시간 약속을 정해드릴까요?"

"글쎄요."

그를 만날 수 있는지 확인해보고 왔으면 좋았을 걸, 무턱대고 애틀랜타에서 훌쩍 날아온 것이 약간은 미련스럽게 여겨졌다.

"의원님의 사무관을 맡고 있는 에이브럼스와 얘기해보시겠습니까?"

"그럴까요?"

이렇게 대답은 했지만 사실 마크햄을 만나 뭘 어쩔 것인지조차 그녀는 생각지 못하고 있었다. 의원이 두브체크의 부탁을 받아 자신을 에볼라 연구 팀에서 쫓아낸 것인지 단도직입적으로 묻는다면 분명 마크햄은 전적으로 그 사실을 부정할 것이다. 그녀가 계속해서 이것저것 생각하고 있는 사이에 착실해 보이는 한 젊은 남자가 그녀에게 다가와 마이클 에이브럼스라고 자신을 소개했다.

"무슨 일로 오셨습니까?"

그가 손을 내밀며 물었다. 그는 25세쯤 돼 보이는 얼굴에 새까만 머리카락과 처음에 생각했던 것만큼 성실하지는 않은 것 같은 큰 입을 벌리고 싱글싱글 웃고 있었다.

"둘이서 이야기할 만한 곳이 없을까요?"

마리사가 물었다. 그들은 비서의 책상 앞에 서 있었던 것이다.

"물론 있죠."

마이클은 그렇게 말하고 그녀를 의원 사무실로 안내했다. 그곳은 마호가니 책상이 놓여 있는, 천장이 높은 방이었다. 책상 한쪽에는 성조기가, 그리고 다른 쪽에는 텍사스 주 기가 놓여 있었다. 또 한쪽 벽에는 마크햄 의원이 최근 대통령은 물론, 각계의 유명 인사들과 악수하고 있는 사진들로 도배되어 있었다.

"저는 닥터 블루멘탈이라고 합니다."

자리에 앉자마자 마리사가 입을 열었다.

"제 이름을 들어본 적이 없으신가요?"

마이클은 고개를 저으면서 친절하게 대답했다.

"제가 어떻게요?"

"혹시 알고 계신가 해서요."

마리사는 지금부터 얘기를 어떻게 전개해나갈까 생각하면서 말했다.

"휴스턴에서 오셨나요?"

마이클이 물었다.

"애틀랜타에서 왔습니다. 센터에서요."

마리사는 뭔가 심상치 않은 반응이 나오지 않을까 하여 상대방을 바라보았지만 그는 아무 반응도 보이지 않았다.

"센터라고요? 공식적인 일로 오셨습니까?"

"아뇨. 단지 이곳 의원님께서 우리 센터와 무슨 관계를 갖고 계신지 그걸 여쭙고 싶어서요. 그분이 특별히 센터에 관심을 갖고 계신가요?"

"'특별히'라는 말은 정확한 표현이 아닌 것 같은데요."

마이클이 조심스럽게 대답했다.

"의원님께서는 모든 분야의 보건사업에 관심을 갖고 계시니까요. 사실 마크햄 의원은 다른 의원들에 비해 보건관계 법률을 상당히 많이 제안하셨습니다. 최근에는 외국 의과대학 졸업생들의 입국을 제한하는 법안이나 불법의료 행위의 강제조정에 관한 법안, 불법의료 행위의 제정에 대한 연방정부 개입의 한도를 확정하는 법안 그리고 HMO(건강유지조직), 즉 회비 선납제 건강관리 시스템의 확대를 규제하는 법안 등을 제안하셨습니다……."

마이클은 여기까지 말하고 나서 숨을 돌렸다.

"훌륭하시군요. 정말로 의원님께서는 미국 의료에 깊은 관심을 갖고 계시는 것 같네요."

"그렇습니다. 그분의 아버님 역시 개업의사로서 그 방면에서는 아주 뛰어난 분이시죠."

"그런데 당신이 아는 바로는 특별히 저희 센터에 관심을 갖고 계신 건 아니란 말이죠?"

"제가 아는 한 그렇습니다."

"더구나 당신은 그분에 대해 거의 모르는 것이 없으시죠?"

마이클이 빙그레 웃었다.

"시간 내주셔서 정말 고맙습니다."

마리사는 일어서면서 말했다. 마이클 에이브럼스에게는 더 이상 들을 것이 없다고 직감했다.

밖으로 나온 마리사는 새삼 실망감에 젖어들었다. 궁지에 몰린 자신을 구해줄 어떤 적극적인 방법이 어딘가 있을지도 모른다는 생각도 차차 식어갔다. 사흘 동안 쓸데없이 서성거리며 마크햄 의원이 돌아오기만을 기다리고 있어야 할지, 아니면 이대로 곧장 애틀랜타로 돌아가야 할지 그녀는 마음을 정할 수가 없었다.

마리사는 정처 없이 국회의사당 쪽으로 천천히 걸어갔다. 이미 조지타운에 호텔 방을 예약해두었으니 이대로 눌러 앉아도 괜찮을 것 같았다. 그러나 국회의사당의 위풍당당한 모습을 보니, 마크햄 같은 고위직에 있는 사람이 설사 두브체크의 친구라 하더라도 왜 이토록 자신을 괴롭히는 걸까 하는 생각이 들었다. 그때 순간 섬광처럼 떠오르는 생각이 있어서 그녀는 택시를 세우고 잽싸게 올라탔다.

"연방 선거관리 위원회요. 위치는 알고 계시죠?"

잘생긴 흑인 남자가 운전석에 앉아 있다가 뒤를 돌아보며 말했다.

"아가씨, 이 지역에서 내가 모르는 곳이 있다면 요금을 받지 않겠어요."

마리사는 안심하고 의자에 편히 기대앉았다. 15분 후 차는 워싱턴 다운타운의 초라한, 그러나 약간은 현대적인 갈색 건물 앞에서 멈췄다. 제복 차림의 경비원은 들어가기 전에 명부에 이름을 기록해야 한다고 말할 뿐, 그녀에게 아무런 주의사항도 일러주지 않았다. 어느 부서로 가야 좋을지 몰라 결국 그녀는 1층에 있는 사무실로 들어가 보았다. 회색 철제 책상 앞에서 4명의 여자들이 바쁘게 타이프를 치고 있었다.

마리사가 가까이 다가가자 그중 한 여자가 고개를 들고 무슨 일이냐고 물었다.

"어느 하원의원의 선거자금에 대해 알고 싶은데요. 그런 기록이 공개되는 걸로 들었거든요."

마리사가 미소를 지으며 말했다.

"그럼요."

여자는 몸을 일으키며 대답했다.

"원하시는 게 기부금 쪽인가요, 아니면 지출 쪽인가요?"

"기부금 쪽이 좋을 것 같군요."

마리사가 어깨를 으쓱해 보이면서 말했다.

"의원님 이름은요?"

"마크햄, 캘빈 마크햄이에요."

그 여자는 루스 리프(용지를 마음대로 뺐다 끼웠다 할 수 있는 노트나 장부)의 검은 노트들이 잔뜩 쌓여 있는 둥근 테이블 쪽으로 걸어가 해당되는 책자를 찾아서 M자 페이지를 펼쳤다. 그리고 의원의 이름 뒤에 붙어 있는 번호를 보고 그와 관련된 마이크로필름의 카세트를 찾을 수 있다고 설명해주었다. 그녀는 거대한 카세트 선반이 있는 곳으로 마리사를 데리고 가 해당되는 카세트를 꺼내어 그것을 마이크로필름의 확대기 안에 집어넣었다.

"어느 선거에 대해 알고 싶으세요?"

자료번호를 입력시킬 준비를 하며 그녀가 물었다.

"최근 것으로요."

마리사는 말은 그렇게 했지만 어떤 것을 주문해야 좋을지 아직도 알 수가 없었다. 다만 마크햄이 두브체크나 CDC, 어느 한쪽과 연결되어 있는지를 알고 싶을 뿐이었다.

그때 갑자기 기계가 소리를 내며 움직이기 시작했다. 그러나 자료들이 스크린 위로 지나가는 속도가 너무 빨라서 제대로 알아볼 수가 없었다. 여자는 마침내 버튼을 누르고 스피드 조절법을 마리사에게 가르쳐주었다.

"복사가 필요하시면 한 장에 10센트예요. 이곳에 넣어주세요."

그녀는 동전 넣는 구멍을 가리켰다.

"혹시 도중에 상태가 좋지 않으면 소리쳐서 불러주세요."

마리사는 필요한 자료가 무엇인지도 모르거니와 또 기계를 조작하는 데도 서툴러서 한참을 고생했다. 그러나 마크햄의 재선을 위해 수많은 금고에 기부한 사람 모두의 명단과 주소 일람표를 보았을 때, 마리사는 그가 자신의 지반인 텍사스뿐만 아니라 전국적인 규모로 재정을 원조 받고 있다는 것을 알게 되었다. 그녀는 하원의장이나 당 자금위원회 의장도 아닌 그가 이렇게 전국적인 후원을 받고 있다는 게 좀 특이하게 생각되었다. 또한 기부자들의 대부분이 의사여서 이것만으로도 마크햄이 얼마나 보건관계 입법에 전력을 쏟고 있는지를 알 수 있었다.

기부자들의 이름은 알파벳 순서로 되어 있었다. 그녀는 D자 항을 주의 깊게 찾아보았지만 두브체크의 이름은 실려 있지 않았다. 어쩌면 이것은 처음부터 어리석은 생각이었는지도 모른다. 두브체크가 무슨 돈이 있어서 권력 있는 의원을 좌지우지했겠는가? 그가 마크햄과 교섭을 벌였다면, 그것은 돈 관계는 아닐 것이다. 마리사는 웃음이 나왔다. 문득 자신이 태드에게 세상 물정을 모르는 사람이라고 핀잔을 준 일이 생각났기 때문이었다.

그녀는 기부자의 명단을 모두 복사해서 나중에 틈날 때마다 다시 한 번 살펴보기로 했다. 그중 어떤 의사는 6명이나 되는 아이들을 두고도 그와 그 가족에게 있어 허용되는 최고액의 돈을 기부하고 있었다. 이것이 진정한 원조일 것이다.

개인 기부자의 명단 끝에는 지지하는 단체의 리스트가 실려 있었다. 그중 하나인 '의료인 하원 정치활동위원회'라는 곳은 텍사스의 어느 석유회사보다도 많은 돈을 기부하고 있었다. 그 전의 선거 때로 거슬러 올라가 보았지만 여전히 같은 단체의 이름을 발견할 수 있었다. 이것은 분명 상설 단체로서 마크햄에게는 귀중한 존재임이 틀림없었다.

마리사는 여직원에게 인사하고 밖으로 나와 택시를 잡았다. 러시아

위의 교통 혼잡으로 차가 느리게 움직이는 동안 마리사는 개인 명단을 다시 한 번 들여다보았다. 그런데 갑자기 그녀는 종이를 떨어뜨릴 뻔했다. 그 중간쯤에서 닥터 랠프 햄스턴의 이름을 발견했기 때문이었다. 이것은 분명 우연임에 틀림없었지만 세상이 이토록 좁다는 데 놀라지 않을 수 없었다. 그러나 곰곰이 생각해보면 이상할 것도 없었다. 언제나 랠프에 대해 걱정되는 것 중 하나가 그의 보수성이었는데, 마크햄 의원 같은 사람을 지지하는 것은 과연 그다운 일이었기 때문이다.

마리사가 기분 좋게 호텔 로비를 가로질러 간 것은 5시 반쯤이었다. 자그마한 신문 판매대 옆을 지나가는데 《워싱턴포스트》지의 헤드라인이 눈에 띄었다.

'에볼라 또다시 발생!'

자석에 이끌리듯 마리사는 안으로 뛰어 들어가 신문을 뽑아들고 헤드라인 밑을 읽었다.

'하늘이 내린 새로운 형벌, 동성애의 거리를 위협하다.'

마리사는 핸드백에서 잔돈을 꺼내어 신문을 사 가지고 엘리베이터 쪽으로 걸어가면서 계속 기사를 읽어내려 갔다. 신문은 필라델피아 바로 외곽에 있는 펜실베이니아 주 에빙턴의 버슨 병원에 에볼라로 보이는 환자가 3명 발생했으며 근교 마을로 번져갈 것으로 보인다는 공포의 뉴스를 전하고 있었다.

엘리베이터 안에서 자신의 방이 있는 층의 버튼을 누르던 마리사는 이번 발생은 얼마든지 조기에 억제시킬 수 있으므로 걱정할 것 없다는 두브체크의 말이 인용되고 있음을 발견했다. CDC는 과거 세 차례의 발생을 통해 바이러스 억제수단을 여러 가지 마련해놓았다고 쓰여 있었다.

또 필라델피아의 동성연애자 권리운동의 리더 중 한 사람인 피터 카보의 이야기도 인용되고 있었다. 아프리카에서 건너온, 이 새롭고 에이즈보다 훨씬 더 위험한 바이러스에 지금까지 동성연애자는 한 명도 감염되지 않았다는 사실을 주시해주었으면 좋겠다는 이야기였다.

마리사는 방으로 들어가 신문의 사진 난을 펼쳐보았다. 버슨 병원의 입구를 막아놓은 경찰의 바리케이드는 피닉스를 떠올리게 했다. 기사를 다 읽은 그녀는 신문을 옷장 위에 올려놓고 거울에 자신의 모습을 비춰보았다. 그녀는 지금 휴가 중이고 더구나 에볼라 팀에서 공적으로 떨어져 나온 신세였다. 하지만 그녀는 즉시 자세한 내역을 알아봐야겠다고 생각했다. 에볼라와 지금까지 대결해온 것을 생각하면 망설이고 있을 여지가 없었다.

필라델피아는 워싱턴과 바로 이웃이고 기차로도 충분히 갈 수 있는 거리임을 생각하면서 그녀는 그곳으로 떠날 자신의 결심을 정당화시켰다. 그러고는 서둘러 짐을 꾸리기 시작했다.

필라델피아 역을 나온 마리사는 에빙턴까지 택시를 타고 갔다. 생각했던 것보다 요금이 훨씬 많이 나왔다. 다행히도 지갑 안에 여행자용 수표를 가지고 있었고 운전사도 아무 말 없이 그것을 받아주었다. 버슨 병원 밖에서 마리사는 신문에서 본 대로 경찰의 바리케이드와 마주쳤다. 안으로 들어가기 전에 그녀는 신문기자에게 안에 통행이 차단되어 있는지를 물었다.

"아직은 아닙니다."

기자가 대답했다. 그는 마침 지나가는 의사에게 이야기를 들어보려던 참이었다. 경관은 통행차단 명령이 내려질 것에 대비하여 한쪽에서 있었다. 마리사가 경비원 중 한 사람에게 CDC의 신분증명서를 슬쩍 내보이자 그는 별 의심 없이 그녀를 통과시켜 주었다.

이 병원은 로스앤젤레스나 피닉스에서의 에볼라 발생 현장과 마찬가지로 상당히 깨끗한 새 건물이었다. 안내소를 향해 걸어가면서 마리사는 왜 이 바이러스는 뉴욕이나 보스턴의 지저분한 시내 병원이 아닌 우아하고 깨끗한 신축병원들만을 노리는 걸까 하고 생각했다.

로비에는 많은 사람들이 모여서 웅성거리고 있었지만 피닉스에서와 같은 소통은 없었다. 사람들은 걱정은 하면서도 두려움에 떨고 있는 것 같지는 않았다. 안내소 남자가 마리사에게 환자들은 6층 격리병동에 수용돼 있다고 말해주었다. 마리사가 엘리베이터를 향해 막 걸음을 옮겼을 때 그가 뒤에서 고함을 질렀다.

"죄송합니다, 선생님. 저쪽 맨 끝에 있는 엘리베이터를 타세요. 6층까지 가는 것은 그것뿐이니까요."

엘리베이터에서 내리자 즉시 간호사가 다가와 마리사에게 보호의를 걸칠 것을 요청했을 뿐 무슨 일로 왔는지는 묻지 않았다.

마리사는 퍽 다행스럽게 생각하며 마스크를 썼다. 예방 면에서도 안전하거니와 신원을 감출 수도 있기 때문이었다.

"실례합니다만, 센터에서 나온 사람들을 좀 만날 수 있을까요?"

그녀가 말을 걸자 간호사실의 한쪽 구석에서 이야기를 나누고 있던 2명의 여자가 깜짝 놀란 얼굴로 말했다.

"죄송합니다. 누가 올 거라는 말을 듣지 못했거든요."

한 여자가 대답했다.

"센터에서 오신 분들은 한 시간쯤 전에 가셨습니다."

다른 여자가 말했다.

"관리부로 가신다고 한 것 같은데, 그쪽으로 한번 가보세요."

"아뇨, 괜찮습니다."

마리사가 대답했다.

"3명의 환자들은 상태가 어떻습니까?"

"이젠 7명이랍니다."

처음 여자가 이렇게 대답하고 나서 마리사에게 신분을 물었다.

"전 센터에서 왔어요."

그녀는 일부러 이름을 말하지 않았다.

"당신은요?"

"운 나쁘게도 이 병동에 근무하게 된 수간호사예요. 이곳엔 병에 대한 저항력이 떨어진 환자들만 격리했었기 때문에 지금껏 이렇게 치명적인 전염병 환자는 한 번도 없었어요. 센터에서 선생님들이 와주셔서 그나마 살 것 같아요."

"처음에는 좀 놀라게 마련이죠."

마리사는 서슴지 않고 간호사실로 걸어가면서 위로하듯 말했다.

"내 말이 위로가 될지 모르겠군요. 나는 전에 세 차례나 에볼라가 유행하는 병원에 들어가 일을 해봤지만 아무 일도 없었어요."

마리사는 자신이 항상 느끼는 공포심에 대해선 언급하지 않았다.

"진료카드는 이 방에 두었나요?"

"여기 있습니다."

나이가 좀 들어 보이는 간호사가 구석의 선반을 가리키면서 말했다.

"환자는 어때요?"

"심해요. 간호사로서 할 말은 아니지만 이렇게 심한 중병환자들은 지금까지 본 적이 없습니다. 우리가 24시간 내내 간호하고 있는데 무슨 방법을 써 봐도 악화될 뿐이에요."

마리사는 간호사의 마음을 이해할 수 있을 것 같았다. 말기에 접어드는 환자는 간호하는 사람을 의기소침하게 하는 법이다.

"어느 환자가 맨 처음 입원했는지 알 수 있을까요?"

나이 든 간호사가 마리사 쪽으로 다가와 진료카드를 몇 장 넘기더니 그중 한 장을 꺼내어 마리사에게 건네주었다.

"닥터 알렉시가 처음입니다. 하루를 지탱하는 게 놀라울 정도예요."

마리사는 진료카드를 펼쳤다. 기록된 증상들은 모두 눈에 익은 것들이었지만 외국여행이나 동물 실험, 그리고 지난번 세 차례 유행과의 접촉에 대해서는 아무런 기록도 없었다. 다만 눈에 띄는 것은 알렉시가 병원의 안과부장이라는 사실이었다. 마리사는 놀라지 않을 수 없었다. 그렇다면 결국 두브체크의 말이 옳았단 말인가?

이곳에 언제까지 머무를 수 있을지 몰라서 마리사는 여하튼 곧바로 환자를 보기로 했다. 그녀는 보호의를 한 벌 더 걸쳐 입고 일회용 보안경을 쓴 뒤 병실로 들어갔다.

"닥터 알렉시는 의식이 있나요?"

마리라는 이름의 특별 근무 간호사에게 마리사가 물었다.

환자는 조용히 누워서 입을 벌린 채 천장을 바라보고 있었다. 피부는 이미 칙칙한 누런색을 띠고 있어서 죽음에 이르렀음을 한눈에 알 수 있었다.

"의식이 오락가락해요."

간호사가 대답했다.

"이야기를 하시다가도 또 금방 아무 대답이 없어요. 혈압은 다시 떨어지기 시작했고요. 소생술을 할 필요는 없다는 지시가 내려졌어요."

마리사는 씁쓸한 얼굴로 마른침을 삼켰다. 언제나 환자를 포기하는 지령에는 가슴이 아팠다.

"알렉시 선생님."

마리사가 환자의 팔을 조심스럽게 건드리며 말했다. 그가 그녀 쪽으로 고개를 돌렸다. 오른쪽 눈 밑에 커다란 출혈 반점이 보였다.

219

"제가 보이세요, 알렉시 선생님?"

환자는 고개를 끄덕였다.

"최근 아프리카에 다녀오신 적이 있나요?"

닥터 알렉시는 고개를 저었다.

"아니오."

"그럼 2, 3개월 전에 샌디에이고 안검외과학회에 참여하셨었나요?"

환자는 입 속으로 간신히 대답했다.

"네."

두브체크의 주장이 정말 옳았는지도 모른다. 우연의 일치치고는 너무 자주 되풀이되었다. 어떤 유행에서도 최초의 희생자는 모두 안과의사였고, 더구나 모두 샌디에이고 학회에 참석하지 않았는가.

"알렉시 선생님."

단어를 신중하게 선택하면서 마리사가 또다시 말을 걸었다.

"혹시 로스앤젤레스나 세인트루이스나 피닉스에 친구가 있나요? 그분들을 최근에 만나신 적이 있습니까?"

그러나 마리사가 말을 채 끝내기도 전에 환자는 의식을 잃었다.

"계속 이런 상태입니다."

간호사는 그렇게 말하면서 혈압을 한 번 더 재보기 위해 침대 반대쪽으로 갔다.

마리사는 망설였다. 잠깐 더 기다렸다가 다시 질문하는 것이 나을지도 모른다. 그때 환자의 눈 밑 출혈 반점을 새삼 깨달은 마리사는 왜 이런 상처가 생겼느냐고 간호사에게 물었다.

"부인의 말로는 노상강도를 만나셨답니다."

간호사는 이렇게 대답하고 덧붙였다.

“혈압이 점점 내려가고 있어요.”

그녀는 낙담한 듯 고개를 흔들었다.

“노상강도를 만난 것이 발병 전이었답니까?”

마리사가 물었다. 이 점을 정확히 들어두어야 할 것 같았다.

“네, 선생님이 저항하지도 않았는데 얼굴을 후려쳤나 봐요.”

그때 스피커를 통해 인터폰이 울렸다.

“마리, 혹시 그 방에 센터에서 오신 선생님 계신가요?”

간호사는 마리사에게 시선을 주었다가 다시 스피커 쪽으로 고개를
돌렸다.

“네, 여기 계시는데요.”

전파 장해 음이 계속 들리는 것으로 보아 인터폰이 아직 끊어지지
않았음을 알 수 있었다. 어떤 여자의 목소리가 들려왔다.

“닥터 알렉시의 병실에 계신다는군요.”

그러자 또 다른 목소리가 들려왔다.

“됐소, 아무 말도 하지 마시오. 내가 직접 가서 그녀와 얘기할 테니.”

마리사의 맥박이 빨라졌다. 틀림없이 두브체크의 목소리다! 그녀는
숨을 곳을 찾기라도 하듯 방안을 둘러보았다. 문 외에 다른 출구는 없
느냐고 간호사에게 묻고 싶었지만 그것은 우스꽝스러운 일이었고, 무
엇보다 이미 늦었다. 복도에서 발소리가 들려왔기 때문이었다.

보안경을 고쳐 쓰면서 두브체크가 안으로 들어왔다.

“당신이 마리요?”

그가 물었다.

“네.”

간호사가 대답했다.

마리사가 문 쪽으로 걸음을 옮겼지만 두브체크가 그녀의 팔을 붙드

는 바람에 우뚝 멈춰 섰다. 죽어가는 환자 앞에서 이런 식으로 대결하는 것은 어리석은 일이다. 지금까지 자신이 얼마나 많은 규칙을 어겨왔는지 알고 있는 마리사는 두브체크의 반응이 두려웠다. 동시에 그러한 규칙을 어기지 않을 수 없었던 상황에 대해 분노가 끓어올랐다.

"이렇게 해서 대체 어쩔 셈이오?"

그가 무섭게 소리쳤다. 아직까지도 팔을 붙잡은 채였다.

"다른 사람이라면 몰라도 환자 앞에서는 제발 삼가세요."

마리사가 그렇게 말하면서 팔을 빼고 방을 나가자 두브체크가 바로 뒤따라 나왔다. 그녀는 보안경을 벗고 모자와 보호의와 장갑을 벗어 그것들을 모두 적당한 용기 속에 던져 넣었다. 두브체크도 그대로 따라했다.

"당신은 명령을 무시하면서까지 출세할 작정이오?"

그는 간신히 분노를 억누르고 나서 말을 이었다.

"이 일이 당신 눈엔 무슨 장난으로 보이느냔 말이오!"

"그 이야기는 하고 싶지 않습니다."

마리사는 적어도 지금 당장은 두브체크와 이성적으로 이야기를 나눌 수 없다고 판단하고 엘리베이터를 향해 걷기 시작했다.

"그게 무슨 뜻이오? 이야기하고 싶지 않다니?"

두브체크가 흥분한 채 고함을 질러댔다.

"당신, 도대체 어떻게 된 사람이오!"

그가 또다시 그녀의 팔을 꺾어 무리하게 자기 쪽으로 돌려세웠다.

"선생님은 지금 너무 흥분해 있어요. 좀 진정될 때까지 기다리는 것이 좋겠군요."

마리사는 가능한 한 부드러운 어조로 말했다.

"흥분했다고?"

두브체크가 울화통을 터뜨리며 소리쳤다.

"잘 들어요, 아가씨. 난 내일 아침 제일 먼저 닥터 모리슨에게 전화를 걸어 당신에게 휴가가 아닌 휴직을 명하라고 요청하겠소. 만일 내 요구를 받아들여주지 않으면 나는 정식으로 청문회를 요청할 거요."

"그러시죠."

간신히 감정을 억제하면서 마리사가 말했다.

"에볼라가 이렇게 여러 차례 발생하는 데는 분명히 수상쩍은 구석이 있습니다. 그런데 선생님은 그것을 회피하려고만 하는 것 같아요. 공식청문회는 어쩌면 지금 우리에게 가장 필요한 일인지도 모르겠군요."

"쫓아내기 전에 당장 여기서 나가시오!"

두브체크가 소리쳤다.

"기꺼이."

병원을 나왔을 때 마리사는 자신이 떨고 있다는 사실을 깨달았다. 원치 않았던 타인과의 대립, 그리고 또다시 정당한 분노와 피부에 느껴지는 수치스러움에 휩싸여 그녀는 가슴을 쥐어뜯기는 듯한 기분을 떨칠 수 없었다. 그녀가 에볼라 발병의 진상을 쫓아 어느 정도 접근한 것은 분명했지만, 아직도 자신의 의문점을 명확한 형태로 나타낼 수는 없었다. 그것은 그녀 자신도 만족할 만한 가설을 세울 수가 없기 때문이었다.

마리사는 공항으로 가는 도중에도 그 가설에 대해 끊임없이 생각해보았지만 마음에 떠오르는 것은 두브체크와의 끔찍한 만남뿐이었다. 그녀는 그것을 마음에서 쉽게 지워버릴 수가 없었다. 아무런 권한도 없는 그녀가 버슨 병원을 찾아갔다는 것은 분명 위험을 무릅쓴 일이었으므로 두브체크가 화를 내는 것도 무리는 아니었다. 다만 어느 에볼라 유행에서도 최초의 환자가 하나같이 발병 직전에 노상강도를 만났다는 기묘한 사실을 그에게 이야기해주지 못한 것이 아쉬웠다.

애틀랜타로 돌아가는 비행기를 기다리는 동안 마리사는 랠프에게 전화를 걸었다. 그는 아무리 전화를 걸어도 받지 않아서 집에까지 가보았다느니, 이토록 당신을 염려하고 있는데 아무 말 없이 집을 떠나다니 몹시 화가 나 있다느니 하며 불평을 늘어놓았다. 그러고 나서 지금 어디에 있느냐고 물었다.

"워싱턴에 갔었어요. 그리고 지금은 필라델피아고요. 지금 막 돌아가려던 참이에요."

"또다시 에볼라가 발생해서 필라델피아까지 간 거요?"

"네. 요전에 당신과 얘기를 나누고 나서 상당히 많은 일이 있었어요. 말하자면 길어요. 결론부터 말하면, 생각지도 못한 일이 벌어졌죠. 이곳에서 두브체크와 맞닥뜨렸는데, 그 사람 지금 너무 화가 나서 어쩌면 나를 해고할지도 몰라요. 어디 소아과 의사를 써줄 만한 곳 없을까요? 근래에 소아과 일을 해본 적은 없지만."

"문제없어요."

랠프가 피식 웃으며 말했다.

"우리 대학병원에서 일자리를 알아봐줄 수도 있어요. 항공기 편 번호가 어떻게 되죠? 공항까지 차로 마중 나갈게요. 내게 말도 없이 날아갈 정도로 중대한 일이었다면 꼭 이야기를 들어보고 싶군요."

"고마워요. 하지만 그럴 필요 없어요. 내 혼다가 공항에 주차되어 있으니까."

"그럼 집에 가는 길에 들러줘요."

"늦을 것 같은데요."

하긴 텅 빈 자기 집보다는 랠프에게 가는 편이 즐거울지 모른다고 생각하면서 마리사가 말했다.

"우선 센터로 갈 생각이에요. 두브체크가 자리를 비운 동안 하고 싶은 일이 좀 있어서요."

"그건 좋은 생각 같지 않은데요. 대체 뭘 하려고요?"

"대단한 일은 아니에요. 다만 한 번만 더 그 완전 밀폐실에 가보고 싶어서요."

"허가를 받지 않았잖소."

"그거야 어떻게 되겠죠."

"완전 밀폐실 근처엔 얼씬도 하지 말 것! 이것이 내가 해줄 수 있는 충고예요. 애당초 그곳에 들어갔던 게 일을 복잡하게 만든 원인이니까."

"그건 알고 있어요. 하지만 어쨌든 가보겠어요. 난 이미 이 에볼라 사건에 빠져들었거든요."

"그럼 좋을 대로 해요. 하지만 나중에 꼭 들려줘요. 늦더라도 자지 않고 기다릴 테니까."

"그런데…… 랠프!"

마리사는 용기를 내어 물어보기로 했다.

"당신, 마크햄이라는 의원을 알아요?"

잠시 침묵이 흘렀다.

"음, 알아요."

"그 사람의 선거자금에 기부한 적 있나요?"

"이상한 질문을 하는군요. 더구나 장거리 전화라면서."

"있었나요?"

마리사가 고집스럽게 물고 늘어졌다.

"음, 몇 번 했죠. 의료문제에 대한 그의 태도가 마음에 들어서요."

저녁에 다시 이야기하기로 하고 마리사는 전화를 끊었다. 겨우 안심이 되었다. 마크햄에 대한 얘기를 듣게 되어 다행이었고, 더구나 랠프가 기부한 사실을 솔직하게 말해주어서 기뻤다. 그러나 비행기가 날아오르자 불안한 마음이 다시 그녀의 가슴에 되살아났다. 마음속 깊은 곳에 해명되지 않은 채 점점 복잡하게만 뒤얽혀 가는 추측은 너무나도 끔찍했으므로 그것을 구체화시키기가 두려웠다.

그러나 더 두려운 것은 자기 집에 침입자가 있었고, 사랑하는 강아지가 죽었다는 사실이었다. 그것이 단순 범행은 아니었을 거라는 생각이 그녀의 가슴속에서 고개를 들기 시작했다.

5월 20일 밤
사라진 바이러스 표본

마리사는 공항을 나와 곧장 태드의 집으로 향했다. 9시가 가까운 시간이었지만 아무 말 없이 불쑥 찾아가는 것이 좋을 것 같아서 전화를 걸지 않았다.

그의 집 앞에서 차를 멈춘 마리사는 2층 거실에 불이 켜져 있는 것을 보았다.

"마리사!"

태드가 의학잡지를 손에 든 채 현관 앞에 서 있다가 그녀를 발견하고 소리쳤다.

"대체 어떻게 된 일이에요?"

"이 집에 사시는 분을 뵙고 싶어서요."

마리사가 말했다.

"전 땅콩버터를 출장 특매하고 있거든요."

"농담하지 말아요."

"물론 농담이죠."

"안으로 들여보내줄 건가요, 아니면 밤새 여기 서 있을 건가요?"

마리사가 볼을 실룩거리며 말했다. 그녀는 자신이 어느새 이 정도로 대담해진 데 스스로 놀랐다.

"미안해요. 어서 안으로 들어가요."

태드가 옆으로 비켜섰다.

현관문이 열려 있었으므로 마리사는 성큼성큼 계단을 올라가 방으로 들어갔다. 그때 현관 앞 선반 위에 완전 밀폐실 출입카드가 놓여 있는 것을 그녀는 놓치지 않고 눈여겨봤다.

"하루 종일 당신에게 전화했어요."

태드가 말했다.

"대체 어딜 갔었어요?"

"좀 멀리 다녀왔어요."

마리사가 막연하게 대답했다.

"오늘도 참 재미있는 하루였어요."

"당신이 바이러스과에서 세균과로 이동됐다는 얘기는 들었어요. 그리고 휴가 중이라는 얘기도. 도대체 어떻게 된 일이에요?"

"나야말로 영문을 알고 싶네요."

마리사는 태드의 푹신한 소파에 몸을 묻으면서 대답했다. 태드의 고양이가 어디선가 나타나 그녀의 무릎 위로 뛰어올랐다.

"필라델피아는 어때요? 역시 에볼라예요?"

"아무래도 그런 것 같아요."

태드가 그녀의 곁에 앉으며 대답했다.

"일요일에 전화가 왔더군요. 오늘 아침에 겨우 검체들을 받았는데 바이러스가 잔뜩 들어 있었어요."

"역시 같은 바이러스 주던가요?"

"그건 시간이 좀 지나봐야 알 수 있겠어요."

"모두 샌디에이고 학회에서 비롯된 것 같아요?"

"그런 건 난 몰라요."

태드가 약간 가시 돋친 말투로 대답했다.

"내 전공은 바이러스학이지 역학이 아니어서 말예요."

"그렇게 화내지 말아요. 꼭 역학자라야 이상한 낌새를 챌 수 있는 건 아니잖아요. 그런데 당신, 내가 왜 부서를 옮겼는지 알아요?"

"두브체크가 요구했나 보죠."

"아녜요. 텍사스 출신의 하원의원인 마크햄이라는 사람이 닥터 모리슨한테 직접 전화를 걸었대요. 우리 센터의 예산을 결정하는 예산 심의 소위원회에 있는 사람이기 때문에 닥터 모리슨이 그렇게 할 수 밖에 없었겠죠. 하지만 너무 이상하지 않아요? 난 그저 역학 정보기관의 공무원에 지나지 않은데요."

"그렇군요."

태드가 말했다. 마리사는 그가 점점 불안한 기색을 보이자 팔을 뻗어 그의 어깨에 살며시 얹었다.

"태드, 왜 그래요?"

"어쩐지 모든 게 걱정스러워졌어요. 내가 당신을 좋아한다는 건 알고 있죠? 하지만 당신에게는 언제나 말썽이 붙어 다니는 것 같고 난 거기에 말려들고 싶지 않아요. 난 내 일이 소중하거든요."

"나도 당신을 말려들게 하고 싶지는 않아요. 하지만 마지막으로 한 번만 더 부탁을 들어줘요. 그래서 이렇게 늦은 시간에 불쑥 찾아온 거예요."

태드가 고개를 저었다.

"제발 이제 더 이상 내게 규칙을 어기게 하지 말아요."

"다시 한 번 그 완전 밀폐실에 가볼 필요가 있단 말예요. 딱 2, 3분간 만……."

"안 돼요!"

태드가 단호하게 잘라 말했다.

"미안하지만 이제 모험은 하고 싶지 않아요."

"두브체크는 지금 이곳에 없어요. 그리고 이 시간에 그곳에는 아무도 없을 거라고요."

"아니, 난 도와줄 수 없어요."

마리사는 그가 단단히 결심했음을 알아차렸다.

"정 그렇다면 좋아요. 그만두죠."

"정말이에요?"

태드는 그녀가 이토록 쉽게 단념한 데 깜짝 놀랐다.

"정말이라니까요. 하지만 그 방에 데려다줄 수 없다면 하다못해 뭐 마실 거라도 주세요."

"그야 물론이죠."

태드가 그녀의 비위를 맞추려고 애쓰며 말했다.

"맥주와 화이트와인 중에서 뭐가 좋아요?"

"맥주가 좋겠어요."

태드가 부엌으로 갔다. 냉장고 여는 소리가 들렸을 때, 마리사는 재빨리 일어나서 발소리를 죽여 현관으로 갔다. 선반 위를 보니 고맙게도 태드의 출입카드가 2장 놓여 있었다. 하나를 가져가더라도 아마 그가 눈치 채지 못할 것이라고 생각한 그녀는 카드 하나를 집어 주머니에 넣었다. 그리고 태드가 맥주를 들고 돌아오기 전에 얼른 소파로 되돌아왔다.

태드는 롤링 록 한 병을 마리사에게 건네주고 자신도 한 병을 집어 들었다. 그는 또 포테이토 칩 봉투를 뜯어 탁자 위에 올려놓았다. 마리사는 그의 비위를 맞추느라 그의 최근 연구 성과에 대해 물었지만 대답에는 별로 주의를 기울이지 않았다.

"롤링 록을 싫어하나 보죠?"

그녀가 맥주에 거의 입을 대지 않는 것을 보고 태드가 물었다.

"좋아해요. 하지만 목마른 게 아니라 피곤한 것 같아요. 이제 돌아가 봐야겠어요."

마리사가 간신히 몸을 일으키며 말했다.

"자고 가도 돼요."

"고맙지만 집에 돌아가 봐야 해요."

"밀폐실에 데려가 주지 못해서 미안해요."

태드가 몸을 굽혀 그녀에게 키스하며 말했다.

그가 그녀를 끌어안으려는 순간 그녀는 재빨리 현관 쪽으로 몸을 돌려 걸어 나갔다.

태드는 바깥 문이 닫히는 소리를 듣고 나서야 방으로 돌아왔다. 그는 자신이 그녀의 청을 거절할 만큼 분별력 있게 행동한 것이 내심 기쁘면서도 한편으로는 그녀를 실망시켜서 미안하기도 했다.

마리사를 생각하며 서 있던 태드는, 바로 그 위치에서 정면으로 보이는 선반 위에 놓아두었던 카드 하나가 없어진 것을 깨달았다. 주머니에서 잡동사니들을 꺼내 뒤져보고 선반을 위아래로 살펴보았지만 예비 카드는 보이지 않았다.

"빌어먹을!"

그녀가 그토록 쉽사리 단념했을 때 이 잔꾀를 눈치 챘어야 했다. 그녀의 뒤를 쫓아 문을 박차고 밖으로 뛰어나가 보았지만 길에는 사람

그림자도 보이지 않았다. 바람 한 점 없는 무더운 밤에 나뭇잎들만 축 늘어져 있었다.

방으로 돌아와 뭘 어떻게 해야 할지 망설이던 태드는 마침내 시계를 쳐다보고는 전화기 쪽으로 갔다. 마리사를 좋아하지만 이건 너무 지나치다고 생각하면서 그는 전화를 걸었다.

마리사는 CDC를 향해 차를 몰면서, 그녀가 이젠 바이러스과에 근무하지 않는다는 말을 아직 경비원이 두브체크에게서 전혀 듣지 않았기만을 빌었다. 다행히 그녀가 당직 경비원에게 신분증명서를 슬쩍 내보이자 그는 그저 빙긋 웃으며 말했다.

"또 늦게까지 일하십니까?"

여기까지는 순조로웠다. 하지만 혹시라도 경비원이 쫓아올 경우에 대비해 그녀는 우선 자신의 사무실로 갔다. 불을 켜고 책상에 앉아 기다려 보았지만 복도에서는 아무 기척도 들려오지 않았다.

책상 위를 보니 몇 통의 편지가 놓여 있었다. 2통은 제약회사의 광고물이고 나머지 하나는 사우스밴드 의학 용구 제작소에서 온 것이었다. 그녀는 그것을 뜯어보았다.

편지를 쓴 판매원은 우선 자기 회사의 제3형 HEPA 밀폐실용 후드에 대해 질문해준 데 대해 감사의 말을 하고, 이어서 그런 장치는 특별 주문에 의해서만 제작한다며 양해를 구하고 있었다. 그리고 만약 의향이 있다면 보건관계 건축을 특별히 담당하는 건축회사에 의뢰하는 것이 좋을 것 같다고 덧붙였다. 편지의 문의에 대해서는, 당 의학용구 제작소는 작년에 조지아 주 그레이슨에 있는 미생물 전문연구소에서 단 한 대를 제작했을 뿐이라고 했다.

마리사는 전에 이 사무실을 쓰던 사람이 벽에 붙여 놓은 것을 그대로 둔 미국 지도에서 조지아 주 그레이슨을 찾아보았다. 하지만 그곳에는 표시돼 있지 않았다. 다시 그녀는 어딘가에 조지아 주의 지도가 있었던 것을 떠올리고 서랍 속을 뒤져보았다. 마침내 서류선반 속에서 지도를 발견했다. 그레이슨은 애틀랜타에서 차로 2, 3시간 정도의 거리에 있는 작은 마을이었다. 도대체 제3형 HEPA 밀폐실용 후드 같은 것이 이런 곳에서 어떻게 사용되고 있는 걸까?

지도를 서류 선반에 도로 올려놓고 편지는 재킷 주머니에 넣은 다음 마리사는 복도를 엿보았다. 조용한 가운데 엘리베이터도 그녀가 있는 층에 멈춰 있었다. 지금이야말로 행동을 개시할 때라고 생각했다.

바이러스과 병동으로 건너가 두브체크의 사무실 앞을 지날 때 그녀는 혓바닥을 쏙 내밀었다. 유치한 짓이지만 그렇게라도 하고 나니 속이 한결 후련했다. 모퉁이를 돌아 기밀문 앞에 선 그녀는 무의식중에 숨을 멈추고 태드의 카드를 끼워 넣었다. 그리고 비밀번호 43-23-39를 입력시켰다. '짤깍' 하는 기계음이 나면서 문이 열리자 익숙한 페놀 소독액 냄새가 코를 찔렀다.

그녀의 맥박이 갑자기 빨라졌다. 문지방을 넘을 때는 도깨비 소굴에라도 들어가는 것 같은 공포감마저 들었다. 침침한 등불이 동굴을 연상시키는 2층 높이의 공간을 비추면서 뒤얽힌 파이프와 그 그림자를 부각시키고 있어서 그곳은 마치 거대한 거미집 같은 인상을 주었다.

지난번 두 차례의 방문 때 태느가 했던 대로 마리사는 입구 옆의 캐비닛을 열어 차단기를 올렸다. 그러자 불이 켜지고 압착 펌프와 환기장치가 작동하기 시작했다. 기계음은 그녀가 기억했던 것보다 훨씬 커서 그 진동이 바닥을 뒤흔들 정도였다.

혼자 있으니 이 미래파 연구실의 내부가 전보다 훨씬 더 위압감을 주었다. 더군다나 집행유예의 몸으로 규칙 위반을 하고 있다고 생각하면 더욱 용기를 내야만 했다. 지금이라도 누군가에게 발각될지 모른다는 생각에 그녀는 공포감에 휩싸였다.

땀에 젖은 손으로 그녀는 탈의실로 통하는 기밀문의 손잡이를 잡아 돌렸다. 그러나 좀처럼 움직이지 않아 온몸에 힘을 들여서야 겨우 돌릴 수 있었다. '쉭' 소리와 함께 틈이 벌어지면서 문은 바깥쪽으로 활짝 열렸다. 그곳을 빠져 나가자 '쿵' 하고 문이 닫히는 소리가 뒤에서 기분 나쁘게 들렸다.

입을 만한 보호의를 찾고 있으려니 귓속이 먹먹해졌다. 두 번째 문은 여는 데 별로 애를 먹지 않았지만 일이 쉽게 해결될수록 지금 하고 있는 일의 진짜 위험성에 대한 두려움은 점점 더해갔다.

그녀는 걸려 있는 20벌 정도의 비닐 보호의 중에서 몸에 맞는 사이즈를 찾아냈지만 태드의 도움 없이 그 속에 들어가기란 어려운 일이었다. 겨우 옷을 입고 지퍼를 올렸을 때 그녀는 땀에 흠뻑 젖어 있었다.

배전반에서 그녀는 중앙 검사실의 전등만을 찾아 켰다. 동물 사육실로 갈 생각은 없었으므로 다른 곳은 불을 켜지 않고 그대로 두었다. 그녀는 공기 호스를 집어 들고 소독실을 가로질러 연구실의 중앙부로 들어가는 마지막 기밀문을 통과했다.

이곳에서 맨 먼저 해야 할 일은 가까이 있는 매니폴드에 호스를 연결시켜 신선한 공기를 안으로 끌어들임으로써 흐려진 마스크를 맑게 하는 일이었다. '쉭쉭' 소리를 내며 공기가 주입되자 그녀는 마음이 놓였다. 쥐 죽은 듯한 정적 속에서 숨이 막힐 것만 같았다. 그녀는 방 안의 최첨단 실험기구들로 자신의 위치를 확인하고 마침내 냉동고를 찾아냈다. 그녀는 애초에 전등을 전부 켜지 않았던 것을 후회했다. 방 저쪽 끝에서 어두운 그림자가 무서운 바이러스의 불길한 배경처럼 마리사의 공포를 더욱더 부채질하고 있었다.

커다랗게 부풀어 오른 보호의 때문에 뒤뚱거리면서 그녀는 냉동고 쪽으로 걸어갔다. 이렇게 흔해빠진 가정용 전자제품이 최첨단 설비들 틈에 아무렇지도 않게 섞여 있다는 사실이 새삼 어처구니없게 생각되었다. 이 완전 밀폐실 안에서 그것은 컴퓨터 견본 시장에 잘못 섞여든 낡은 부속 기계처럼 어울리지 않는 존재였다.

냉동고 바로 앞에서 발을 멈춘 마리사는 볼트로 단단히 조여 놓은 왼쪽의 기밀문을 가만히 바라보았다. 그 속에 바이러스를 보관해두지 않았다는 말을 들은 터라, 그렇다면 저 안에 무엇을 보관해두었기에 저토록 엄중히 차단시켜놓았을까 생각하며 그녀는 살며시 손을 뻗쳐 볼트를 풀었다. 문을 열자 자욱한 증기가 뿜어져 나왔다. 안으로 들어간 후 얼마 동안은 얼어붙은 구름 속에 서 있는 듯한 느낌이 들었다. 이윽고 육중한 문이 그녀의 공기 호스를 밀어내며 닫히고 그녀는 암흑 속에 갇히고 말았다.

눈이 어둠에 익숙해지자 전등 스위치를 찾아 켰다. 머리 위 전등이 켜지면서 스위치 옆에 있는 온도계를 희미하게 비추었다. 몸을 숙여 들여다보니 바늘이 영하 51도를 가리키고 있었다.

"맙소사!"

마리사는 탄성을 질렀다. 이제야 증기의 원인을 알 것 같았다. 바깥쪽 공기가 이곳 냉기와 만나서 함유되어 있던 수분이 미세한 얼음안개처럼 바뀐 것이다.

마리사는 주위를 둘러보고 나서 짙은 안개를 팔로 휘저어 가며 더 깊숙이 들어갔다. 순간, 눈앞에 펼쳐진 끔찍한 광경에 그녀는 그만 비명을 내질렀다. 비명소리가 보호의 안에서 메아리쳐 몸이 더욱 오싹해졌다. 처음에 그녀는 유령인 줄만 알았다. 그러나 더 끔찍하게도 소용돌이치는 안개 속에서 그녀가 대면한 것은 나신(裸身)으로 얼어붙은 시체들이었다. 처음에는 그들이 일렬로 나란히 서 있는 줄 알았는데 자세히 보니 해부 실습 때처럼 캘리퍼스(두께나 지름을 측정하는 데 쓰는 컴퍼스 모양의 기구) 같은 기구에 귀가 꿴 채 매달려 있었다. 좀 더 가까이 다가가니 맨 앞의 시체가 똑똑히 보였다. 고뇌하는 데스마스크처럼 얼어붙은 그 얼굴은 언젠가 피닉스에서 만난 적이 있는 인도인 의사였다. 그녀는 순간 정신이 아찔해지는 것을 느꼈다.

시체는 적어도 6구는 되어 보였다. 오른쪽에는 원숭이와 쥐들이 흉측한 모양으로 얼어붙어 있었다. 장기 표본의 바이러스 연구를 위해 이렇게 냉동해둘 필요는 있었겠지만, 그렇다 하더라도 이런 광경을 보게 되리라고는 꿈에도 생각지 못했었다. 태드가 그녀를 이곳에 들여보내지 않으려 했던 이유를 알 것 같았다.

마리사는 전등을 끄고 방을 나와 문을 닫은 뒤 다시 볼트를 조였다. 불쾌감과 추위로 몸이 부르르 떨렸다.

호기심 때문에 끔찍한 경험을 한 마리사는 이번에는 냉동고 쪽으로 주의를 돌렸다. 비닐 옷과 떨리는 손 때문에 움직임이 둔하긴 했지만 다이얼을 맞추어 비교적 쉽게 자물쇠를 열 수 있었다. 하지만 냉동고를 칭칭 감고 있는 쇠사슬이 애를 먹였다. 마구 뒤엉켜 있어서 손잡이에서 벗겨내는 데 생각보다 훨씬 오랜 시간이 걸렸다. 겨우 그것을 풀어낸 뒤 냉동고의 뚜껑을 들어올렸다.

뚜껑 안쪽에 낀 성에를 닦아내고 마리사는 알파벳순으로 되어 있는 바이러스의 색인번호를 읽었다. '에볼라, 자이르 1976' 쪽에 '97, E11-E48, F1-12'란 기호가 적혀 있었다. 맨 처음의 숫자는 아마도 특정한 병 받침대의 번호를 나타내고, 다음 문자와 숫자는 그 병 받침대에 넣어둔 바이러스의 위치를 가리키는 것 같았다. 하나의 병 받침대에는 적어도 1천 개의 검사 재료가 들어 있었으므로 이것은 자이르

1976년 형 바이러스가 50개의 병에 들어 있다는 말이 되었다.

마리사는 최대한 주의해서 97번 병의 받침대를 들어 올려 가까운 테이블 위에 놓고 병 받침대의 구멍을 주시했다. 그 하나하나에 꽂힌 병들은 저마다 작고 까만 마개를 하고 있었다. 마리사는 마음이 놓이는 한편 실망감도 적지 않았다. 자이르 1976년 형 바이러스를 찾아낸 그녀는 우선 E11을 꺼내들었다. 그 속의 작은 얼음 구슬은 아무런 해도 없어 보였지만 그 안에는 수백만 마리의 바이러스가 들어 있어서 만약 이것이 녹을 경우 단 몇 개만으로도 사람을 쉽게 죽일 수 있음을 마리사는 잘 알고 있었다.

병을 원래의 구멍에 도로 꽂아놓고 마리사는 다음 것을 꺼내어 안에 얼음 구슬이 그대로 보관돼 있는지를 살폈다. 그런 작업을 반복해 보았지만 아무런 이상도 발견할 수 없었다. 그런데 E39의 병을 꺼내들었을 때, 그녀는 깜짝 놀랐다. 병이 텅 비어 있었기 때문이었다.

마리사는 재빨리 나머지 병들을 살펴보았지만 다른 병들은 모두 아무 이상이 없었다. 마리사는 E39의 병을 다시 한 번 전등 불빛에 비추어 얼굴 덮개 너머로 살펴보고 비어 있는 게 틀림없음을 확인했다. 의심할 여지가 없었다. 어쩌면 누군가가 병을 잘못 놓았는지도 모른다. 하지만 그렇다 하더라도 빈 병이 놓여 있을 리가 없지 않은가! 전염병의 발생이 고의였든 우연이었든, 이 CDC에 보관돼 있는 아프리카산 바이러스에 의해 야기되었을지도 모른다는 막연한 공포가 이제 확실히 입증된 것이다.

바로 그 순간, 마리사는 어떤 움직임을 문득 깨달았다. 소독실로 통하는 문의 손잡이가 천천히 돌아가고 있었다. 누군가가 들어오고 있는 것이다! 마리사는 몸이 마비되는 듯한 공포에 휩싸여 잠시 동안 그저 멍하니 바라보고만 있었다. 겨우 몸을 움직일 수 있을 정도로 정신이 들자 그녀는 빈 병을 얼른 병 받침대에 꽂아 냉동고에 집어넣고 뚜껑을 닫았다. 도망칠까도 생각했지만, 어디로 가야 할지 뾰족한 수가 떠오르지 않았다. 하지만 어디 숨을 곳이 있을지도 모른다는 생각에 동물 사육실 뒤쪽 컴컴한 구석을 살펴보았다. 하지만 시간이 없었다.

그때 문이 열리고 두 남자가 연구실로 들어왔다. 문틈으로 공기가 새는 소리가 들려왔다. 비닐 보호의를 입고 있어서 누구인지 알아볼 수는 없었지만, 키가 작은 남자는 이 방에 익숙한 모양으로 동료인 키 큰 남자에게 공기 호스를 연결하는 방법을 가르쳐주고 있었다.

마리사는 공포에 떨며 꼼짝 않고 그 자리에 서 있었다. 어쩌면 이곳의 학자들이 지금 진행 중인 실험을 들여다보러 온 것인지도 모른다. 그러나 그 남자들이 자신을 향해 곧장 다가오는 것을 보고 그녀는 희망을 버렸다. 키 작은 남자가 주사기를 들고 있다는 것을 깨달은 것은 바로 그때였다. 뚜벅뚜벅 다가오는 또 한 사람에게 시선을 돌리니 그는 한쪽 팔꿈치가 기묘한 각도로 구부러져 있었다. 지나간 끔찍한 기억이 되살아났다.

마리사는 두 사람의 얼굴을 보려 했지만, 플라스틱 얼굴 덮개가 반사되어 아무것도 보이지 않았다.

"블루멘탈?"

키 작은 남자가 굵고 탁한 목소리로 묻고는 마리사의 마스크를 향해 난폭하게 불빛을 비추었다. 그리고 그녀의 얼굴을 확인했는지 그의 동료에게 고개를 끄덕여 보이자 키 큰 남자가 그녀의 보호의 지퍼 쪽으로 손을 뻗었다.

"안 돼!"

두 사람이 경비원이 아니라는 것을 깨달은 마리사는 비명을 질렀다. 지난번 집에서처럼 그녀를 덮치려는 것이다. 그녀는 필사적으로 냉동고에서 다이얼 자물쇠를 비틀어 떼내어 그들을 향해 집어던졌다. 그 혼란을 틈타 마리사는 자신의 공기호스를 떼고 동물 사육실 쪽으로 뛰어갔다.

키 큰 남자가 곧바로 그녀의 뒤를 바싹 쫓아왔다. 하지만 그녀를 붙잡으려는 순간 보호의에 달린 공기호스 때문에 그는 마치 줄에 묶인 강아지 꼴이 되고 말았다.

마리사는 있는 힘껏 달려 동물 우리들이 높게 쌓인 사이로 난 좁다란 통로로 뛰어들었다. 원숭이, 쥐, 닭들이 겁먹은 듯 비명을 질러댔다. 어떻게든 주의를 다른 곳으로 돌릴 셈으로 그녀는 원숭이 우리를 열어젖히기 시작했다. 원숭이들은 그다지 중병은 아니었던지 즉시 우리 밖으로 뛰쳐나왔다.

그녀는 숨이 가빠오기 시작했다. 캄캄한 어둠 속에서 더듬거려 간신히 매니폴드를 찾아낸 그녀는 공기호스를 연결시켜 차갑고 신선한 공기를 들이마셨다. 키 큰 남자는 확실히 이 방에 익숙지 않아 보였지만 그렇다고 해서 그녀에게 유리한 것은 아니었다. 동물 우리를 빠져나오자 실험실의 중앙부가 한눈에 보였다. 키 큰 남자는 등 뒤로 빛을 받으며 여전히 그녀를 뒤쫓아 오고 있었다. 그가 자신을 발견하지 못하고 다른 쪽으로 가주기만을 바라면서 그녀는 여전히 그곳에 서 있었다. 그러나 남자는 헤매지 않고 곧장 그녀가 있는 쪽으로 다가왔다. 마리사는 머리털이 쭈뼛 곤두서는 것 같았다.

그녀가 손을 뻗쳐 호스를 떼어내고 우리를 쌓아놓은 반대쪽으로 돌아가려는데, 그 순간 남자가 그녀의 팔을 낚아챘다.

마리사는 상대를 올려다보았다. 그러나 플라스틱 마스크가 약간 반사되어 보일 뿐이었다. 마리사는 자신을 붙잡은 남자의 억센 팔에 저항해봐야 소용이 없을 거라는 생각이 들었다. 그런데 그때, 남자의 어깨너머로 '비상시 사용'이라고 쓰인 빨간색 손잡이가 언뜻 보였다.

마리사는 필사적으로 잡히지 않은 쪽 손으로 손잡이를 끌어내렸다. 순간 경보가 울리면서 검사실 전체에 페놀 액이 비처럼 쏟아져 내렸다. 온통 페놀액의 안개로 뒤덮여 앞을 분간할 수 없을 지경이 되었다. 남자가 깜짝 놀라 마리사의 팔을 놓치자 그녀는 마룻바닥에 나동그라졌다. 그때 동물 우리들이 늘어선 아래로 미끄러져 들어갈 만큼의 틈을 발견한 마리사는 남자에게서 떨어져 그곳으로 기어들어갔다. 그녀는 실험실의 중앙부로 되돌아가기 위해 간신히 일어나 손으로 앞을 더듬으며 나아갔다. 페놀액 샤워는 누군가가 손잡이를 제 위치로 돌려놓지 않는 한 계속 쏟아질 것 같았다. 호흡이 몹시 거칠어지고 가슴이 답답해서 신선한 공기가 간절했다.

그때 느닷없이 눈앞에 무언가가 뛰어오르는 바람에 그녀는 하마터면 소리를 지를 뻔했다. 원숭이 한 마리가 당장 숨이 멎을 것만 같은 방안의 공기에 괴로워하며 잠시 그녀의 어깨를 잡고 있다가 이윽고 비닐 옷에서 뛰어내려 자취를 감췄다.

마리사는 숨을 헐떡이면서 손을 뻗어 파이프를 더듬었다. 이윽고 매니폴드가 손에 만져지자 그녀는 재빨리 공기호스를 연결했다.

요란하게 울리는 경보음 사이로 옆 통로에서 어떤 소란스러운 소리와 잇따라 희미한 비명소리가 들렸다. 자신을 뒤쫓아 오던 사나이가 매니폴드를 찾아내지 못한 모양이었다.

그의 동료가 구해주겠지 생각하며 그녀는 자신의 공기호스를 매니폴드에서 떼어낸 뒤 맹인처럼 손을 앞으로 뻗은 채 빛을 향해 나아갔다. 이윽고 조명이 전체적으로 균일해졌다. 밀폐실 중앙부에 왔다고 생각하며 벽을 따라가다가 그녀는 냉동고에 부딪쳤다. 그 바로 위에 매니폴드가 있었던 것을 기억해낸 그녀는 공기 호스를 연결시켜 재빨리 공기를 몇 모금 들이마셨다. 그리고 문으로 향하는 길을 찾아내어 곧 '쉭' 하는 소리와 함께 문을 열었다. 1분 뒤, 그녀는 소독실에 서 있었다.

이미 충분히 페놀 소독액을 뒤집어쓴 뒤라 여느 때처럼 샤워를 할 필요는 없었다. 옆방으로 가 몸을 버둥거리며 비밀 보호의를 벗던 진 그녀는 다시 그 옆방으로 뛰어가 보호의를 넣어두는 사물함을 기밀문에 기대 놓았다. 겨우 이 정도만으로 문을 못 열게 할 수는 없겠지만 추격자의 추적을 약간은 늦출 수 있을 것 같았기 때문이다.

서둘러 옷을 갈아입은 마리사는 차단기를 모두 내려 탈의실을 캄캄하게 해놓고 환기장치도 꺼버렸다.

완전 밀폐실을 나오자마자 마리사는 바이러스과 병동을 달려 건물을 잇는 좁은 통로를 통과한 뒤 계단을 한꺼번에 2개씩 뛰어 1층으로 내려왔다. 현관 로비를 빠져나올 때는 심호흡을 해서 가능한 한 평정을 가장했다. 경비원은 자기 자리에 앉아 누가 보안실 경보가 아닌 바이러스과 병동의 경보 장치를 켜놓았다고 전화로 누군가에게 알리는 중이었다.

자신을 죽이려 한 추격자들이 설마 경비원에게 구조를 요청해두었을 리는 없을 거라고 생각하면서도 출입부에 서명할 때 그녀의 손은 심하게 떨렸다. 경비원은 상대방에게 지금 교환수가 열심히 바이러스 학부의 부장을 찾고 있는 중이라고 말하고 나서 전화를 끊었다.

"닥터 블루멘탈!"

마리사가 막 출입구 쪽으로 몸을 돌렸을 때 경비원이 큰소리로 불렀다. 그녀는 자신도 모르게 가슴이 덜컥 내려앉았다. 현관까지는 겨우 2미터 거리, 그대로 도망칠까 생각하고 있는데 경비원이 말을 이었다.

"시간 적는 것을 잊으셨군요."

마리사는 부리나케 되돌아가 기록부에 퇴실 시간을 적었다. 그리고 밖으로 나와 즉시 차를 향해 쏜살같이 달렸다.

거의 떨리는 가슴을 진정하고 조금 전의 끔찍스런 일에 대해 돌이켜볼 수 있게 된 것은 랠프의 집으로 가는 길 중간쯤에서였다. 검체가 없어진 것은 도저히 우연이라고는 생각할 수 없었다. 최근 전국적으로 발생한 바이러스 감염 사태는 모두 동일한 주에 의한 것이었다. 누군가가 이 바이러스를 고의적이든 우연이든 각각 다른 시간, 다른 장소에서 의사와 병원 내에 퍼뜨린 것이다.

E39의 병에서 사라진 그 검체가 미국 내 에볼라 수수께끼의 열쇠였다. 이것은 잠복기가 너무 길다는 미스터리와 바이러스가 변이하기 쉬운 것인데도 모든 감염이 같은 바이러스 주에 의해 일어났다는 의문에 답할 수 있는 유일한 설명이 아닌가! 게다가 문제는 이 사실이 알려지길 원치 않는 사람이 있다는 것이다. 그렇기 때문에 그녀가 에볼라 팀에서 쫓겨났고 또 하마터면 죽을 뻔했던 것이다. 소름이 끼치는 것은 자신이 완전 밀폐실에 들어간 사실을 알 만한 사람은 그 실험실에 마음대로 출입할 수 있는 인물, 즉 이 CDC에 근무하는 사람들 외엔 없다는 사실이었다. 그녀는 아까 서명을 하고 나올 때 출입자 명부에서 이름을 확인해볼 만큼 마음의 여유가 없었던 것이 무엇보다도 애석했다.

그녀는 자신의 불안한 마음을 랠프에게 털어놓고 이야기하고 싶었다. 그래서 그의 집 쪽으로 접어들었지만, 그를 이 일에 말려들게 해서는 안 된다고 다시 생각을 고쳐먹었다. 이미 그녀는 태드의 우정을 이용해먹었다. 내일이면 태드는 출입부에서 마리사의 이름을 발견할 것이다. 그렇게 되면 그녀는 CDC에서 완전히 추방되고 말 것이다.

단 하나 희망은 그 2명의 살인 청부업자들이 살인미수를 은폐하기 위해 그녀가 실험실에 들어갔다는 사실을 누구에게도 말하지 않을 거라는 점이었다. 하지만 그렇긴 해도 그들이 그럴듯한 거짓말을 꾸며대면 그만이었다. 결국 그들은 그녀에게 불리한 증언을 할 것이고, 그녀의 주장은 CDC에 먹혀들어가지 않을 거라는 사실은 불을 보듯 뻔했다. 아침이면 애틀랜타 경찰이 자신을 찾기 시작할 것이다.

트렁크에 아직 슈트케이스가 들어 있다는 것을 상기한 마리사는 가까운 모텔로 향했다. 그리고 방을 잡자 즉시 랠프에게 전화를 걸었다. 벨이 5번 울렸을 때 그가 잠에서 막 깬 듯한 목소리로 전화를 받았다.

"밤늦도록 자지 않고 기다렸어요. 왜 들르지 않은 거요?"

"설명하자면 길어요. 지금 자세히 말할 순 없지만 전 굉장히 어려운 입장에 처해 있어요. 유능한 형사 사건 전문 변호사가 필요하게 될지도 몰라요. 혹시 아는 사람 없어요?"

"맙소사!"

랠프는 갑자기 잠이 확 달아난 모양이었다.

"아무튼 무슨 일이 있었는지 내게 말해 봐요."

"당신을 이 일에 말려들게 하고 싶진 않아요. 그저 말할 수 있는 사실은 사태가 엄청나게 심각해졌다는 것, 그리고 당분간은 경찰에 가고 싶지 않다는 거예요. 나는 쫓기는 신세가 되었어요."

마리사는 공허하게 웃었다.

"왜 이리 오지 않는 거요? 여기라면 안전할 텐데."

"아뇨, 랠프. 난 정말 당신에게 폐를 끼치고 싶지 않아요. 하지만 변호사는 필요해요. 좀 알아봐줄 수 있어요?"

"물론 알아보죠. 힘닿는 대로 돕겠어요. 지금 어디 있죠?"

"바로 근처예요."

마리사는 애매하게 대답했다.

"아무튼 친구가 되어줘서 기뻐요."

마리사는 전화를 끊고 나서 용기를 내어 태드에게 전화를 걸기로 했다. 그가 자신의 출입카드를 그녀에게 도둑맞은 사실을 다른 사람으로부터 들어 알기 전에 먼저 사과해야겠다고 생각했기 때문이었다. 그녀는 숨을 한 번 깊이 들이쉬고는 전화를 걸었다. 그러나 몇 번이나 벨을 울리도록 받지 않자 그녀는 완전히 기가 죽어 그만두기로 했다. 그리고 의학용구 제작소에서 온 편지를 꺼내어 구겨진 곳을 폈다. 그녀의 다음 목적지는 그레이슨이었다.

5월 21일

윤곽

마리사는 완전히 녹초가 되었음에도 불구하고 밤새 쫓겨 다니는 악몽에 시달리느라 잠을 제대로 이루지 못했다. 다음 날 창문을 통해 들어온 아침 햇살에 눈을 떴을 때에야 비로소 그녀는 안도의 숨을 내쉬었다. 창밖을 내다보니 한 남자가 신문 자동판매기에 신문을 가득 채우고 있었다. 그녀는 즉시 밖으로 달려 나가 《애틀랜타저널 컨스티튜션》지를 한 부 샀다.

CDC에 대해서는 아무런 기사도 실려 있지 않았다. 하지만 아침 텔레비전 뉴스 중간쯤에서 앵커가 CDC에서 일어난 사건에 대해 보도하기 시작했다. 완전 밀폐실 사건은 보도되지 않았지만 CDC의 검사 기사 한 명이 페놀 소독액을 들이마셔 에모리 대학병원에서 치료를 받고 퇴원했다는 말을 반복하고 있었다. 그리고 곧 시릴 두브체크와의 전화 인터뷰가 이어졌으므로 마리사는 손을 뻗어 볼륨을 높였다.

"단순한 사고였습니다."

두브체크의 차가운 금속성의 목소리가 흘러나왔다. 그는 지금 필라델피아에 있는 걸까, 하고 마리사는 생각했다.

"구급 처리반이 사고에 즉각 대응해서 모든 것이 무사히 수습됐습니다. 우리는 그 사건과 관련하여 닥터 마리사 블루멘탈을 찾고 있습니다."

뉴스 앵커는 만약 블루멘탈의 거취를 아는 사람은 즉시 애틀랜타 경찰로 연락하기 바란다는 말로 뉴스를 매듭짓고 그녀가 CDC에 지원할 때 제출했던 그녀의 사진을 10초간 비춰주었다.

마리사는 텔레비전을 껐다. 그녀는 그 추격자들이 자신을 죽이려고 한 것은 사실이지만 자신이 그들에게 한 행동이 치명적인 결과를 낳을 수도 있다는 사실은 간과하고 있었다. 그녀에겐 언제나 말썽이 붙어 다닌다고 했던 태드의 말이 옳았다.

지난 밤 쫓기는 신세라는 둥 농담을 하긴 했지만 그것은 어디까지나 과장에 불과했다. 그런데 지금 자신의 거취를 제보해달라는 텔레비전 뉴스 앵커의 말을 듣고 보니 이건 결코 예사로운 일이 아니었다. 자신이 수배자가 되어버린 것이다. 적어도 애틀랜타 경찰들에게는.

서둘러 짐을 정리한 마리사는 체크아웃을 하기 위해 프런트로 갔다. 그 앞에 서 있는 동안 그녀는 명부에 자신의 이름이 너무나도 분명하게 적혀 있었으므로 내내 조마조마했다. 그러나 접수계원은 "안녕히 가십시오."라고 말할 뿐이었다.

그녀는 하워드 존슨(편의점의 일종)에서 커피와 도넛으로 대강 아침식사를 때우고 은행으로 차를 몰았다. 다행히 은행은 아침 일찍부터 문을 열어놓고 있었다. 그녀는 혹시 은행 출납계 직원이 아침뉴스를 봤을까 봐 창구 쪽으로는 되도록 얼굴을 돌리지 않았다. 그러나 그에게 언제나처럼 아무런 주의도 기울이는 기색이 없었다. 마리사는 예

금액의 대부분인 4,650달러를 찾았다.

백에 현금을 넣고 나니 마음이 약간 놓였다. 마리사는 인터체인지에서 78번 고속도로 쪽으로 들어서며 라디오를 켰다. 행선지는 조지아 주 그레이슨이었다.

생각보다 먼 거리였지만 길이 단조로워 차를 몰기엔 편했다. 경치는 별로 볼 것이 없었지만 단 한 군데, 스톤 마운틴이라는 이름이 붙은 돌산만은 볼만했다. 나무가 무성한 조지아 주 언덕에 어린아이의 엉덩이 같은 벌거벗은 화강암이 불쑥 솟아 있는 곳이었다. 스넬빌이라는 마을을 지나 84번 고속도로에서 동북쪽으로 들어서자 경치는 점점 황량해졌다. 마침내 그녀는 '그레이슨에 오신 것을 환영합니다'라는 푯말을 지났다. 그런데 그것은 누군가가 사격의 표적으로 삼았었는지 구멍투성이여서 환영의 의미는 거의 찾아볼 수가 없었다.

마을의 모습은 그녀가 상상했던 대로 큰길에 벽돌 건물과 목조 가옥들이 몇 채 늘어서 있을 뿐이었다. 영화관은 부서진 채였고 가장 큰 가게라고는 철물점과 가축용 사료를 파는 상점 정도가 고작이었다. 길모퉁이의 석조 건물인 은행은 로마 숫자가 새겨진 큰 시계를 여봐란 듯이 내걸고 있었다. 아무리 봐도 이곳은 제3형 HEPA 밀폐실용 후드가 필요할 것 같지 않은 마을이었다.

마리사가 천천히 차를 몰고 가는 동안에도 거리에는 사람의 왕래가 거의 없었다. 새로 지은 건물이 전혀 눈에 띄지 않는 걸로 보아 미생물 전문연구소는 아무래도 이곳에서 약간 떨어진 마을 변두리에 있을 거라고 그녀는 생각했다. 길을 묻고 싶었지만 누구에게 물어야 할지 막막했다. 지방 경찰서에 가볼 마음은 추호도 없었다.

길의 막다른 곳까지 가서 유턴을 한 그녀는 왔던 길을 따라 다시 돌아갔다. 그때 '미합중국 우체국'이라는 간판을 자랑스럽게 내걸고 있는 잡화점이 눈에 띄었다.

"미생물 전문연구소 말인가요? 저기 브리지 가에 있어요."

가게 주인이 말했다. 그는 의류매장에서 무명 한 필을 손님에게 보여주고 있었다.

"오던 길로 되돌아가서 소방서를 끼고 오른쪽으로 꺾은 다음, 파슨스 클리크를 지나 왼쪽으로 돌아가면 알 수 있을 겁니다. 그곳엔 그 건물 말고는 송아지들밖에 없으니까요."

"그곳에선 뭘 하나요?"

마리사가 물었다.

"잘 모르겠어요. 별로 알고 싶지도 않아요. 그저 그곳 사람들이 좋은 단골이고 꼬박꼬박 현금으로 지불해 준다는 것 말고는요."

가게 주인이 대답했다. 그가 가르쳐 준 대로 마리사는 마을 끝으로 차를 몰았다. 그곳엔 말 그대로 소 말고는 아무것도 없었다. 파슨스 클리크를 나오자 길이 포장되어 있지 않아 어디로 가야 좋을지 갈피를 잡을 수가 없었다. 하지만 소나무 숲으로 접어들자 앞쪽에 건물이 보였다.

'덜컹' 하는 소리를 내며 그녀의 혼다는 주차장으로 통하는 넓은 아스팔트길로 올라섰다. 그곳에는 '유한회사, 미생물 전문연구소'라고 쓰인 밴과 크림색 벤츠가 주차돼 있었다.

마리사는 밴 옆에 차를 세웠다. 유리건물의 뾰족 지붕에 나무들이 울창한 아름다운 풍경이 반사되고 있었다. 입구를 향해 걸어가자 소나무의 향긋한 내음이 그녀를 감쌌다.

입구에 서서 문을 당기니 열리지 않았다. 이번에는 문을 밀어 보았지만 볼트로 조여 놓은 듯 꼼짝도 하지 않았다. 하는 수 없이 한 걸음 물러서서 초인종을 찾아보았지만 도무지 찾을 수가 없었다. 문을 세게 두들겨 보았지만 안에 있는 사람에게는 들리지 않는 모양이었다. 결국 마리사는 현관을 포기하고 건물 주위를 둘러보기로 했다. 그녀는 첫 번째 창문으로 바짝 다가가 양손으로 눈 주위를 가리고 안을 들여다보았다. 그러나 아무것도 보이지 않았다.

"당신 지금 남의 땅에 멋대로 들어와 있다는 걸 아시오?"

갑작스런 퉁명한 목소리에 깜짝 놀란 마리사는 얼른 창에서 물러섰다.

"여기는 사유지란 말이오."

아래위가 붙은 푸른 작업복 차림의 땅딸막한 중년 남자가 말했다.

"저……."

마리사는 이곳에 들어온 이유에 대해 뭐라고든 변명을 하려고 우물거렸다. 짧게 치켜 깎은 반백의 머리에 얼굴이 불그스레한 이 남자는 50세가량의 전형적인 남부 노동자처럼 보였다.

"저 푯말 못 봤소?"

주차장 옆 푯말을 가리키며 사내가 말했다.

"아, 네. 보긴 했지만, 저는 의사인데……."

말을 하다가 마리사는 갑자기 입을 다물어 버렸다. 의사라고 해서 남의 사생활을 침해할 권리는 없잖은가. 그녀는 급히 말을 이었다.

"이곳에 바이러스 연구소가 있다고 들었는데, 바이러스 진단도 하고 계신시 알아보고 싶어서요."

"어째서 이곳을 바이러스 연구소라고 생각했소?"

"그냥 그렇게 들었어요."

"그건 잘못 들은 거요. 여기는 분자 생물학을 연구하는 곳이오. 산업 스파이의 우려가 있어서 특별히 경계하고 있는 중이오. 경찰을 부르기 전에 썩 돌아가시오."

"그러실 필요까지는 없어요."

경찰을 만난다는 건 생각조차 하기 싫은 일이었다.

"아무튼 죄송합니다. 시끄럽게 할 생각은 전혀 없었어요. 다만 이곳 연구소를 좀 둘러보고 싶은데, 안 될까요?"

"당치 않은 소리요."

남자는 딱 잘라 말하고는 마리사를 차로 데리고 갔다.

"이곳을 돌아보도록 허락해주실 분을 만날 수는 없을까요?"

마리사가 차에 올라타면서 물었다.

"내가 이곳 책임자요. 그냥 돌아가는 게 좋을 거요."

남자는 그렇게 대답하고는 차에서 한 걸음 물러나 마리사가 떠나기만을 기다렸다.

달리 뾰족한 방도가 떠오르지 않아 마리사는 시동을 걸고 작별인사를 할 셈으로 그에게 미소를 지어 보였다. 그러나 그레이슨을 향해 차가 달리기 시작할 때까지도 남자는 여전히 굳은 표정으로 서 있었다.

조그마한 혼다가 나무들 사이로 사라져 버리자 남자는 신경질적으로 고개를 흔들며 건물 쪽으로 몸을 돌렸다. 그가 현관 앞에 서자 현관문이 자동으로 열렸다.

건물 내부는 겉모습만큼이나 초현대적이었다. 사나이는 타일을 깐 짧은 복도를 지나 조그만 연구실로 들어갔다. 그곳에는 한쪽 구석에 책상이 있고 반대쪽에는 CDC의 완전 밀폐실로 통하는 기밀문 비슷한 문이 하나 있었다. 그리고 그 안에 실험대와 제3형 HEPA 공기 여과장치가 설치되어 있었다.

또 다른 한 남자가 책상을 향해 앉아 클립을 기묘한 모양으로 억지로 비틀어 구부리고 있다가 고개를 들고는 말했다.

"어째서 내게 그 여자를 맡기지 않았지?"

그 순간 격렬하게 기침이 터져 나와 그는 손수건을 입 언저리에 가져다 댔다.

"그 여자가 여기 온 걸 혹시 알고 있는 사람이 있을까 봐 그랬어."

푸른 작업복의 남자가 말을 이었다.

"머리를 좀 쓰라고, 폴. 가끔 자네는 너무 조마조마하단 말이야."

그는 수화기를 들고 필요 이상으로 세게 버튼을 눌렀다.

"네, 닥터 잭슨의 사무실입니다."

밝고 명랑한 목소리가 들려왔다.

"의사 선생을 바꿔."

"죄송합니다만, 지금 진찰중이신데요."

"이봐, 하느님이랑 면담중이라도 상관없어. 어서 바꾸기나 해."

"실례지만 누구시라고 전할까요?"

"의사윤리위원회 위원장이라고 전해. 아무래도 상관없으니까 아무튼 바꿔."

"잠시만 기다려 주세요."

그는 책상 쪽을 돌아보았다.

"폴, 실험대에서 내 커피 좀 갖다 줘."

폴은 클립을 휴지통에 처넣고 의자에서 몸을 일으켰다. 그는 몸집이 큰 사내로 왼팔 팔꿈치 부분이 고정되어 있어서 움직임이 약간 부자연스러웠다. 어릴 때 경관에게 총을 맞아 그렇게 된 것이다.

"대체 누구요?"

조슈아 잭슨이 전화를 받아 신경질적으로 물었다.

"헤버링이오. 닥터 아놀드 헤버링, 날 기억하시오?"

푸른 작업복의 남자가 말했다.

폴은 아놀드에게 커피를 건네고 다시 책상으로 돌아가 가운데 서랍에서 또 다른 클립을 꺼냈다. 그러고는 다시 괴로운 듯 가슴을 치며 기침을 해댔다.

"헤버링이라고! 사무실에 전화하지 말라고 했잖소!"

닥터 잭슨이 놀라며 말했다.

"그 블루멘탈이라는 여자가 여기 찾아왔었소."

상대의 말을 무시한 채 헤버링이 말했다.

"빨간 차를 타고 기어 들어와 겁도 없이 창문으로 들여다보는 걸 내가 붙잡았지."

"그 여자가 대체 어떻게 연구소를 찾아냈단 말이오?"

"그건 아무래도 상관없소. 문제는 그 여자가 여기에 왔다는 사실이지. 당신을 만나러 마을로 가겠소. 이대로 내버려둘 수는 없으니까. 어떻게든 그 여자를 처치해야겠소."

"안 돼! 여긴 오지 마시오."

잭슨이 필사적으로 말했다.

"내가 그리 가겠소."

"좋소. 단, 오늘 와야 하오."

"5시 경에 가겠소."

잭슨은 그렇게 말하고 수화기를 내던지듯 내려놓았다.

마리사는 그레이슨에서 점심식사를 하기로 했다. 배도 고프고 누군가에게 그 연구소에 대해 묻고 싶었기 때문이었다. 잡화점 앞에서 차를 세운 마리사는 안으로 들어가 구식 소다수 판매대 앞에 앉았다. 그녀가 주문한 햄버거는 갓 구운 빵에 얇게 썬 버뮤다 양파가 듬뿍 곁들여져 나왔다. 콜라는 시럽에 물을 부어 만든 것 같았다.

그녀는 빵을 먹으면서 이제부터 어떻게 할 것인가를 생각했다. 취할 수 있는 수단은 한정되어 있었다. CDC로 돌아갈 수도 없고, 버슨 병원으로 갈 수도 없었다. 그 미생물 전문연구소가 정교한 제3형 HEPA 공기 여과장치를 사용해서 무엇을 하고 있는지, 그것을 살피는 일만 남아 있었지만 그곳으로 잠입하기란 극히 어려운 일이었다. 그곳은 마치 요새와도 같이 엄중한 감시 하에 있었기 때문이다. 이쯤에서 랠프에게 전화를 걸어 변호사를 알아보았는지 물어볼까 아니면……

마리사는 피클을 한 입 베어 먹었다. 생각해보니 그 연구소의 주차장에는 2대의 차가 주차되어 있었다. 그녀의 눈길을 끈 것은 유한회사라는 점이었다.

식사를 마치고 마리사는 아까 차를 타고 지나치면서 얼핏 본 사무실 건물 쪽으로 걸어갔다. 출입구에는 우윳빛 유리에 '로널드 데이비드, 변호사 겸 부동산 중개인'이란 글씨가 금박으로 찍혀 있었고, 문을 열고 들어가니 문에 달려 있던 종이 딸랑거렸다. 책상 위는 잔뜩 흐트러져 있었고 비서의 모습도 보이지 않았다.

그때 흰 와이셔츠에 나비넥타이, 붉은 멜빵을 한 남자가 안쪽 방에서 나왔다. 나이는 30세 정도밖에는 안 돼 보였지만 가느다란 철테 안경을 쓰고 있어 마치 노인 같은 인상을 주었다.

"무슨 일이시죠?"

무뚝뚝한 남부 사투리를 써 가며 그가 물었다.

"데이비드 씨인가요?"

마리사가 물었다.

"그렇습니다만."

남자는 엄지손가락을 바지 멜빵에 걸치면서 대답했다.

"몇 가지 여쭤보고 싶은 게 있어서요. 법인 법에 관한 건데, 가르쳐주실 수 있을까요?"

"글쎄요."

데이비드는 그렇게 말하고는 마리사에게 안으로 들어오라고 손짓했다. 실내는 마치 1930년대 영화의 세트처럼 책상 위의 선풍기가 서류를 펄럭이며 천천히 돌아가고 있었다. 데이비드는 몸을 뒤로 젖히고 앉아 머리 뒤에 깍지를 끼며 말했다.

"뭘 알고 싶으십니까?"

"어떤 회사에 대해서인데요."

마리사가 입을 열었다.

"만약 어떤 사업체가 유한회사일 경우, 그 회사 소유주의 이름을 알수 있을까요?"

데이비드는 몸을 앞으로 숙여 책상에 팔꿈치를 대고 빙그레 웃으면서 대답했다.

"알 수도 있고, 모를 수도 있죠."

마리사는 답답했다. 이 사람의 말은 마구 흔들리는 이가 빠질 듯하면서도 빠지지 않는 느낌을 주었다. 그녀가 막 질문을 다시 하려는데 그가 말을 이었다.

"만약 그 문제의 회사가 상장기업이라면 주주들을 전부 밝혀내기가 아주 힘들죠. 특히 주식의 대부분이 제3자에게 위탁되어 변호사의 손에 맡겨져 있을 경우에는 말이죠. 하지만 그것이 합명(合名)회사라면 일은 간단합니다. 아무튼 만약 당신이 소송을 제기하실 생각이라면 고문변호사 정도는 얼마든지 알아봐드릴 수 있습니다. 그럴 생각이 있으신가요?"

"아뇨, 전 그저 내부 사정을 알고 싶을 뿐이에요. 그 회사가 상장기업인지 합명회사인지를 알려면 어디로 가야 하나요?"

"그건 간단해요."

데이비드는 다시 한 번 몸을 뒤로 젖혔다.

"애틀랜타에 있는 주(州) 의회의사당으로 가서 법인과가 어디 있는지 물어보세요. 그곳 직원에게 그 회사의 이름을 말하면 곧 알아봐줄 겁니다. 공공 기록이니 그 회사가 조지아 주에서 설립된 거라면 틀림없이 거기에 명단이 있을 겁니다."

"고맙습니다."

마리사는 캄캄한 터널 저 끝에 한 줄기 빛을 발견한 기분이 들었다.

"상담료는 얼마나 드리면 될까요?"

데이비드는 눈썹을 치켜 올리며 마리사의 얼굴을 물끄러미 보았다.

"40달러면 되겠습니다만 혹시⋯⋯."

"물론 드려야죠."

마리사는 20달러를 꺼내어 그에게 건네주었다.

차로 돌아온 마리사는 애틀랜타로 다시 돌아가기로 했다. 아직 중요한 정보를 손에 넣지는 못했지만 어쨌든 목표가 생겨서 기뻤다.

그녀는 제한 속도 이하로 차를 몰았다. 속도위반에 걸리기라도 하면 곤란했기 때문이었다. 꽤 오랜 시간 끝에 그녀가 애틀랜타에 도착한 시간은 정각 4시였다. 주차장에 차를 세우고 그녀는 주 의회의사당으로 들어갔다.

경비 경관의 눈앞을 지나쳐야 했으므로 그녀는 잔뜩 긴장이 되었다. 현관 계단을 올라갈 때는 경관이 본 것만 같아서 식은땀이 흘렀다.

"닥터 블루멘탈!"

등 뒤에서 누군가가 그녀를 불러 세웠다.

순간, 그녀는 달아날까 생각했지만 슬며시 뒤를 돌아보니 CDC의 비서들 가운데 하나인 발랄한 20대 초반의 아가씨였다.

"앨리스 맥카비예요. 닥터 카보나라의 사무실에서 근무하는, 기억 나세요?"

마리사는 그녀를 기억하고 있었다. 그러나 신경이 닳아 없어질 듯한 그 몇 분간 그녀는 간신히 이야기를 나누었다. 다행히도 그녀는 마리사가 '지명 수배자'라는 사실을 모르고 있었다.

서둘러 작별인사를 하고 마리사는 건물 안으로 들어갔다. 어떤 정보든 빨리 손에 넣어 이곳을 빠져나가고 싶은 마음뿐이었다. 그러나 공교롭게도 법인과에는 사람들이 길게 줄지어 서 있었다. 간이 오그라드는 느낌으로 마리사는 차례를 기다렸다. 그동안 누구라도 자신을 알아볼까 봐 그녀는 손으로 얼굴을 가리고 있었는데 아무래도 그것은 지나친 걱정 같았다.

"무슨 일로 오셨나요."

마침내 차례가 되자, 백발의 직원이 물었다.

"미생물 전문연구소라는 회사에 대해 알고 싶은데요."

"어디에 있는 회사죠?"

직원은 다초점 안경을 걸치더니 컴퓨터 단말기에 그 이름을 입력시켰다.

"조지아 주, 그레이슨이에요."

"아, 여기 있군요. 바로 지난해에 법인 등록을 했어요. 그런데 뭘 알고 싶으시죠?"

"그 회사가 합명회사인가요, 아니면 상장기업인가요?"

마리사가 데이비드의 말을 기억해내면서 물었다.

"유한 합명회사입니다. S형으로 분류되어 있군요."

"그게 무슨 말이죠?"

"세법상의 문제죠. 회사에 손실이 생겼을 때 출자자들이 개개인의 신고에 따라 소득세 공제를 받는 겁니다."

"혹시 그 출자자들의 명단이 있나요?"

잠시나마 걱정보다 설레는 기분이 앞서 마리사가 물었다.

"네, 있습니다."

직원이 대답했다.

"조슈아 잭슨, 로드 베커……."

"잠깐만요, 받아 적을게요."

마리사는 볼펜을 꺼내 적기 시작했다.

"됐습니까?"

직원이 컴퓨터 스크린을 보면서 물었다.

"잭슨, 베커까지는 쓰셨나요?"

"네."

"다음은 싱클레어 티먼, 잭 크라우스, 구스타프 스웬슨, 드웨인 무디, 트렌트 굿리지, 그리고 의료인 하원 정치활동위원회……."

"맨 마지막에 뭐라고 하셨죠?"

서둘러 받아 적으면서 마리사가 묻자, 직원은 다시 한 번 반복해서 그 이름을 불러주었다.

"조직체도 합명회사의 출자자가 될 수 있나요?"

그녀는 마크햄의 기부자 명단에서 그 의료인 하원 정치활동위원회라는 이름을 보았던 것을 기억했다.

"저는 변호사가 아니라 잘은 모르지만, 아마 그럴 수 있을 겁니다. 아니, 틀림없이 가능해요. 그렇지 않으면 여기 실려 있을 리 없죠. 또 쿠퍼, 호지스, 매킨린과 행크스라는 이름의 변호사 사무소도 있군요."

"그들도 출자자들인가요?"

마리사가 그 이름을 받아 적으면서 물었다.

"아뇨, 그들은 고문 변호사들입니다."

"그렇다면 필요 없어요. 저는 회사를 고소하려는 건 아니니까요."

마리사는 쿠퍼와 호지스라는 이름을 지워버렸다.

창구 직원에게 고맙다는 인사를 하고 마리사는 서둘러 나와 주차장으로 향했다. 그리고 운전석에 앉아 서류가방을 열고 마크햄 의원의 기부자 명단 사본을 꺼냈다. 기억했던 대로 의료인 하원 정치활동위원회라는 이름이 적혀 있었다. 결국 그것은 한편으로는 영리적인 투기를 하면서 또 한편으로는 보수파 정치가의 선거운동을 지지하고 있는 것이었다.

호기심이 생긴 마리사는 미생물 전문연구소의 출자자들 가운데 마크햄의 명단에 들어 있는 사람이 또 없는지 찾아보았다. 그랬더니 놀랍게도 그들 전부가 명단에 실려 있었다. 더욱 놀라운 것은 그 출자자들이 마크햄의 기부자들처럼 전국 각지에 산재해 있다는 사실이었다. 그들의 주소는 마크햄의 명단을 통해 전부 알 수 있었다.

마리사는 차에 시동을 걸려다 문득 마크햄의 명단을 다시 한 번 들여다보았다. 자세히 보니 의료인 하원 정치활동위원회는 '법인 후원자'라는 난에 실려 있었다. 또다시 경비 경관의 앞을 지나는 위험을 무릅쓰기는 싫었지만 마리사는 용기를 내어 차에서 내렸다. 그리고 잽싸게 의사당으로 달려 들어가 다시 한 번 줄을 서서 기다렸다. 그녀는 의료인 하원 정치활동위원회에 대해서 물을 생각이었다.

직원은 컴퓨터에 이름을 입력하고 잠시 기다린 뒤 마리사 쪽을 돌아보았다.

"미안하지만, 나와 있지 않네요."

"그렇다면 법인 등록이 되어 있지 않다는 건가요?"

"꼭 그렇다기보다 조지아 주에 등록되어 있지 않다는 거죠."

마리사는 다시 한 번 직원에게 고맙다는 인사를 한 뒤 서둘러 건물에서 나와 차에 올라탔다. 자동차는 누구에게도 침해받지 않는 성역과도 같았다. 운전석에 앉은 채 마리사는 이제부터 어떻게 할 것인가를 잠시 생각했다. 아직은 그렇게 많은 정보를 입수한 것도 아니고 게다가 에볼라 감염 사건과는 동떨어진, 엉뚱한 샛길로 빠진 듯한 느낌도 들었다. 그러나 지금까지 알아낸 모든 사실들이 서로 기분 나쁘게 뒤얽혀 있음을 그녀는 직감하고 있었다. 그리고 만약 그 느낌대로라면 이 의료인 하원 정치활동위원회가 열쇠가 될 것이 틀림없었다. 하지만 지금껏 들어본 적도 없는 조직인데 어떻게 조사를 한단 말인가?

그녀는 우선 에모리 의과대학 도서관에 가 볼까 생각했다. 어쩌면 도서관원 중 누군가가 방법을 알고 있을지 모른다. 하지만 앨리스 맥카비와 맞닥뜨린 이상 다른 사람에게 발각될 가능성도 크다는 생각이 들었다. 며칠간 이곳을 떠나 있는 것이 가장 좋은 방법인데 어디로 가야 할지 너무 막막했다.

차를 막 출발시키려는데 하나의 영감이 떠올랐다. 미국의학협회! 그곳에서마저 의사 단체에 대한 정보를 얻을 수 없다면 어쩔 수 없는 일이었다. 아무튼 시카고라면 안전할 것 같았다. 가방 속에 든 몇 벌의 옷으로 부족하지 않기를 바라면서 그녀는 공항을 향해 남쪽으로 차를 몰았다.

조슈아 잭슨이 탄 육중한 세단 승용차는 파슨스 클리크의 나무다리를 덜컹거리며 지나 왼쪽으로 급회전했다. 그쯤에서 포장도로는 끝나고 비포장도로로 들어선 세단은 나무들을 헤치고 작은 돌멩이들을 벼랑가로 사정없이 튀기며 쏜살같이 달렸다. 잭슨은 차를 몰고 여기까지 오는 동안 노여움이 점점 더 치밀어 올라 어쩔 줄을 몰랐다. 이 연구소까지 오고 싶진 않았지만, 그렇다고 시내에서 헤버링을 만날 수는 없었다. 그놈은 갈수록 신뢰할 수가 없었고, 그러다간 무슨 짓을 저지를지 몰랐다. 약간의 소동을 일으키라고 했더니 핵전쟁을 일으킨 꼴이 되고 있으니, 그 녀석을 고용한 것은 엄청난 실수였다. 하지만 지금에 와서 어찌해볼 방도는 없었다.

연구소 앞에서 차를 멈춘 그는 헤버링의 벤츠 옆에 차를 세웠다. 실험 기구를 사라고 준 돈으로 헤버링은 이 차를 산 것이다. 얼마나 쓸데없는 낭비인가!

잭슨은 현관 쪽으로 걸음을 옮겼다. 그는 이 훌륭한 건물을 짓기 위해 헤버링이 얼마나 많은 돈을 쏟아 부었는지 누구보다도 잘 알고 있었다. 의료인 하원 정치활동위원회는 닥터 아놀드 헤버링에게 개인적인 기념비를 세워준 셈인데, 그 정신 나간 녀석은 계속해서 말썽만 일으키고 있었다.

'딸깍' 소리가 나면서 현관문이 열리자 잭슨은 안으로 들어갔다.

"회의실에 있소!"

헤버링이 고함을 질렀다. 그가 가리킨 방은 사실상 도저히 회의실이라고 부를 만한 곳이 못되었다. 잭슨은 현관에 멈추어 서서 높은 천장과 유리로 된 벽과 튼튼한 비품들을 보았다. 치펜데일(18세기 영국 가구회사 이름) 소파 2개가 중국제 카펫 위에 마주보게 놓여 있을 뿐, 그 밖에 가구라고는 하나도 없었다. 헤버링은 그 소파 중 하나에 앉아 있었다. 두 사람은 마주보고 앉았다.

"중요한 일이란 게 뭔가?"

잭슨이 선수를 쳐서 먼저 입을 열었다.

외모에 있어 이 두 사람은 아주 대조적이었다. 헤버링은 통통한 얼굴에 땅딸막한데, 잭슨은 키가 훤칠하고 금욕주의자로 보일 만큼 몸이 말라 있었다. 두 사람의 옷차림은 대조를 더욱 두드러지게 했다. 헤버링은 아래위가 붙은 작업복을 입고 있었고 잭슨은 은행가 스타일의 가느다란 세로줄 무늬 양복을 입고 있었다.

"블루멘탈이란 여자가 바로 이 앞마당까지 왔었소. 아무것도 못 보고 간 게 분명하지만 여기까지 찾아왔다는 것은 뭔가 알고 있다는 증거요. 어떻게든 그 여자를 처치해야 하오."

헤버링이 부자연스럽게 어깨 너머로 손가락질을 하면서 말했다.

"당신에겐 그럴 기회가 있었잖소? 그것도 두 번씩이나 말이오. 그런데도 당신과 당신의 살인 청부업자는 매번 실패했소. 처음엔 그녀의 집에서, 두 번째는 어젯밤 센터에서 말이오."

잭슨이 대들듯이 말했다.

"그래서 다시 한 번 해보겠다는 건데 당신이 말리고 있잖소?"

"그랬지. 하지만 그건 당신이 그녀에게 에볼라를 감염시키려 한다는 사실을 알았기 때문이오."

"어째서 안 된다는 거요? 그 여잔 환자와 접촉하고 있으니 아무도 의심하지 않을 것 아니오."

"난 애틀랜타에는 에볼라를 유행시키고 싶지 않소. 그건 무서운 일이오. 그곳에는 내 가족이 있단 말이오. 그 여자는 우리한테 맡겨 두시오. 이쪽에서 어떻게든 할 테니!"

잭슨이 소리쳤다.

"암, 그러시겠죠."

헤버링이 비웃었다.

"당신은 그 여자를 다른 부서로 전직시켰을 때에도 같은 말을 했소. 그런데 어떻게 되었소? 그 여잔 이 계획 전체에 여전히 위협적인 존재로 남아 있잖소. 난 그 여잘 꼭 해치우고 말겠소."

"지금은 당신이 나설 차례가 아니오!"

잭슨이 서슬이 시퍼래서 소리쳤다.

"그리고 책임 문제를 따지자면, 당신이 인플루엔자 바이러스를 사용하기로 했던 애초의 우리 계획대로만 따랐어도 이따위 소동 없이 만사가 해결되었을 거요. 당신이 감히 에볼라를 사용했다는 걸 알았을 때 우린 모두 넋을 잃었지!"

"또 그 우는 소리군. 리히터 클리닉이 폐쇄됐다는 소릴 듣고 제일 기뻐했던 게 당신들이었으면서 말이야. 그런 회비 선납제 건강관리시스템에 대한 사람들의 신용이 점점 늘어나는 것을 의료인 하원 정치활동위원회가 막으려고 들었다면 이만큼 일을 잘해낼 수 있었을 것 같소? 당초의 계획과 달라진 점은 단 하나, 직접 현장실험을 통해 연구실에서의 실험 기간을 대폭 단축시켰다는 것뿐이오."

잭슨은 상대방의 얼굴을 뚫어지게 바라보았다. 이 녀석은 미치광이다, 그렇게 결론을 내리자 그는 극심한 혐오감을 느꼈다. 그러나 불행하게도 너무 늦었다. 일단 이 계획이 실행에 옮겨진 이상 멈출 수는 없었다. 의료인 하원 정치활동위원회는 처음에 이 제안을 아주 단순하게 생각했었다.

잭슨은 화가 치밀어 올랐지만 자제하려고 애쓰면서 심호흡을 했다.

"나는 의료인 하원 정치활동위원회가 결코 이 일을 기뻐하고 있지 않다고 수십 번, 수백 번 말했소. 오히려 인명이 희생되는 바람에 우리가 얼마나 놀랐는지 아시오? 이건 전혀 우리의 뜻이 아니란 걸 당신도 알고 있잖소, 헤버링!"

"당치 않은 소리! 당신들이 사용하려 했던 인플루엔자 바이러스를 썼더라도 사람은 죽었을 거요. 대체 얼마나 죽어야 만족하겠소? 100명? 당신들같이 돈 많은 의사들이 걸핏하면 쓸데없이 수술을 하고 무능한 의사들이 병원을 개업해서 인명이 희생되는 건 아무것도 아니란 말이오!"

헤버링이 소리를 버럭 질렀다.

"우린 불필요한 수술이나 무자격자를 인정한 적이 없소!"

잭슨이 고함쳤다. 지금까지는 될 수 있는 한 참으려고 애를 썼지만, 이런 미치광이에게는 이제 진절머리가 났다.

"여기까지 온 이상 이제 와서 그만둘 순 없소. 미국 의학계의 전통적인 가치가 땅에 떨어져서 걱정이라며 나를 부추겼던 당신이나 위원회의 헛소리를 난 이제 믿지 않소. 내게 다시 한 번 맡겨보시오! 어차피 이 모두가 당신들의 돈벌이를 정당화하기 위한 시도였잖소? 갑자기 의사들이 늘어나는 바람에 환자도 줄었다 이거 아닙니까. 내가 당신에게 협조한 건 당신이 이 연구소를 지어줬기 때문이오. 그뿐이오."

헤버링이 손을 크게 내저으며 말을 이었다.

"당신들은 그 회비 선납제 건강관리시스템이 붕괴되는 걸 보고 싶다고 했소. 나는 그 일을 훌륭하게 완수한 셈이오. 다만 한 가지 문제라면 내가 내 방식대로 밀어 붙였다는 것이지."

"하지만 난 당신한테 그만두라고 말했소. 리히터클리닉에서 전염병이 발생한 즉시 말이오."

"마지못한 것이었지. 당신들은 그 결과를 아주 달가워했잖소? 리히터 클리닉이 무너졌을 뿐 아니라 캘리포니아 건강관리 시스템의 신규 가입자가 5년 만에 처음으로 줄었으니까. 의료인 하원 정치활동위원회는 이따금 양심의 가책을 느끼는 듯도 하지만, 그래도 내심으로는 모두 기뻐하고 있지. 그리고 나는 백신이나 치료법이 없긴 하지만 에볼라가 최고의 생물학적 병기라는 신념을 더욱 굳히게 되었소. 난 그것이 감염시키기도 쉽고 진압도 쉽고 게다가 소수 집단의 사람들 사이에 놀랄 만한 전염력을 가지고 있다는 걸 입증했소. 잭슨, 우린 둘 다 원하는 걸 손에 넣었소. 이제는 그저 그 여자가 진짜 무슨 말썽을 일으키기 전에 없애버리기만 하면 되는 거요."

"다시 한 번 말해두겠는데, 더 이상 에볼라를 사용하면 가만두지 않겠소. 이건 명령이오."

헤버링이 상체를 앞으로 내밀며 씩 웃었다.

"잭슨, 당신은 현실을 직시하지 못하는 것 같군. 당신이 지금 내게 보여준 태도를 잊지 않겠소. 의료인 하원 정치활동위원회는 이제 내게 명령할 입장이 아니란 말이오. 만약 진실이 밝혀질 경우 당신네들의 운명이 어떻게 될지 생각해본 적 있소? 그 블루멘탈이란 여자를 내 방식대로 처치하도록 내버려두지 않으면 그렇게 될 거라는 말을 미리 해두겠소."

잭슨은 잠시 갈등을 일으켰다. 그는 당장 헤버링의 목덜미를 잡아 눌러버리고 싶은 충동을 느꼈지만 이 사내의 말이 틀린 것도 아니었다. 의료인 하원 정치활동위원회는 이제 이 일에 손쓸 엄두도 못 내고 있었다.

"알았소."

그는 마지못해 대답했다.

"닥터 블루멘탈은 당신한테 맡기겠소. 다만 그 일에 대해 다시는 이러니저러니 내게 말하지 마시오. 그리고 애틀랜타에서는 에볼라를 사용하지 말기 바라오."

"좋소."

헤버링이 히죽 웃었다.

"그래야 당신 마음이 놓인다면 그 두 가지는 약속하겠소. 아무튼 난 워낙 이해심이 많은 사람이니까."

264

그가 덧붙여 말하자 잭슨이 자리에서 일어나며 말했다.

"그리고 또 한 가지, 내 사무실로는 절대 전화 걸지 마시오. 만약 연락할 일이 있으면 우리 집 전용 전화로 걸어주시오."

"알겠소."

헤버링이 대답했다.

애틀랜타와 시카고를 잇는 비행 편은 다행히 자주 있었으므로 마리사는 다음 비행기를 타기까지 30분만 기다리면 되었다. 마리사는 딕 프란시스의 소설을 한 권 샀지만 책에 정신을 집중시킬 수가 없었다. 결국 태드에게 전화를 걸어 최소한 사과만이라도 해야겠다는 생각이 들었다. 점점 더해가는 자신의 의혹에 대해 어느 정도 들려줘야 좋을지 갈피를 잡을 수는 없었지만 어쨌든 그래야 좋을 것 같아서 연구실로 전화를 걸었다. 생각했던 대로 그는 밤늦게까지 일을 하고 있었다.

"마리사예요. 나 때문에 화났죠?"

그가 전화를 받자 그녀가 말했다.

"화난 정도가 아니에요."

"태드, 정말 미안해요……."

"내 출입카드를 한 장 가져갔더군요."

"태드, 정말 미안해요. 다음에 만나서 다 얘기해줄게요."

"당신 정말 완전 밀폐실에 들어갔던 거예요?"

태드답지 않은 딱딱한 목소리였다.

"네, 그래요."

"마리사, 그 바람에 실험실이 엉망진창이 되었다는 걸 알아요? 동물들은 전부 죽었고 또 한 사람은 에모리 병원 응급실에서 치료받고 있다고요."

"남자 두 명이 들어와서 나를 습격했어요."

"당신을 습격했다고요?"

"그래요, 내 말을 믿어줘요."

"뭘 믿어야 좋을지 모르겠군요. 어째서 당신한테 이런 일들이 자꾸 일어나는 거죠?"

"에볼라 때문이에요. 다친 사람이 누군지 알아요?"

"아마 다른 부서의 검사 기사였던 것 같아요."

"왜 당신이 그걸 모르죠? 어젯밤 그 방에 나 말고 또 누가 들어갔었는지 당신이 모를 리 없잖아요."

"알 턱이 없죠. 지금은 아무도 내게 얘기해주질 않아요. 우리 둘의 관계를 다 알아버렸거든요. 그런데 당신 지금 어디 있는 거예요?"

"공항이에요."

"만약 습격을 당했다는 말이 사실이라면 이리로 돌아와 자초지종을 설명해야지, 도망 다닐 필요가 없잖아요."

"난 도망 다니는 게 아니에요. 지금 의료인 하원 정치활동위원회라는 단체에 관해 조사하러 시카고의 미국의학협회를 찾아가려고 해요. 당신, 그런 이름 들어본 적 있어요? 아무래도 그 단체가 수상해요."

"마리사, 당장 센터로 돌아오는 게 좋겠어요. 당신은 정말 말도 못 할 정도로 곤란에 처해 있다고요."

"알고 있어요. 하지만 당분간은 지금 내가 하고 있는 일이 중요해요. 저, 부탁인데 어젯밤 나 말고 누가 완전 밀폐실에 들어갔었는지 보건국에 물어봐 줄래요?"

"마리사, 난 지금 어떤 것도 도와줄 기분이 아니에요."

"태드, 난 말이죠……."

마리사는 입을 다물어 버렸다. 태드가 전화를 끊었기 때문이었다.

그녀는 천천히 수화기를 내려놓았다. 결코 그를 비난할 수는 없었다.

그녀는 시계를 흘끗 보았다. 탑승까지는 5분의 여유가 있어서 그녀는 용기를 내어 랠프에게 전화를 걸었다. 벨이 세 번 울리자 랠프가 전화를 받았다. 그는 태드와는 달리 화를 내기보다 걱정을 하고 있었다.

"맙소사, 마리사! 대체 어떻게 된 거요? 석간신문에서 당신 이름을 봤어요. 입장이 아주 난처해졌더군요. 애틀랜타 경찰이 당신을 찾아다니고 있어요."

"알고 있어요."

마리사는 비행기 표를 살 때 가명을 써서 현금으로 지불하길 잘했다고 생각했다.

"랠프, 변호사는 알아봤나요?"

"미안해요. 당신이 부탁했을 때 그렇게 급한 일이라고는 생각지 못했어요."

"급해졌어요. 하지만 난 오늘부터 2, 3일간 떠나 있을 거예요. 그러니 내일이라도 알아봐준다면 정말 고맙겠어요."

"대체 어떻게 된 일이에요? 신문에 자세히는 실려 있지 않더군요."

"어젯밤에도 말했듯이 당신을 말려들게 하고 싶지 않아요."

"난 괜찮다는데 왜 이리 오지 않는 거요? 자세한 얘기도 듣고 싶고, 내일 변호사도 함께 찾아보면 좋을 텐데 말이오."

"의료인 하원 정치활동위원회라는 곳, 혹시 들어본 적 있어요?"

랠프의 권유를 무시하고 그녀가 물었다.

"아니, 없어요. 마리사, 제발 이리로 와 줘요. 이 문제는 어쨌든 정면으로 부딪히는 게 좋을 것 같아요. 도망치는 건 오히려 당신에게 불리해질 뿐이라고요."

그때 탑승 안내방송이 들려왔다.

"난 이제부터 방금 말한 단체를 조사하러 미국의학협회에 갔다 오려고 해요. 내일 또 전화할게요. 뛰어가야 하니 이만 끊겠어요."

전화를 끊자마자 그녀는 서류가방과 책을 집어 들고 비행기를 향해 달려갔다.

5월 22일
몸싸움

시카고에 도착한 마리사는 기왕이면 좋은 호텔에서 묵고 싶어서 파머 하우스에 방을 얻었다. 위험을 무릅쓰고 신용카드를 제시한 뒤 그녀는 곧장 2층으로 올라가 침대에 들었다.

다음 날, 룸서비스에 신선한 과일과 커피를 주문하고 기다리는 동안 그녀는 TV를 틀어놓고 욕실로 가서 샤워를 했다. 머리를 말리려는데 뉴스 캐스터가 에볼라에 관해 보도하는 소리가 들려왔다. 필라델피아에서의 최근 상황을 들을 수 있을 것 같아 곧장 욕실에서 달려 나왔지만 그것은 에볼라의 새로운 감염사태에 대한 보도였다. 뉴욕시 5번가에 있는 로젠베르크 클리닉에서 기리쉬 메타라는 의사가 에볼라로 진단을 받았다는 것이다. 이 사실은 매스컴에 즉각 누출되어 뉴욕시 전체가 완전히 혼란에 빠졌다고 했다.

마리사는 몸서리를 쳤다. 필라델피아의 감염사태가 채 종식되기도 전에 또다시 발생한 것이다. 그녀는 서둘러 화장을 하고 머리를 매만진 다음 식사를 마치고 미국의학협회를 찾아 러시 가(街)로 향했다.

1년 전에 만약 누군가가 그녀에게 곧 그곳에 가게 될 거라고 말했다면 그녀는 곧이듣지 않았을 것이다. 하지만 실제로 그녀는 지금 그곳 정문을 통과하고 있었다.

안내 여직원이 홍보과로 가보라고 했다. 마리사가 비서들 중 한 사람에게 용건을 말하고 있을 때, 마침 부장인 제임스 프랭크가 지나가다가 그녀를 자기 방으로 맞아주었다.

프랭크는 고교 시절 학생주임 선생을 연상케 했다. 나이는 잘 모르겠지만 약간 살찐 형으로 대머리였는데 생기가 도는 얼굴에 친밀감과 성실성이 엿보였다. 그의 반짝이는 눈은 연신 웃고 있어서 마리사는 곧 그에게 호감을 느꼈다.

"의료인 하원 정치활동위원회라……."

그녀가 그 단체에 대해 묻자, 그는 입 속에서 몇 번이나 중얼거렸다.

"들어본 적 없는데요. 어디서 그 이름을 찾아냈죠?"

"의원의 기부금 명단에서요."

"그것 참 이상하군요. 현재 활동 중인 정치활동 단체들은 빠짐없이 다 알고 있는데 말입니다. 내 컴퓨터가 뭐라고 하는지 한번 물어봅시다."

프랭크는 컴퓨터에 그 이름을 입력시켰다. 잠깐 기다리자 스크린에 글씨가 떠올랐다.

"제대로 알고 계시는군요! 말씀하신 그대로예요. 틀림없이 여기 나와 있습니다."

그가 스크린을 가리켰다.

"의료인 하원 정치활동위원회, 정치활동 평의회, 이건 정식으로 등록된 조직으로 각자 기금을 관리하고 있군요."

"그게 무슨 뜻이죠?"

"글쎄요. 다시 말해서 당신이 말하는 의료인 하원 정치활동위원회라는 것은 회원제의 법인조직인데, 선거운동을 위해 기금을 분할해서 하나의 위원회를 만들었다는 거죠. 그 단체가 누구를 지지하는지 볼까요?"

"한 사람은 알고 있어요. 캘빈 마크햄이란 의원이에요."

"우익이죠."

"틀림없이 극우파일 겁니다. 그들은 포괄수가제도(DRG)를 견제해서 외국 의과대학 졸업생들의 이민을 제한하고 HMO가 얻기 시작한 조성금을 삭감시키려는 속셈인 것 같군요. 제가 아는 연방선거위원회 사람에게 전화로 물어보죠."

전화를 걸어 잠시 이것저것 이야기하던 끝에 그는 친구에게 의료인 하원 정치활동위원회에 대해서 물었다. 이야기를 들으면서 그는 몇 번이나 고개를 끄덕였다. 이윽고 전화를 끊자 프랭크는 마리사 쪽으로 몸을 돌리며 말했다.

"그 친구도 이 단체에 대해서 잘 모른다는군요. 그저 결성됐을 당시의 성명을 읽은 적이 있는데, 그에 의하면 그들은 델라웨어 주에서 법인등록을 했다는 겁니다."

"왜 하필 델라웨이였을까요."

"법인세가 그곳이 제일 싸니까요."

"이 단체에 대해서 좀 더 알 수는 없을까요?"

"어떤 것들 말입니까? 임원이 누구인지, 본부는 어디에 있는지, 어떤 멤버로 구성돼 있는지 하는 것들 말입니까?"

"네."

다시 한 번 수화기를 들면서 프랭크가 말했다.

"델라웨어에 걸어서 물어봅시다."

이번에는 꽤 성공적이었다. 델라웨어의 주 의사당 사무관은, 처음에는 그런 정보는 직접 찾아와서 묻지 않으면 가르쳐줄 수 없다고 말했지만 프랭크가 잘 구슬려 어떻게든 일을 좀 봐줄 수 없느냐고 부탁했다.

결국 프랭크는 거의 15분간이나 통화를 하며 자신이 들은 것을 받아 적었다. 통화가 끝나자 그는 마리사에게 임원회의 명단을 건네주었다. 그녀는 그것을 꼼꼼히 읽었다. 명단은 회장 조슈아 잭슨 박사, 부회장 로드 베커 박사, 출납계 싱클레어 티먼 박사, 서기 잭 크라우스 박사, 임원 구스타프 스웬슨 박사, 드웨인 무디 박사, 트렌트 굿리지 박사였다. 그녀는 서류가방을 열고 미생물 전문연구소 출자자들의 명단을 꺼냈다. 모두 같은 이름들이었다.

마리사는 머리가 혼란스러운 채 미국의학협회를 나왔다. 어렴풋이 가슴속에 떠돌고 있는 의혹은 생각하기에도 너무나 기괴한 양상을 드러내고 있었다. 치명적인 바이러스만을 취급하는 최첨단 시설의 실험실에서 초보수적인 의사 단체는 대체 무엇을 꾀하고 있는 걸까? 마리사는 차마 자신의 의문에 대답할 수가 없었다.

여러 가지로 혼란해지는 가운데 그녀는 호텔 쪽으로 걷기 시작했다. 오가는 사람들과 부딪히기도 했지만 그녀는 신경 쓰지 않았다.

자신의 생각에 어딘가 결함은 없는지 곰곰이 생각해보고 나서 마리사는 중요한 사실들을 열거해보았다. 에볼라 유행은 하나같이 회비 선납제 건강관리시스템을 운영하는 개인 클리닉에서 일어났다. 대부분 첫 발병 환자들은 외국계 이름의 소유자였다. 또 그들은 모두 발병 직전에 노상강도의 습격을 당했다. 그중 유일한 예외는 피닉스에서의 발병인데, 이것은 음식물이 원인이었다고 그녀는 아직도 믿고 있었다.

그때 그녀의 눈에 쇼윈도에 진열된 구두들이 얼핏 들어왔다. 이렇게 한눈을 파는 것이 항상 그녀의 약점이었다. 쇼윈도를 들여다보기 위해 갑자기 걸음을 멈추는 바람에 그녀는 뒤따라오던 남자와 하마터면 부딪칠 뻔했다. 남자는 화가 나서 그녀를 노려보았지만 그녀는 무시해버렸다. 그녀의 가슴속에서 어떤 계획이 차츰 형상화되고 있었다. 만약 그녀의 의혹에 근거가 있고 지금까지의 감염이 모두 우연히 일어난 게 아니라면, 이번 뉴욕에서의 첫 발병 환자 역시 HMO 클리닉에 근무하는 사람으로 발병 2, 3일 전에 습격을 당했을 것이다. 어쨌든 마리사는 뉴욕으로 가 보기로 마음먹었다.

호텔 방향이 어느 쪽인지 몰라 주위를 둘러보던 그녀는 눈앞에 있는 고가 철도를 보고, 파머 하우스 옆에 선로가 달리고 있었음을 기억해냈다.

그녀는 서둘러 걸음을 옮겼다. 그런데 그때 별안간 공포가 그녀를 휩쌌다. 그렇다면 며칠 전에 자신이 집에서 습격을 당한 것도, 완전 밀폐실에서 자신을 뒤따라온 남자가 자신을 죽이려 했던 것도, 마크햄이 자신을 전임시킨 것도 당연한 일일까? 만약 이 공포가 사실이라면 거대한 음모가 존재할 것이며 그녀는 지금 몹시 위험한 처지에 놓여 있다는 말이있다.

지금까지는 시카고가 안전하게만 느껴졌지만 그 순간부터는 어디를 둘러보아도 사람들이 수상하게만 보였다. 그때 쇼윈도를 들여다보고 있는 한 남자가 어쩐지 진열장의 유리를 통해 자신을 감시하고 있는 것 같았다. 아무래도 미행당하고 있다고 생각하며 길을 건너보았지만 남자의 모습은 보이지 않았다.

마리사는 길가에 있는 커피숍으로 뛰어 들어가 마음을 가라앉히기 위해 홍차를 주문하고 앉아서 창밖을 주시했다. 그녀를 놀라게 한 그 남자는 쇼핑 가방을 들고 상점에서 나오더니 택시를 불러 세웠다. 저 남자는 아니었나 보군, 마리사가 막 그렇게 생각했을 때 비즈니스맨으로 보이는 한 남자가 서류가방을 끌어안고 있는 모습이 그녀의 주의를 끌었다. 남자는 팔꿈치 관절이 고정되어 있어서 더 이상 구부러지지 않는 듯 기묘한 각도로 팔을 뻗고 있었다.

마리사는 지난 밤 자기 집에서의 기억이 언뜻 뇌리에 스쳤다. 얼굴은 볼 수 없었지만 팔꿈치가 고정된 듯 기묘하게 구부러진 한 남자와 필사적으로 싸우지 않았던가. 그리고 그 완전 밀폐실에서의 악몽 같은 장면이…….

마리사가 가만히 그를 주시하는 동안 남자는 한쪽 팔만을 이용해 담배를 꺼내어 불을 붙였다. 반대쪽 팔은 서류가방을 끌어안은 채였다. 그녀의 집에 침입했던 남자가 서류가방을 들고 있었다는 태드의 말이 떠올랐다. 마리사는 두 손으로 얼굴을 감싸고 이것이 자신의 망상이기만을 바랐다. 잠시 눈을 비비고 나서 다시 보니 남자의 모습은 사라지고 없었다.

마리사는 홍차를 다 마신 뒤 파머 하우스로 가는 길을 물었다. 그리고 종종걸음으로 걸으며 초조하게 서류가방을 한 손에서 다른 손으로 바꿔 들었다. 첫 번째 길모퉁이에서 슬쩍 뒤돌아본 그녀는 소스라치게 놀랐다. 아까 본 그 비즈니스맨이 이쪽으로 걸어오고 있는 게 아닌가!

마리사는 방향을 바꾸어 황급히 길을 건넜다. 곁눈질로 보니 남자는 그 블록을 따라오다가 중간쯤에서 역시 그녀의 뒤를 쫓아 길을 건넜다. 갑자기 무서워진 그녀는 택시를 잡으려고 두리번거렸지만 빈택시는 한 대도 눈에 띄지 않았다. 그녀는 재빨리 몸을 돌려 고가 철도 쪽으로 뛰어가 빠른 걸음으로 계단을 올라갔다. 많은 인파속에 끼어 있는 것이 아무래도 더 나을 듯싶었다.

플랫폼에는 수많은 사람들이 모여 서 있었다. 그녀는 되도록 입구에서 멀리 안쪽으로 들어갔다. 여전히 가슴은 두근거렸지만 마음을 가다듬고 생각해보았다. 정말 그때 그 남자일까? 정말 나를 뒤쫓아 온 것일까?

그때 그 의문에 답하듯 그 남자가 그녀의 시야 속으로 들어왔다. 큰 몸집에 피부는 거칠었고 저녁 무렵이어서인지 수염이 짙어 보였다. 이는 틈새가 보기 흉하게 벌어져 있었는데, 주먹을 쥔 손으로 입을 가린 채 콜록거렸다.

그녀가 도망치려는데 기차가 요란한 소리를 내며 플랫폼으로 들어왔다. 기차 쪽으로 몰려드는 사람들에게 밀려 마리사는 기차 안으로 들어갔다. 차에 올라탈 때 그녀는 남자의 모습을 놓치고 말았다.

그녀는 되도록 문 옆에 있으려고 안간힘을 썼다. 스파이 영화에서 본 대로 발차 직전에 기차에서 뛰어내릴 생각이었지만 사람들이 밀어닥치는 바람에 기차 문은 그녀가 접근하기도 전에 닫혀버렸다. 그녀는 뒤를 돌아 주위 사람들의 얼굴을 하나하나 들여다보았지만 팔꿈치가 경직된 남자는 눈에 띄지 않았다.

기차가 출발하면서 덜컹 하고 한쪽으로 쏠렸으므로 그녀는 기둥에 의지하지 않을 수 없었다. 그녀가 막 기둥을 붙잡았을 때 또다시 남자의 모습이 눈에 띄었다. 그는 바로 그녀의 오른쪽 옆에 서서 성한 쪽 팔을 뻗어 그녀와 같은 기둥을 잡고 있었다. 너무 가까이 있어서 그의 향수 냄새까지도 맡을 수 있었다. 그는 몸을 돌려 그녀를 쳐다보며 입가에 비웃는 듯한 엷은 웃음을 띠었다. 그러고는 기침을 해대며 기둥을 잡았던 손을 슬며시 재킷 주머니에 집어넣었다.

그녀는 이성을 잃고 큰 소리를 지르며 필사적으로 그 남자에게서 도망치려 했지만 또다시 붐비는 인파에 가로막혔다. 비명 소리는 사라지고 사람들은 누구 하나 입을 열려고도, 움직이려고도 하지 않은 채 다만 그녀 쪽을 주시하고 있을 뿐이었다. 그때 기차 바퀴가 요란한 소리를 내며 급회전을 하자 승객들은 일제히 중심을 잃고 한쪽으로 쏠렸고 마리사와 그 남자 역시 쓰러지지 않으려고 기둥을 잡는 바람에 두 사람의 손이 맞닿았다. 마리사는 마치 그것이 뜨겁게 달구어진 쇠붙이인 양 얼른 기둥을 놓았다. 다행히 철도 경관이 사람들을 헤치고 그녀 쪽으로 다가왔다.

"괜찮습니까?"

경관이 기차의 소음 때문에 큰 소리로 물었다.

"이 사람이 제 뒤를 따라와요."

경관이 그 비즈니스맨을 향해 물었다.

"사실입니까?"

남자는 고개를 가로저었다.

"난 저 여자를 본 적도 없는데, 대체 무슨 말을 하는지 모르겠군요."

기차가 속도를 늦추기 시작했을 때 경관이 그녀를 돌아보며 물었다.

"고소하실 건가요?"

"아뇨. 이 사람이 제게서 멀리 떨어져 주기만 하면 돼요."

마리사는 큰 소리로 말했다.

기차 바퀴는 삐걱거리고 있었고, 공기 브레이크는 요란한 소리를 내고 있었으므로 기차가 완전히 멈출 때까지는 아무 소리도 들리지 않았다.

기차가 멈추자 곧 문이 열렸다.

"정 내가 이 여자에게 마음을 쓰게 한다면 기꺼이 여기서 내리죠."

남자가 말했다.

몇 명의 승객들이 내렸다. 다른 사람들은 그저 빤히 보고 있을 뿐이었다. 경관은 닫히려는 문을 몸으로 막으면서 뭔가 묻고 싶은 듯한 표정으로 마리사를 쳐다보았다.

"그렇게 해주세요."

마리사는 문득 자신이 지금 무슨 짓을 하고 있는 걸까 생각하며 대답했다. 남자는 어깨를 한 번 으쓱해 보이고 기차에서 내렸다. 그러자 문이 닫히고 기차는 다시 움직이기 시작했다.

"이제 괜찮습니까?"

경찰이 물었다.

"이제 마음이 놓여요."

마리사는 남자가 없어져서 안심이 되긴 했지만 혹시 경관이 신분증을 보자고 하면 어쩌나 걱정되었다. 그녀는 경관에게 인사를 하고 시선을 돌렸다. 그는 눈치 빠르게 잠자코 가버렸다.

여전히 승객들의 시선이 일제히 자신에게 쏠리고 있음을 깨달은 마리사는 몹시 당황하여 기차가 다음 역에 닿자마자 즉시 내렸다.

거리를 걸으면서도 그녀는 그 남자가 아직도 자신을 뒤쫓아 오고 있지 않을까 하는 어리석은 생각을 하며 부랴부랴 파머 하우스로 데려다줄 택시를 잡았다.

택시에 올라타고 나서야 이젠 안전하다는 생각에 몸이 가라앉았다. 자신은 어떡해야 좋을지 모를 지경에 놓여 있는데 그렇다고 누구에게 호소해야 좋을지 알 수가 없었다. 어떤 음모가 있다는 것은 추정할 수 있지만 그 규모는 짐작조차 할 수 없는 데다 더욱 곤란한 것은 아무 증거도 확보하지 못한 채, 다만 매우 의심스러운 사실만 두어 가지 있다는 것이었다.

그녀는 뉴욕에서의 사건도 계속해서 조사해보기로 결심했다. 만약 그곳의 전염병으로 자신의 의혹이 증명되면 그곳에서 누군가에게 연락을 취해야겠다고 그녀는 생각했다. 그리고 만약 랜프가 그동안 유능한 변호사를 구해놓았다면 그에 의해 이 사건은 틀림없이 잘 해결될 거라고 생각했다.

그녀는 호텔로 돌아와 즉시 자신의 방으로 향했다. 한시라도 빨리 이곳을 빠져나가고 싶은 생각뿐이었다. 그녀는 이 호텔 프런트에서 신용카드를 사용한 것이 후회되었다. 애틀랜타에서 시카고 행 비행기 표를 살 때 가명을 썼던 것처럼 이 호텔에서도 같은 방법을 썼어야 했다.

엘리베이터를 타고 올라가면서 그녀는 얼마 안 되는 짐을 빨리 챙겨 가지고 공항으로 가기로 마음먹었다. 방문을 열고 들어간 마리사는 곧바로 욕실로 향하면서 백과 서류가방을 책상 위에 내던졌다. 바로 그때, 얼핏 사람의 움직임을 알아차린 그녀는 순간적으로 몸을 휙 돌려 피했다. 그렇지만 그녀는 세찬 일격을 얻어맞고 저만치 나가떨어지면서 바닥에 나동그라졌다. 고개를 들고 쳐다보니 전차 안에 있던 그 남자가 이쪽을 향해 다가오는 것이 아닌가!

그녀는 필사적으로 침대 밑으로 기어 들어가려 했지만 남자는 성한 쪽 팔을 뻗어 그녀의 치맛자락을 움켜쥔 채 자기 쪽으로 끌어당겼다.

마리사는 몸을 뒹굴며 세차게 발길질을 해댔다. 그때 남자의 손에서 무언가가 금속성을 내며 떨어져 바닥에 부딪쳤다. 총이라고 생각하자 더욱 공포가 밀려왔다.

남자가 총을 주우려고 몸을 굽혔을 때 마리사는 재빨리 문에서 가까운 침대 밑으로 미끄러져 들어갔다. 남자는 마리사가 몸을 웅크리고 숨어 있는 침대 밑을 들여다보고는 그 커다란 손을 그녀 쪽으로 뻗었다. 그러나 잡히지 않자 다시 무릎을 꿇고 침대 밑으로 팔을 뻗어 마리사의 발목을 붙잡고 힘껏 끌어당겼다.

마리사는 날카롭게 비명을 질러댔다. 그녀는 다시 한 번 발길질을 하며 남자의 손아귀에서 발을 빼냈다.

마침내 남자는 총을 침대 위에 내려놓고 그녀가 웅크리고 있는 침대 밑으로 기어 들어갔다. 마리사는 잽싸게 반대쪽으로 굴러 나와 문을 향해 달려갔다. 그녀가 막 손잡이를 비틀어 열려는 순간, 남자가 침대 위로 몸을 날려 커다란 손으로 그녀의 머리채를 낚아챘다. 그리고 그녀의 몸을 잡아 돌리면서 옷장 쪽으로 힘껏 내던졌다. 그녀의 몸에 부딪친 거울이 산산조각이 난 채 흩어졌다.

남자는 복도를 흘끗 내다보고는 문을 닫아걸었다. 그 순간 마리사는 건너편 침대 위에 놓인 총을 재빨리 집어 들고 욕실로 뛰어 들어가 가까스로 문을 닫았다.

마리사는 세면대에 등을 붙이고 앉아 발로 있는 힘을 다해 문을 밀어 붙였다. 하지만 조금씩 상대의 막강한 힘에 밀려 문틈이 점점 벌어지면서 남자의 경직된 왼팔이 쑥 들어왔다.

마리사는 벽에 달려 있는 전화기를 올려다보았지만 문을 누르고 있는 발을 떼지 않는 한 수화기를 집어들 수가 없었다. 벽에 대고 총을 한 방 쏘아 남자를 놀라게 할 생각으로 마리사는 손에 든 무기를 보았다. 그러나 자세히 보니 그것은 단순한 일반 총이 아니라 전에 그녀가 소아과에서 집단 접종에 사용해본 적이 있는, 압착 공기를 이용한 주사총이었다.

이제 문틈이 더 많이 벌어져서 남자의 팔이 자유롭게 들어왔다. 남자는 닥치는 대로 손을 휘저어 대다가 간신히 그녀의 발목을 붙잡았다. 이젠 끝장이구나 생각한 그녀는 최후의 수단으로 남자의 팔에 주사총을 밀착시켜 그 속의 액체를 밀어 넣었다. 남자는 비명을 지르며 팔을 뺐고 그 순간 문이 쾅 하고 닫혔다.

방문을 열고 복도로 뛰어나가는 남자의 발소리가 점점 멀어져 갔다. 그제야 그녀는 침실로 나와 안도의 한숨을 내쉬었다. 그 순간, 코를 찌르는 페놀 소독액 냄새에 그녀는 깜짝 놀랐다. 그녀는 떨리는 손으로 주사총을 집어 들고 그 둥근 총 끝을 자세히 들여다보았다. 그 속에 들어 있는 것은 에볼라 바이러스였다. 그녀가 냄새를 맡은 소독액은 그것을 사용한 사람의 감염을 막기 위한 예방 조치였음을 그녀는 깨달았다.

이제 그녀는 정말로 공포에 휩싸여 온몸을 떨었다. 그녀는 그 남자를 죽음으로 몰아넣었을 뿐만 아니라 새로운 전염병 유행의 방아쇠를 당겼는지도 모른다. 간신히 마음을 진정시키고 그녀는 휴지통에서 비닐봉투를 꺼내어 조심스럽게 총을 그 안에 집어넣었다. 그리고 다른 비닐봉투를 찾아내어 다시 한 번 그것을 싸서 단단히 묶었다. 그리고 경찰에 연락할까 하고 잠시 망설였지만 경찰이라 하더라도 이 판국에는 속수무책일 것 같았다. 남자는 이미 도망쳐버린 뒤였고, 만약 그 속에 들어 있는 것이 정말 에볼라라면 스스로 붙잡힐 마음이 생기지 않는 한 쉽게 그를 찾아낼 수는 없을 것 같았다.

마리사는 문을 열고 복도를 살짝 엿보았다. 아무도 없음을 확인한 그녀는 '깨우지 마세요'라는 표찰을 문에 건 뒤 짐과 주사총을 싼 비닐봉투를 들고 세탁실로 갔다. 그곳에는 아무도 없었다. 마리사는 리졸액을 찾아내어 봉투 바깥쪽을 소독하고 나서 자신의 손도 깨끗이 씻고 소독했다. 그 밖의 예방조치는 아무것도 떠오르지 않았다.

로비에는 많은 사람들이 북적거리고 있었다. 마리사는 그곳이 안전할 것 같아 일리노이 주 방역관에게 전화를 걸었다. 그리고 자신의 이름은 밝히지 않은 채 파머 하우스 2410호가 에볼라 바이러스에 오염되었다고 말하고는 상대가 놀라서 뭐라고 대답하기도 전에 전화를 끊었다. 그리고 나서 태드에게 전화를 걸었다. 일이 급해지다 보니 마리사는 방금 일어난 사건에 대해 끙끙거리며 고민할 새도 없이 행동을 취하고 있었다. 태드는 처음에는 냉담했지만 히스테리라도 일으킬 듯한 그녀의 목소리에 곧 누그러졌다.

"도대체 무슨 일이에요? 정말 괜찮아요?"

"부탁할 게 두 가지 있어요. 전에 폐를 끼친 뒤로 이제 두 번 다시 당신을 성가시게 하지 않겠다고 맹세했지만, 지금으로선 어쩔 수가 없어요. 우선 로스앤젤레스 감염 발생 때의 회복기 혈청이 필요해요. 그걸 뉴욕 플라자호텔에 있는 캐럴 브래드포드 앞으로 오늘 밤 안에 보내주세요."

"캐럴 브래드포드가 누군데요?"

"제발 아무것도 묻지 마세요. 당신은 아무것도 모를수록 좋아요."

마리사는 금방이라도 터져 나올 듯한 울음을 꾹 참았다.

캐럴 브래드포드는 그녀의 대학시절 룸메이트의 이름으로, 애틀랜타에서 시카고로 날아올 때도 그 이름을 썼었다.

"또 하나는 내가 오늘 밤 당신에게 속달로 보낼 물건에 관한 거예요. 그걸 열지 말고 완전 밀폐실에다 숨겨놔 줘요."

"그것뿐이에요?"

"그래요. 날 도와주겠어요, 태드?"

"좋아요. 그 정도라면 못할 것도 없죠."

"고마워요. 며칠 후면 전부 얘기해줄 수 있을 거예요."

그녀는 전화를 끊고 나서 캐럴 브래드포드란 이름으로 그날 밤 플라자 호텔에 방 하나를 예약했다. 그런 다음 그녀는 호텔 로비를 둘러보았다. 아무도 그녀에게 주의를 기울이고 있는 것 같지 않았다. 그녀는 호텔 측에서 신용카드로 지불 요청을 할 거라고 생각하며 일부러체크아웃을 하지 않은 채 서둘러 호텔을 나왔다.

그녀는 먼저 우체국에 들러, 이것은 아주 특별한 백신이니 다음날까지 애틀랜타에 도착해야만 한다고 소포의 내용물에 대해 말하자 우체국 직원은 매우 친절히 대해 주었다. 직원은 그녀의 봉투를 견고한 금속상자에 넣고 나서 그녀가 손을 심하게 떨자, 주소를 대신 써주었다.

다시 밖으로 나온 마리사는 오헤어 공항으로 가기 위해 택시를 탔다. 좌석에 앉자마자 그녀는 림프선이 붓지 않았는지 혹은 목이 아프지 않은지를 살폈다. 전에도 에볼라를 접해본 적은 있지만 이렇게 가까이 접한 적은 한 번도 없었다. 침입자가 자기에게 바이러스를 이식하려 했다고 생각하니 몸서리가 쳐졌다. 간신히 도망칠 수 있었던 것은 거꾸로 그에게 주사할 수 있었기 때문이었다. 이것은 정말 얄궂은 운명의 장난이었다. 증상이 나타나기 전에 환자의 회복기 혈청을 주사하면 예방 효과가 있다는 것을 그가 알고 있으면 좋으련만……. 그가 그토록 서둘러 도망친 것은 어쩌면 그 때문이었는지도 모른다.

공항까지 가는 긴 시간 동안 그녀는 다시 한 번 이번 사건을 차분히 생각해보았다. 또 한 차례의 습격으로 의혹은 한층 더 짙어졌다. 그리고 만약 그 주사총에 에볼라가 들어 있었다면 처음으로 구체적인 증거 하나를 손에 넣은 셈이었다.

택시 기사는 마리사를 공항 터미널에 내려주면서 뉴욕 행 비행기는 한 시간마다 있다고 일러주었다. 탑승권을 사 들고 보안검사를 통과해 탑승구까지의 긴 통로를 따라 걸어간 그녀는 아직도 30분가량이나 더 기다려야 한다는 것을 알았다. 그래서 랠프에게 전화를 걸기로 했다. 그의 목소리가 간절히 그리웠을 뿐 아니라 변호사를 의뢰했는지도 궁금했기 때문이었다.

마리사는 랠프의 비서가 그녀를 통제하며 전화를 바꿔주지 않아, 제발 자기가 전화를 걸었다는 사실만이라도 전해달라고 부탁하며 실랑이를 벌인 끝에 마침내 겨우 랠프와 통화를 할 수 있었다.

"어서 애틀랜타로 돌아와요."

그녀가 인사말도 하기 전에 그가 먼저 입을 열었다.

"곧 돌아갈 거예요."

마리사는 지금 자신이 시카고의 아메리칸 항공사 터미널에 있으며 랠프가 변호사만 물색해 놓으면 내일이라도 애틀랜타로 돌아갈 생각이라고 말했다.

"변호사는 구해 놓았어요. 그라면 믿을 수 있을 거예요. 매킨린이라는 사람인데 애틀랜타의 큰 법률회사에 소속돼 있는 남자예요."

"아무튼 명석한 사람이면 좋겠네요. 아무래도 이번 사건은 힘들어질 것 같아요."

"아마 그는 최고 수준일 거요."

"착수금을 많이 요구하지는 않을까요?"

"경우에 따라서는 많이 요구할지도 모르죠. 그럼 곤란한가요?"

"그럴 수도 있어요. 형편이 형편인 만큼……."

"알았어요. 그건 걱정은 말아요, 내가 얼마든지 도와줄 테니."

"그런 것까지 부탁할 수는 없어요."

"부탁받고서 하는 일은 아니에요. 다만 그 미치광이 같은 여행은 이제 그만뒀으면 좋겠어요. 뉴욕에는 뭐 그리 중대한 일이 있는 거예요? 이번 일은 제발 그 새로운 에볼라 유행 때문이 아니었으면 좋겠군요. 또다시 당신이 필라델피아 때와 같은 전철을 밟는 걸 원치 않아요. 어째서 곧장 애틀랜타로 돌아오지 않는 거예요? 당신이 걱정스러워서 죽겠어요."

"곧 끝날 거예요. 약속해요."

수화기를 내려놓고 나서도 그녀는 잠시 전화기 위에 손을 올려놓고 있었다. 랠프와 이야기를 나누면 언제나 마음이 편안해졌다. 그는 진심으로 그녀를 걱정하고 있었다.

승객의 90퍼센트가 비즈니스맨인 것 같았다. 마리사는 그들과 마찬가지로 마실 것을 주문했다. 그녀가 주문한 토닉 워터는 아직 날카로워져 있는 그녀의 신경을 다소 가라앉혀 주었다. 그녀는 옆자리의 데니라는 젊고 핸섬한 시카고 증권 회사원과 의례적으로 '어디서 오셨습니까?'라든가 '하시는 일은요'식의 대화를 주고받기까지 했다. 이야기를 나누는 동안 그녀는 그에게 하와이에서 의사로 일하고 있는 누이가 있다는 것을 알게 되었다. 그는 열심히 지껄여 댔지만 마리사는 어떻게든 생각을 정리할 시간을 갖고 싶어서 마침내 잠이 든 체하기로 했다.

그녀의 가슴속에는 두 가지 의문이 떠오르고 있었다. 팔이 경직된 그 남자가 어떻게 자신이 시카고에 있다는 사실을 알았을까? 그리고 완전 밀폐실에서 습격해온 남자도 동일인물이라고 가정했을 때 어떻게 그가 자신이 그 방에 들어간 사실을 알았을까? 하는 것이었다. 이두 가지 의문에 대한 답으로 마리사는 조심스럽게 태드를 떠올려 보았다. 출입카드가 없어진 것을 그가 알아차렸다면 그날 밤 즉시 그것을 사용하리라는 것을 알았을 것이다. 그리고 그 자신이 성가신 일에 말려들고 싶지 않아 아마도 두브체크에게 그 사실을 알렸을 것이다. 또한 자신이 시카고로 날아온 것도 그가 알고 있을 테지만 설마 살인청부업자에게 그녀의 뒤를 쫓게 했다고는 도저히 생각할 수 없었다.

한편 그녀는 두브체크를 원망하고 있었지만 동시에 열정적이고 성실한 과학자로서 그를 존경하는 마음은 변함이 없었다. 그 재정 지향적인 우익단체인 의료인 하원 정치활동위원회와 그를 결부시켜 생각하기란 어려운 일이었다. 도대체 어디까지가 조리 있는 추론이고, 어디까지가 피해망상인지 전혀 감을 잡을 수 없게 된 마리사는 그 예방 접종용 주사총을 태드에게 그대로 넘겨준 것이 후회스러웠다. 만약 태드가 조금이라도 이 사건에 연루돼 있다면 그 주사기가 에볼라 양성반응을 보인다 하더라도 그녀는 유일한 확증을 잃어버린 셈이었다.

비행기가 라가디아 공항에 착륙하자 마리사는 이 뉴욕에서 에볼라의 발생 원인에 대한 자신의 가설이 확인되는 즉시 랠프가 의뢰해준 변호사에게 달려가 그와 경찰의 손을 빌려 이 사건을 해결하기로 마음먹었다. 이제 더 이상 두고 볼 수만은 없었다. 특히 국민의 생명을 위험에 빠지게 해놓고도 태연한 집단은 결코 용서할 수 없었다.

비행기가 착륙하고 안전벨트를 착용하라는 신호가 꺼져 탑승구에 도착했음을 알리자 마리사는 자리에서 일어나 머리맡 선반에서 간신히 여행가방을 내렸다. 데니가 한사코 가방을 들어주겠다는 것을 작별인사를 하여 겨우 그를 떼어놓았다. 그녀는 앞으로는 좀 더 주의해서 모르는 사람과 이야기하거나 본명을 밝히지 않기로 다짐했다. 그리고 캐럴 브래드포드라는 이름으로 플라자 호텔에 묵으려던 계획을 바꿔 대신 고교시절 친구인 리사 켄드릭이란 이름으로 그 근처 에섹스 하우스에서 하룻밤 묵기로 했다.

조지 발할라는 에이비스 렌터카의 카운터 앞에 서서 수화물 인수창구 입구의 붐비는 사람들을 무심히 바라보고 있었다. 그의 고용주는 그에게 '두꺼비'라는 별명을 붙여주었다. 그것은 외모가 닮아서라기보다는 유별난 그의 인내력 때문이었다. 마치 벌레를 기다리는 두꺼비처럼 그는 몇 시간이고 꼼짝 않고 잠복해 있을 수 있는 사람이었다.

하지만 이번 일은 그의 특수한 재능을 필요로 할 정도의 것은 아니었다. 그저 잠시 공항에 있다가 5시나 6시쯤 시카고 발 비행기로 도착하는 여자를 발견하여 알리면 되는 일이었다.

5시 비행기가 지금 막 도착해서 두세 명의 승객이 가까운 수화물 인수 창구로 모여들기 시작했다.

조지가 은근히 불안해하는 단 한 가지 문제는 자신이 전해들은 상대방의 인상착의가 막연하다는 점이었다. 키가 자그마한 30세가량의 갈색머리 미인이라는 사실 외에는 아는 게 없었다. 보통은 사진을 이용했는데 이번엔 그것을 손에 넣을 시간이 없었다.

이윽고 그는 그녀를 발견했다. 서류가방을 들고 수화물 인수 창구 앞에서 서성이는 승객들보다 30센티 정도 키가 작은 그녀는 자신이 노리는 표적임에 틀림없었다. 그녀는 기내에서 계속 들고 있었던 것으로 보이는 여행가방만을 들고 수화물 인수 창구 앞을 그대로 지나쳤다.

조지는 에이비스의 카운터를 벗어나 상대방이 잘 보이는 위치로 천천히 이동했다. 그리고 공항 밖으로 나와 택시 정류장에 줄을 서는 그녀의 뒤를 쫓았다. 그녀는 확실히 미인이고 키가 자그마했다. 저런 여자가 어떻게 시카고에서 폴을 해치울 수 있었을까. 어쩌면 무술에 통달한 여자인지도 모른다. 어쨌든 이 자그마한 아가씨에게 그는 약간의 존경심마저 느꼈다. 그러나 그것은 알도 마찬가지일 것이다. 그렇지 않다면 이런 귀찮은 절차는 밟게 하지 않았을 것이다.

가까이 다가가 그녀를 확인한 조지는 터미널 앞 도로를 가로질러 택시 정류장 건너편에서 대기하고 있던 택시에 올라탔다.

운전사가 뒤를 돌아보며 조지에게 물었다.

"여잘 발견했어?"

서양 배처럼 퉁퉁한 조지와는 대조적으로 그는 새처럼 앙상한 얼굴에 깡마른 체구의 남자였다.

"제이크, 내가 멍청이로 보이나? 빨리 시동이나 걸어. 그 여잔 지금 택시 정류장에서 줄 서 있다고."

제이크는 조지의 말대로 했다. 그와 조지는 4년 전부터 알과 함께 일해 왔고 모두들 마음이 맞는 동료들이었다. 다만 조지가 명령을 내릴 때만은 사정이 달랐지만 그것은 늘 있는 일은 아니었다.

"저기 있다."

조지가 막 차에 올라타는 마리사를 가리키며 말했다.

"잠깐 차를 멈춰서 저 택시를 먼저 가게 해."

"이봐, 운전하는 건 나라고. 넌 보고만 있어, 차는 내가 몰 테니."

그는 기어를 넣고 천천히 차를 전진시키기 시작했다.

조지는 뒷 창문으로 내다보고는 마리사가 탄 택시 지붕의 요철 모양을 가만히 주시했다.

"미행은 어렵지 않겠군."

택시가 그들의 오른쪽을 지나쳐서 앞으로 나아가자 제이크는 그 뒤를 바싹 쫓았다. 그리고 롱 아일랜드 고속도로로 진입하기 전에 다른 차 한 대를 앞에 끼워주었다. 퀸즈보로 다리를 건널 때 러시아워 체증으로 차도가 붐비긴 했지만, 마리사의 차를 미행하는 것은 그리 어려운 일은 아니었다. 제이크는 에섹스 하우스 앞에서 차를 내리는 마리사를 확인하고 그곳에서 15미터쯤 앞 길가에 차를 세웠다.

"자, 이제 저 여자의 숙소를 알아냈다."

제이크가 말했다.

"모든 걸 확실히 해야 하니 저 여자가 정말 수속을 밟는지 확인하고 오겠어."

조지는 그렇게 말하고 차에서 내려 호텔 쪽으로 걸어갔다.

5월 23일
숨 막히는 추격전

마리사는 도무지 잠을 이룰 수가 없었다. 파머 하우스 객실에서의 사건 이후로 그녀는 호텔 안에서도 결코 마음을 놓을 수가 없었다. 복도에서 조금만 이상한 소리가 들려도 누군가가 문을 부수고 들어오는 게 아닌가 하고 흠칫 놀라곤 했다. 실제로 잡다한 소리가 자주 들려왔고, 손님들이 밤늦게 룸서비스에 무얼 시켜 먹는지 내내 시끄러웠다.

그녀는 혹시라도 자신에게 뭔가 증상이라도 일어날까 봐 끊임없이 걱정이 되었다. 그 주사총을 잡았던 손의 감촉이 잊히지 않고 잠에서 깨어날 때마다 열은 없는지, 어디 이상한 데는 없는지 자꾸만 신경이 쓰였다.

이튿날 아침, 그녀는 완전히 지쳐 있었다. 신선한 과일과 커피를 주문하자 무료 서비스로 《뉴욕타임스》지가 함께 배달되었다. 신문 제1면에는 에볼라 유행을 전하는 기사가 실려 있었다. 뉴욕에서는 11명의 환자가 발생한 가운데 1명이 사망했고 필라델피아에서는 환자 36

명에 사망 17명이라고 보도하고 있었다. 뉴욕에서 사망한 첫 발병 환자는 기리슈 메타라는 의사였다.

10시부터 마리사는 플라자 호텔에 계속 전화를 걸어 캐럴 브래드포드 앞으로 소포가 도착되어 있는지를 확인했다. 점심때까지는 계속 전화를 걸어 볼 작정이었다. 틀림없이 그때까지는 도착할 것이기 때문이었다. 소포만 도착한다면 태드가 자신을 배신했을지 모른다는 걱정은 던져버리고 로젠베르크 클리닉으로 달려갈 수 있는 것이다. 다행히 소포는 정각 11시에 도착했고, 그녀가 도착할 때까지 보관해놓겠노라는 메시지를 전달받았다.

마리사는 호텔을 나설 채비를 하면서 태드가 혈청을 보내준 사실을 어떻게 생각해야 할지 알 수가 없었다. 물론 소포는 빈 상자인지도 모르고 혹은 그것의 도착으로 그녀의 소재를 확실히 할 계획인지도 몰랐다. 유감스럽게도 그녀는 지금 그것을 확인할 도리가 없었다. 어떻게든 혈청을 손에 넣고 싶었으므로 그녀는 자신의 의혹을 헛된 것으로 생각할 수밖에 없었다. 아무튼 하늘에 운을 맡겨보는 것이다.

핸드백만을 들고 나가면서 마리사는 되도록 위험부담 없이 소포를 손에 넣는 방법이 없을까를 생각했다. 하지만 택시를 호텔 앞에 대기시켜 놓는 방법과 많은 사람들이 북적거리는 가운데 소포를 찾는 정도 이상의 뾰족한 수가 떠오르지 않았다.

조지는 그날 아침 일찍부터 어섹스 하우스 로비에 와서 죽치고 앉아 있었다. 그는 이런 식의 잠복을 좋아했다. 고급양복에 악어가죽 구두를 신었으므로 호텔 청원경찰들의 따가운 시선을 걱정할 필요도 없었다. 자유롭게 커피도 마시고, 신문도 보고, 늘씬한 여자들을 눈요기 삼아 훑어보기도 하면서 그런 대로 기분 좋은 시간을 보내고 있었다.

그가 막 화장실에 가려고 일어서는 순간 엘리베이터에서 내리는 마리사의 모습이 눈에 띄었다. 그는 《뉴욕 포스트》지를 집어 던지고 자동문을 빠져나가는 그녀의 뒤를 쫓아 나갔다. 50번가를 가득 메우고 있는 자동차들 사이를 빠져나가 길을 건넌 그는 제이크가 기다리고 있는 택시로 달려가 운전석 옆에 올라탔다. 제이크도 마리사의 모습을 발견했는지 차에 시동을 걸어놓고 있었다.

"낮에 보니 훨씬 더 예쁜데 그래?"

유턴을 하려고 핸들을 꺾으면서 제이크가 말했다. 그의 이름은 알폰스 힉트먼이지만 그대로 부르는 사람은 없었고, 대개는 그의 부탁대로 '알'이라고 불렀다. 그는 동독 출신으로 베를린 장벽을 넘어 서쪽으로 탈출한 남자였다. 얼굴은 나이보다 젊어보였고 줄리어스 시저처럼 짧게 깎은 금발머리에 담청색 눈동자는 겨울 하늘만큼이나 차갑게 빛났다.

"리사 켄드릭이란 이름으로 묵고 있긴 하지만 인상착의는 똑같습니다. 틀림없이 그 여자예요."

조지가 말했다.

그들은 마리사가 택시를 타고 동쪽으로 향하는 것을 잠자코 주시했다. 교통이 혼잡한 속에서도 제이크는 유턴을 해서 마리사가 탄 택시로부터 차 2대를 사이에 두고 바싹 따라 붙었다.

"이봐요, 아가씨. 어딜 가실 건지 말씀을 하셔야죠."

택시 운전사가 백미러를 통해 그녀를 쳐다보며 말했다.

마리사는 여전히 몸을 틀어서 에섹스 하우스의 출입구를 주시하고 있었다. 미행하는 듯한 사람은 보이지 않았다. 그녀는 그 블록을 한 바퀴 돌아달라고 택시 기사에게 부탁했다. 그녀는 여전히 혈청을 안전하게 손에 넣는 방법을 궁리하고 있었다.

운전사는 입 속으로 투덜거리며 오른쪽으로 모퉁이를 돌아 차를 몰았다. 마리사는 5번가에서 플라자 호텔 입구 쪽을 바라보았다. 입구에는 차가 여러 대 세워져 있었고 호텔 앞 작은 공원에는 수많은 사람들이 있었다. 길가에는 멋들어진 길 마차들이 늘어서서 손님을 기다리고 있었다. 게다가 검푸른 헬멧을 쓴 기마 경관까지도 몇 명 눈에 띄었다. 마리사는 용기를 냈다. 이 정도면 불시에 습격당할 염려는 없을 것 같았다. 마리사는 운전사에게 플라자 호텔 앞에 차를 세우고 잠깐 안에 뛰어갔다 올 동안 대기해달라고 말했다.

"아가씨, 나는……."

"아주 잠깐 동안이에요."

운전사가 손가락으로 가리키며 말했다.

"다른 택시를 잡으시지 그래요?"

"미터 요금에 10달러 더 드릴게요. 그리고 금방 돌아올 거예요, 약속할게요."

그녀는 이 상황에선 가능한 한 최대한의 미소를 보이며 운전사를 달랠 수밖에 없었다. 운전사는 어깨를 으쓱했다. 10달러의 팁과 그녀의 미소로 대기예약이 이루어진 모양인지 그는 플라자 호텔 앞에 차를 세웠다. 호텔 종업원이 차 문을 열어주어 마리사는 차에서 내렸다.

당장이라도 어떤 최악의 사태가 일어날 것만 같아 그녀의 신경은 극도로 날카로워져 있었다. 그녀가 타고 온 택시가 현관에서 9미터쯤 떨어진 곳에 세워져 있는 것을 확인하고 그녀는 호텔 안으로 들어갔다.

바라던 대로 사치스럽게 장식된 로비는 수많은 인파로 북적거리고 있었다. 마리사는 망설이지 않고 로비를 가로질러 보석이 진열되어 있는 쇼윈도 앞으로 다가갔다. 넋을 잃고 보는 체하며 유리창의 반사를 이용해 누군가 자신을 지켜보고 있는 사람이 없는지 주위를 살폈다. 하지만 그녀에게 신경 쓰고 있는 사람은 아무도 없는 것 같았다.

그녀는 다시 한 번 로비를 가로질러 접수 창구의 카운터 앞에서 가슴을 두근거리며 차례를 기다렸다.

"신분증 좀 보여주시겠습니까?"

마리사가 소포를 찾으러 왔다고 말하자 담당직원이 물었다. 당황해하며 그녀는 아무것도 갖고 있지 않다고 말했다.

"그렇다면 객실 열쇠라도 괜찮습니다만."

남자는 어떻게든 편의를 봐주려고 했다.

"아직 체크인을 안 했어요."

남자는 미소를 지어보였다.

"그럼 체크인을 하고 나서 소포를 받으시면 되겠군요. 이해하시겠지만 저희도 책임이 있으니까요."

"물론이죠."

마리사는 그렇게 말은 했지만 자신감이 흔들렸다. 최대한 주의를 기울였어야 했는데 이 점은 생각지 못했던 것이다. 달리 방법이 없다고 생각한 그녀는 프런트 쪽으로 걸어갔다.

그녀가 신용카드를 사용하지 않겠다고 말했을 때 또 한 번 일이 까다로워졌다. 창구 직원이 그녀에게 수납계 창구에 가서 꽤 많은 금액을 보증금으로 지불한 다음 객실 열쇠를 받아가라고 말한 것이다. 마침내 열쇠를 손에 넣은 그녀는 간신히 소포를 건네받을 수 있었다.

황급히 걸음을 옮기며 그녀는 포장을 찢어 안에서 병을 꺼내 들여다보았다. 혈청은 믿을 수 있을 것 같았다. 그녀는 포장지를 쓰레기통에 던져 넣고 병을 주머니에 집어넣었다. 여기까지는 순조로웠다.

회전문을 빠져나와 한낮의 햇살에 눈이 익숙해질 때까지 마리사는 잠시 멈춰 서 있었다. 택시는 아까 봐뒀던 장소에 주차되어 있었다. 호텔 종업원이 "차를 부를까요?" 하고 묻자 그녀는 생긋 웃으며 고개를 저었다.

그녀는 59번가 쪽을 바라보았다. 자동차 수는 늘어나 있었다. 보도에는 수많은 사람들이 무슨 중요한 모임에 늦기라도 한 듯 바삐 밀려가고 밀려오고 있었다. 그야말로 그녀가 바라던 환한 햇살과 혼잡이었다. 그녀는 안심하고 계단을 뛰어내려와 택시를 향해 달렸다.

차에 겨우 다다라 뒷문 손잡이를 잡고 그녀는 다시 한 번 플라자 입구 쪽을 돌아보았다. 그녀를 뒤쫓아 오는 사람은 아무도 없었다. 태드를 의심한 것은 공연한 걱정이었던 듯싶었다.

차에 막 타려는 순간, 그녀는 자신을 향해 곧장 겨누고 있는 총구를 발견했다. 웬 금발의 사내가 뒷좌석에 납작 엎드려 그녀를 향해 총을 겨누고 있었던 것이다. 상대가 뭐라고 말하려는 듯했지만 마리사는 차에서 비켜서면서 쾅 하고 문을 닫았다. 순간 총이 '쉭' 소리를 내며 발사되었다. 그것은 일종의 정교한 공기총인 것 같았다. 탄환은 일격에 차창을 산산조각 냈지만 그녀는 뒤돌아볼 생각도 하지 않고 쏜살같이 달리기 시작했다. 얼핏 보니 택시 운전사가 차에서 뛰어나와 그녀의 반대쪽으로 도망치고 있었다. 그리고 뒤쪽에서 보니 금발의 사내가 인파를 헤치며 그녀를 뒤쫓아 오고 있는 모습이 눈에 들어왔다.

보도는 짐과 손수레와 유모차와 개를 동반한 인파의 장해물로 가득했다. 금발의 사내는 어느새 총을 주머니에 감추고 있었고, 마리사는 이 군중들이 그녀가 바라던 만큼 자신을 방어해줄 수 없음을 깨달았다. 공기총의 모기소리만한 발사음을 누가 알아챘단 말인가. 그녀가 총에 맞아 쓰러진 것을 사람들이 알아챘을 때에는 습격자들은 이미 멀리 도망쳐버린 뒤일 것이다.

사람들과 부딪칠 때마다 그들은 버럭 성을 냈지만 그녀는 상관하지 않고 계속 달렸다. 그녀가 야기시킨 혼란으로 금발의 사내가 방해를 받긴 했지만 그다지 큰 효과는 없었다.

마리사는 택시와 리무진들 사이를 요리조리 빠져나가 플라자 호텔 동쪽의 차도를 가로질러 한가운데에 분수가 있는 작은 공원 근처에 다다랐다. 머리가 혼란스러워 어디로 가야 할지 갈피를 잡을 수 없었지만 아무튼 어떻게든 하지 않으면 안 되었다. 바로 그 순간 기마 경관의 말이 그녀의 눈에 들어왔다. 말은 공원의 좁은 잔디밭에 둘러쳐 놓은 철책에 느슨하게 매여 있었다. 그녀는 말을 향해 달려가 필사적으로 경관의 모습을 찾았다. 추격자는 이미 바싹 그녀를 뒤쫓아 왔는지 보도를 달리던 그의 발소리가 이윽고 멎었다. 금발의 사내는 어느새 호텔과 공원을 잇는 차도에 접어든 것이다.

마리사가 말에게 다가가 고삐를 잡고 그 밑으로 들어가자, 말은 화가 난 듯 머리를 흔들어 댔다. 뒤를 돌아보니 사내는 리무진을 피하며 차도를 건너고 있었다. 마리사는 미친 듯이 작은 공원 안을 둘러보았다. 사람들이 그녀를 물끄러미 바라보고 있을 뿐 경관의 모습은 보이지 않았다. 그녀는 단념하고 방향을 바꾸어서 공원을 가로질러 다시 달리기 시작했다. 숨을 곳은 없고 추격자는 바싹 따라오고 있었다.

꽤 많은 사람들이 분수대 옆에 앉아 있었지만 무관심하게 그녀를 바라볼 뿐이었다. 뉴욕의 주민들은 이런 필사적인 추격전을 비롯해서 어떤 소동에도 꽤 면역이 되어 있는 듯했다.

마리사가 분수대 주위를 돌 때 추격자는 숨소리마저 들릴 정도로 그녀에게 바싹 접근해 있었다. 마리사는 다시 한 번 방향을 바꾸어서 공원으로 들어오는 군중들과 맞부딪쳤다. 밀고 밀리는 가운데 "이봐, 너!"라든가 "저런 돼먹지 못한 것 같으니!" 따위의 심한 욕설들이 튀어 나왔다.

겨우 빈 공간으로 들어서서 한숨을 돌리려는 순간, 그녀는 자신이 수백 명이나 되는 군중들에게 둘러싸여 있다는 사실을 깨달았다. 체격이 건장한 3명의 흑인이 중앙에서 랩뮤직에 맞춰 브레이크 댄스를 추고 있었다. 마리사의 필사적인 시선과 젊은이들의 눈이 마주쳤을 때 그녀는 그 눈 속에 분노가 깃들어 있음을 눈치 챘다. 그녀가 그들의 공연을 망쳐놓았기 때문이었다.

그들이 막 다시 움직이려고 할 때 금발의 사내가 사람들의 원 안으로 뛰어 들어와 넘어질 듯하다가 한 발로 간신히 중심을 잡고 섰다. 그는 잽싸게 공기총을 쏠 자세를 취했지만 그 이상은 할 수 없었다. 몹시 화가 난 흑인 남자 하나가 익숙한 동작으로 그의 총을 차올렸기 때문이었다. 총은 하늘 높이 날아올라 군중 속으로 떨어졌다. 추격자가 그에 맞서 반격하자 군중들은 도망치기 시작했다. 흑인은 세게 한 대 얻어맞고 땅바닥에 나뒹굴었다. 그러자 옆에서 지켜보고 있던 흑인동료 3명이 금발의 사내를 등 뒤에서 덮쳤다. 마리사는 기회를 놓치지 않고 갑작스런 싸움을 피해 달아나기 시작한 사람들의 무리 속으로 섞여 들어갔다.

대부분의 사람들은 5번가를 가로질러 갔고 그녀도 그들 틈에 끼여 따라갔다. 59번가의 북쪽에서 다른 택시를 잡아 탄 그녀는 로젠베르크 클리닉으로 가 달라고 말했다. 차가 59번가로 방향을 틀었을 때 보니 분수대 근처에 꽤 많은 사람들이 모여 들었고 기마 경관도 말 쪽으로 돌아와 있었다. 경관이 그 금발의 사내를 체포해서 몇 주일간 유치장에 처넣었으면 하고 그녀는 생각했다.

마리사는 다시 플라자 호텔의 정문을 바라보았다. 하지만 언뜻 봐서는 별다른 움직임이 없는 듯했다. 그녀는 좌석 등받이에 기대어 눈을 감았다. 두려움 대신 불끈 화가 치밀어 올랐다. 모든 사람들에게,

특히 태드에게 참을 수 없는 분노를 느꼈다. 이제 그가 저 추격자에게 그녀의 위치를 가르쳐주었다는 것은 의심의 여지가 없었다. 혈청을 손에 넣기 위해 그토록 고생했건만 이제 이것은 아무 쓸모가 없어졌다. 이렇게 의심스러운 상황에서 그것을 자신에게 주사하다니, 당치도 않은 일이었다. 그럴 바에야 차라리 그 주사총이 사용자에게 안전하도록 잘 만들어져 있기만을 바랄 뿐이었다.

그녀는 잠시 로젠베르크 클리닉으로 잠입하는 것을 그만둘까 생각했다. 하지만 에볼라가 계획적으로 퍼졌다는 사실을 증명하는 것은 무엇보다도 중요한 그녀의 선결 과제였다. 게다가 이렇게 계획적으로 그녀를 습격한 뒤인만큼 아마 또다시 그녀가 찾아오리라고는 아무도 예상치 못할 것이었다.

마리사는 클리닉 바로 전에서 택시를 내려 나머지 블록을 걸어갔다. 그곳을 찾아내는 것은 어려운 일이 아니었다. 병원은 제법 공들여 디자인한 개축 건물로, 길가의 한 블록 전체를 거의 다 차지하고 있었다. TV 이동 중계차와 경찰차가 현관 앞에 세워져 있고 서너 명의 경관들이 돌계단 쪽에서 서성이고 있었다. 마리사는 CDC의 신분증명서를 내보이고는 안으로 들어갔다.

로비는 에볼라가 발생했던 다른 병원과 마찬가지로 혼란스러웠다. 사람들 틈을 비집고 들어가는 동안 그녀의 결심은 흔들리기 시작했다. 택시 안에서 끓어오르던 노여움은 사라지고 에볼라와 맞닥뜨려야 한다는 공포감이 또다시 엄습해왔다. 게다가 추격자에게서 도망쳐 나왔을 때의 승리감도 잠시뿐, 다시 권모술수의 그물 속에 갇혀버릴지 모른다는 공포감이 새롭게 끓어올랐다. 그녀는 그 자리에 멈춰선 채 출구를 응시하면서 눈을 딱 감고 나가버릴까도 생각해봤지만, 다시금 고개를 흔들었다. 그녀의 유일한 소망은 결국 이 일을 밝혀내는 것이 아니던가. 그녀는 다른 사람을 납득시키기 전에 우선 자신의 의혹부터 해명하지 않으면 안 되었다.

우선 가장 손에 넣기 쉬운 자료부터 조사해볼 생각으로 그녀는 사무국으로 갔다. 그쪽 한쪽 구석에 '신입회원'이라는 표찰이 붙은 책상이 하나 있었다. 그 자리는 비어 있었지만 책상 위에 프린트된 서류들이 잔뜩 쌓여 있었다. 이 로젠베르크 클리닉 역시 예상했던 대로 HMO 계열 중 하나임을 곧 알 수 있었다.

첫 발병 환자가 이미 사망했으므로 그녀의 다음 의문에 대한 해답을 얻기는 더 어려울 것 같았다. 중앙 로비로 돌아온 마리사는 드나드는 사람들을 가만히 눈여겨본 끝에 의사들의 가운 보관실을 찾아냈다. 마침 그때 의사 한 명이 안내 창구 직원에게 손짓하는 것이 보였다. 그녀는 적당히 기회를 봐서 그 의사를 따라 가운실 앞까지 가서 버저 소리와 함께 문이 열리자 안으로 들어갔다. 그곳에서 그녀는 긴 가운을 찾아 입고 소매를 걷어 올렸다. 가슴에 '닥터 앤 엘리엇'이라는 이름표가 붙어 있어서 그녀는 그것을 떼어 주머니에 넣었다.

로비로 돌아왔을 때 그녀는 CDC의 닥터 레인의 모습을 발견하고 놀라서 얼른 등을 돌렸다. 그가 자신의 이름을 부르며 말을 걸어올 거라는 생각에 마음을 졸였지만 한참 만에 뒤돌아보니 다행히 상대는 그녀를 알아차리지 못했는지 막 병원을 나서는 중이었다.

그를 발견한 뒤로 마리사는 더욱더 신경이 날카로워졌다. 필라델피아에서처럼 두브체크와 우연히 마주치게 될까 봐 두려웠지만 사망한 첫 발병 환자에 대해서는 어떻게든 조사를 해봐야만 했다.

안내판으로 가서 병리과가 4층에 있다는 것을 확인한 마리사는 가까운 엘리베이터에 올라탔다. 이 로젠베르크 클리닉은 대단히 훌륭한 곳이었다. 병리과 의사들의 사무실로 가려면 화학 연구실을 통과해야만 했는데 이곳에는 최신형, 최고급 자동화 설비가 갖추어져 있었다.

쌍바라지 문을 열고 들어서자 딕터폰(속기용 구술 녹음기)을 들으며 비서들이 분주하게 타이프를 치고 있었다. 그곳은 병리과의 중심으로 여러 가지 보고서들이 갖추어져 있었다. 마리사가 가까이 다가가자 그들 중 한 명이 귀에서 이어폰을 빼며 물었다.

"무슨 일이시죠?"

"전 센터에서 온 의사인데 혹시 우리 동료들이 여기 있나 해서요."

마리사가 정중하게 물었다.

"글쎄요, 저는 모르겠는데요."

비서가 자리에서 일어나며 말했다.

"스튜어트 박사님께 여쭤봐 드릴게요. 지금 방에 계실 테니까요."

"나 여기 있어요."

그때 옆에서 얼굴에 수염이 텁수룩한 건장한 체격의 남자가 불쑥 입을 열었다.

"당신 질문에 내가 답해 드리지요. 센터에서 오신 분들은 지금 3층 격리병동에 있습니다."

"아뇨, 선생님께서 도와주실 수 있을 것 같군요."

마리사는 일부러 자기소개를 하지 않고 용건을 말했다.

"전 에볼라가 처음 발생했을 때부터 계속 조사해온 사람인데 유감 스럽게도 뉴욕에 오는 것이 늦어졌어요. 최초의 환자인 닥터 메타는 이미 사망했다고 들었는데 혹시 부검하셨나요?"

"네, 바로 오늘 아침에 했죠."

"그럼 몇 가지만 질문해도 괜찮을까요?"

"내가 직접 해부하지는 않았어요."

스튜어트 박사는 그렇게 말하고 비서들 쪽을 돌아보았다.

"헬렌, 카트를 좀 불러줘요."

그는 마리사를 자신의 사무실로 안내했다. 그곳에는 현대적인 훌륭한 최신 쌍안현미경이 놓인 흰색 합성수지 작업대가 놓여 있었다.

"닥터 메터와는 친분이 있으셨나요?"

마리사가 물었다.

"네, 잘 아는 사이였지요. 우리 병원 진료부장이었는데, 그의 죽음은 우리 병원으로선 큰 손실입니다."

그는 닥터 메타가 이 로젠베르크 클리닉의 발전에 기여한 바 크며 병원 직원들이나 환자들에게도 대단히 인기가 있었다고 말했다.

"그분이 어디서 공부하셨는지 아세요?"

"글쎄, 어느 학교였는지는 잘 모르겠군요. 아마 봄베이였을 겁니다만 런던에서 레지던트 과정을 수료한 걸로 알고 있습니다. 그런데 왜 그런 걸 물으시죠?"

"외국 의과대학 출신이었는지 알고 싶어서요."

"그게 무슨 상관이라도 있나요?"

닥터 스튜어트가 이맛살을 찌푸리며 물었다.

"네, 아마도요."

마리사는 막연히 대답했다.

"이 병원 직원들 중 외국 의과대학 출신이 많은가요?"

"물론입니다. HMO 계열 병원은 모두 처음부터 외국 의과대학 출신자들을 전문 인력으로 확보하면서 시작했지요. 미국 의대 졸업생들은 대개 개인 병원을 개업하고 싶어하니까요. 하지만 근래에는 사정이 바뀌어서 레지던트 성적이 우수한 사람들도 고용할 수 있게 됐습니다."

그때 문이 열리고 젊은 남자가 들어왔다.

"이쪽은 카트 밴더메이입니다."

닥터 스튜어트가 그를 소개했다. 마리사도 어쩔 수 없이 자신의 이름을 말했다.

"닥터 블루멘탈이 부검에 대해 몇 가지 물으실 게 있다는군."

닥터 스튜어트는 그렇게 말하고 현미경이 놓인 작업대에서 의자를 끌어다가 닥터 밴더메이에게 권했다. 그는 의자에 앉아 우아하게 다리를 꼬았다.

"아직 장기의 표본을 채취하지 않아 대체적인 결과밖에 말씀드릴 수가 없는데요."

닥터 밴더메이가 말했다.

"사실 전 외견상의 특징만 알면 돼요. 뭐 이상한 점은 없었나요?"

"피부에 광범위한 출혈 반점이 뚜렷이 나타나 있었습니다."

"외상은요?"

"어떻게 그걸 아셨죠?"

그가 놀란 얼굴로 묻고는 덧붙였다.

"코가 일그러져 있었어요. 깜박 잊을 뻔했군요."

"그 상처가 언제쯤 생긴 것으로 보이던가요?"

"일주일이나 열흘쯤 전일 겁니다."

"진료카드에 그 원인이 기록돼 있나요?"

"사실은 아직 진료카드를 보지 않았습니다. 환자가 에볼라 출혈열로 사망했다는 쪽이 우선하니까요. 코의 상처에 대해서는 별로 신경 쓰지 않았죠."

"그러셨겠죠. 그런데 진료카드는 어디 있나요? 병리과에 있을 것 같은데 좀 볼 수 있을까요?"

"물론이죠."

닥터 밴더메이는 의자에서 몸을 일으키며 말했다.

"해부실로 함께 가시죠. 만약 원하시면 일그러진 코를 폴라로이드 사진으로 찍어 둔 걸 보여드릴 수 있으니까요."

"부탁합니다."

닥터 스튜어트는 모임에 나가봐야 하니 이만 실례하겠다며 자리를 떴다. 마리사는 닥터 밴더메이를 따라 밖으로 나갔다. 그는 걸어가면서 사체는 감염을 막기 위해 소독을 마친 뒤 이중으로 포장해서 특수관에 넣어두었다고 설명했다. 그리고 유족들은 사체를 배에 실어 인도로 보내고 싶어 했지만 허가가 나지 않았다고 말했는데 마리사는 그 이유를 납득할 수 있었다.

진료카드는 그녀가 바라던 만큼 완벽하지는 않았지만 코의 외상에 대해서는 기재되어 있었다. 코는 닥터 메타의 동료인 이비인후과 의사에 의해 꿰매어져 있었는데, 마리사는 닥터 메타 역시 이비인후과 의사였다는 사실을 알게 되었다. 그 전의 몇 차례 발병과 마찬가지로 이번에도 무서운 사건을 계기로 감염이 발생한 것이다. 하지만 왜 코가 일그러졌는지에 대해서는 아무런 기록도 없었다.

밴더메이는 그 수술을 담당했던 의사에게 물어보자고 했다. 그가 전화를 거는 동안 마리사는 진료카드를 마저 읽었다. 닥터 메타는 최근 여행을 한 적도, 동물과 접촉한 적도 없었고 또 이전의 에볼라 감염 사건들과도 아무런 관계가 없었다.

"불행하게도 노상강도를 당했다는군요."

밴더메이는 수화기를 내려놓고 말했다.

"집 앞에서 얻어맞고 소지품을 도둑맞았답니다. 기가 막히지 않습니까? 도대체 세상이 어떻게 되어가는 건지……."

이 에볼라 소동이 고의로 야기된 것임은 이제 확실해졌다. 이 남자가 이 사실을 안다면 과연 뭐라고 할까 하고 마리사는 생각했다. 두려움이 파도처럼 밀려왔지만 간신히 억누르고 이 병리과 의사에게 질문을 계속했다.

"혹시 닥터 메타의 허벅지에 동전 크기만 한 상처는 없었나요?"

"기억이 잘 안 나는군요. 여기 폴라로이드 사진들을 한 번 보시죠."

닥터 밴더메이는 마치 포커의 카드를 다루듯 민첩한 손놀림으로 사진들을 늘어놓았다.

마리사는 첫 번째 사진을 들여다보았다. 스테인리스 해부대 위에 벌거벗고 누워 있는 사체의 처참한 모습을 담고 있었다. 여러 개의 출혈 반점이 눈에 띄었고 그중에서도 마리사는 닥터 리히터의 대퇴부에서 발견했던 것과 같은 원형의 상처를 찾아낼 수 있었다. 그것은 주사총의 주둥이 부분과 같은 크기였다.

"한 장 가져가도 괜찮을까요?"

닥터 밴더메이는 흘끗 사진을 쳐다보며 대답했다.

"그러세요. 많이 있으니까요."

마리사는 사진 한 장을 주머니에 넣었다. 증거로서는 주사총만은 못하지만 그래도 약간은 도움이 될 것 같았다. 그녀는 밴더메이에게 고맙다는 인사를 하고 일어섰다.

"선생님의 소견을 말해주실 수 없겠습니까?"

밴더메이가 말했다. 뭔가 있군, 하는 호기심에 가득 찬 얼굴이었다.

그때 인터폰을 통해 "닥터 밴더메이, 전화예요. 6번 전화 받으세요." 하는 소리가 들려왔다. 그가 수화기를 집어 들자 마리사는 옆에 앉아 그의 통화 내용을 들었다.

"마침 잘됐군요, 두브체크 선생님. 지금 닥터 블루멘탈과 막 이야기를 나누던 참이었는데……."

이제 더 이상 들을 필요도 없었다. 그녀는 얼른 일어나 엘리베이터

쪽으로 뛰어갔다. 닥터 밴더메이가 뒤에서 불러 세웠지만 그녀는 걸음을 멈추지 않았다. 가운 주머니에 꽂은 펜이 떨어지지 않도록 붙잡으면서 그녀는 종종걸음으로 비서들 사이를 벗어나 쌍바라지 문을 빠져나갔다.

엘리베이터와 비상계단을 두고 갈등하다가 그녀는 운을 하늘에 맡긴 채 엘리베이터를 타기로 했다. 만약 두브체크가 3층에 있다면 그는 틀림없이 계단으로 올라가는 것이 빠르다고 생각할 것이다. 그녀는 내려가는 버튼을 눌렀다. 그때 검사 기사 한 명이 음압 채혈기를 쟁반에 받쳐 들고 엘리베이터를 기다리고 있었는데, 그는 이미 버튼의 불이 들어와 있는데도 계속해서 미친 듯이 버튼을 눌러 대는 마리사를 물끄러미 쳐다보았다.

"바쁘신가 보죠?"

두 사람의 눈이 마주쳤을 때 그가 말했다.

엘리베이터가 멈추고 문이 열리자 마리사는 허겁지겁 그 안으로 들어섰다. 문이 영원히 닫혀 열리지 않을 것만 같고, 두브체크가 달려들어 당장이라도 문을 막아 설 것만 같아서 그녀는 안절부절못했다. 마침내 엘리베이터가 겨우 움직이기 시작해서 한시름 놓으려는데 엘리베이터가 다시 3층에서 멈추었다. 그녀는 안쪽으로 몸을 숨기며 이번만은 자신의 몸이 작다는 데 감사했다. 엘리베이터 밖에서는 안쪽이 잘 보이지 않을 것이기 때문이었다.

엘리베이터가 다시 움직이기 시작하자 그녀는 머리가 희끗희끗한 검사 기사에게 카페테리아의 위치를 물었다. 그는 엘리베이터를 내려 오른쪽으로 돌아 중앙 복도를 따라가면 나온다고 가르쳐 주었다.

엘리베이터를 내려 검사 기사가 일러준 대로 걷다 보니 복도에서 음식 냄새가 나기 시작했다.

그녀는 이대로 클리닉의 정문을 나서는 것은 너무나 위험한 일이라고 생각했다. 두브체크가 이미 경찰에게 그녀를 체포해달라고 요청해 놓았을지도 모르기 때문이었다. 그래서 많은 사람들이 점심식사를 하고 있는 카페테리아로 뛰어들기로 한 것이다. 그들 중에는 수상한 눈초리로 그녀를 쳐다보는 사람도 있었지만 말을 걸어오는 사람은 아무도 없었다. 그녀는 곧장 주방으로 향했다. 예상했던 대로 그곳에는 화물 반입구가 있었다. 그녀는 짐을 내리고 있는 낡은 트럭 옆을 통과하여 밖으로 빠져 나갔다.

차도를 벗어난 마리사는 걸음을 재촉하여 메디슨 가로 들어섰다. 북쪽으로 반 블록쯤 가서 동쪽으로 꺾어지니 가로수가 줄지어 선 조용한 거리가 나왔다. 그곳에는 보행자도 눈에 띄지 않았고 미행하는 사람도 없는 것 같았다. 파크 가에서 그녀는 택시를 잡아탔다.

아무도 뒤따라오지 않는 것을 확인했지만 안전을 기하기 위해 마리사는 블루밍데일 백화점 앞에서 차를 세웠다. 그리고 백화점을 통과하여 3번가에서 다른 택시로 갈아탔다. 그리고 에섹스 하우스 앞에서 차를 멈추었을 때 그녀는 적어도 당분간은 안전하다는 확신이 생겼다.

'깨우지 마세요'라는 표찰이 그대로 걸려 있는 방문 앞에서 그녀는 잠시 들어가기를 망설였다. 자신이 가명으로 투숙해 있는 사실을 누가 알 리는 없겠지만 그래도 시카고에서의 악몽이 생생하게 떠올랐다. 그녀는 문을 열고 들어가기 전에 먼저 살며시 방안을 살폈다. 그리고 의자를 문에 기대어 열어놓은 채 조심스럽게 실내를 구석구석 빠짐없이 살폈다. 침대 밑이며 장롱 속, 욕실까지 들여다보았지만 모두 나갈 때 그대로였다. 마리사는 그제야 마음이 놓여 문을 닫고는 빗장과 체인 등 사용할 수 있는 수단은 전부 동원해서 문을 걸어 잠갔다.

5월 23일
반격

마리사는 그날 아침에 룸서비스로 주문했던 과일을 마저 먹으려고 함께 곁들여 온 잘 드는 칼로 사과 껍질을 벗기기 시작했다. 이제 자신이 의심했던 것들이 모두 사실로 드러났지만, 막상 이렇게 되고 보니 지금부터 무엇을 해야 할지 갈피를 잡을 수 없었다. 그녀가 우선 생각할 수 있는 것은 단 하나, 랠프가 구해놓은 변호사에게 가서 소수의 극우파 의료인들이 개인 클리닉에 고의로 에볼라를 퍼뜨려 HMO에 대한 대중들의 신뢰를 떨어뜨리고 있나는 사실을 말해주는 것이었다. 그녀는 자신이 확보해둔 약간의 증거물을 건네주고 나머지는 변호사에게 일임할 생각이었다. 아마도 그는 이 사건이 일단락될 때까지 그녀를 안전한 곳에 숨겨둘 것도 고려해줄 것이다.

여기까지 결심이 서자 마음이 가벼워진 그녀는 손을 뻗어 랠프의 진료실로 전화를 걸었다. 전화가 곧 연결되었으므로 그녀는 놀라기도 하고 기쁘기도 했다.

"비서에게 특별히 지시해두었지요. 모르겠소? 내가 항상 당신을 걱정하고 있다는 걸 말이오."

"정말 감사합니다."

마리사는 랠프의 배려에 감동했다. 지금까지 억누르고 있던 감정이 한꺼번에 무너지는 것 같았다. 잠시 동안 그녀는 넘어지고 나서 어머니의 얼굴이 보일 때까지 울음을 꾹 참고 있는 어린아이 같은 기분이 들었다.

"오늘 중으로 돌아올 거요?"

"상황을 봐서요."

마리사는 깊이 한숨을 내쉬며 입술을 깨물었다.

"오늘 변호사와 얘기할 수 있을까요?"

"아니, 오늘 아침에 그 사람 사무실에 전화를 걸었더니 외출했다며 아마 내일이나 돌아올 거라더군."

"곤란하게 됐네요."

마리사의 목소리가 떨리기 시작했다.

"마리사, 괜찮아요?"

"이제 괜찮아요. 저 말이죠, 아주 무서운 일을 당했어요."

"무슨 일인데요?"

"지금은 말할 수가 없어요."

지금 말문을 열기 시작하면 울어버릴 것만 같았다.

"지금 곧바로 이쪽으로 와요. 나는 처음부터 당신을 뉴욕에 보내고 싶지 않았소. 또 두브체크와 맞닥뜨린 거요?"

"그보다 훨씬 더 끔찍한 일이었어요."

"알았소, 이제 됐소. 다음 비행기로 돌아와요. 내가 공항으로 마중 나갈 테니."

하고 싶은 말이 너무도 많았다. 그녀가 그 마음을 전부 하소연하려고 하는데 밖에서 노크소리가 났다. 마리사는 흠칫 놀랐다.

노크 소리는 계속되었다.

"마리사, 듣고 있는 거요?"

"잠깐만요."

그녀가 수화기에 대고 말했다.

"누군가 문 앞에 와 있어요. 잠깐 끊지 말고 기다려주세요."

수화기를 나이트 테이블 위에 올려놓고 그녀는 쭈뼛쭈뼛 문 앞으로 다가갔다.

"누구세요?"

"켄드릭 씨 앞으로 소포가 왔습니다."

마리사는 체인을 건채로 문을 약간 열었다. 유니폼 차림의 벨 보이가 흰 종에 싼 꽃바구니를 들고 서 있었다.

그녀는 당황한 채 지금 통화중이니 잠깐 기다려달라고 말하고 다시 전화로 돌아왔다. 그리고 랠프에게 지금 문 앞에서 사람이 기다리고 있으니 오늘 밤 애틀랜타로 돌아가는 비행기 편을 알아보고 즉시 알려주겠다고 말했다.

"약속하는 거죠?"

랠프가 물었다.

"물론이에요!"

문으로 되돌아온 마리사는 다시 한 번 복도를 내다보았다. 벨 보이는 여전히 꽃바구니를 안은 채 반대편 벽에 기대어 있었다. 미스 캔드릭 앞으로 꽃을 보낸 사람이 대체 누굴까? 그녀의 친구는 지금 서해안에서 행복하게 지내고 있지 않은가!

그녀는 전화기로 돌아와 프런트 데스크에 자신에게 꽃을 보내온 것이 있는지 물어보았다. 담당자는 "예, 지금 갖다 드리러 막 올라갔는데요."라고 대답했다.

마리사는 다소 마음이 놓이긴 했지만 여전히 체인을 건 채 문틈으로 소리쳤다.

"미안하지만 꽃은 그냥 놓아두세요. 곧 가지고 들어올 테니까요."

"알겠습니다, 아가씨."

벨 보이는 꽃바구니를 바닥에 내려놓고 인사를 한 뒤 복도 끝으로 사라졌다. 그녀는 체인을 벗기고 재빨리 바구니를 들고 들어와 다시 문을 잠갔다. 겉 포장지를 뜯어내자 봄꽃들이 화사하게 배합을 이루고 있었다. 가만히 보니 스티로폼 받침대에 꽂힌 녹색 막대기에 리사 켄드릭 앞으로 된 봉투가 붙어 있었다. 그것을 떼어 카드를 꺼내보았다. 놀랍게도 그것은 마리사 블루멘탈 앞으로 쓰여 있었다. 내용을 읽어가는 동안 마리사는 가슴이 철렁 내려앉았다.

친애하는 닥터 블루멘탈,

오늘 아침 당신이 이룬 큰 성과에 갈채를 보냅니다. 우린 모두 깊은 감명을 받았습니다. 하지만 당신이 자진해서 우리말을 따르지 않는 한 우린 또다시 당신을 찾아뵙지 않을 수 없습니다. 물론 우린 당신의 소재를 항상 파악하고 있습니다.

단, 당신에게 빌려드렸던 의료기구만 돌려주신다면 당신에게서 손을 떼기로 하겠습니다.

마리사는 공포에 떨며 믿을 수 없다는 표정으로 꽃바구니 앞에 잠시 동안 꼼짝 않고 서 있었다. 하지만 곧 서둘러 짐을 챙기기 시작했다. 장롱 서랍을 열어 그곳에 넣어두었던 물건을 막 꺼내려다가 그녀는 갑자기 손을 멈추었다. 넣어두었던 물건들이 전부 원래대로 놓여 있지 않은 것이 아닌가. 놈들이 이 방에 들어와 그녀의 소지품을 뒤진 것이다. 아, 이럴 수가! 빨리 여기서 나가지 않으면 안 된다.

그녀는 욕실로 뛰어 들어가 가방 속에 화장 도구들을 아무렇게나 처넣었다. 하지만 그 순간, 그녀는 다시 손을 멈추었다. 이 편지에 함축된 새로운 의미를 문득 깨달았기 때문이었다. 만약 그 주사총이 그들의 손에 있지 않다면 태드는 그들과 아무런 관계가 없다는 말이 된다. 게다가 태드는 물론 그 누구도 자신이 또 다른 가명으로 에섹스 하우스에 묵고 있다는 사실을 알지 못했다. 그들에게 발각된 것은 그들이 시카고에서부터 자신의 뒤를 밟아왔기 때문이라고밖에 볼 수 없었다.

에섹스 하우스를 가능한 한 빨리 빠져 나가야만 했다. 남은 물건들을 여행가방에 밀어 넣었지만 너무 급히 쑤셔 넣었기 때문에 뚜껑이 닫히지 않았다. 가방 위에 올라 앉아 자물쇠를 채우려다가 문득 다시 한 번 꽃으로 눈길을 돌렸다. 그 순간 그녀는 모든 걸 확실히 알 수 있었다. 그들은 자신을 위협해서 그 주사총이 있는 곳으로 유인하려는 것이었다. 그녀는 하마터면 그 계략에 넘어갈 뻔했다.

그녀는 침대에 앉아 생각을 차분히 정리했다. 그녀의 적들은 그녀가 주사총을 가지고 있지 않다는 사실을 알고 그곳으로 꾀어내려 하고 있었다. 그렇다면 작전을 세울 여유는 얼마간 있었다. 마리사는 굳이 무거운 여행 가방을 들고 다닐 필요 없이 중요한 몇 가지 소지품과 필요한 서류들만 서류가방에서 챙겨 핸드백에 넣었다.

마리사가 확실히 알 수 있는 한 가지 사실은 그들이 자신의 뒤를 밟을 거라는 것이었다. 놈들은 틀림없이 그녀가 놀라서 허둥지둥 이곳을 빠져나갈 것이라고 예측할 것이다. 그렇게 된다면 일이 훨씬 쉬워지는 것이다. '좋아, 그렇다면 놈들을 좀 놀려주자.'

마리사의 입가에 회심의 미소가 번졌다.

화려한 꽃바구니를 다시 한 번 흘끗 쳐다본 그녀는 그들과 똑같은 전략을 쓰기로 하고 계획을 세우기 시작했다. 어쩌면 이로써 사건 전체를 해결할 수 있는 실마리를 얻을 수 있을지도 모른다.

의료인 하원 정치활동위원회의 회원명단을 펼친 마리사는 이 조직의 서기가 뉴욕에 살고 있다는 사실을 확인했다. 그의 이름은 잭 크라우스로 이스트 84번가 426번지에 살고 있었다. 마리사는 그의 집을 불쑥 방문하기로 했다. 아마도 의료인 전부가 이 계획을 알고 있는 것은 아닐 것이다. 의사 그룹 전체가 사회에 치명적인 질병을 퍼뜨리는 데 찬성하고 있다고는 아무래도 생각하기 어려웠다. 그녀가 상대방의 현관에 불쑥 나타난다면 아마도 자신이 꽃바구니에서 받은 공포보다 훨씬 더한 공포를 그들에게 안겨줄 것이다.

한편 마리사는 쥐도 새도 모르게 호텔을 빠져나갈 방법을 궁리했다. 이윽고 그녀는 수화기를 집어 들고 호텔 매니저를 호출해서 짜증난 목소리로 불평을 했다. 얼마 전에 헤어진 남자친구가 계속 따라다니면서 자기를 괴롭히고 있는데 프런트에서 자기 방 번호를 그에게 가르쳐주는 바람에 곤란을 겪게 되었다고 말했다.

"그럴 리가 없는데요. 방 번호는 절대로 다른 사람에게 가르쳐주지 않아요."

호텔 지배인이 대답했다.

"당신과 다툴 생각은 없어요."

마리사는 내뱉듯이 말했다.

"하지만 일이 이렇게 됐으니 하는 수 없죠. 내가 그 사람이랑 다시 만나고 싶지 않은 건 난폭한 성질 때문인데 난 이제 끝장이에요."

"그럼 저희들이 어떻게 해드리면 될까요?"

마리사에게 어떤 특별한 생각이라도 있느냐는 듯 그가 물어왔다.

"어쨌든 다른 방으로 옮겼으면 해요."

"저희가 어떻게든 조치를 취하겠습니다."

"그리고 또 한 가지, 제 남자친구는 금발에 어깨는 딱 벌어졌고, 각진 얼굴이에요. 이곳 직원들에게 각별히 주의를 줬으면 해요."

"알겠습니다."

알폰스 힉트먼은 담배를 마지막으로 한 모금 쭉 빨아들이고 나서 센트럴 파크와 보도 사이의 돌담 너머로 그것을 던져버렸다. 그러고는 쉬는 표시등이 켜진 택시 쪽으로 시선을 돌려 조지의 얼굴을 쳐다보았다. 언제나처럼 그는 태평스러운 얼굴로 몸을 웅크리고 있었다. 기다리는 일이 그에게는 조금도 지루하지 않은 모양이었다. 알은 길 건너편 에섹스 하우스의 현관을 바라보며 마리사가 뒷문으로 빠져나가지 않도록 제이크가 로비에서 잘 지켜주기를 바랐다.

꽃을 보냈으니 그 여자는 기겁을 하며 호텔을 뛰쳐나올 것이라고 알은 확신하고 있었다. 그런데 어찌된 영문인지 그녀는 아직까지 나오지 않고 있었다. 그 여자는 아주 영리하든가 아니면 아주 바보임에 틀림없었다.

알은 택시로 다가가 손바닥으로 자동차 지붕을 세게 두들겼다. 드럼소리 같은 소음에 조지가 곧 반대쪽으로 반쯤 몸을 내밀었다.

알이 그에게 히쭉 웃어 보였다.

"전혀 긴장하고 있지 않은 것 같군, 조지."

그의 유별난 인내를 보고 있으면 알은 왠지 참을 수 없이 초조했다.

"천만에요!"

조지가 큰소리로 대꾸했다.

두 사람은 함께 차에 올라탔다.

"지금 몇 시야?"

알은 또 담배 한 개비를 꺼냈다. 이날 오후 그는 담배를 거의 한 갑이나 피워댔다.

"7시 반이오."

알은 다 탄 성냥개비를 창밖으로 내던졌다. 일이 어쩐지 순조롭지 못한 것 같았다. 그 주사총이 여자의 방에서 발견되지 않았으므로 그녀가 다시 그것을 손에 넣을 때까지 뒤를 쫓으라는 명령이 내려졌다. 그러나 적어도 당장은 저 블루멘탈이라는 여자가 이쪽에 순순히 협력해줄 기색이 없는 게 분명했다. 바로 그때, 한 떼의 술 취한 사람들이 서로 팔짱을 끼고 시끄럽게 떠들면서 에섹스 하우스를 비틀비틀 나오는 것이 보였다. 검은 양복에 명찰을 달고 '산요'라고 쓴 플라스틱 모자를 쓰고 있는 것으로 보아 어떤 단체에 소속된 사람들인 것 같았다.

호텔 종업원이 길가에서 기다리던 몇 대의 리무진을 향해 손짓해서 한 대씩 현관 앞에 세웠다. 사람들을 나누어 태우기 위해서였다.

알은 조지의 어깨를 두드리며 방금 회전문에서 쏟아져 나온 한 떼의 사람들을 미친 듯이 손가락질했다. 그들 가운데 걸을 수 없을 정도로 몹시 취한 자그마한 키의 한 여자가 그들과 똑같은 모자를 쓰고 2명의 남자에게 부축을 받으며 걸어 나오고 있었다.

"저기 있는 게 그 여자 아냐?"

조지가 눈을 가늘게 뜨고 쳐다보았지만 대답하기 전에 그 여자는 한 대의 리무진에 올라타 사라져 버렸다. 그는 알을 돌아보며 말했다.

"아닌 것 같은데요. 머리모양도 다르고. 하지만 확실히는……."

"빌어먹을! 알아봐야겠어."

알은 잠깐 망설이다가 택시에서 뛰어내렸다.

"그 여자가 나오면 뒤쫓아 가."

알은 다른 택시를 잡기 위해 오가는 차를 피하면서 길 반대편으로 건너갔다.

리무진 뒷자리에 앉아 마리사는 호텔 입구를 돌아보았다. 한쪽에 세워져 있던 택시에서 누군가가 뛰어나와 길을 가로질러 가는 것이 언뜻 보였다. 그녀가 탄 차가 버스를 추월해서 뒤가 가로 막히는 순간, 아까 그 남자가 다른 택시인 빈티지 체커에 올라타는 것이 보였다.

마리사는 앞으로 돌아앉았다. 쫓기고 있는 것이 확실했다. 여러 가지 생각이 떠올랐지만 추격자보다 거의 한 블록이나 앞서 있는 상황이니 차에서 내리는 것이 낫겠다고 그녀는 판단했다.

리무진이 막 5번가로 접어들었을 때 마리사는 운전사에게 차를 세워달라고 소리쳤다. 함께 탄 사람들은 영문을 몰라서 놀란 눈으로 쳐다보았다. 운전사는 그녀가 멀미를 하는 줄 알고 순순히 차를 세웠다. 그러나 아무도 무슨 일이 일어나는지 알아채지 못하는 사이에 그녀는 문을 열고 뛰어내리며 그대로 계속 가 달라고 부탁했다.

다행히 '더블데이'란 서점이 늦게까지 가게 문을 열어놓고 있어서 그녀는 그 안으로 들어가 밖을 살폈다. 택시가 뒷좌석에 금발의 남자를 태운 채 질주하는 것이 가게 창문 너머로 언뜻 보였다. 남자는 꼼짝 않고 앞만 노러보고 있었다.

그 집은 뉴욕의 호화도시 주택이라기보다는 오히려 중세의 성처럼 보였다. 폭이 좁은 납틀에 끼워진 긴 창문들에는 나선형의 철 격자가 붙어 있었고, 중세의 성문과 비슷한 튼튼한 내리닫이 철문이 현관 입구를 지키고 있었다. 건물 5층의 움푹 팬 곳에 만들어진 테라스에는 성채의 탑처럼 총안(銃眼)이 뚫려 있었다.

마리사는 길 건너편에서 건물을 바라보았다. 그 장엄함에 위압감을 느낀 그녀는 크라우스를 방문하는 것이 왠지 망설여졌다. 그러나 그날 오후, 에섹스 하우스의 새로 옮긴 안전한 방에서 몇 군데 전화를 걸어본 결과 그녀는 그가 파크 가의 유명한 내과의사라는 사실을 알았다. 그러니 그런 사람이 자신에게 직접 위해를 가하는 일은 없을 것 같았다. 의료인 하원 정치활동위원회 같은 집단을 통해서라면 몰라도 그 자신이 직접 손대지는 않을 것이다.

길을 가로질러 현관 계단으로 올라간 그녀는 다시 한 번 오가는 사람이 없는 거리를 좌우로 훑어보고 벨을 눌렀다. 철문 뒤쪽으로 난 육중한 나무 문 한가운데에는 문장(紋章)이 도드라지게 새겨져 있었다.

잠시 기다렸다가 다시 벨을 눌렀을 때 갑자기 현관이 환해지면서 문이 열렸다. 갑작스런 불빛에 눈이 부셔서 마리사는 문을 열어준 사람을 똑바로 쳐다볼 수가 없었다.

"어떻게 오셨죠?"

여자의 목소리가 들렸다.

"닥터 크라우스를 만나 뵙고 싶어서요."

될 수 있는 한 거만한 말투로 마리사가 말했다.

"약속하셨나요?"

"아뇨, 하지만 의료인 하원 정치활동위원회에 관한 긴요한 일로 왔다고 선생님께 전해주세요. 틀림없이 만나주실 겁니다."

'쿵' 하고 육중한 문이 소리를 내며 닫혔다. 환한 불빛은 도로까지 비추고 있었다. 몇 분 후 문이 다시 열렸다.

"선생님께서 만나시겠답니다."

불쾌한 쇳소리와 함께 철문이 열렸다. 경첩에 기름을 칠 필요가 있겠다고 그녀는 생각했다.

눈부신 불빛에서 벗어나게 된 데 안도의 숨을 내쉬며 마리사는 안으로 들어갔다. 그리고 문을 닫고 마리사 쪽으로 다가오는 검은 제복 차림의 여자를 바라보았다.

"이쪽으로 오세요."

샹들리에가 달린 대리석 현관을 지나 마리사는 짧은 복도를 통과하여 판자로 벽을 댄 서재로 안내되었다.

"여기서 기다리면 선생님이 곧 오실 겁니다."

마리사는 온통 훌륭한 골동품들로 장식된 방안을 한 바퀴 둘러보았다. 책장이 벽의 3면을 차지하고 있었다.

"기다리게 해서 미안합니다."

부드러운 목소리에 마리사가 뒤를 돌아보니 닥터 크라우스가 서 있었다. 살집 좋은 얼굴에 주름살이 깊게 팬 그가 그녀에게 앉으라고 손 짓했다. 그의 손은 마치 이민 노동자들의 손처럼 유난히 크고 단단해 보였다. 두 사람이 자리에 앉자 그녀는 그를 더 자세히 관찰할 수 있었다. 눈은 지적이고 호의에 차 있어서 학창시절 내과 교수를 연상케 했다. 이런 사람이 의료인 하원 정치활동위원회 같은 단체에 몸담고 있다는 게 도무지 믿어지지 않았다.

"이런 시간에 귀찮게 해드려 죄송합니다."

마리사가 말했다.

"별말씀을. 난 마침 책을 읽고 있었지요. 찾아오신 용건은?"

그녀는 그의 표정을 자세히 살피기 위해 상체를 앞으로 내밀었다.

"저는 닥터 마리사 블루멘탈이라고 합니다."

닥터 크라우스는 마리사의 다음 말을 기다리며 잠자코 앉아 있었다. 그의 연기력이 뛰어난 것인지 아니면 그녀의 이름을 정말 들어본 적이 없는 것인지 그의 표정은 조금도 변하지 않았다.

"CDC에서 근무하는 역학 정보원입니다."

그의 눈이 약간 가늘어졌다.

"음, 가정부 말로는 당신이 의료인 하원 정치활동위원회 일로 왔다던데요?"

"네, 그 의료인 하원 정치활동위원회가 센터의 관심을 끌 만한 일을 하고 있다는 것을 선생님도 알고 계신지 여쭤보고 싶어서요."

이번에는 닥터 크라우스의 표정이 눈에 띄게 긴장되었다. 그는 숨을 한 번 깊이 들이쉬고는 뭔가 말하려다가 이내 마음이 바뀌었는지 입을 다물어버렸다. 마리사는 마치 세상의 시간을 혼자 독차지한 듯 그가 입을 열기만을 기다렸다.

닥터 크라우스는 마침내 헛기침을 한 번 하고 나서 입을 열었다.

"의료인 하원 정치활동위원회는 미국 의료계를 파멸시키려고 부단히 노력하고 있습니다. 처음부터 이 단체 설립의 궁극적인 목표였죠."

"훌륭하군요. 그런데 위원회는 어떤 방법으로 그 사명을 달성해나가고 있습니까?"

"확고하고 합리적인 법률이 뒷받침해주고 있습니다."

닥터 크라우스는 그렇게 말하고 나서 마리사의 눈길을 피하려는 듯 자리에서 일어났다.

"우리 위원회는 좀 더 보수적인 사람들이 충분히 활약할 수 있도록 기회를 주고 있습니다. 지금이 그 좋은 기회죠. 의사라는 직업은 한번 달리기 시작하면 멈추지 않는 열차와 같은 것이어서 말입니다."

벽난로 쪽으로 걸어갔기 때문에 그의 얼굴이 그늘 속에 가려서 보이지 않게 되었다.

"유감스럽게도 그 위원회는 법률이 보장하는 것 이상의 일을 하고 있는 것 같더군요. 바로 그 점에 저희가 관심을 가지고 있는 겁니다."

"이제 더 이상 할 말이 없소. 괜찮으시다면 이만……."

그녀가 벌떡 일어나 소리쳤다.

"전 의료인 하원 정치활동위원회가 최근 에볼라 감염 사태에 책임이 있다고 확신합니다. 당신네들은 HMO 계열 클리닉 내에 에볼라를 퍼뜨리는 것을 대의정신이라고 잘못 생각하고 있습니다!"

"그 따위 당치 않은 말을!"

"전 이제 더 이상 두고 볼 수만은 없습니다. 당신과 당신 동료들이 조지아 주 그레이슨에 있는 미생물 전문연구소와 관련이 있다는 증거 문서들을 전 이미 입수했고, 그곳에서 최근 바이러스를 취급하기 위해 실험기기들을 구입했다는 사실도 알아냈습니다. 그리고 최초의 환자들에게 사용했던 주사총도 확보해두고 있습니다."

"당장 나가시오!"

닥터 크라우스가 명령하듯 말했다.

"기꺼이 나가죠. 하지만 이것만은 말씀드리고 싶습니다. 저는 의료인 하원 정치활동위원회의 한 사람 한 사람을 찾아갈 작정입니다. 이 어리석은 계획에 회원들 전원이 한결같이 찬성하고 있다고는 도저히 생각할 수 없기 때문입니다. 특히 당신 같은 저명한 의사가, 아니 어떤 의사든 이따위 계획을 허용했다는 것이 도저히 믿어지지 않는군요."

마리사는 침착하려고 애쓰며 문 쪽으로 걸어갔다. 닥터 크라우스는 꼼짝 않고 벽난로 옆에 서 있었다.

"만나주셔서 고맙습니다. 그리고 뜻하지 않게 소란을 피운 것 같아 죄송하군요. 하지만 전 결국 의료인 하원 정치활동위원회의 누군가가 이 끔찍한 계획을 중지시키는 데 힘을 써주시리라 믿습니다. 최소한 스스로 공범 증언을 해서 감형 혜택을 받는 방법도 있겠죠. 어떡하실 건가요? 부디 그렇게 하시길 바라겠어요. 그럼 편히 쉬세요, 크라우스 선생님."

마리사는 현관으로 이어진 짧은 복도를 일부러 천천히 걸어갔다. 만약 그 사람을 잘못 봤다면 뒤쫓아 와 달려들 텐데, 정말 그러면 어쩌나 하고 겁이 덜컥 났다. 하지만 그때 가정부가 나타나 그녀를 밖으로 안내해주었다. 조명등 불빛을 벗어나자 마리사는 쏜살같이 달려가기 시작했다.

닥터 크라우스는 잠시 동안 꼼짝도 하지 않은 채 서 있었다. 마치 무서운 악몽이 현실로 나타난 듯한 느낌이 들었다. 2층에 숨겨둔 총이 언뜻 머릿속에 떠올랐다. 지금 자살하는 편이 나을지도 모른다. 아니면 변호사에게 공범 증언을 해서 죄를 면제받는 편이 나을까? 그러나 그렇게 할 경우 어떤 결과를 가져올지 가늠할 수가 없었다.

충격으로 인해 온몸의 힘이 다 빠져버린 것 같았다. 그는 책상으로 달려가 주소록을 펼치고 전화번호를 찾아 애틀랜타로 전화를 걸었다. 벨이 열 번쯤 울렸을 때 조슈아 잭슨의 매끄러운 음성이 들려왔다.

"잭 크라우스요."

평정을 잃고 흐트러진 목소리로 그가 말했다.

"대체 어떻게 된 거요? 로스앤젤레스 외에는 의료인 하원 정치활동위원회가 에볼라 유행에 일절 관여돼 있지 않다고 당신이 분명히 말했잖소! 그 후의 발생은 모두 첫 발병 환자들과의 우연한 접촉으로 파생된 것이라고 말하지 않았느냔 말이오!"

"진정하세요. 제발 냉정을 찾으시라고요!"

"마리사 블루멘탈이란 여자는 대체 누구요?"

다소 흥분이 가라앉은 목소리로 닥터 크라우스가 물었다.

"그건 왜 물으시죠?"

"그 여자가 방금 내 집에 찾아와 에볼라 감염 사태가 우리 의료인 하원 정치활동위원회 탓이라고 말하더군."

"그 여자, 아직 거기 있어요?"

"아니, 돌아갔소. 그런데 도대체 누구요?"

"CDC의 정보원인데 운 좋은 여자죠. 하지만 걱정 마세요. 헤버링이 어떻게든 처치할 테니."

"이건 악몽이오. 난 애초 인플루엔자 바이러스를 쓰기로 했을 때부터 이 계획에 반대했었소. 그걸 기억해주기 바라오."

"그 블루멘탈이라는 여자가 뭘 원하던가요?"

"단순히 겁주려 한 모양만은 아니었소. 그 여자, 제법 훌륭히 일을 해내고 있더군. 의료인 하원 정치활동위원회 간부들의 주소를 전부 입수해놨으니 앞으로 그들을 한 사람씩 방문할 작정이라고 태연히 말했소."

"다음엔 누굴 찾아간다던가요?"

"물론 그런 말은 하지 않았소. 그 여자가 멍청인 줄 아시오? 실제로 그 여자 기막히게 똑똑한 여자였소. 나를 무슨 악기 다루듯 하더군. 만약 그 여자가 우리들 한 사람 한 사람을 만나고 다닌다면 틀림없이 누군가가 꼬리를 잡힐 거요. 샌프란시스코의 티먼을 기억하시오? 그 사람은 이 계획에 나보다도 더 결사적으로 반대했잖소."

"알아요 알아. 그러니 너무 신경 쓰지 마시고 마음 편히 가지세요."

잭슨이 달래듯이 말을 이었다.

"당신이 왜 그렇게 긴장하는지 잘 알아요. 누가 이 사건에 관련돼 있는지에 대한 결정적인 증거는 아무것도 없다고요. 이 점을 잘 알아 두세요. 게다가 만약을 대비해서 헤버링이 세균실만 남기고 그 연구소를 전부 치워버렸다고요. 그 여자가 다른 간부들을 찾아갈 모양이라고 내가 그에게 말해두죠. 그러면 아무튼 도움이 좀 될 겁니다. 그리고 그 전에 그 여자가 티먼을 만나지 못하도록 특별히 손을 쓰죠."

닥터 크라우스는 전화기를 내려놓았다. 이것으로 걱정은 조금 덜었지만 자리에서 일어나 책상 위 스탠드를 끄다가 그는 문득 내일 아침 고문 변호사에게 전화를 걸어야겠다고 생각했다. 공범 증언의 절차를 밟아둔다고 해서 손해 볼 건 별로 없을 것 같았다.

택시가 덜컹대며 트라이보로 다리를 건너는 동안 마리사는 맨해튼 스카이라인의 야경을 넋 놓고 바라보았다. 멀리서 바라보는 맨해튼의 아름다움은 절정을 이루고 있었다. 그러나 그 모습은 점차 멀어져 차가 롱아일랜드 고속도로의 내리막길로 들어서자 완전히 사라졌다. 그녀는 핸드백에서 의료인 하원 정치활동위원회 간부들의 주소를 꺼내어 다시 한 번 들여다보았다. 고속도로의 불빛이 잇따라 택시 안으로 비쳐 들어와 글씨를 제대로 읽기가 어려웠다. 닥터 크라우스 다음으로 이번엔 누구를 방문해야 할지, 상대를 고르는 데 논리적인 방법은 없었다. 가장 가까운 곳으로 가는 것이 가장 쉬운 방법이겠지만 당연히 추격자들도 그렇게 예측할 것이다.

그렇다면 그것은 너무 위험했다. 안전한 방법으로 그녀는 제일 먼 곳인 샌프란시스코의 닥터 싱클레어 티먼을 찾아가기로 마음먹었다.

상체를 앞으로 내밀며 마리사는 운전사에게 라가디아 공항이 아닌 케네디 공항으로 가 달라고 말했다.

"어느 항공사 터미널로 갈까요?" 하고 묻는 그에게 그녀는 입에서 나오는 대로 유나이티드 항공사라고 말했다. 만약 그 항공사의 야간 편에 자리가 없을 경우 다른 터미널로 가면 그만이었다.

늦은 시간이었으므로 터미널에는 사람이 거의 없었다. 마리사는 재빨리 수속을 마쳤다. 그녀는 시카고 한 곳만을 경유하는 편리한 샌프란시스코 행 편을 잡을 수 있게 되어 기뻤다. 또 다른 가명을 써서 현금으로 티켓을 구입한 후 매점에서 읽을거리를 사 가지고 출구로 향했다. 출발시간까지는 아직 몇 분이 남아 있었으므로 그녀는 랠프에게 전화를 걸었다. 예상대로 그는 왜 빨리 전화를 걸지 않았느냐며 불평을 늘어놓다가 공항에 와 있다는 그녀의 말에 반가워하며 말했다.

"마지막으로 한 번만 더 당신을 이해하도록 하겠소. 단, 지금 집으로 돌아오겠다는 조건으로 말예요."

"오늘밤 당신을 꼭 만나고 싶어요. 하지만……."

마리사는 단어를 신중히 선택해서 말했다.

"오늘 오지 않겠다는 말을 하려는 거예요?"

랠프는 실망한 기색을 보이며 자못 화가 난 투로 다시 물었다.

"내일 정오에 매킨린 씨와 만나기로 약속해뒀어요. 되도록 빨리 만나고 싶다고 당신이 말했잖아요?"

"그 일은 연기해야겠어요. 지금은 말할 수 없지만, 중요한 일이 생겨서 하루 이틀쯤 샌프란시스코에 머물러야 돼요."

"마리사, 또 무슨 짓을 저지를 셈이에요? 지금까지 들은 얘기만으로도 난 당신이 지금 당장 집으로 돌아와 변호사를 만나야만 한다고 생각해요. 그리고 만약 매킨린 씨가 찬성해주면 그때 얼마든지 캘리포니아로 갈 수 있잖아요?"

랠프는 필사적으로 그녀를 설득했다.

"랠프, 당신이 걱정해주는 건 잘 알아요. 그렇게 마음써 주시니 정말 든든하네요. 하지만 만사가 잘돼가고 있어요. 지금 내가 하는 일은 매킨린 씨와의 일을 한결 수월하게 해줄 거예요. 제발 나를 믿어줘요."

"도저히 믿어줄 수가 없어요. 당신은 지금 제정신이 아니에요."

"이제 탑승이 거의 끝나가고 있어요. 되도록 빨리 연락할게요."

마리사는 한숨을 내쉬며 전화기를 내려놓았다. 그는 별로 로맨틱하진 않지만 확실히 감성적이고 자상한 남자였다.

알은 제이크에게 그만 입 다물라고 소리쳤다. 끊임없이 지껄여대는 그의 수다에는 도저히 견딜 수가 없었다. 야구에 관한 이야기 아니면 경마 이야기로 그칠 줄을 몰랐다.

알은 제이크와 함께 택시에 앉아 있었고, 한편 조지는 여전히 에섹스 하우스 로비에서 감시를 하고 있었다. 알은 아무래도 실패했다는 느낌이 들기 시작했다. 아까 소호의 한 레스토랑 앞까지 리무진을 계속 쫓아갔는데도 분명히 그 차에 올라탄 여자는 끝내 차에서 내리지 않았다. 호텔로 돌아온 알은 제이크에게 미스 켄드릭이 체크아웃을 했는지 알아보고 오라고 시켰다. 다녀온 제이크는 그녀가 아직 그대로 있다고 전했다. 그러나 알이 직접 올라가 그녀의 방 앞을 지나치면서 슬쩍 보니 그녀의 방안은 말끔히 정돈되어 있었다. 게다가 운 나쁘게도 호텔 청원 경찰들에게 발각되기까지 했다. 그들이 알에게 "당신이 그 여자의 남자친구요? 그녀를 괴롭히지 마시오!"라고 말한 것이다. 그는 프로다운 직감으로 여자는 이미 도망쳤으며 이 에섹스 하우스에서의 잠복은 시간 낭비였음을 깨달았다.

"오늘 벨몬트의 경마 때 4번 레이스에 돈을 걸어볼 생각 없어요?"

제이크가 물었다.

알이 막 제이크의 머리통을 한 대 후려갈기려고 할 때 그의 주머니에서 벨이 울렸다. 그는 재킷 주머니에 손을 넣어 호출기를 끈 다음 혼잣말로 욕설을 퍼부어 댔다. 상대가 누군지 잘 알고 있었기 때문이었다.

"여기서 기다려."

그는 무뚝뚝하게 내뱉고는 차에서 내려 맞은편 플라자 호텔을 향해 길을 건넜다. 그곳 1층 공중전화에서 항상 헤버링에게 상황을 보고하기로 되어 있었다.

헤버링은 노골적으로 경멸하는 기색을 보였다.

"이봐, 그 여잔 몸무게가 고작 45킬로그램밖에 안 돼. 람보를 해치우라는 것도 아니잖나? 의료인 하원 정치활동위원회가 네놈들에게 하루에 1천 달러씩이나 주고 있는 게 무엇 때문이라고 생각하나?"

"그 여자는 운이 좋았어요."

알이 말했다. 그는 꽤 참을성 있게 받아 넘기고 있었다.

"그 여잔 지금 어디 있나? 이봐, 그 여자가 지금 어디 있는지 네놈들은 짐작이나 하냐고!"

헤버링이 물었다.

"모르겠는데요."

"그 여잘 놓쳤단 말이군."

헤버링이 이를 부드득 갈며 말했다.

"좋아, 그 여자가 어디 있는지 가르쳐 주지. 그 여잔 닥터 크라우스를 찾아가 그를 호되게 위협했어. 그러고 나서 이번엔 의료인 하원 정치활동위원회의 다른 간부들에게 차례로 밀어닥칠 모양이야. 닥터 티먼이 먼저 당할 것 같다. 다른 사람들은 이쪽에서 맡을 테니 너와 오랑우탄은 어서 샌프란시스코로 가라. 만약 거기서 그 여자를 발견하거든 무슨 짓을 해도 상관없다. 다만 티먼에게는 절대 가지 못하게 해!"

5월 24일
1127호실을 향해

알이 제이크와 존을 데리고 샌프란시스코 중앙 터미널로 향하는 승강장을 걸어 나왔을 때는 어느새 날이 밝아오고 있었다. 그들이 타고 온 아메리칸 항공기는 댈러스에서 한 시간 반 정도 착륙한 뒤 잠시 경유하기로 했던 라스베이거스에서도 한참 동안 시간을 지체했다.

제이크는 슈트케이스 속에 닥터 메타에게 사용했던 주사총을 넣고 있었다. 알은 자신도 부하들처럼 심한 몰골일까 걱정스러웠다. 그들은 면도와 샤워가 필요했고 깔끔하게 다림질해 입은 양복도 주름투성이로 구겨져 있었다.

현재 처한 상황을 생각하면 할수록 알은 침울해졌다. 그 여자는 적어도 4개 도시 중 어디든 가 있을 가능성이 있었다. 간단히 처리해버릴 수 있는 문제도 아니었다. 설사 그녀를 찾아낸다 해도 그녀가 주사총을 어디에 숨겼는지 자백시키지 않으면 안 되었다.

제이크와 조지에게 짐을 가져오라고 보낸 뒤 알은 항상 써 먹는 가짜 신분증을 사용해 차를 빌렸다. 지금 그들이 할 수 있는 일이라야 고작 티먼의 집에 잠복하는 것 정도였다. 그렇게 하면 여자를 찾아낼 수는 없더라도 최소한 그녀가 티먼을 만나는 것은 저지할 수 있을 것 같았다. 카폰이 달린 차를 빌릴 수 있는지 다시 한 번 확인한 뒤 알은 렌터카 회사의 여직원에게 얻은 지도를 펼쳐보았다. 티먼은 소샐리토라는 교외에 살고 있었다. 아직 아침 7시니 길은 그렇게 복잡하지 않을 것 같았다.

페어몬트 호텔의 교환수는 마리사가 부탁한 대로 7시 반에 전화를 걸어 그녀를 깨워주었다. 어제는 운이 좋았다. 집회를 갖기로 한 소규모 단체가 마지막 순간에 예약을 취소했기 때문에 그녀는 가까스로 호텔 방을 잡을 수 있었다.

침대에 누워서 아침식사가 오기를 기다리는 동안 그녀는 티먼이 어떤 사람일까 생각해보았다. 틀림없이 닥터 크라우스와 비슷한, 자신의 지갑을 지키기에 급급한 이기적이고 탐욕스런 사람일 것 같았다.

그녀는 침대에서 일어나 커튼을 열어젖히고 숨 막힐 듯이 아름다운 경치를 넋 놓고 바라보았다. 베이 브리지와 마린 카운티 언덕이 보이고 정면에는 알카트라즈 섬이 중세의 성처럼 떠 있었다. 이번 여행이 좀 더 즐거운 상황에서의 관광여행이라면 얼마나 좋았을까 하고 마리사는 생각했다.

그녀가 막 샤워를 마치고 호텔 비치용인 두꺼운 흰색 가운을 몸에 걸쳤을 때 아침식사가 왔다. 여러 종류의 신선한 과일과 커피였다.

복숭아 껍질을 벗겨내면서 과도를 보니 나무 손잡이가 달린 아주 날카로운 구식 칼이었다. 복숭아를 한 입 베어 물고 티먼의 주소를 들여다보면서 그녀는 그의 집으로 찾아가는 것보다 진료소로 가는 것이 좋지 않을까 생각했다. 닥터 크라우스의 집을 기습한 이후로 틀림없이 누군가가 그에게 연락해주었을 테니 더 이상 기습의 효과를 기대할 수 없었다. 이런 상황에서는 진료소로 찾아가는 것이 차라리 안전할 것 같았다.

책상 서랍을 열어보니 직업별 전화번호부가 들어 있어서 마리사는 의사 항목을 펼쳐 티먼을 찾아냈다. 그는 산부인과 전문의였다.

그가 이미 출근해 있을지도 모른다는 생각에 마리사는 진료소로 전화를 걸었다. 교환수가 "진료소는 8시 반에 문을 엽니다."라고 친절하게 말해주었다. 8시 반까지는 아직 10분 정도 남아 있었다.

마리사는 옷을 갈아입고 나서 다시 한 번 전화를 걸었다. 이번에는 접수계원이 받아 선생은 오후 3시까지는 나오지 않을 거라고 전했다. 샌프란시스코 종합병원에 수술이 있는 날이라는 것이었다.

수화기를 내려놓은 마리사는 베이 브리지를 바라보며 이 새로운 정보에 대해 검토해보았다. 티먼과의 대결은 어쩌면 그의 진료소보다 샌프란시스코 종합병원 쪽이 더 유리할지도 모른다. 그가 만약 그녀를 직접 잡아둘 생각을 하고 있다면 확실히 그 편이 안전할 것 같았다.

그녀는 거울에 자신을 비춰보았다. 속옷을 제외하고 이틀 동안 같은 옷을 입고 있었다. 아무래도 가게에 들러 새 옷을 한 벌 사야겠다고 그녀는 생각했다.

방을 나서면서 그녀는 '깨우지 마세요'라는 표찰을 문에 걸었다. 추격자들보다 훨씬 앞서 선수를 치고 있다는 생각에 그녀는 뉴욕에서보다는 신경이 덜 쓰였다.

샌프란시스코 종합병원은 제법 근사한 장소에 위치해 있었지만 막상 안으로 들어가 보니 병원 자체는 다른 대도시의 병원들과 마찬가지로 새 건물과 낡은 건물이 섞여 있었다. 또 이런 병원들이 흔히 그렇듯이 몹시 혼잡하고 많은 사람들로 붐비고 있었으므로 마리사는 아무도 눈치 채지 못하도록 가운실로 들어갈 수 있었다. 그녀가 수술 가운을 고르고 있을 때 직원 한 명이 다가와 물었다.

"무슨 일이십니까?"

"전 닥터 블루멘탈인데 닥터 티먼의 수술을 참관하러 왔어요."

"이 사물함을 사용하십시오."

직원은 주저하지 않고 그녀에게 사물함 열쇠를 건네주었다.

마리사는 옷을 갈아입은 뒤 수술 가운 가슴께에 사물함 열쇠를 꽂고 외과 휴게실로 갔다. 그곳에는 20명 정도의 사람들이 각각 커피를 마시거나 잡담을 하거나 신문을 읽고 있었다.

휴게실을 나와 마리사는 곧장 수술 구역으로 들어가 부속실에서 수술모를 쓰고 소독 구두를 신은 뒤 커다란 수술 예정 게시판 앞에 멈춰 섰다. 티먼은 11호실에서 이미 두 번째 자궁 절제술을 하고 있는 중이었다.

"무슨 일이세요?"

수술실 데스크 뒤에 앉아 있던 간호사가 매우 사무적인 목소리로 그녀에게 말을 걸었다.

"닥터 티먼의 수술을 참관하려고요."

"들어오세요. 11호실입니다."

간호사는 간단히 대답하고는 즉시 다른 일에 주의를 기울였다.

"고마워요."

넓은 중앙 복도를 따라가니 그 양쪽에 수술실이 나타났다. 수술실들은 각각 소독실과 마취 공간을 갖추고 있었다. 타원형의 창문너머로 환자를 중심으로 모여 있는 수술 가운 차림의 의사들이 보였다.

마리사는 11호실과 12호실 사이에 있는 소독실에서 마스크를 걸치고 티먼의 수술실로 들어갔다.

환자를 둘러싸고 5명이 서 있었다. 마취의가 환자의 머리맡에 서 있고, 2명의 외과의는 수술대 양쪽에, 수술실 간호사는 환자의 발치에, 그리고 보조 간호사 한 명이 그 옆에 서 있었다. 마리사가 들어서자 구석에 있던 간호사가 다가와 마리사에게 무슨 일이냐고 물었다.

"수술이 언제쯤 끝날까요?"

"45분쯤 후면 끝날 거예요. 닥터 티먼은 빨리 끝내는 편이니까요."

간호사가 어깨를 으쓱해보였다.

"어느 분이 닥터 티먼이신가요?"

마리사가 묻자 간호사가 놀란 표정으로 물었다.

"오른쪽 분이신데 누구시죠?"

"애틀랜타에서 온 동료의사예요."

마리사는 더 이상 자세히 말하지 않았다. 수술대 머리 쪽으로 돌아가 닥터 티먼의 얼굴을 살펴본 마리사는 그제야 간호사가 왜 자기 질문에 놀랐는지를 알 수 있었다. 닥터 티먼은 흑인이었다.

참으로 뜻밖이었다. 마리사는 의료인 하원 정치활동위원회 간부들은 모두 완강하며 사리에 어두운 보수파 백인들로, 대개 인종차별 주의자들이라고 생각하고 있었기 때문이었다.

그녀는 잠시 에테르 막(ether screen) 너머로 수술경과를 지켜보았다. 자궁은 이미 절제되어 봉합이 시작되고 있었다. 닥터 티먼은 정말 대단한 의사였다. 그의 빈틈없는 손놀림은 도저히 누구도 따라갈 수 없는 천부적인 재능으로 보였다.

"고물 차에 어서 시동을 걸어!"

알이 카폰을 내려놓고 말했다. 그들은 지금까지 소살리토 마을 언덕의 경사진 곳에 달라붙은 듯 서 있는 붉은색 목제 건물 맞은편에 차를 세워두고 있었다. 유칼립투스 나무들 사이로 샌프란시스코 만의 푸른 물결이 숨바꼭질하듯 나타났다 숨었다를 반복하고 있었다.

제이크는 차에 시동을 걸었다.

"어디로 갈까요?"

또 잔뜩 화가 나 있군, 제이크는 입속으로 중얼거렸다. 이럴 때엔 가능한 한 지껄이지 않는 게 상책이었다.

"다시 시내로 간다."

"티먼의 진료소에서는 뭐라던가요?"

뒷좌석에 앉은 조지가 물었다.

제이크는 조지에게도 아무 말 하지 말라고 하고 싶었지만 입이 떨어지지 않았다.

"그는 샌프란시스코 종합병원으로 수술하러 갔어."

알은 참을 수 없는 분노로 얼굴이 파래졌다.

"첫 번째 수술이 7시 반 예정이라 3시까지는 진료소에 돌아오지 않을 거라더군."

"그 여자를 또 놓쳤군요."

조지가 지긋지긋하다는 듯이 말했다.

"그 여잔 우리가 도착하기 한 시간 전에 나간 게 틀림없어요. 제기랄, 시간만 낭비했군. 그러니까 내 말대로 호텔로 먼저 갔으면 좋았잖아요."

조수석에 앉아 있던 알이 갑자기 몸을 돌려 조지의 분홍색 넥타이를 낚아챘다. 조지의 눈은 튀어나올 듯 부풀어 오르고 얼굴이 새빨개졌다.

"네 의견을 듣고 싶으면 내가 직접 묻겠다, 알았어?"

알은 넥타이를 놓고 조지를 시트에 힘껏 밀어 붙였다. 제이크는 거북이처럼 스포츠 재킷 속으로 목을 움츠리며 흠칫흠칫 알 쪽을 훔쳐보았다.

"넌 뭘 멍하니 보고 있어?"

알이 고압적인 태도로 소리쳤다.

제이크는 찍소리도 못한 채 제발 조지녀석이 입 좀 다물고 있어주기만을 바랐다.

베이 브리지에 거의 도착할 때까지 그들은 아무 말도 하지 않았다.

"차를 한 대 더 빌리는 게 좋을 것 같다."

알이 마치 아무 일도 없었다는 듯이 부드러운 어조로 말했다.

"혹시 무슨 문제가 일어나 우리가 헤어지게 될지 모르니까 말이야. 그리고 나서 샌프란시스코 종합병원으로 간다. 티먼을 가능한 한 빨리 찾아내야 돼."

충분히 닥터 티먼을 눈여겨보았으니 그를 알아볼 수 있으리라는 확신을 가지고 마리사는 수술실을 나왔다. 그리고 그와 이야기를 나눈 즉시 병원을 빠져나갈 수 있도록 옷을 갈아입었다. 외과 휴게실로 들어가니 창가에 빈 의자가 놓인 것이 눈에 띄었다. 그녀에게 미소를 짓는 사람이 몇 명 있었지만 아무도 말을 걸어오지는 않았다.

30분쯤 지나자 마침내 닥터 티먼이 모습을 나타냈다. 특유의 수술 솜씨와 마찬가지로 그는 아주 자연스럽고 품위 있는 걸음걸이로 휴게실에 들어섰다.

마리사는 커피를 한 잔 따르고 있는 그의 곁으로 다가갔다. 짧은 수술복 소매 밑으로 근육질의 매력적인 팔뚝이 드러나 보였다. 그의 피부는 반들반들하게 길들인 호두알처럼 짙은 갈색을 띠고 있었다.

"저는 닥터 마리사 블루멘탈이라고 합니다."

상대방의 반응을 살피면서 마리사가 입을 열었다.

그는 크고 단단해 보이는 얼굴에 콧수염을 멋지게 기르고 있었다. 그리고 인생을 통해 알고자 했던 것보다 훨씬 많은 것을 경험한 것 같은 슬픈 눈을 하고 있었다. 그는 미소 지으며 그녀를 내려다보았다. 그 표정으로 봐서 그녀가 누구인지 모르는 게 분명했다.

"따로 조용히 드리고 싶은 얘기가 있는데, 괜찮으시겠어요?"

티먼은 그에게 다가오는 조수를 향해 나중에 수술실에서 보자는 말을 던지고는 마리사를 데리고 밖으로 나갔다.

그는 2개의 자동문을 사이에 두고 휴게실과 차단된 구술 기록실로 그녀를 안내했다. 닥터 티먼은 그곳에 하나밖에 없는 의자를 돌려 그녀에게 앉으라고 권하고 자신은 오른손에 커피 잔을 든 채 카운터에 기대섰다.

그녀는 자신의 작은 체구와 심리적인 부담을 의식하고 의자를 한사코 그에게 밀며 아침 일찍부터 줄곧 수술하느라 피곤하실 테니 닥터 티먼이 앉아야 한다고 고집했다.

"좋아요, 좋아. 그럼 내가 앉죠. 그런데 무슨 일입니까?"

그는 빙긋 웃으며 말했다.

"선생님이 제 이름을 모르시다니 놀라운 일이군요."

상대방의 눈을 뚫어지게 쳐다보면서 그녀가 말했다. 그의 눈은 여전히 의문의 빛을 담고 있을 뿐 역시 적의는 보이지 않았다.

"정말 미안하게 됐습니다."

닥터 티먼은 약간 망설이는 빛을 보이며 다시 웃고는 마리사의 얼굴을 찬찬히 살펴보았다.

"워낙 많은 사람들을 만나기 때문에……."

"닥터 잭 크라우스한테서 저에 대한 전화를 받지 않으셨나요?"

"닥터 크라우스라니, 난 모르는 사람인데요."

닥터 티먼은 커피 잔으로 시선을 돌리며 대답했다.

첫 번째 거짓말이다. 마리사는 그렇게 생각했다. 그녀는 숨을 한 번 크게 들이쉬고 나서 닥터 크라우스에게 했던 것과 똑같은 말을 티먼에게 퍼부었다. 우선 로스앤젤레스에서의 에볼라 발생에 대해 이야기하기 시작하자 그는 눈을 아래로 내리깐 채 잠자코 듣기만 했다. 그녀는 상대가 긴장하고 있음을 알아챘다. 손에 든 커피 잔이 약간 떨리고 있었다. 그녀는 자신이 그의 다음 수술 환자가 아니라는 사실이 천만다행으로 여겨졌다.

"왜 내게 그런 얘기를 하는지 전혀 모르겠군요."

닥터 티먼이 의자에서 일어나면서 말했다.

"그리고 유감스럽게도 난 다음 수술이 있어서 이만……"

마리사는 지나친 행동이라고 생각되지 않을 정도로 살짝 그의 가슴을 밀어 의자에 도로 앉혔다.

"아직 제 얘기는 끝나지 않았습니다. 당신이 알고 있든 모르고 있든 당신도 이 일에 깊이 관련되어 있습니다. 전 에볼라가 그 의료인 하원 정치활동위원회가 계획적으로 퍼뜨렸다는 확실한 증거를 갖고 있어요. 당신은 그 위원회의 회계를 맡고 계시죠. 당신처럼 명성을 떨치고 계신 분이 그런 끔찍한 계획에 관련돼 있다니 정말 놀라운 일이에요."

"그래요, 정말 놀라운 일이군요. 그런 무책임한 말을 아무렇지도 않게 내뱉다니, 당신이야말로 정말 놀랍군요."

티먼은 마침내 그녀를 위압하듯이 자리에서 일어나며 반격했다.

"그런 말씀 마세요. 전 당신이 의료인 하원 정치활동위원회의 간부라는 것도, 에볼라 바이러스를 취급하는 연구소의 유한책임 사주들 중 한 사람이라는 것도 잘 알고 있으니까요."

"당신, 보험이라도 여러 개 들어놓았어!"

닥터 티먼이 언성을 높여 위협하듯이 소리쳤다.

"내 변호사가 곧 당신에게 연락할 거요!"

"잘됐군요."

상대방의 협박을 무시한 채 마리사가 대답했다.

"틀림없이 그 변호사는 당국에 협력하는 것이 제일 좋은 방법이라고 당신을 설득할 걸요?"

그녀는 물러서서 상대방의 얼굴을 똑바로 처다보며 말을 이었다.

"당신을 만나보니 당신이 그런 무서운 병을 퍼뜨리는 데 찬성했다고는 도저히 믿을 수가 없군요. 다른 사람의 어리석은 판단으로 당신이 지금껏 애써 쌓아올린 것들을 전부 잃어버린다면 그것은 이중의 비극일 겁니다. 그 점을 잘 생각해보세요, 닥터 티먼. 당신에게는 이제 시간이 별로 없어요."

마리사는 얼이 빠져 있는 티먼을 그 자리에 남겨둔 채 자동문을 지나 밖으로 나왔다. 그는 절망한 듯 전화기 쪽으로 달려갔다. 마리사는 티먼에게 이제부터 위원회의 다른 간부들을 찾아갈 계획이라고 말하는 것을 깜빡 잊었다. 하지만 그것은 그리 대단한 일이 아니었다. 그는 이미 충분히 겁을 먹고 있었다.

"저기 그 여자가 있다!"

알이 소리치며 제이크의 어깨를 두드렸다. 두 사람은 병원의 중앙 현관 맞은편에 차를 세우는 중이었다. 조지는 다른 차를 타고 그들이 탄 차 뒤에서 대기하고 있었다. 알이 뒤돌아보자 조지가 엄지손가락을 들어 보였다. 그 역시 마리사를 발견했다는 의미였다.

"오늘은 절대 놓칠 수 없어."

알이 중얼거렸다.

마리사가 택시에 올라타자 제이크는 차를 출발시켜 차도로 비집고 들어가서 마을 쪽으로 향했다. 알은 자기들 뒤로 마리사가 탄 택시가 따라 나오고, 또 그 뒤를 조지가 조심스럽게 뒤따르고 있음을 가만히 주시했다. 일은 순조롭게 진행되고 있었다.

"저 여자가 저기서 나왔다면 틀림없이 티먼을 만났겠군요."

제이크가 말했다.

"상관없어, 어쨌든 우린 저 여자를 손에 넣었으니까."

알은 덧붙여 말했다.

"저 여자가 호텔로 돌아가 준다면 일이 더 쉬워질 텐데 말이야."

조지의 차를 꽁무니에 단 채 마리사의 택시가 두 사람이 탄 차를 앞질러 갔다. 제이크가 속력을 내기 시작했다. 전방에서 다시 조지가 마리사의 차를 앞지르는 것이 보였다. 이렇게 그들은 목적지에 닿을 때까지 앞서거니 뒤서거니 하면서 계속 따라갈 속셈이었다.

15분 정도 더 달린 뒤, 마리사의 택시는 페어몬드 호텔에 주차하기 위해 줄지어 기다리고 있는 차들 뒤에 멈춰 섰다.

"우리가 바라던 대로 이루어진 것 같군."

제이크가 호텔 바로 맞은편 길가에 차를 세우면서 말했다.

"내가 차를 지킬 테니 너는 안으로 들어가서 그 여자가 몇 호실에 들었는지 확인해."

제이크가 차에서 내리자 알은 운전석으로 옮겨 앉았다. 제이크는 러시아워의 혼잡한 차들 사이를 요리조리 빠져 나가 간신히 호텔 앞에 다다랐다. 이윽고 마리사가 차에서 내렸다. 제이크는 신문을 집어 들어 샐러리맨처럼 옆구리에 끼고는 호텔로 들어서는 사람들이 모두 보일만한 장소에 가서 섰다.

마리사는 곧장 프런트 쪽으로 걸어갔다. 그는 재빨리 뒤따라가며 그녀가 방 열쇠를 요구하기만을 기다렸다. 그런데 뜻밖에도 그녀는 호텔 비치용 귀중품 보관함을 사용하고 싶다고 말했다.

접수계 직원이 문을 열고 프런트 뒤에 있는 방으로 마리사를 데리고 들어간 동안 제이크는 여러 가지 모임 안내문이 붙어 있는 게시판 쪽으로 어슬렁어슬렁 걸어갔다. 바로 그때 그녀가 핸드백을 급히 닫으며 다시 나타나 제이크를 향해 곧장 걸어왔다.

가슴이 철렁 내려앉은 제이크는 들켰구나 생각하며 잠시 동안 어쩔 줄 몰라 서 있는데, 그녀는 그의 곁을 지나쳐 토산품점이 늘어서 있는 복도 쪽으로 걸어가 버렸다.

제이크는 그녀의 뒤를 쫓아 샌프란시스코 대지진의 사진들이 붙어 있는 복도에서 그녀를 앞질렀다. 그리고 그녀가 필시 엘리베이터 쪽으로 갈 것이라고 짐작하면서 미리 그 앞에서 기다리고 있는 사람들 사이로 섞여 들어갔다.

엘리베이터가 도착하자 제이크는 사람들이 모두 올라탈 공간이 충분한 것을 확인하고 먼저 올라타서 자동 조종 버튼 앞에 자리를 잡았다. 그리고 신문을 읽는 체하면서 마리사가 11층 버튼을 누르는 것을 보았다. 사람들이 잇따라 올라탔으므로 마리사는 안쪽으로 점점 깊숙이 밀려들어갔다.

엘리베이터가 중간중간 멈추면서 올라가는 동안에도 제이크는 계속해서 신문에 열중한 체했다. 11층에서 엘리베이터가 멈추자 그는 훌쩍 밖으로 나와 여전히 신문을 보는 체하면서 마리사와 다른 사람들을 앞세워 보냈다. 그녀가 1127호실 앞에서 멈추었지만 제이크는 그 앞을 지나쳐 계속 걸어가다가 그녀의 방문이 쾅 하고 닫히는 소리를 듣고 나서야 발길을 돌려 엘리베이터로 향했다.

밖으로 나온 제이크는 길을 가로질러 알의 차로 돌아갔다.

"어떻게 됐어?"

알은 제이크가 혹시 또 실패하지나 않았을까 하며 걱정스런 얼굴로 물었다.

"1127호실이에요."

제이크는 만족스런 웃음을 입가에 떠올리며 대답했다.

"틀림없겠지?"

알이 차에서 내리면서 말했다.

"여기서 기다리고 있어. 그렇게 오래 걸리진 않을 거야."

그러고는 입을 크게 벌리고 헤벌쭉 웃어보였다. 제이크는 이때 처음으로 알의 잇몸이 앞니의 뿌리까지 보일 정도로 밀려나 있다는 것을 알았다. 알은 조지의 차로 다가가 창문에 기대섰다.

"너는 뒤로 돌아가서 뒷문을 지켜. 만약을 대비해서 말이야."

근래에 가져보지 못한 설레는 마음으로 알은 도로를 가로질러 붉은색과 검정색 장식이 멋지게 어우러진 로비로 들어갔다.

프런트로 다가가 1127호실의 우편함을 살펴보니 예비 열쇠가 눈에 띄었다. 모여 있는 사람들에게도 눈치가 보이고 접수계 직원이 무슨 일 때문이냐고 꼬치꼬치 물을 것 같아서 그는 단념하고 엘리베이터로 향했다.

11층으로 올라간 그는 청소차를 찾아 두리번거리다가 그것이 어느 스위트룸 바깥쪽에 세워져 있는 것을 발견했다. 그 안에는 깨끗하게 세탁된 시트와 수건, 그리고 청소 도구들이 들어 있었다. 그는 수건을 한 장 집어 들고는 반으로 접어 튼튼한 끈을 만들었다. 그러고는 그 양 끝을 잡고 청소원이 일하고 있을 스위트룸으로 들어갔다.

거실에는 아무도 보이지 않았다. 침실 한가운데에는 진공청소기가 놓여 있었고 린넨 한 무더기가 바닥 여기저기에 나뒹굴고 있었다.

화장실 쪽으로 다가가니 수돗물을 틀어 놓은 소리가 들려왔다. 청소부가 무릎을 꿇고 앉아 욕조 안을 닦고 있었다. 세제 통이 그녀의 무릎 앞에 놓여 있었다.

알은 망설이지 않고 청소부의 등 뒤로 다가가 접은 수건을 그녀의 목에 감고 힘껏 조르기 시작했다. 그녀는 분명치 않은 소리를 내질렀지만 욕조의 물소리에 섞여 잘 들리지 않았다. 그녀의 얼굴은 붉어졌다가 금세 보랏빛이 되더니 알이 수건을 더 세게 조이자 이내 낡은 인형처럼 축 늘어져 바닥으로 쓰러졌다.

알은 그녀의 주머니에서 팔찌 크기의 놋쇠 고리에 매달린 열쇠 다발을 찾아낸 다음 복도로 나와 '깨우지 마세요'라는 표찰을 손잡이에 걸고 문을 닫았다. 그리고 청소차를 비상계단 옆으로 밀어놓고는 마치 연주회 전의 피아니스트처럼 손가락을 놀리며 1127호실을 향해 갔다.

5월 24일
또 한 번의 기습

마리사는 나무 손잡이가 달린 과도로 아침에 먹다 남은 마지막 과일의 껍질을 벗겨 낸 뒤 칼과 껍질을 나이트 테이블 위에 그대로 놓아 두었다. 방금 노스웨스트 항공사에 전화를 걸어 미니애폴리스 행 항공기 예약을 막 하고 난 참이었다. 의료인 하원 정치활동위원회와 그 패거리들은 아마도 그녀가 다음에는 로스앤젤레스로 날아갈 것으로 예측하고 있을 테니 미니애폴리스가 좋겠다고 결정한 것이다.

항공사 직원은 오후 비행기로 자리를 잡아주었다. 침대에 몸을 던진 그녀는 이제부터 남은 한두 시간을 무엇을 하며 보낼까 생각하다가 너무 피곤해서 그만 깜박 잠들어 버렸다.

짤각 하는 금속성에 놀라 그녀는 눈을 떴다. 문 쪽에서 들린 듯했지만 아까 틀림없이 '깨우지 마세요'라는 표찰을 문 앞에 걸어둔 것이 생각나 잠시 머뭇거렸다. 그 순간 문의 손잡이가 조용히 돌아가기 시작했다. 시카고 호텔 방에서 주사총을 가진 남자에게 습격을 받았던 기억이 또렷이 머릿속에 되살아나서 온몸에 전율이 전류처럼 스쳤다. 그녀는 자리에서 벌떡 일어나 전화기로 손을 뻗었다.

그러나 수화기를 집어 들기도 전에 문이 요란한 소리를 내면서 활짝 열렸다. 빗장과 체인을 고정시켜 놓은 쇠장식이 문기둥에서 떨어져 나가면서 나무 조각들이 허공으로 흩어졌다. 안으로 들어온 사내는 문을 세게 닫고는 그녀에게 곧장 덤벼들어 두 손으로 목을 조르면서 마치 미친개처럼 그녀를 흔들어댔다. 그리고 새파래진 그녀의 얼굴을 자기 얼굴 가까이로 바싹 끌어당기고 숨을 거칠게 몰아쉬며 물었다.

"나를 기억하나?"

물론 마리사는 그를 기억했다. 줄리어스 시저처럼 머리를 바짝 치켜 깎은 금발의 사내였다.

"주사총을 내놓을 때까지 10초의 여유를 주겠다."

알은 마리사의 목을 조르고 있던 손에서 힘을 약간 빼며 덧붙였다.

"거부하면 네년의 목을 부러뜨려줄 테다."

그 말을 강소하듯이 그는 그녀의 머리에 일격을 가했다. 그 통증이 그녀의 등골을 스치고 온몸으로 퍼졌다.

간신히 숨을 돌린 마리사는 필사적으로 남자의 억센 손목에 손톱을 세워보았지만 헛일이었다. 그는 다시 한 번 그녀를 세차게 흔들고 벽에다 그녀의 머리를 박았다. 마리사는 반사적으로 손을 뒤로 돌려 몸으로 오는 충격을 완화시키려 했다.

침대 옆 책상에 놓여 있던 스탠드가 넘어지면서 마루로 굴러 떨어졌다. 방이 빙글빙글 돌고 그녀의 뇌는 필사적으로 산소를 요구하고 있었다.

"자, 마지막 기회다. 그 주사총 어쨌나!"

알이 외쳤다. 바로 그때 마리사의 손이 과도에 닿았다. 그녀는 손가락이 자그마한 손잡이를 움켜쥐고는 있는 힘을 다해 그 사나이의 배를 찔렀다. 그녀는 정말 자신이 그를 찔렀는지 알 수 없었지만, 알은 반쯤 말을 하다 말고 마리사를 쥐고 있던 손을 놓고 뒤로 넘어지면서 엉덩방아를 찧었다. 그 얼굴에는 놀라움과 충격의 기색이 역력했다. 그녀는 칼을 오른손으로 바꿔 쥐고 알에게 계속 들이댔고, 알은 자신의 셔츠에서 피가 번져 나오는 것을 보며 어쩔 줄 몰라 했다.

그녀는 문 쪽으로 달려가려고 했지만 문에 다다르기 전에 그가 성난 짐승처럼 덤벼들어 욕실로 도망쳐야만 했다. 시카고에서와 똑같은 습격을 받고 나니 마치 그로부터 몇 시간밖에 지나지 않은 것 같은 기분이 들었다.

알은 욕실 문이 닫히기 직전에 팔을 안으로 들이밀었다. 마리사는 당황하여 닥치는 대로 칼을 휘둘러 댔다. 칼끝이 뼈에 닿는 것이 느껴졌다. 알은 문에 혈흔을 남긴 채 비명을 지르며 손을 뺐다. 문이 소리를 내며 닫히자 마리사는 급히 문을 잠갔다.

그녀가 욕실 전화기로 전화를 거는 순간 큰 소리와 함께 욕실 문이 부서지면서 안쪽으로 쓰러졌다. 알이 마리사의 손에서 수화기를 낚아채려 하자 그녀는 칼을 쥐고는 사정없이 그를 찔러 댔다. 몇 번인가 배를 찔렀지만 별로 효과는 없는 것 같았다. 휘두르는 칼에도 아랑곳하지 않은 채 알은 그녀의 머리채를 휘어잡고 세면대에 그녀의 머리를 힘껏 박았다. 그녀는 다시 한 번 칼을 휘두르려 했지만 알이 그녀의 손목을 잡고 벽에 부딪치게 하는 바람에 그만 칼을 바닥에 떨어뜨리고 말았다.

그가 그것을 주우려고 몸을 구부렸다가 다시 일어나는 순간, 마리사는 전화선에 대롱대롱 매달려 있던 수화기를 잡아 힘껏 그의 머리통을 후려갈겼다. 그 순간 그녀는 어느 쪽이 더 심한 부상을 입었는지 알 수 없었다. 그 일격으로 그녀도 어깨에 심한 통증을 느꼈기 때문이다.

잠시 동안 알은 꼼짝 않고 그 자리에 우뚝 서 있었다. 그러나 마침내 그는 푸른 눈을 치켜뜨더니 슬로모션처럼 욕조 속으로 무너져 내려 수도꼭지에 세게 머리를 부딪쳤다.

마리사는 알이 다시 일어나 달려들 것만 같아서 가만히 주시하고 있다가 전화기에서 울리는 소리에 깜짝 놀라 팔을 뻗어 수화기를 집었다. 욕조 속을 내려다보는 그녀의 가슴속에 공포와 함께 의사로서의 사명감이 밀려왔다. 그의 콧등에는 상처가 뚜렷이 나 있었고 셔츠는 피로 흠뻑 젖어 있었다. 하지만 공포에 질린 그녀는 가방을 집어 들고 방에서 뛰쳐나왔다. 이 사내가 뉴욕에 있을 때 혼자가 아니었던 것을 기억해낸 마리사는 가능한 한 빨리 호텔에서 빠져나가야겠다고 생각했다.

1층으로 내려간 마리사는 정문 현관을 피해 계단으로 한 층 더 내려가 화살표를 따라 뒷문으로 갔다. 그리고 문 바로 안쪽에 선 채 전차가 오기를 기다렸다. 그녀는 되도록 몸을 노출시키지 않으려고 전차가 다가오자 타이밍을 맞춰 얼른 호텔 문을 나서 전차에 뛰어 올랐다.

붐비는 사람들을 밀어 헤치며 뒤쪽으로 들어간 그녀는 전차가 막 움직이기 시작하자 호텔 쪽을 유심히 살펴보았다. 아무도 그녀를 뒤쫓는 것 같지 않았다.

조지는 믿을 수 없다는 듯이 눈을 끔벅거렸다. 아무리 봐도 분명 그 여자였다. 그는 즉시 제이크의 차로 전화를 걸었다.

"그 여자가 방금 호텔에서 나와서 전차에 올라탔어."

"알과 함께?"

제이크가 물었다.

"아니, 혼자였어. 한쪽 발을 약간 저는 것 같더군."

조지가 대답했다.

"이상한데?"

"네가 뒤쫓아가봐. 전차는 지금 막 떠났으니까. 나는 호텔에 가서 알이 어떻게 됐는지 알아볼게."

"좋아."

제이크가 말했다. 알을 살펴보고 오겠다는 조지의 말은 듣던 중 반가운 소리였다. 여자가 도망친 사실을 알면 알은 화를 내다 못해 급기야 미쳐버릴 것이기 때문이었다.

마리사는 호텔 쪽을 돌아보고 아무도 뒤쫓아 오지 않는다는 것을 확인했다. 다만 전차가 막 움직이기 시작했을 때 한 남자가 차에서 내려 호텔로 달려 들어갔을 뿐이었다. 시간상으로는 수상쩍지만 그가 이쪽으로는 고개를 돌리지 않았으므로 아마도 우연의 일치려니 하고 문제 삼지 않기로 했다. 전차가 모퉁이를 돌아 페어몬트 호텔이 보이지 않게 될 때까지 그녀는 계속 그쪽을 주시했다. 마침내 호텔이 시야에서 사라지자 마리사는 훅 하고 안도의 한숨을 내쉬었다.

남자 한 명이 내리자 마리사는 즉시 그 자리에 앉았다. 아직도 몸이 떨려왔고, 혹시나 옷에 피라도 묻어 있을까 봐 겁이 덜컥 났다.

차츰 긴장이 풀어지면서 세면대에 부딪혔던 허리가 아파오고 목도 심하게 쑤시기 시작했다. 어쩌면 시퍼렇게 멍이 들었을지도 모른다는 생각이 들었다.

고개를 떨어뜨린 채 마리사는 핸드백을 만지던 그녀는 그들이 대체 어떻게 자신을 찾아냈을까 하는 생각이 문득 들었다. 그토록 조심했는데……. 문득 그들이 닥터 티먼을 지키고 있었음에 틀림없다는 생각이 들었다. 아무리 생각해도 그 방법밖에 없었다.

자신감이 사라진 마리사는 호텔을 도망쳐 나온 것이 과연 잘한 일이었는지 다시 한 번 생각해보았다. 어쩌면 호텔에 그대로 머물러 있다가 경찰과 대면하는 것이 오히려 안전하지 않았을까? 요즘은 도망치는 일이 그녀의 본능처럼 되어버렸고, 스스로 도망자라는 느낌을 떨칠 수 없었다. 그리고도 추격자들의 의표를 찌를 수 있다고 생각했다니!

랠프가 말한 그대로였다. 샌프란시스코는 말할 것도 없고 뉴욕에도 가지 말았어야 했다. 랠프는 그녀가 이 두 도시에 가기 전부터 그녀에게 굉장히 곤란한 입장에 처해 있다고 경고하지 않았던가. 지금은 상황이 더욱 좋지 않았다. 사람을 두 명씩이나 죽였기 때문이었다. 이것은 정말 이만저만 심각한 일이 아니었다. 이제 미니애폴리스로 가는 것은 포기하고 이대로 집으로 돌아가 자신이 알아낸 것, 자신이 의심하고 있는 것 전부를 변호사에게 맡겨버리자고 그녀는 생각했다.

전차가 또 속력을 늦추었다. 주위를 둘러보니 지금 전차는 차이나타운 어딘가에 와 있었다. 전차가 멈추었다가 다시 막 움직이기 시작했을 때 마리사는 자리에서 일어나 밖으로 뛰어내렸다. 차장이 불쾌한 표정으로 고개를 흔드는 모습이 보였다. 하지만 뒤쫓아 오는 사람은 아무도 없었다.

마리사는 한번 깊이 숨을 들이쉬고는 목을 문질렀다. 주위를 둘러보니 거리에 사람들이 넘치고 있어서 다소 마음이 놓였다. 손수레 행상, 짐을 부리고 있는 트럭, 물건들을 보도에 가득 늘어놓은 각종 상점들도 있었는데 간판은 모두 한자로 쓰여 있었다. 잠시 전차에 올라탔을 뿐인데 순식간에 동양에 온 듯한 느낌이 들었다. 떠도는 냄새조차 생선 비린내와 향료가 어우러진 이국적인 느낌을 주고 있었다.

중화요리점 앞을 지나치던 그녀는 잠깐 망설인 끝에 결국 안으로 들어갔다. 중국풍 옷깃에 무릎까지 오는 비단옷을 입은 여자가 나오더니 점심시간까지는 가게를 열지 않는다고 말했다.

"앞으로 30분쯤 기다려야 해요."

"화장실과 전화 좀 사용해도 될까요?"

마리사가 물었다.

여자는 잠시 마리사를 훑어보고 별로 나쁜 사람 같아 보이진 않았는지 식당 뒤로 그녀를 안내해주었다.

마리사가 문을 열고 들어가 보니 그곳은 한쪽에는 세면대가, 한쪽에는 공중전화가 있는 비좁은 방이었다. 그 안쪽에 각각 숙녀용, 신사용이라고 표시된 2개의 문이 있었다. 그 벽은 오래된 낙서들로 지저분하기 짝이 없었다.

마리사는 우선 페어몬트 호텔로 전화를 걸어 1127호실에 부상당한 사람이 있으니 구급차를 불러달라고 교환수에게 말했다. 교환수는 끊지 말고 기다려달라고 부탁했지만 그녀는 그대로 전화를 끊어버렸다. 그리고 경찰에게 연락해서 모든 것을 털어놓을까 하고 잠시 망설였지만 그만두기로 했다. 그렇게 되면 일이 너무 복잡해질 것 같았다. 게다가 그녀는 이미 현장에서 도망쳐 나온 몸이 아닌가! 이대로 애틀랜타로 돌아가 변호사를 만나는 것이 제일 좋은 방법이라고 그녀는 생각했다.

손을 씻으면서 마리사는 거울에 자신의 얼굴을 비춰보았다. 몰골이 엉망이었다. 그녀는 빗을 꺼내 머리를 빗고, 두세 가닥 땋아 얼굴을 가렸다. 블론드의 사내에게 머리칼을 잡아 채였을 때 머리 핀을 잃어버린 모양이었다. 머리를 매만지고 나서 그녀는 재킷과 블라우스의 깃을 말쑥하게 바로잡았다. 지금 그녀가 할 수 있는 일은 고작해야 그 정도뿐이었다.

제이크는 조지의 차로 계속해서 전화를 걸었다. 대부분 아무 응답도 없었지만 때때로 '지금 거신 전화번호는 결번입니다'라는 녹음된 목소리가 들려왔다.

도대체 어떻게 된 일인지 알 수가 없었다. 알도 조지도 이미 오래전에 차로 돌아와 있어야 할 시간이었다. 제이크는 여자를 뒤쫓다가 그녀가 느닷없이 전차에서 뛰어내리는 바람에 자칫하면 그녀를 놓칠 뻔했다. 하지만 결국 북경 요리점으로 들어가는 것을 확인했으니 적어도 놓치지 않은 것만은 확실했다.

순간, 그는 운전석에 납작 엎드렸다. 여자가 지금 막 식당에서 나와 택시를 불러 세우고 있었다.

한 시간 뒤, 제이크는 마리사가 표를 건네고 애틀랜타 행 델타항공사의 논스톱 편에 올라타는 것을 그저 팔짱만 낀 채 바라볼 수밖에 없었다. 그는 어떻게든 표를 구해 그녀를 뒤쫓아 갈까도 생각했지만 알의 허락 없이 함부로 행동해서는 안 될 것 같아 단념했다. 그녀가 탑승 전에 30분 동안이나 화장실에 틀어박혀 있어서 제이크가 열 번이 넘게 전화를 걸 수 있도록 충분한 시간을 주었음에도 불구하고 결국 통화를 하지 못했다. 하는 수 없이 그는 단념을 하고 말았다.

비행기가 활주하기 시작하자 제이크는 서둘러 차로 되돌아왔다. 와이퍼에 주차 위반 딱지가 끼워져 있었지만 제이크는 그것 따위는 관심도 없었다. 차가 견인되지 않은 것만도 고마울 따름이었다. 그는 차를 타고 다시 페어몬트 호텔로 돌아가 동료들이 어떻게 되었는지 확인해봐야겠다고 생각했다. 어쩌면 모든 계획이 중지되어 지금쯤 두 사람은 바에 틀어박혀 시내를 이리저리 뛰어다니고 있는 자신을 멍청하다고 비웃고 있을지도 모른다.

고속도로로 진입한 제이크가 다시 한 번 확인하기 위해 전화를 걸어보았더니 놀랍게도 조지가 받았다.

"대체 어디 갔었어? 내내 전화했었는데 말이야."

제이크가 따져 물었다.

"문제가 생겼어."

조지가 다소 흥분된 목소리로 말했다.

"홍! 물론 무슨 일이 있었겠지. 그 여자는 애틀랜타로 날아가 버렸단 말이야. 답답해서 죽을 지경이었다고. 뭘 어떡해야 좋을지 대책이 있어야지."

"알이 심한 부상을 입었어. 그 여자의 짓인 것 같아. 지금 샌프란시스코 종합병원에서 수술을 받고 있는 중이야. 난 그의 곁에 갈 수도 없다고."

"빌어먹을!"

그 콩알만 한 여자가 알에게 부상을 입히고 도망쳤다니, 제이크는 도저히 믿어지지 않았다.

"상처는 그리 심각하지 않다더군."

조지가 계속 말을 이었다.

"그보다도 곤란한 문제는 알이 호텔 청소부를 살해한 것 같다는 거야. 그 여자가 갖고 있던 열쇠 다발이 알의 주머니에 들어 있어서 살인 혐의를 받고 있다는군."

"병신 같은 자식!"

"지금 어디 있어?"

조지가 물었다.

"지금 막 고속도로로 진입했어. 공항에서 빠져나와서 말이야."

제이크가 대답했다.

"공항으로 돌아가 애틀랜타 행 다음 비행기 표를 사둬. 알 대신 우리가 손을 좀 봐 줘야 하니까."

5월 24일
랩프는 누구인가

"뭐 읽을 것 좀 드릴까요?"

스튜어디스가 살짝 미소를   지으며 물었다.

마리사는 고개를 끄덕였다. 호텔에서의 광경을 잠시라도 잊게 해줄 것이 필요했다.

"잡지를 드릴까요? 아니면 신문?"

"신문이 좋겠어요."

"《샌프란시스코 이그재미너》로 드릴까요,《뉴욕타임스》로 드릴까요?"

마리사는 이것저것 따질 기분은 아니었지만 《뉴욕타임스》를 달라고 말했다.

거대한 제트기가 다시 수평비행으로 들어서서 안전벨트 지시등이 꺼졌다. 마리사는 메마른 사막 가운데 솟아 있는 들쭉날쭉한 산들을 창을 통해 내려다보았다. 무사히 비행기를 타게 되어 정말 다행이었

다. 공항에서는 금발 사내의 동료들에게 습격을 당하거나 경찰에게
붙잡힐까 봐 두려워 여자 화장실에 계속 숨어 있었을 정도였다.

신문을 펼쳐 목차 난을 보니 필라델피아와 뉴욕의 에볼라 감염에 관
한 보도가 4페이지에 걸쳐 실려 있었다. 마리사는 그 페이지를 펼쳤다.

그 기사에는 필라델피아의 희생자 수가 총 58명, 뉴욕에서는 49명
에 달하며 계속해서 환자가 발생하고 있다고 쓰여 있었다. 첫 발병 환
자가 이비인후과 의사였으니 그다지 놀라운 일도 아니라고 마리사는
생각했다. 또한 로젠베르크 클리닉이 파산하게 되었다는 소식도 실려
있었다.

에볼라 기사가 실린 그 페이지에 세계보건기구의 역학부장 닥터 아
미드 퍼클리의 사진과 함께 그가 에볼라 발생을 조사하러 현재 CDC
를 방문 중이라는 기사가 실려 있었다. 세계보건기구는 에볼라 바이
러스가 대서양을 넘을지도 모른다는 사실을 매우 걱정하고 있는 것
같았다. 마리사는 닥터 퍼클리가 어쩌면 도움을 줄 수 있을지도 모르
겠다고 생각했다. 랠프가 의뢰해준 변호사도 자신을 위해 아마 그와
의논해줄 것이다.

밤 9시 30분, 랠프가 의학 잡지를 뒤적이고 있는데 초인종이 울렸
다. 지금 이 시간에 누가 왔을까 의아해하면서 그는 현관문 옆에 난 작
은 창을 통해 밖을 내다보았다. 그 순간 정면으로 마주친 마리사의 얼
굴을 보자 그는 기절할 듯이 놀랐다.

"마리사!"

믿어지지 않는다는 듯 그는 그녀의 이름을 소리쳐 부르고 문을 당
겨 열었다. 그녀의 뒤로 노란색 택시 한 대가 진입로를 빠져나가는 모
습이 보였다.

마리사는 자신을 향해 팔을 활짝 뻗은 랠프에게 달려들어 안기며 울음을 터뜨렸다.

"아직 캘리포니아에 있는 줄 알았어요. 왜 온다고 전화로 미리 알려주지 않았어요? 그럼 공항까지 마중 나갔을 텐데."

랠프가 말했다.

마리사는 그저 그의 품에 안겨 계속 눈물을 흘릴 뿐이었다. 이렇게 무사하다는 것이 믿어지지 않을 정도였다.

"도대체 무슨 일이 있었어요?"

랠프가 물었지만 그녀는 계속해서 큰 소리로 흐느껴 울기만 했다.

"아무튼 우선 앉아요."

그는 그녀를 소파에 앉힌 뒤 잠시 동안 부드럽게 등을 두드려 주며 우는 대로 내버려두었다.

"괜찮아요, 괜찮아."

그는 달리 무슨 말을 해주어야 할지 알 수 없었다. 그는 전화기 쪽을 흘끗 보았다. 어떻게든 지금 전화를 걸지 않으면 안 되었지만 그녀가 아무래도 놓아줄 것 같지 않았다.

"뭘 좀 마시고 싶지 않아요? 멋진 코냑 어때요? 마시면 좀 기분이 좋아질 거예요."

하지만 마리사는 고개를 저었다.

"그럼 와인은 어때요? 새로 딴 근사한 샤도네이가 있는데……."

랠프는 달리 떠오르는 생각이 없었다.

마리사는 그를 꼭 끌어안고 있다가 점차 울음을 그치고 호흡도 정상을 되찾았다.

그렇게 5분이 지났을 때 이윽고 랠프가 한숨을 내쉬었다.

"짐은 어디 있어요?"

마리사는 아무 대답도 없이 핸드백에서 화장지를 꺼내어 얼굴을 닦았다.

"부엌에 찬 닭고기가 있는데……."

마침내 마리사가 바로 앉으며 입을 열었다.

"조금은 먹을 수 있을 것 같아요. 하지만 잠시만 더 이렇게 있어 주세요. 정말로 무서워요."

"그럼 왜 공항에서 전화를 걸지 않았어요? 그리고 당신 차는 어떻게 했어요? 공항에 두지 않았어요?"

"얘기하자면 길어요. 그보다 누구에게 감시당하고 있을까 봐 걱정돼요. 제가 애틀랜타로 돌아온 걸 아무에게도 알리고 싶지 않거든요."

랠프가 눈썹을 치켜 올렸다.

"그럼 오늘밤 여기서 자고 가겠다는 말이에요?"

"당신만 상관없다면요. 멋대로 쳐들어와 놓고 말이죠. 하지만 당신은 좋은 친구잖아요."

"뭐 가져올 게 있으면 당신 집까지 태워다줄게요."

"고마워요. 하지만 차를 가지러 가지 않았던 것과 똑같은 이유로 집에도 가고 싶지 않은걸요. 오늘 밤 꼭 어디를 가야 한다면 바로 센터에요. 가서 태드가 보관하고 있을 소포를 가져오고 싶어요. 하지만 그건 내일 아침까지 기다려도 상관없어요. 내가 부탁해둔 형사사건 전문변호사도 내일 아침에 만나겠어요. 그 사람이라면 내가 감방 신세를 지지 않도록 도와줄 수 있겠죠?"

"이거 큰일이군. 어디까지나 농담이었으면 좋겠어요. 이제 슬슬 무슨 일이 있었는지 얘기해줘도 좋잖아요."

마리사가 랠프의 손을 잡으며 말했다.

"그래요, 약속할게요. 하지만 조금만 더 마음을 진정시킨 뒤에요.

우선 뭘 좀 먹는 게 좋겠어요."

"내가 닭고기 요리를 준비할게요."

"괜찮아요. 부엌이 어딘지는 나도 알고 있으니까요. 스크램블드 에 그나 만들어 먹죠."

"그럼 먼저 가 있어요. 난 전화를 좀 걸어야 하니까."

마리사는 몸을 간신히 끌고 집 안을 가로질러 갔다. 부엌으로 들어가 그 넓은 주방에 가득한 조리 기구들을 빙 둘러본 마리사는 달걀요리나 하기엔 너무 아깝다는 생각이 들었다. 하지만 지금은 달걀요리가 제일 좋을 것 같았다. 냉장고를 열어 달걀 몇 개와 토스트용 빵을 꺼냈다. 그리고 랠프에게 뭘 먹고 싶은지 묻지 않았다는 것을 깨닫고 소리쳐 물으려다가 그만두었다. 아무래도 여기서는 들리지 않을 것 같았다.

달걀을 내려놓고 마리사는 인터폰 쪽으로 가서 어떻게 작동시키는 걸까 고개를 갸웃거리며 버튼을 누르기 시작했다.

"여보세요."

그녀가 불러보았지만 아무래도 숫자를 틀리게 누른 것 같았다. 연결방법이 잘못되었나보다 하고 생각하는 순간, 랠프의 목소리가 들려왔다.

"그녀는 샌프란시스코가 아니라 지금 우리 집에 와 있어요."

잠시 틈을 두었다가 그가 다시 말을 이었다.

"잭슨, 도대체 일이 어떻게 돼 가고 있는 건지 모르겠소. 그녀는 지금 히스테리 상태예요. 그저 센터에 맡겨놓은 소포를 받아와야 한다는 말만 하고 있어요. 지금은 더 얘기할 수가 없어요. 그녀에게 가 봐야 하니까."

또다시 잠시 침묵이 흘렀다.

"내가 그녀를 여기 붙잡아둘 테니 걱정 말아요. 하지만 되도록 빨리 와야 해요."

다시 침묵……

"그녀가 여기 있다는 건 아무도 모를 거예요. 그건 확실해요. 그럼 이만……"

마리사는 기절해버릴 것만 같아서 엉겁결에 책상 모서리를 꽉 붙들었다. 지금까지 그토록 신뢰해온 오직 한 사람, 랠프가 그 일당과 한 패였다니! 게다가 잭슨이라면 랠프의 디너파티에서 만났던 그 사람임에 틀림없었다. 그 의료인 하원 정치활동위원회의 회장이 지금 이리로 오는 중인 것이다. 오, 하느님!

랠프가 부엌으로 올 것이라고 생각한 마리사는 요리에 전념하는 체하기로 했다. 하지만 프라이팬 모서리에 달걀을 부딪쳐 깨뜨렸을 때 그만 껍질이 깨지면서 내용물과 함께 프라이팬 속으로 떨어지고 말았다. 그녀가 또 다른 달걀을 손에 들었을 때 랠프가 마실 것을 들고 들어왔다. 그녀는 두 번째 달걀을 성공적으로 깨뜨려서 처음의 달걀과 함께 휘저었다.

"냄새가 좋군."

그는 명랑하게 말하며 술잔을 내려놓고 가볍게 그녀의 등에 손을 댔다. 마리사는 깜짝 놀라 펄쩍 뛰어올랐다.

"아, 굉장히 긴장하고 있군요. 어떻게 하면 마음을 편하게 해줄 수 있을까?"

마리사는 아무 말도 하지 않았다. 이제 배는 전혀 고프지 않지만 애써 달걀을 요리하고 토스트에 버터를 바르고 잼도 꺼냈다. 랠프의 값비싼 실크 와이셔츠도, 무거워 보이는 금속 커프스단추도, 술 장식이 달린 구찌 구두도, 게다가 공들여 실내 장식을 한 집까지도 허무맹

랑한 겉치레로만 느껴졌다. 이 모두가 유복한 의사의 자기 과시적 사치요 새로운 경쟁자에 대한 두려움, 시대의 변화 그리고 의학계가 이미 더 이상 마음대로 좌지우지 할 수 있는 곳이 아니라는 사실을 입증하고 있을 따름이었다.

확실히 랠프는 의료인 하원 정치활동위원회의 회원 중 한 명이었고, 물론 마크햄의 지지자이기도 했다. 그녀의 거처를 항상 파악하고 있었던 사람은 태드가 아니라 바로 랠프였다. 스크램블드 에그를 그릇에 담으며 마리사는 만약 이곳을 도망쳐 나간다 하더라도 갈 곳이 전혀 없다는 사실을 깨달았다. 랠프가 추천한 변호사도 도움이 되지 않을 것이다. 랠프가 그들과 한패라는 사실을 알게 된 지금에서야 그가 말한 법률사무소가 왜 낯설게 느껴지지 않았는지를 알 수 있었다. 쿠퍼, 호지스, 매킨린 그리고 행크스, 그들은 의료인 하원 정치활동위원회의 대리인이 아니었던가.

마리사는 영락없이 함정에 빠졌음을 깨달았다. 자신을 쫓는 무리들은 서로가 긴밀한 연락망 속에서 조직적으로 움직이고 있었던 것이다. 그들이 센터에 얼마나 깊이 침투해 있는지는 알 수 없었지만 확실히 이 음모는 센터의 예산을 마음대로 조작하는 의원까지도 끌어넣고 있었다.

마리사의 마음이 수천 갈래로 흩어졌다. 누구 한 사람 자신의 말을 믿어주지 않을 거라고 생각하니 눈앞이 아찔했다. 그녀가 확보한 유일한 증거물, 그 주사총은 완전 밀폐실 어딘가에 보관되어 있었다. 그곳은 추격자들도 얼마든지 들어갈 수 있는 곳임을 그녀는 끔찍한 경험을 통해 이미 알고 있었다.

지금 분명한 사실은 잭슨과 살인 청부업자들이 오기 전에 빨리 랠프에게서 도망쳐야 한다는 것뿐이었다.

포크를 집어 드는데 갑자기 그녀의 머릿속에 금발의 사나이가 샌프란시스코에서 욕실 문을 부수고 들어오던 장면이 떠올랐다. 그녀는 또다시 의식이 혼미해지면서 포크를 바닥에 떨어뜨렸다.

랠프가 그녀의 팔을 부축하며 식탁 의자에 앉혔다. 그리고 접시에 음식을 듬뿍 담아서 그녀 앞에 놓으며 먹으라고 권했다.

"방금 전까지는 정신을 좀 차린 것 같더니……. 뱃속에 음식이 들어가면 기분이 좀 좋아질 거요."

랠프가 말했다. 그는 그녀가 떨어뜨린 포크를 주워 개수대에 던져 놓고 다른 포크를 서랍에서 꺼냈다.

그녀는 두 손으로 머리를 감쌌다. 무슨 일이 있어도 정신을 똑바로 차려야 한다! 귀중한 시간이 자꾸만 흘러간다는 생각에 초조해졌다.

"배고프지 않아요?"

랠프가 물었다.

"별로요."

마리사가 대답했다. 달걀 냄새가 오히려 역하게 느껴지면서 그녀는 온몸이 부들부들 떨려왔다.

"마리사, 신경안정제라도 먹는 게 좋겠어요. 2층에 있는데, 어때요?"

"좋아요."

"곧 돌아올게요."

그녀의 어깨를 꽉 쥐었다 놓으며 랠프가 말했다.

이것은 바라지도 않았던 기회였다. 그가 방에서 나가자마자 그녀는 벌떡 일어나 수화기를 들었다. 신호음이 들리지 않았다. 랠프가 전화선을 끊어버린 게 틀림없었다. 경찰을 부르는 건 어렵겠다고 생각한 그녀는 수화기를 놓고 부엌 안을 여기저기 뒤지며 필사적으로 랠프의 차 열쇠를 찾기 시작했다. 하지만 어디에도 없었다.

마리사는 즉시 거실로 건너갔다. 자질구레한 물건을 넣어두는 대리석 상자가 눈에 띄었다. 마리사는 얼른 그 안을 뒤져보았지만 다른 열쇠만 두어 개 있을 뿐 차 열쇠는 보이지 않았다. 그녀는 다시 부엌으로 돌아와 뒷문 옆에 달린 작은 방으로 들어갔다. 거기에는 코르크 메모판과 고풍스러운 학교 책상, 낡은 사무용 서랍이 있고 욕실로 통하는 문이 하나 있었다.

우선 그녀는 책상 뚜껑을 열어 안을 뒤져보았다. 그곳에는 묘하게 생긴 집 열쇠들밖에 없었다. 조그마한 사무용 서랍을 열어보니 그 안에는 장갑과 스카프 그리고 우비 등이 들어 있었다.

"뭘 찾고 있어요?"

그때 갑자기 랠프가 뒤에서 물었다. 그녀는 머뭇거리며 일어나 뭔가 구실을 생각해내려고 애썼다. 랠프는 대답을 기다리는 듯 그녀를 응시하고 있었다.

"스웨터가 있나 해서……."

마리사가 대답했다.

랠프는 이상한 눈초리로 그녀를 바라보았다. 실내온도는 오히려 더울 정도였다. 벌써 6월이 다 되었으니 말이다.

"부엌에 히터를 켜지."

그가 그녀를 의자로 데려가면서 말하고는 오른손을 내밀었다.

"자, 이걸 먹어요."

그는 마리사의 손바닥에 캡슐 한 개를 떨어뜨렸다. 붉은색과 아이보리색으로 된 캡슐이었다.

"수면제군요? 신경안정제를 주겠다고 했잖아요?"

"기분도 가라앉히고 잠도 푹 자라고요."

그녀는 고개를 저으며 캡슐을 랠프에게 돌려주었다.

"신경안정제가 좋겠어요."

"바륨?"

"좋아요."

다시 계단을 올라가는 그의 발소리가 들리자 마리사는 재빨리 정문 현관으로 달려갔다. 하지만 그곳에 있는 훌륭한 대리석 탁자 위에도, 그 서랍 속에도 열쇠는 없었다. 캐비닛을 열어 재빨리 재킷 주머니들을 뒤졌지만 역시 헛일이었다.

그녀가 막 부엌으로 돌아왔을 때 마침 계단을 내려오는 랠프의 발소리가 들렸다.

"자, 먹어요."

마리사의 손바닥에 파란색 알약을 떨어뜨려 주면서 그가 말했다.

"이거 양이 얼마나 되나요?"

"10밀리그램."

"좀 많지 않아요?"

"당신은 지금 신경이 몹시 쇠약해진 상태라고요. 보통 분량으로는 듣지 않아요."

랠프는 그렇게 말하고는 물 컵을 그녀에게 건네주었다. 그녀는 바륨을 먹는 체하면서 살짝 재킷 주머니에 넣었다.

"자, 그럼 식사를 계속해요."

랠프가 말했다.

마리사는 억지로 음식을 입에 넣으면서 어떻게 하면 잭슨이 오기 전에 도망칠 수 있을까를 궁리했다. 그녀는 도저히 음식을 먹을 수가 없어서 두어 번 먹는 체하다가 포크를 내려놓았다.

"입맛이 없어요?"

마리사는 고개를 끄덕였다.

"그럼 거실로 가요."

그녀는 음식 냄새로부터 벗어날 수 있게 되어 기뻤다. 그런데 소파에 앉자 곧 랠프가 뭘 좀 마시지 않겠느냐고 물었다.

"바륨을 먹은 뒤라 마시지 않는 게 좋을 것 같아요. 조금이라면 상관없지만……. 설마 날 취하게 하고 싶은 건 아니겠죠?"

마리사가 억지로 웃어 보이며 말을 이었다.

"그럼 제가 만들어드릴게요."

"좋아요. 난 스카치로 부탁해요."

랠프는 그렇게 말하고 커피 테이블 쪽으로 걸음을 옮겼다.

마리사는 곧장 홈 바로 가서 스카치를 유리잔에 가득 따랐다. 그리고 그가 다른 데 정신이 팔려 있을 때 얼른 바륨을 꺼내 반으로 쪼개어 술잔 속에 넣었다. 그런데 그 알약은 생각처럼 쉽게 녹아들지 않았다. 그녀는 다시 손가락으로 알약을 꺼내어 스카치 병으로 부순 다음 그 가루를 잔에 넣었다.

"도와줄까요?"

"다 됐어요."

마리사는 자기 잔에 블랜디를 약간 따랐다.

"자, 어서 들어요."

랠프가 술잔을 들고 소파에 앉았다.

마리사는 그 옆에 앉아 차 열쇠가 어디 있을까 유심히 생각해보았다. 지금 차 열쇠를 달라고 해볼까도 생각했다. 하지만 그것은 대단히 위험한 일이었다. 자신의 정체가 탄로 났다는 걸 알면 그는 완력을 써서라도 그녀를 붙들어 두려고 할 것이다.

그때 끔찍한 생각 하나가 머릿속에 떠올랐다. 차 열쇠는 어쩌면 그의 바지 주머니 속에 들어 있는지도 모른다. 유쾌한 일은 아니었지만 마리사는 억지로 그에게 다가가 도발적으로 그의 허리에 팔을 감았다. 얇은 개버딘 밑으로 분명히 열쇠의 감촉이 느껴졌다. 이것을 어떻게 손에 넣는단 말인가? 그녀는 이를 악물고 키스해달라는 듯한 표정으로 그에게 얼굴을 들이댔다. 그의 팔이 그녀의 허리를 감싸자 그녀는 재빨리 그의 바지 주머니에 손가락을 살짝 찔러 넣었다. 그리고 고리 끝이 손가락에 닿자 숨을 죽인 채 살며시 그것을 잡아 당겼다. 순간, 열쇠들이 짤랑하고 소리를 냈다. 그녀는 미친 듯이 그에게 키스를 퍼붓기 시작했다. 그도 차츰 그녀에게 호응해왔다. 그것을 느낀 그녀는 이 절호의 기회를 놓치지 않으려고 안간힘을 썼다. 제발 하느님, 제발 하느님! 그녀는 기도를 올리면서 재빨리 열쇠를 꺼내어 자신의 주머니 속에 집어넣었다.

랠프는 잭슨이 오기로 한 것을 잊었는지 아니면 마리사를 얌전히 있게 하기 위해서는 섹스가 제일이라고 생각했는지 점점 더 적극적으로 나오기 시작했다. 아무튼 이쯤에서 이 남자를 막아야 했다.

"잠깐만요, 이런 말을 해서 미안하지만, 약효가 나타나기 시작했나 봐요. 한숨 자고 싶어요."

"여기서 자면 되잖소. 내가 안아주겠소."

"그것도 좋지만, 그럼 나중에 2층으로 저를 안고 가야 하잖아요."

그녀가 랠프의 품에서 몸을 빼자 그는 정중하게 그녀를 2층 객실로 데리고 갔다.

"내가 함께 있지 않아도 괜찮겠어요?"

"미안하지만 랠프, 난 당장이라도 쓰러질 것 같아요. 제발 그냥 재워주세요."

그녀는 억지로 웃음을 지어보였다.

"약 기운이 떨어지면 언제라도 다시 상대해줄게요."

더 이상 말을 할 수 없다는 듯이 그녀는 옷을 입은 채 침대 위로 쓰러졌다.

"파자마를 입어야 하지 않겠어요?"

그는 아직도 미련을 버리지 못한 채 말했다.

"아뇨. 이젠 눈도 못 뜰 지경인걸요."

"알았어요. 그럼 뭐든 필요한 게 있으면 불러요. 난 바로 아래층에 있을 테니까."

방문이 닫히자 그녀는 즉시 몸을 일으켜 문 앞으로 다가가 계단을 내려가는 그의 발소리에 귀를 기울였다. 그리고 창가로 가서 창문을 활짝 열었다. 바깥 발코니는 그녀가 기억했던 그대로였다. 그녀는 가능한 한 조용히 따뜻한 봄밤의 정적 속으로 발을 내디뎠다.

하늘엔 별이 총총 떠 있고, 나무들은 그저 검은 실루엣만 드러내고 있었다. 바람 한 점 없는 가운데 멀리서 개 짖는 소리가 들려왔다. 바로 그때 자동차 소리가 들려왔다.

그녀는 지금 서 있는 위치를 확인했다. 아스팔트 진입로까지는 4.5미터 높이로, 뛰어내릴 수 있는 높이는 아니었다. 발코니는 얕은 난간으로 둘러싸여 현관의 경사진 지붕과 이어져 있었다. 그 지붕 왼쪽으로는 망루에 연결되어 있었지만 오른쪽으로는 모퉁이 너머까지 길게 뻗어 있었다.

마리사는 난간을 넘어 그 모퉁이 쪽으로 조금씩 걸어가 보았다. 현관 지붕은 6미터쯤 앞쪽에서 끊어져 있었고, 3층에서 내려온 화재용 비상계단으로 팔을 뻗어보았지만 도저히 닿을 것 같지 않았다. 그녀가 발코니 쪽으로 다시 몸을 돌려 반쯤 갔을 때 랠프의 집 진입로로 미끄러져 들어오는 자동차 소리가 들렸다.

마리사는 경사진 지붕에 납작 엎드려 숨을 죽였다. 누구라도 진입로에서 위를 올려다보기만 하면 영락없이 눈에 띄고 말 거라는 것을 그녀는 잘 알고 있었다.

자동차의 헤드라이트가 나무들 사이를 누비며 올라와 현관 앞에서 그녀를 환하게 비추면서 멈춰 섰다. 문을 여는 소리, 몇몇 사람이 떠드는 소리가 들려왔다. 하지만 그들의 목소리에 흥분한 기색은 없었다. 지붕 위에 엎드려 있는 그녀를 발견한 사람은 없는 것 같았다.

잠시 후 랠프가 나와서 그들을 맞았고, 그들의 목소리는 집 안으로 사라져버렸다.

지붕 위를 달려 다시 발코니로 돌아온 그녀는 난간을 넘어 객실로 돌아와 복도로 통하는 문을 살짝 열었다. 복도로 나가니 무슨 말인지 정확히는 알 수 없지만 랠프의 목소리가 들려왔다. 그녀는 최대한 숨을 죽이고 살금살금 뒷 계단으로 향했다.

거실의 불빛은 복도의 두 번째 모퉁이까지만 비추고 있었으므로 마리사는 벽을 더듬어 가야만 했다. 컴컴한 침실을 몇 개 지나쳐서 마지막 모퉁이를 돌자 아래쪽에 부엌의 불빛이 보였다.

계단 위에서 그녀는 잠시 망설였다. 오래된 구식 가옥이라 소리의 반향이 그녀를 혼란스럽게 만들고 있었다. 또다시 사람들의 목소리와 함께 발소리가 들려왔지만 도무지 방향을 알 수 없어서 섣불리 움직일 수가 없었다. 그때 아래층 난간 기둥에 얹힌 손이 언뜻 눈에 띄었다.

방향을 바꾸어 마리사는 3층으로 향하는 계단을 오르기 시작했다. 계단 하나가 발밑에서 삐걱 소리를 냈다. 그녀는 가슴을 졸이며 살며시 발을 멈추었다. 아래쪽에서 성큼성큼 올라오는 발소리가 들려왔다. 한 사내가 2층으로 올라와 집 앞쪽을 향한 복도 모퉁이를 돌아가는 것이 보였다. 그제야 그녀는 안도의 한숨을 내쉬었다.

마리사는 소리가 날 때마다 몸을 움츠리면서 계단을 계속 올라갔다. 맨 위층 하인들이 쓰는 방에는 다행히 자물쇠가 걸려 있지 않았다.

그녀는 조용히 어두운 거실을 지나 침실로 들어갔다. 그곳 비상계단을 이용해서 빠져나갈 수 있을 것 같았다.

간신히 창문을 밀어 열고 그녀는 가느다란 철제 사다리 위에 몸을 실었다. 아래를 내려다보니 아찔했지만 그녀는 용기를 내어 몸을 똑바로 세운 채 오른쪽 발부터 한 발 한 발 조심스럽게 내려가기 시작했다. 2층까지 왔을 때 갑자기 집 안에서 흥분된 목소리와 문을 '쾅!' 하고 여닫는 소리가 들리면서 방에 차례로 불이 켜지기 시작했다. 그녀가 도망쳤다는 사실이 벌써 탄로 난 것 같았다.

마리사가 서둘러 2층 층계참을 도는데 뭔가 커다란 쇳덩어리 같은 것이 발에 걸렸다. 손으로 더듬어 보니, 계단의 마지막 한 층이 도둑을 막기 위해 끌어올려져 있었다. 그것을 내리는 장치가 어디 있을까 하고 필사적으로 찾아보았지만 그런 장치는 어디에도 보이지 않았다. 그러다가 그녀는 뒤쪽에서 커다란 평형추 하나를 발견했다.

그녀는 신중하게 첫 번째 단에 발을 올려놓았다. 쇠가 삐걱거리는 요란한 소리가 났다. 하지만 달리 방법이 없었으므로 마리사는 그 쇳덩이 위에 체중을 실어 힘껏 밀었다. 몸이 오그라들 듯한 큰소리가 나면서 계단이 아래로 내려지자 그녀는 재빨리 그것을 딛고 달려 내려왔다.

발이 풀밭에 닿자 그녀는 두 팔을 마구 휘두르며 차고를 향해 달려갔다. 비상계단이 내려지는 소리를 집 안의 남자들이 못 들었을 리 없었다. 그들은 지금이라도 당장 그녀를 뒤쫓아 올 것이다.

그녀는 차고 옆으로 난 문이 잠겨 있지 않기만을 기도하며 그곳으로 달려갔다. 다행히 문은 잠겨 있지 않았다. 그녀가 막 차고 안으로 뛰어 들어갔을 때 뒷문이 열리는 소리가 들려왔다. 그녀는 필사적으로 어둠 속에 몸을 숨기며 문을 꼭 닫아걸고 방향을 바꾸어 나갔다. 그 때 눈앞에 랠프의 세단이 나타났다. 손으로 더듬어 차 문을 찾아 열고 운전석으로 들어간 그녀는 열쇠를 꽂아 돌렸다.

그런데 계기판에 불이 몇 개 켜질 뿐 시동이 걸리지 않았다. 그러고 보니 이 차는 디젤 엔진이라 오렌지색 불이 꺼질 때까지 기다려야 한다던 랠프의 말이 기억났다. 그녀는 시동 장치를 되돌려서 열쇠를 다시 중간까지만 돌렸다. 오렌지색 불이 켜졌다. 마리사는 초조하게 그것이 꺼지기만을 기다렸다. 순간, 누군가가 차고 문을 여는 소리가 들려왔다. 그녀는 재빨리 차 문을 모두 잠갔다.

'자, 어서 움직여!'

그녀는 이를 악물고 마음속으로 다그쳤다. 마침내 오렌지색 불이 꺼졌다. 열쇠를 돌리자 시동이 걸리면서 죽은 듯 침묵 속에 있던 차가 되살아난 것처럼 요란한 소리를 냈다. 그때 누군가가 차창을 거칠게 두들겨 대기 시작했다. 그녀는 후진 기어를 넣어 힘껏 액셀러레이터를 밟았다. 그 큰 차가 쏜살같이 뒤로 튀어나가는 바람에 그 반동으로 그녀의 몸이 핸들에 부딪혔다. 깜짝 놀란 두 추적자를 옆으로 팅겨내며 차가 질풍같이 차고를 빠져나오자 마리사는 운전대를 부서져라 움켜쥐었다.

이윽고 차가 요란한 타이어 마찰음을 내며 현관 앞에서 돌 때 마리사는 급히 브레이크를 밟았다. 하지만 이미 늦었다. 눈 깜짝할 새에 그녀가 탄 차는 잭슨의 차 뒷부분을 힘껏 들이받았다. 그녀가 이제 됐다 생각하는 순간, 한 남자가 뛰어나와 자동차 후드 위로 훌쩍 뛰어올랐다. 마리사는 액셀러레이터를 힘껏 밟았지만 타이어만 헛돌 뿐 차는 움직이지 않았다. 뒷부분이 잭슨의 차에 단단히 물린 모양이었다. 그녀는 눈 속에 빠졌을 때처럼 후진, 전진을 되풀이하면서 차를 흔들어 댔다. 금속이 서로 마찰하는 요란한 소리가 나는가 싶더니, 차는 간신히 빠져나와 후드에 올라탄 남자를 흔들어 떨어뜨리고는 차도를 달리기 시작했다.

"틀렸어요."

잭이 잭슨의 차 밑에서 나와 손에 묻은 기름을 닦으면서 말했다.

"그 여자가 라디에이터를 부숴놨어요. 냉각액이 없으니 시동이 걸린다 해도 운전할 수 없습니다."

"빌어먹을!"

잭슨이 차에서 내리면서 말했다.

"그 여잔 정말 불사신이군."

그는 화가 난 눈초리로 헤버링을 쳐다보면서 말을 이었다.

"내가 자네의 그 멍청한 부하들을 공항에서 기다리지 않고 곧장 왔더라면 이렇게 되진 않았을 텐데."

"그래요?"

헤버링이 말했다.

"그럼 당신 혼자서 뭘 했을 것 같소? 그 여자를 설득이라도 할 참이 었소? 제이크와 조지의 도움이 필요하지 않았느냔 말이오!"

그때 랠프가 말했다.

"내 벤츠를 사용하세요."

"하지만 거긴 둘밖에 탈 수 없잖소."

"그 여잔 벌써 멀리 가 버렸다고요. 도저히 쫓아갈 수 없을 거예요."

조지가 말했다.

"도대체 어떻게 도망쳤는지 모르겠군요."

랠프가 변명하듯이 말했다.

"내가 분명히 잠을 재웠는데 말예요. 바륨을 10밀리그램이나 먹였거든요."

그때 랠프는 약간 현기증을 느꼈다.

"어디로 갔는지 짚이는 데가 없소?"

잭슨이 랠프에게 물었다.

"경찰에게 가진 않았을 거예요. 그녀는 모든 사람들을 두려워하고 있으니까요. 지금은 특히 더 그럴 거예요. 어쩌면 센터로 갔을지 모르겠군요. 거기에 무슨 소포를 맡겨났다고 했거든요."

잭슨이 헤버링의 얼굴을 쳐다보았다. 주사총이다! 하고 두 사람은 똑같은 생각을 했다.

"제이크와 조지를 보내는 게 좋겠소. 집엔 돌아가지 않을 게 확실하고 게다가 알도 그 지경이 되었으니 이 친구들에게 복수할 기회를 줍시다."

랠프의 집에서 도망쳐 나온 지 15분쯤 지나서, 마리사는 마음이 어느 정도 진정되었다. 하지만 이번에는 자신이 지금 어디를 달리고 있는지가 걱정되기 시작했다. 그들이 쫓아올까 봐 이리저리 방향을 바꾸는 바람에 방향감각을 잃고 만 것이다.

그때 길 저편에 불빛과 함께 주유소 하나가 눈에 띄었다. 마리사는 그곳으로 가서 차를 멈추고 창문을 열었다. 애틀랜타 브레이브스 팀의 야구 모자를 쓴 젊은이가 나왔다.

"혹시 여기가 어디죠?"

마리사가 물었다.

"여기야 쉘(석유회사 이름) 주유소죠."

젊은이는 랠프의 차에 생긴 상처들을 찬찬히 들여다보면서 말했다.

"양쪽 라이트가 모두 깨져 있다는 걸 아세요?"

"아마 그럴 거예요. 에모리 대학은 어느 쪽에 있죠?"

"아가씨, 차 때려 부수기 대회에 출전이라도 했던 거예요?"

젊은이는 어이없다는 듯이 고개를 흔들었다.

마리사는 다시 한 번 묻고서야 겨우 방향을 짐작할 수 있었다.

10분 후, 마리사는 센터 앞을 지나고 있었다. 건물은 조용하고 사람은 그림자도 보이지 않았다. 그녀는 이제부터 어떻게 해야만 좋을지, 누구를 믿어야 할지 가늠할 수가 없었다. 유능한 변호사를 찾아가는 것이 급선무라는 것은 알지만 어떻게 찾아야 할지 막막했다. 매킨린 따위는 생각하지도 말아야 했다.

아무리 생각해봐도 의지할 만한 유일한 사람은 세계보건기구에서 왔다는 닥터 퍼클리밖에 없었다. 그는 아마도 이 음모에 관여되어 있지 않을 것 같았다. 게다가 다행히 그는 지금 여기서 그리 멀지 않은 피치트리 플라자에 묵고 있었다. 문제는 그가 그녀의 이야기를 믿어 줄 것인가, 아니면 곧 센터의 두브체크나 다른 사람들에게 연락해서 자기를 추격자들에게 인도할 것인가였다.

무엇보다도 먼저 지금 그녀가 생각하고 있는 것을 실행에 옮겨야 한다고 생각하니 정말 끔찍했다. 그러나 냉정하게 생각했을 때 그녀가 선택할 수 있는 방법은 그것밖에 없었다. 어쨌든 그 주사총을 손에 넣지 않으면 안 되었다. 그것만이 유일한 물중이기 때문이었다. 그것이 없으면 그녀의 말을 진지하게 받아들여 줄 사람은 아무도 없을 것 같았다. 그녀는 아직 태드의 출입카드를 가지고 있었다. 그가 의료인 하원 정치활동위원회와 아무 관계가 없다면 이 카드는 아직 사용할 수 있을 것이다. 물론 그녀가 안으로 들어가지 못하도록 이미 방어수단이 마련되었을 가능성도 충분했다. 마리사는 대담하게 차를 센터의 정문 약간 앞쪽에 세웠다. 누구라도 그녀를 막아설 경우 지체 없이 차에 올라타기 위해서였다.

입구 안쪽을 들여다보니 경비원이 책상에 앉아 문고판 소설책을 읽고 있었다. 그녀가 들어가자 그는 고개를 들어 무표정한 얼굴로 쳐다보았다. 그녀는 두려움을 감추느라 아랫입술을 깨물면서 애써 태연하게 걸어갔다. 그리고 펜을 들어 출입부에 자신의 이름을 써넣었다. 그런 다음 그녀는 고개를 들고 그가 무슨 말이든 건네겠거니 하고 생각했지만 경비원은 여전히 무표정한 얼굴로 그녀를 올려다볼 뿐이었다.

"뭘 읽고 계세요?"

긴장감을 완화시키기 위해 그녀는 무슨 말이든 해야겠다고 생각하고 그렇게 물었다.

"카뮈예요."

그녀는 "혹시 '페스트'인가요?" 하고 묻지는 않았다. 경비원의 시선을 등 뒤로 느끼면서 그녀는 중앙 엘리베이터로 향했다. 그리고 자기 방이 있는 층의 버튼을 누른 뒤 뒤를 돌아보았다. 그는 아직 이쪽을 물끄러미 바라보고 있었다.

엘리베이터 문이 닫히자 경비원은 즉시 수화기를 들고 다이얼을 돌렸다. 서쪽에서 전화를 받자 그가 입을 열었다.

"닥터 블루멘탈이 지금 막 사인을 하고 들어갔습니다. 엘리베이터에 올라탔어요."

"알았어요, 제롬."

두브체크가 대답했다. 그의 목소리는 피로 탓인지 약간 쉬어 있었다.

"곧 가겠소. 그동안 아무도 들여보내지 말아요."

"말씀대로 하겠습니다, 두브체크 선생님."

마리사는 엘리베이터에서 내려 잠시 그대로 선 채 층을 가리키는 표시등을 주시했다. 엘리베이터는 양쪽 다 움직일 기색을 보이지 않았다. 건물 안은 조용했다. 뒤쫓는 사람이 없는 것을 확인한 그녀는 계단으로 한 층을 달려 내려가 건물을 잇는 좁은 통로를 지났다. 바이러스과 병동의 지저분한 긴 복도를 통과하여 모퉁이를 돌아 마침내 육중한 철문 앞에 섰다. 잠시 숨을 멈추고 마리사는 태드의 출입카드를 살며시 밀어 넣은 뒤 비밀번호를 입력했다.

다소 시간이 지체되었다. 금방이라도 경보가 울릴 것 같아 조바심을 내고 있는데 다행히 철컥 하고 빗장이 벗겨지는 소리가 났다. 육중한 철문이 열리자, 그녀는 안으로 들어갔다.

먼저 전기 차단기를 올리고 기밀문의 손잡이를 비틀어 연 뒤 그녀는 첫 번째 방으로 들어가 곧장 다음 방으로 향했다. 그녀는 서둘러 비닐 보호의에 몸을 넣으면서 태드가 그 오염된 주사총을 어디에 감춰 두었을까 생각했다.

두브체크는 급커브에서만 브레이크를 밟을 뿐 신호등도 무시한 채 전속력으로 차를 몰았다. 차에는 두 사람이 타고 있었다. 조수석에 앉은 존은 문을 꽉 붙든 채 두 다리로 힘껏 버티고 있었고, 뒷좌석의 마크는 좌우로 흔들리면서 고생하고 있었다. 세 사람 모두 표정은 하나같이 심각하게 굳어 있었다. 혹시라도 일이 늦어질까 봐 몹시 초조해하고 있었다.

"바로 여기군!"

조지가 CDC의 표지판을 가리키며 말했다.

"랠프의 차가 저기 있어!"

반원형의 진입로에 주차되어 있는 차를 가리키며 그가 덧붙였다.

"마침내 행운의 여신이 우리 편이 되었군."

그는 길 맞은편에 있는 셰러턴 모텔에 차를 세웠다.

조지는 S&W 356 매그넘을 꺼내어 실탄이 모두 장전된 것을 확인한 뒤 총을 허리춤에 넣으면서 차 문을 열고 밖으로 나왔다.

"그걸 사용할 셈이야?"

제이크가 물었다.

"그건 소리가 너무 크다고."

"아까 그년이 나를 차에 얹은 채 마구 흔들어 댈 때 이놈만 가지고 있었어도 좋았을 텐데."

조지가 으르렁거리며 말했다.

"자, 어서 오기나 해!"

제이크는 어깨를 한 번 으쓱하고는 차에서 내렸다. 그리고 허리춤의 베레타 자동 권총을 더듬어 감촉을 확인했다.

마리사는 허둥지둥 완전 밀폐실 마지막 문을 열고 들어가 한복판에 있는 매니폴드에 호스를 끼우면서 주위를 둘러보았다. 그날 밤의 소동으로 엉망진창이 되었던 것은 말끔히 정리되어 있었지만 그 기억이 다시 생생하게 되살아나 온몸이 부르르 떨렸다. 어서 그 소포를 찾아 내어 이곳을 빠져 나가고 싶었지만 그것은 말처럼 쉬운 일이 아니었다. 여느 실험실이나 마찬가지로 그곳에는 그만한 크기의 소포를 숨길 곳이 얼마든지 있었다. 마리사는 오른쪽에서부터 시작해서 뒷걸음질 치며 차례차례 캐비닛과 서랍을 열어보기 시작했다. 방 한가운데쯤 왔을 때 그녀는 몸을 일으켜 세웠다. 좀 더 좋은 방법이 있을 것 같았다.

테드가 자신만의 전용으로 여기던 중앙 실험대의 밀폐실용 후드 쪽으로 다가가 그녀는 그 아래 잡동사니들을 넣어두는 작은 장을 열어 보았다. 그 속에는 시약병과 종이 수건, 비닐 쓰레기 봉지, 그 밖에 여러 가지 비품들이 들어 있을 뿐 소포 꾸러미 같은 것은 보이지 않았다. 그녀는 단념하고 막 걸음을 옮기려다가 밀폐실용 후드의 안쪽 유리 부분을 들여다보았다. 태드의 비품들 사이로 짙은 녹색 비닐 쓰레기 봉지가 간신히 비어져 나와 있었다.

후드 위의 환풍기를 켜고 표면의 유리를 들어 올린 마리사는 태드의 개인 물건을 건드리지 않으려고 주의하면서 그것을 꺼냈다. 안에는 택배회사의 꾸러미가 들어 있었다. 라벨을 보니 자신의 글씨로 쓴 태드의 이름이 적혀 있었다.

마리사는 그 꾸러미를 다른 쓰레기 봉지에 넣어 조심스럽게 봉하고 원래 소포를 쌌던 봉지는 다시 후드 안에 넣은 뒤 표면의 유리를 본래대로 해놓았다. 중앙 매니폴드에서 재빨리 공기 호스를 빼내고 문 쪽으로 향하면서 그녀는 지금이야말로 닥터 퍼클리나 그 밖에 믿을 만한 사람을 찾아가야 할 때라고 생각했다.

페놀 소독액 샤워기 밑에 서서 그녀는 이제 조금만 더 버티면 된다고 자신을 타일렀다. 이 샤워기는 자동 타이머 장치가 부착되어 있기 때문에 이 과정을 마쳐야만 문을 통과할 수 있었다. 옆방으로 건너간 그녀는 언제나 잘 내려지지 않는 비닐 보호의의 지퍼를 필사적으로 당겨 겨우 벗었다. 그녀의 옷은 땀으로 흠뻑 젖어 있었다.

두브체크는 타이어의 요란한 마찰음을 내면서 CDC의 정문 바로 앞에 급히 차를 세웠다. 곧이어 세 사람이 차에서 뛰어내렸다. 어느 틈에 제롬이 바깥에 나와 서서 유리 문 하나를 열어 놓은 채 그들을 기다리고 있었다. 두브체크는 만약 마리사가 이미 나갔다면 자기가 묻기 전에 경비원이 먼저 이야기를 할 거라고 생각하며 나머지 일행과 함께 그대로 그를 지나쳐 열려 있는 엘리베이터 안으로 달려 들어가 3층 버튼을 눌렀다.

마리사가 건물을 잇는 좁은 통로를 막 통과하려는데 본관 문이 벌컥 열리면서 세 명의 남자가 뛰어들어 왔다. 그녀는 순간적으로 몸을 휙 돌려 바이러스과 병동으로 달려갔다.

"멈춰요, 마리사!"

누군가가 외쳤다. 아무래도 두브체크의 목소리 같았다. 아, 두브체크까지 추격하고 있었다니!

그녀는 문에 빗장을 걸고 어디 숨을 곳이 없는지 주위를 살폈다. 오른쪽으로는 엘리베이터가, 왼쪽으로는 계단이 보였다. 우물쭈물할 여유가 없었다.

두브체크가 문을 부수고 들어왔을 때 그의 눈에 들어온 것은 아래로 내려가고 있는 엘리베이터 층수 표시등이었다. 세 사람이 쏜살같이 계단을 달려 내려가기 시작했고, 마리사는 이미 로비에 내려와 있었다.

두브체크가 뒤를 바싹 쫓고 있었으므로 마리사는 경비원의 의심을 사지 않을 만큼 느긋하게 걸어 나갈 수가 없었다. 그는 책에서 눈을 떼고 고개를 들었다. 닥터 두브체크가 그녀를 억지로라도 잡아두기를 바랄 거라고 생각하며 엉거주춤 일어났을 때, 그녀는 이미 그의 시야 밖으로 사라진 뒤였다.

밖으로 나온 마리사는 랠프의 차 열쇠를 찾기 위해 소포꾸러미를 왼손으로 옮겨 들었다. 그때 사람들의 고함소리와 센터 현관문이 요란하게 여닫히는 소리가 들려왔다. 마리사는 간신히 차 문을 더듬어 열고 운전석에 올라탔다. 오로지 도망쳐야 한다는 생각뿐이어서 한동안은 조수석에 누가 앉아 있다는 것조차 깨닫지 못했다. 뒷좌석에도 누군가가 앉아 있다는 것이 감지되었다. 게다가 가장 끔찍한 것은 자기를 향해 겨누어진 커다란 권총이었다.

마리사는 다시 밖으로 나가려고 했지만 마치 끈적끈적한 늪에 빠진 것처럼 몸을 움직일 수가 없었다. 총구가 점차 다가오는 것을 보면서도 어쩔 도리가 없었다. 희미한 불빛에 상대방의 얼굴이 드러나며 "이제 마지막이군." 하는 목소리가 들려왔다. 그 순간, 무서운 충격과 함께 총성이 울렸고 시간은 정지되었다.

마리사가 의식을 되찾았을 때, 그녀는 자신이 뭔가 부드러운 것 위에 누워 있다는 느낌이 들었다. 자신의 이름을 부르는 소리에 천천히 눈을 뜬 마리사는 자신이 CDC 로비의 긴 의자에 옮겨져 있음을 깨달았다.

빨갛고 파란 불빛이 마치 화려한 싸구려 주점처럼 현란하게 비추고 있었다. 무슨 까닭인지 수많은 사람들이 분주하게 홀을 드나들고 있었다. 그녀는 다시 눈을 감고 총을 들고 있던 무리들은 대체 어떻게 되었을까 생각했다.

"마리사, 괜찮소?"

그녀가 눈꺼풀을 깜박거리며 간신히 눈을 떠 보니 두브체크가 그 짙은 눈으로 불안스럽게 내려다보고 있었다.

"마리사!"

그가 다시 한 번 그녀를 불렀다.

"괜찮소? 얼마나 걱정했는지 모르오. 당신 덕분에 사태의 진상이 밝혀졌을 때 난 그 무리들이 당신을 죽이려 들 거라는 생각에 안절부절못했소. 그런데 당신을 찾으려 해도 워낙 이리저리 돌아다니는 통에 좀체 찾을 수가 없었소."

마리사는 충격이 심했는지 입을 열지 못했다.

"뭐라고 말 좀 해봐요."

두브체크가 애원하듯이 말했다.

"전 선생님도 그들과 한패인 줄로만 알았어요. 함께 음모에 가담하고 있다고 말예요."

그녀는 간신히 입을 열어 말했다.

"나도 당신이 그렇게 믿고 있을 줄 알았소."

두브체크는 신음에 가까운 소리로 대꾸했다.

"그렇게 생각했다 해도 어쩔 수 없지. 난 센터를 지키는 데 필사적이었소. 그래서 당신의 의견을 받아들이지 않았던 거요. 하지만 믿어줘요, 난 이 일에 조금도 관계가 없다는 걸."

마리사는 손을 뻗어 그의 손을 잡았다.

"저 역시 선생님께 미처 내막을 설명해드리지 못했어요, 규칙들을 깨는 데만 골몰해 있어서."

구급대원이 두 사람 쪽으로 다가왔다.

"이분을 병원으로 모셔갈까요?"

"어떻게 하겠소, 마리사?"

두브체크가 물었다.

"글쎄요, 병원에 가보는 것도 괜찮을 것 같군요."

그녀를 들것에 태우기 위해 구급대원 한 명이 더 왔을 때 그녀가 다시 입을 열었다.

"총소리를 들었을 때 전 제가 틀림없이 총에 맞았다고 생각했어요."

"아니, 그건 내가 요청해둔 FBI요원이 당신을 죽이려던 자를 쏜 총

소리였소."

마리사는 몸을 떨었다. 구급대원들이 그녀를 구급차로 운반하는 동안 두브체크는 계속 들것 옆에 서 있었다. 마리사는 손을 뻗어 그의 손을 꼭 잡았다.

•에필로그

마리사가 닥터 카보나라의 권유에 따라 취한 2주간의 휴가에서 막 돌아와 짐을 풀고 있을 때 초인종이 울렸다. 그녀는 방금 고향인 버지니아에서 돌아온 참이었다. 그녀의 가족들은 최대한 그녀의 편의를 봐 주었고, 강아지까지 한 마리 안겨주었다. 그녀는 그 강아지에게 '태피 2세'라는 이름을 붙여주었다.

누가 왔을까 의아해 하며 그녀는 아래층으로 내려갔다. 아무에게도 언제 돌아올 것인지를 확실히 말해두지 않았기 때문이었다. 문을 열어보니 놀랍게도 시릴 두브체크와 웬 낯선 남자가 서 있었다.

"이렇게 불쑥 찾아와서 미안해요. 하지만 닥터 카보나라가 어쩌면 당신이 집에 돌아왔을지도 모른다기에 세계보건기구의 닥터 퍼클리를 모시고 왔어요. 꼭 당신을 만나고 싶어 해서 말이오. 이분은 오늘까지만 미국에 머물고, 오늘 밤 제네바로 돌아가신다는군."

낯선 남자는 앞으로 나서며 고개 숙여 인사하고는 마리사를 똑바로 바라봤다. 그 촉촉해 보이는 검은 눈동자는 두브체크의 눈을 연상케 했다.

"만나 뵙게 되어 영광입니다. 당신의 훌륭한 업적에 개인적으로 경의를 표합니다."

닥터 퍼클리는 영국식 억양으로 또박또박 말했다.

"게다가 우리는 아무 도움도 주지 못했는데 혼자서 해냈으니……."

두브체크가 덧붙였다.

"송구스럽습니다."

마리사는 무슨 말을 해야 할지 몰라 얼굴을 붉히며 대답했다.

두브체크가 헛기침을 했다. 마리사는 모처럼 연약한 일면을 내보이는 그가 매력적으로 느껴졌다. 실제로 그는 그녀를 화나게 할 때 말고는 매우 핸섬한 사람이었다.

"그 후 일이 어떻게 됐는지 알고 싶을 거요. 신문에는 되도록 상세한 기사를 싣지 않기로 했지만, 경찰 측에서도 당신만은 진상을 알 자격이 충분히 있다는 데 동의하더군."

"정말 듣고 싶어요. 일단 안으로 좀 들어오세요. 뭐 마실 거라도 드릴까요?"

모두 자리에 앉자 닥터 퍼클리가 입을 열었다.

"당신 덕분에 에볼라의 음모에 가담했던 전원이 체포되었습니다. 샌프란시스코에서 당신에게 찔린 남자는 수술 후 회복되자 곧 닥터 헤버링과의 관계를 자백했죠."

"물론 경찰이 곧바로 투옥시킬 테니 두 번 다시 그를 만나는 일은 없을 거요."

두브체크가 여느 때와 같은 냉소적인 미소를 떠올리며 말을 받았다.

마리사는 페어몬트 호텔 욕실에서 그를 칼로 찔렀던 장면을 생각하고 몸서리를 쳤다. 그 얼음장 같은 파란 눈이 떠오르자 그녀는 순간 온

몸이 얼어붙는 것 같았다. 다시 정신을 추스른 그녀는 헤버링은 어떻게 되었느냐고 물었다.

"그는 고의적인 살인이라는 혐의로 대배심에 회부될 거요."

두브체크가 말했다.

"판사는 그가 아무리 고액의 보석금을 내더라도 보석은 허락하지 않겠다더군. 나치스 전범들과 다를 바 없는 사회의 위험분자라고 해서 말이오."

"제가 주사총으로 찌른 사람은요?"

마리사는 사실 이 질문을 하기가 겁이 났다. 사람을 죽이거나 에볼라를 퍼뜨리는 일에는 결코 관련되고 싶지 않았기 때문이다.

"그자는 다행히 목숨을 건져 재판을 받게 됐소. 혈청도 마침 충분했고 그 효과도 입증됐소. 심한 혈청병에 걸리긴 했지만 말이오. 회복되면 그도 곧 교도소로 갈 거요."

"의료인 하원 정치활동위원회의 다른 간부들은 어떻게 됐나요?"

"몇 명이 공범 증언을 하겠다고 나섰소."

두브체크가 대답했다.

"그 덕분에 심리가 아주 쉬워졌지. 그 단체의 회원들은 자신들이 그저 원외 단체 선거운동을 하고 있는 것으로만 생각했던 모양이오."

"닥터 티먼은 어떻게 됐나요? 그분은 이런 일에 관련될 사람 같아 보이지 않았어요. 적어도 양심의 가책에 못 견뎌하는 것 같았죠."

"그의 변호사가 수사에 협력해주는 대가로 닥터 티먼이 비교적 가벼운 형벌을 받을 수 있도록 애쓰고 있어요. 의료인 하원 정치활동위원회는 완전히 파산했어요. 희생자들의 가족 모두가 소송을 걸었기 때문이죠. 간부들 대부분이 형사 입건되어 꽤 긴 형기를 보내게 될 거요. 특히 잭슨은 말이오."

"그 사람이나 헤버링이 만약 군중들에게 붙잡히면 린치를 면치 못할 거예요."

닥터 퍼클리가 덧붙였다.

"그럼 랠프도 형을 받겠죠?"

마리사가 조심스럽게 물었다. 지금껏 보호자로만 굳게 믿어 온 사람이 갑자기 자신을 죽이려 했다는 사실을 그녀는 어떻게든 담담히 받아들이려 애썼다.

"그는 맨 처음으로 수사에 협력한 사람이죠. 어느 정도 참작은 하겠지만 그래도 꽤 오랫동안 복역하게 될 거요. 위원회와의 관계는 둘째 치고라도 당신을 해치려 한 일에 직접 가담했으니까."

"그렇겠군요. 하지만 이제 모두 끝난 일이에요."

마리사가 말했다.

"잘 견뎌줘서 정말 고마워요. 그리고 뉴욕에서의 에볼라도 완전히 진압됐소."

"다행이네요."

"그리고 당신이 센터로 돌아왔을 때를 대비해서 당신이 사용할 완전 밀폐실 출입 허가증을 만들어 뒀소. 이젠 당신이 한밤중에 그곳을 들락거리려 해도 아무도 방해하지 않을 거요."

두브체크가 이번엔 환하게 웃었다.

마리사는 자기도 모르게 얼굴이 새빨개졌다.

"아직 확실히 결정하진 않았지만……. 전 소아과로 돌아갈까 생각 중이에요."

"보스턴으로 돌아간단 말이오?"

두브체크의 얼굴이 어두워졌다.

"그건 우리로선 크나큰 손실이에요. 당신은 지금 국제적인 역학계의 영웅이 됐으니까요."

닥터 퍼클리가 끼어들었다.

"다시 한 번 생각해보겠어요. 하지만 소아과로 돌아간다 해도 전 계속 애틀랜타에 머물러 있을 생각이에요."

그녀는 새 식구가 된 강아지에게 코를 비벼댔다. 잠시 말을 멈추었던 그녀가 다시 입을 열었다.

"저, 한 가지 부탁이 있어요."

"우리가 도움을 줄 수 있는 일이라면……."

닥터 퍼클리가 말했다.

마리사는 고개를 가로저었다.

"부탁을 들어줄 수 있는 분은 두브체크 선생님뿐이에요. 제가 소아과로 돌아가든, 돌아가지 않든 우선 저를 다시 한 번 저녁식사에 초대해주셨으면 해요."

두브체크는 완전히 허를 찔린 셈이었다. 다음 순간, 그는 어리둥절해 있는 닥터 퍼클리에게 멋쩍은 웃음을 지어 보이고는 마리사를 살며시 포옹했다.

살인을 부른 의료계의 암투

1977년 장기 이식과 뇌사 문제를 다룬 장편 〈코마〉로 메디컬스릴러라는 새로운 장르를 개척한 로빈 쿡, 미국 뉴욕 태생인 그는 의사 출신답게 어떤 작가보다도 최신 의학 정보와 의료계 비리에 정통한 장점을 충분히 살리고 있다.

지금까지 〈코마(Coma)〉, 〈세뇌(Mindbend)〉, 〈중독(Fever)〉 등 수많은 작품을 쓴 그는 자신이 글을 쓰는 동기에 대해 "나는 메디컬스릴러 작가로서 의학계 문제에 대한 대중적인 관심을 불러일으키고자 한다."고 밝힌 바 있다. 실제로 그의 작품들은 현대 사회에서 하찮은 것으로 무시되거나 일반인들이 잘 모르는 의료계의 발전이 '비양심'과 결합될 때 얼마나 무서운 결과를 초래할 수 있는가를 때로는 숨 가쁘게, 때로는 섬뜩하게 풀어낸다. 그 가운데서도 이 책 〈감염〉은 로빈 쿡의 대표작으로 손꼽을 만하다.

이 작품은 현대 의학이 해결할 수 없는 괴바이러스가 사악한 인간들의 음모에 의해 사회에 번지면서 일어나는 사건을 다루고 있다. 치사율 90%에 이르는 이 에볼라 바이러스는 의학계에 거의 알려지지 않은 급성 전염병원체이다. 로스앤젤레스를 비롯한 세인트루이스, 뉴욕, 필라델피아 등 각지에서 에볼라 감염 사태가 잇따라 발생하자 미국 전역은 괴바이러스의 공포에 빠져든다. '공포의 집합소'라 불리는 CDC의 햇병아리 정보원 마리사 블루멘탈은 문제의 바이러스를 조사하기 위해 현장에 파견된다. 마침내 사건의 연관성을 찾아내고 이 바이러스의 비밀을 알아냈을 때, 그녀는 감당하기 어려운 위험에 직면하게 된다.

당시 미국 사회에는 HMO라는 의료보장제도가 생겨나 급성장하고 있었다. 이러한 제도를 실시하는 클리닉들이 급격히 증가하는 동시에 고수입의 개업의를 목적으로 하는 보수파 의사들 역시 불어나 그들 사이에 보이지 않은 암투가 벌어지곤 했다. 바로 그러한 사회적 양상이 이 작품의 배경이 되고 있다.

숨 가쁜 이야기 전개와 치밀한 구성, 탁월한 심리묘사, 그리고 매력적인 여주인공의 숨 막히는 대활약으로 로빈 쿡의 독자들은 또 한 번의 스릴과 감동에 빠져들 것이다.

옮긴이 홍영의

일본어 전문 번역가로 일본 출판 에이전시를 운영했으며, 번역 및 한국 · 일본의 출판 교류를 위
해 일했다. 특히 국내 서적이 일본에 널리 알려질 수 있도록 노력해왔다. 다수의 역서가 있으며
번역서는 50여 종에 이른다. 《펑꼬》, 《히딩크 리더십의 7가지 조건》 등을 일본에서 번역 출간했
으며 주요 역서로 《중독》, 《태아》, 《실락원》, 《가슴에 묻은 너》, 《유능한 상사의 부하지도》 등이
있으며, 저서로는 《바로바로 여행 일본어》가 있다.

감염

개정판 3쇄 인쇄 2020년 3월 15일 | **개정판 3쇄 발행** 2020년 3월 20일
지은이 로빈 쿡 | **옮긴이** 홍영의 | **펴낸이** 최효원 | **펴낸곳** (주)도서출판 오늘
등록일 1980년 5월 8일 제2012-000082호
주소 서울시 영등포구 선유서로 15, 209호 | **전화** (02)719-2811 | **팩스** (02)712-7392
홈페이지 http://www.on-publications.com | **이메일** oneull@hanmail.net

* 잘못 만들어진 책은 바꾸어 드립니다.
ISBN 978-89-355-0560-9 03840